贞下起元

——当代、文学及其话语

刘大先　著

中国言实出版社

图书在版编目（CIP）数据

贞下起元：当代、文学及其话语 / 刘大先著. --
北京：中国言实出版社，2022.1
ISBN 978-7-5171-3967-6

Ⅰ. ①贞… Ⅱ. ①刘… Ⅲ. ①中国文学－当代文学－
文学研究 Ⅳ. ①I206.7

中国版本图书馆CIP数据核字（2022）第000466号

贞下起元——当代、文学及其话语

责任编辑：罗　慧
责任校对：王蕙子

中国言实出版社出版发行
地址：北京市朝阳区北苑路180号加利大厦5号楼105室（100101）
编辑部：北京市海淀区花园路6号院B座6层（100088）
电话：64924853（总编室）　64924716（发行部）
网址：www.zgyscbs.cn
E-mail: zgyscbs@263.net

经销：新华书店
印刷：北京温林源印刷有限公司
版次：2022年5月第1版　　2022年5月第1次印刷
规格：880毫米×1230毫米　1/32　12印张
字数：258千字

定价：58.00元
书号：ISBN 978-7-5171-3967-6

当代文学如何自处（代序）

　　晚近三十年来，当代文学在社会中的位置一直被所谓"边缘化"的话语所笼罩着。作家与批评家齐声哀叹文学的风光不再，他们声称在宏大叙事解体之后，又遭逢市场的夹击，严肃文学不得不在夹缝中步履维艰地寻找自己安身立命的理由和可能性。在这种总体语境中，之前的文学出现了分化，虽然文学从来就不是"一体化"的意识形态所能规约，到了如今，它们的"多样化"特征却似乎更加明晰了：一部分弄潮儿顺势而变，投身资本经济的洪流，以注意力经济消费为旨归，这类文学势必以事件、话题、最基本的原欲及其压抑与压抑的（虚幻）实现为中心；另一部分则以精英姿态，或者采用保守式的回望与坚守思维，（至少在姿态上）弘扬某种理想主义的情愫，其中健者则意图重新发明文学，开创与引领某种更具有新时代先锋意义的文学价值。

　　"边缘化"与"多样化"之间构成的张力空间就是当代文学的现状，当然，这本身只是一种描摹，事实上不同特征的文学群落之间时不时地交叉重叠，有时候最前卫激进的那部分可能只不过是在营造独属于自己的象征资本，而部分作家也时不时向市场暗送秋波——所有的一切都充分显示了我们时代文学内在的精神分裂：表述与实践充满割裂，精神与金钱暗通款曲，而决定这一切的无可回避的事实是经济全球化和科技进展所造成的文学生产、传播与消费的文学生态结构变化。

回首现代以来文学的历时性位置嬗变，可以更为清楚地观察到这种文学生态结构的变化轨迹。在帝制王朝向现代（国族）国家递嬗之际，因为面临全球帝国主义与殖民主义的挑战，民族主义必须对外抵御侵略，对内唤醒民心凝聚民众，文学在传统价值观崩盘的背景下由"小技"而被提升为"大道"，因为知识分子发现了它所具有的情感与"想象"的巨大能量——它直接与现代政治、国家与"人"本身的建立与巩固联系在一起。因此，"民族魂"的巨大象征才由文学家来承担。现代文学的意识形态能量一时无二，并不是外在施加的，而是现代性本身的结果。它在旧民主主义革命、新民主主义革命、社会主义革命的过程中确实站在了社会文化生活的第一线。

当现代政治与国家确立之后，作为意识形态上层建筑的文学，在社会主义改造与建设早期，因其认知、教育、审美、娱乐的功能亲和性，较之政治、宗教、历史与哲学同样有着无可比拟的作为，因而更易于被用作宣传的工具，"一体化"的话语于是成为文学历史实践的必然呈现形式。按照马克思主义观点，无产阶级在不掌握生产资料的境况下，取得革命胜利的关键首先是在文化上取得先进性的领导权，然后才能获得了物质世界的领导权。新中国的一系列文艺政策和运动莫不与此相关，比如模仿苏联建立的文联机构、作协组织，部分地取得了文学的民主化进程。这一进程于"文化大革命"结束后的思想解放思潮中迅速在文学领域开花结果。

当代文学史上所说的"新时期"，很大程度上是社会主义文学的自我调适过程，在这个阶段从创伤文学开始，到反思文学、改革文学和在西方现代主义文学影响下爆发出来的新诗潮、寻根文学、先锋文学，已经显示了与此前社会主义文学截然不同的面目。事实上，直到这时，文学一直是对社会总体发言的，而文学在整个社会中的位置也依然具有极为重要的引领社会风气、引发广泛讨论的影响力。社会文化上的种种风吹草动，甚至更广阔范围的意识形态变革，也总有文学的身影。但是，出于"影响的焦虑"般的弑父情结，新一代的青年作家一反归来的右派作家，也不同于返城的知青作家，而试图建立自己的文学坐标。这个文学坐标由于更多的是从外部渠道得来的美学标准和文学规范，所以在对于个人主义、身体与欲望的强调中，走向了截然相反的解构大历史、颠覆崇高、张扬个性的道路，只是它们在实践中成了自己所反抗的文学话语的对立面，并没有走出它所反对对象的逻辑。其后果的严重性在后来的日子中逐渐显示出来，文学的"边缘化"也就是从这个时候开始了。

谈文学的边缘化，如果不提 20 世纪 90 年代以来的市场经济变革和新自由主义意识形态的兴起，是不公平的。不过，文学自身难辞其咎，事实上它们更多是在自我变革的内部自己放弃了言说重大问题的权柄。走向个人、肉身、私人历史、小叙事，首先就把自己放逐在了时代主潮之外。这并不是就其题材意义上说的，因为重述历史、书写时代转型、注目社会现实和人的精神变化一直以来并没有从文学主题中消失，消失的是对于把握和创造宏大命题的理解能力与精神信念。关于"民族""国家""主体""集体"和"人民"等话语的书写被认为是令人羞愧的虚妄，作家们集体性地从追求应然性世界的理想主义激情中后撤，退回到认同于实然性世界的现实主义乃至功利主义之中。这是一种犬儒式的自欺欺人，除了自我抚摸之外，如果能获得利益上的认可就被认为获得了成功。这反过来造成了重大问题本身中文学的缺席，所以说如果有"边缘化"，那是文学自己造成的。至其甚者，就是像最近吸引较多关注的"乌青体"废话诗，它固然有行为艺术式的可解读意义，却是在游戏中自挖墙脚，进一步加深了公众对文学的偏见和歧视。但是，换个角度来说，"文学"从来都是"反历史"的，它如果要确立自身的意义，必然不能跟附在"历史／现实"后面亦步亦趋地模仿，而应该建立其与"历史／现实"的对话关系，这注定了它的"边缘性"——它有意将自己作为一种"非主流化"的行动与实践，在繁杂琐碎的历史与现实经验中通过语言文字进行整体性的思考，进而表达理想与希望，传递自由与向往。

我们时代关于"成功"的意识形态被资本的单一化思维所主宰，它从经济领域弥散辐射到政治、文化和精神领域，在文学上的表现就意味着一个作品获得来自官方半官方的奖项、市场销售上的份额、大众读者们的议论热度。我们已然注意到，这种由名利主导的文学思维是多么严重地摧毁了文学来之不易的尊贵位置，将它从提升民气、鼓舞民心、教化民德、传达民意、抒发民气、凝聚民心、塑造民像、发扬民力、彰显民魂的集体性诉求，降低为极端个人的手艺、行为与实践。如果说，之前那种文学观念被批判为文学的政治工具论，那么后者其实何尝不是另一种经济与资本工具，甚至更加等而下之。并且我们习以为常的"工具论"本身也是大堪质疑的，文学作为内在于整个社会关系系统的意识形态组成部分，与政治、经济、宗教等密不可分，不存在谁利用谁的问题，而是彼此交织在一起，共同围绕着某个时代精神与社会命题前行。

因而，我们今日讨论当代文学在社会中的位置，真正需要追问的可能是，为什么文学与政治、经济常常结合得如此紧密，而它们又为什么会发生分裂或者被某些批评家、学者认为应该发生分裂？如果文学有自己的主体性，那么当代文学应该如何在社会中自处？

文学与意识形态的其他部分的密切关系并不意味着它缺乏自己的主体性，而是说它必须有能力与它们形成对话性的结构，从而促使自己在描摹、解释、创造当代中国的社会与心灵中发挥作用。而文学的主体性也不是说它会形成某种自足的圈子自行其是，而枉顾大时代的变局和生动鲜活的现实。概而言之，文学只有在认识、阐释、创造中国与中国人的事业中发挥作用才能获得它的历时性价值和意义，否则它只是某种微不足道的个体玩意。

当然，中国和中国人本身是个庞大、复杂、多样的存在，它的任何一个组成部分都有着久远的历史和变动不已的现实，因而首先，任何一个文学作品都无法界定它那永远处于流动和建构之中的本质，这就是为什么"一体化"的文学话语不再适用的原因。其次，多样化本身也需要警惕差异性生产的问题，就是过于强调某种个体化、特异性的存在，而忽略了时代主潮的重大关切，毕竟溪流只有汇入江海才不会干枯。具体到每个作家，他所能做的当然只是认识社会的某个部分，以一种类似"分期付款"的方式一点一点完成对于社会与精神的文学再建构。再者，文学既然从民众中来，在经历了精英的现代重构之后，遭逢新时代的再一次民主化语境，它应该又一次回到人民中去，将文学从少数人的实践变成一种多数人的生活。文学成为生活的一个例子，就是网民以众筹的方式出版底层打工诗人许立志的遗著诗集《新的一天》。原本计划到 2015 年 1 月 15 日筹得 6 万元，到结束时共筹措资金 136850 元。这个事件也许会成为一个标志性事件，显示民众的文学如何在人民自己的生活中获得真正的认可和实现。

"当代"与"当代文学"会涉及"当代性"的问题，石磊曾经在一篇文章中对 20 世纪 80 年代中前期以及晚近 10 年文学界／理论界对"当代性"问题的两次讨论做过简单的梳理，前一次基本上集中于"文学的当代性"，具有集群性和创作实践的相关性；后一次则将其延伸为本体论、时间意识、空间场域、政治概念与文化实践。本书并不打算做过多理论探析，而是在文学现场观察的基础上勾勒"当代"在文学中的行状以及"当代文学"作为文化生产所留下的踪迹，因而它注定不是体系性的，而这种"散点透视"可能正是我们时代文化的基本语法与呈现形态。

目 录

第五章 问题与未来

第一章　理解"当代"的维度

第一节　"中国故事"与重建集体性

一、中国的复杂性与中国故事的单一性

该怎么讲述今天的"中国故事"？首先当然是要认识今天的中国。从苏东剧变的国际冷战格局转化开始，20世纪90年代的中国日益进入市场经济主导的发展与建设之中，这种变化体现在思想与文化上就是20世纪80年代以来的精英启蒙与理性主体的"态度的同一性"内部发生分化，出现了保守主义、民族主义、新自由主义与新左派等多元并起，且相互争扰不休的局面。这被思想史家归纳为"启蒙的自我瓦解"[①]，造成共识性的坍塌，进而形成"代表性的断裂"[②]。这个后冷战时代的文学也因此具有了所谓"后革命的转移"[③]话语所表述的新形态。

这种重返流动、变易的中国现实，充满种种难以一言以蔽

[①] 许纪霖等著：《启蒙的自我瓦解：1990年代以来中国思想文化界重大论争研究》，长春：吉林出版集团有限责任公司，2007年，第1-42页。

[②] 汪晖：《再问"什么的平等"？》，《文化纵横》，2011年第5-6期。

[③] 南帆：《后革命的转移》，北京：北京大学出版社，2005年。

之的复杂性、变化性和丰富性，但是反映在文学上却吊诡地出现了某种同质化和单一性的局面。从 90 年代陆续命名的新写实主义、新历史主义、"分享艰难"、"日常生活审美化"等话语来看，催生了体制性的主流意识文学、精英严肃文学、大众文学的三分格局。1998 年的"断裂"问卷①，进一步将"民间""知识分子"立场的分化问题区隔开来。然而，这种多元与分裂只是表象，事实上不同的立场、价值与美学观念，迅速在消费的动力和市场的牵引下形成一种替代性的隐秘意识形态。也就是说，在面对中国现实的复杂与多变时，"中国故事"的讲述却被化约了。

这种新型的文学意识形态就是以颠覆崇高、跨越雅俗，拆解已经日益僵化的意识形态一体化，进而强调日常生活、民间经验、身体欲望、个人主义与碎片化，体现在美学形态上就是犬儒主义的升级及其向全社会范围的蔓延，告别革命、远离理想、戏谑解构、张扬欲望成为文学书写的主流。如今回望 1990 年的中国文学，最重要的贡献是突破了政治与革命的较为单一的主导性格局，引入了日常生活这一维度，然而至其末流，不免是甚嚣尘上的"美女写作""下半身写作"。这固然具有解放与张扬人性的性质，让原先被遮蔽和禁锢的身体、欲望获得了自由，却也要付出代价，那就是它可能一方面被资本所牵引，从而让文学变成金钱和市场的奴隶，这使得它与自己的自由诉求背道而驰；另一方面在丧失了更广阔的关怀之后，文学只能成为貌似独立的散兵游勇，那种试图从中寻求突破的审美自足

---

① 朱文：《断裂：一份问卷和五十六份答卷》，《北京文学》，1998 年 10 期。

话语为导向的"纯文学"在实际上成为自我放逐的另一种说辞，不再有人关心。这两方面都是主体性的颓败。

二、重新审视与塑造中国主体

这样的"中国故事"是虚假的中国故事，或者至少是片面的。如同有论者发现，"在一系列社会实践当中，主体发生了不可逆转的弥散，但是意识的领域里并没有提供相应的思想工具以勾勒这种状态"。[①] 全球化虽然没有取消民族国家的思考模式，却让整个世界结构系统愈加复杂，思想必须穿透实体性的国家观念才有可能获得新的生机，它需要在流动的状态用一种机能性的思维方式重新审视与塑造中国主体的实际存在。

重建某种宏大主体看上去是一桩不可能完成的任务，然而集体性的主体只是在 20 世纪 90 年代的文本中消失了，人们以为它在思想中也消失了，但它在现实的生活与社会中并没有消失，比如我们可以在一些社会事件和网络事件中观察到集体意识。如果我们轻易接受解构主义以来的主体性的败落观念，那么我们就成了这种话语的奴隶，成为一种俗套与刻板模式。"中国"无法由任何一种单一观念来代言，它必须深入现实的肌理之中，寻求自己的声音。

面对形形色色的个人主义和以群体性为表象而实质不过是消费群氓（大众）变体的个人主义，我想可以重新打捞集体性的遗产，重建当代中国的集体性。这种集体性与早先意识形态一体化的那种集体主义有区别又有联系，原先的集体主义有着

[①] 孙歌：《主体弥散的空间：亚洲论述之两难》，南昌：江西教育出版社，2002 年，第 5 页。

社会主义改造与建设时期的"新社会"与"新人"的诉求，那种乌托邦冲动试图塑造一种"新文化"，这种新文化的主体具有高度的目标同一性和蓝图式规划。在当时的文学实践中，比如赵树理、柳青、周立波等人的小说中，一定程度上实现了个体与集体的统一，即个体与集体密不可分地联结起来，从而具有乐观、昂扬和充满信心的未来感。但它的缺陷也是一目了然的，即它混淆了个人的私密生活与集体的公共生活，因而取消了个体的独特性，不可避免会导致同质性对于个人性的压抑。

20世纪80年代的思想解放与后来一系列的文学思潮，直至90年代的各类文学现象很大部分精力都是用在颠覆这种公私不分、政治性压倒审美性、集体性取代个人性的文化结构上。这本来是历史与文学发展的合法性诉求，只是如今它走向了过犹不及的反面。我们在"别无选择"的意识形态困境中似乎已经失去了想象未来的能力和建构理想的勇气，作家们都沉溺在实然的个体遭际与无常命运中不能自拔。它们表现为对于现代民族国家与革命时代建构起来的主流史观的消解，对于人性恶的一面为了挑衅真善美的宣教传统而做的逆反式追求，对于琐碎现实的一声叹息和随波逐流，放弃了从现实中提炼和超拔的使命感和责任感。这是文学集体的堕落，讲述的只是"中国故事"的某一狭小的、被限定的片面，而这种文学就从真正的历史中抽身而去，它变成了滞后于现实与时代的东西。

三、多元共生的集体性

本文所说的"集体性"是要从个人主义的意识形态封闭圈中走出，重新让文学进入历史生产之中，个人不再是游离在现实之外的分子，而是通过文学联结现世人生的零碎经验，恢复与发明历史传统，重申对于未来的理想热情，营造总体性的规划，建构共通性的价值。这要求文学从学科的机械划分中走出来，走向公共性的空间，联结社会与时代最切要、重大的问题，而不是拘囿于某种孤芳自赏、酬唱往来的小圈子。那种刻意规避文学的政治性质、貌似阳春白雪的团体往往以超越世俗的标持自居，其实不过是面对现实的无能为力，甚至有意地在逃避中封闭了自己的双眼和心灵。因为，"纯洁性"本身与政治脱不了关系，但另一方面文学"有自己的政治，或更确切地说有其特定的元政治"，"文学就是真实的生活，是为我们治疗爱情虚构和政治虚构的误解的生活"。[①] 这样的文学超越了曾经的对于世界的模仿，也不再是对于世界的阐释，而是要成为世界本身的组成部分，进而在行动中改造生活。

现阶段的中国充满着种种区域、族群、经济、文化的不平衡，在文学上最突出的特点是多民族叙述与抒情的差异性，这种由生产与生活方式、民俗仪轨、宗教信仰、语言、地域等因素造成的内部多样性不能忽视。但是问题的另一方面是，这个多元的中国也有自己的"总体性"问题，毕竟无论"全球化"如何深入渗透到政治、贸易、消费、文化乃至生活的方方面面，全球体系依然是以主权国家为单位进行的对话、合作、联盟与冲突的格局。这种多元与一体的辩证法要求我们必须在尊重差异的基础上，以文化的公约数建构某种共通经验和未来可能。事实上，21世纪以来，关于中国未来的命运，已经有越来越多

---

① ［法］雅克·朗西埃著：《文学的政治》，林培源译，南京：南京大学出版社，2014年，第62、63页。

的知识分子意识到共识的重要，并且在思想建构上做了一定的努力，比如"共同的底线"和"牛津共识"的提出等。[①] 这些成果未必严谨或者真正于思想与学术有多大推进，却显示了知识分子意识到和体现在实践中的基本倾向。诚然，随着多元主义、现实利益与价值观念的差异扩大，建构 20 世纪 80 年代的那种"态度的同一性"也许未必可行，却不妨碍我们重新思考求同存异、想象同一个美好未来的可能性。

回到文学的层面，笔者曾经在之前数篇文章中试图建构一种"文学共和"的观点[②]，这里的集体性不是铁板一块的"一体性"——事实上从来就不存在那种"一体性"，它总有裂口和隙缝；也不是孤立分子式的聚合，它指向一种有机与能动。在所谓的"大历史"结束之后，意识形态并没有终结，而"人"也依然充满了各种生发的契机。这样语境中的"中国"是机能性而不是实体性的，需要再次恢复个人与历史之间的联结。"文学"应该既是知识性、娱乐性、教育性、审美性的，又是有机性、实践性、能动性、生产性的。只有建构了对于"中国故事"的集体性，才有可能谋求中国主体既保持对内对外的开放，又能够独立自主地重建。解决了如何理解这样的"中国故事"，那么如何"讲述"便不再成为问题，"讲述"内含在这种中国理解之

---

① 秦晖：《共同的底线》，南京：江苏文艺出版社，2013 年。2013 年 9 月 4 日，来自自由主义、新左翼、新儒家和基督教研究等不同学术或思想背景的 28 位中国学人在英国牛津大学开会，签名发表了《关于中国现状与未来的若干共识》。

② 刘大先：《文学的共和》，北京：北京大学出版社，2014 年。刘大先：《文学共和：作为社会主义文学的少数民族文学》，《民族文学研究》，2014 年第 1 期。刘大先：《重寻集体性与文学共和——为什么要重读乌热尔图》，《暨南学报（哲学社会科学版）》，2014 年第 2 期。

中，技术性的层面永远都无法脱离内容而存在，"共和的集体"题中应有之义便是讲述手法与方式的多元共生。

第二节 "中华文学"与文学共和

钱穆在《民族与文化》中说："中国文化传统精神重在'道'。此'道'乃一种人与人相处之道，简称曰'人之道'，或'人道'。自孔子始，乃特称之曰'仁'。仁道本出于忍心，此心又称曰'仁心'。能本此仁心，行此仁道者曰'仁人'。若使仁心大明，仁道大行，便达上述大同太平、天下一家、中国一人之境界。即是《大学》'平天下'之境界。但中国古人虽抱此理想，具此信念，实未能完全达成此境界。中国自秦汉以下，历史演进，或明或昧，或顺或逆，要之，大体上乃向此目标而趋赴。我们当先认识此大趋势，乃能认识中国历史，乃能认识中国社会，与中国民族之文化精神。此即中国人所谓'大道'"。[1]

这种"中国民族之文化精神"强调的是人文位育、化成天下，是道、学、政一体的古典时代的人文精神。按照今日术语，就是所谓政教未分的传统中国"文化民族主义"，其要义在于因地制宜、华夷变态，"诸侯用夷礼，则夷之；进于中国，则中国之"[2]，只要在文化上达成了对于正统文化的认同，那么便不存在由于血缘与种族带来的差别困扰。表现在身份上是蛮夷与华夏之间可以相互转化，有着极大的流动弹性；体现在国家的分

---

① 钱穆：《民族与文化》，北京：九州出版社，2011年，第8页。

② 韩愈：《韩昌黎文集》，马其旭校注，马茂元整理，上海：上海古籍出版社，1986年，第17页。

界上是有模糊的边疆而无明显边界，常常有榷场、瓯脱这样的暧昧空间①。

不过这种"王者无外"却又具有亲疏远近的差序格局的"天下"式中国，在近代以来的全球历史转型中，不得不退回为万国竞争中的一员，粗略地说，"文化民族主义"不得不让位于"政治民族主义"，帝制天下在现代民族—国家兴起的过程中瓦解，自身也不得不谋求重铸国族、塑造认同的历史任务，要在原有"历史流传物"（Überlieferung）②的基础上建立一种新的"想象的共同体"。这是一个现代性政教分离的"分化"过程，同时也是一个新的国家与民族认知范式形成的过程。"中华民族"话语就是在这种现代中国兴起之时的产物。

说"中华民族"话语是现代产物，不免容易导致一种历史虚无主义的误解，似乎中华各民族以前不存在，是在现代维新、民主主义革命与社会主义建设中生造出来的。其实不然，中华民族从来就不是"无中生有"，作为统一的多民族国家，中国各民族民众之间的地理聚居、生产方式、生活习俗、宗教信仰、文化记忆尽管有着千差万别，但是在历史发展与地缘交汇中，他们彼此交融共生、交通缠绕，产生了难以割裂的政治、经济与情感羁绊，形成命运攸关的共同体。这种情感、伦理与政治的关系，有学者称之为撕扯不开、牵一发而动全身的"民

---

① 逯耀东《试释论汉匈间之瓯脱》提供了一个值得参考的个案讨论，见逯耀东：《从平城到洛阳：拓跋魏文化转变的历程》，北京：中华书局，2006年，第290–302页。

② ［德］加达默尔（Hans-Georg Gadamer）：《真理与方法》，洪汉鼎译，上海：上海译文出版社，1992年，第143页。

族连带"①，是现代中国国家认同的合法性根基与来源。在旧邦新命、再造中华的革故鼎新过程中，"想象的共同体"有着此种连带关系作为坚实的基础，而"想象"本身也并非纯然虚构性的幻想，它总是指向一种能动的实践。

因此，中华民族的认同显然不仅仅是像某些民族主义理论所谓的是大众传媒所能够凭空塑造出来的，而是有着悠久的历史血脉联结，同时又面临着抵御外敌的共同的铁血命运。所以在日本殖民入侵的紧要关头，顾颉刚会强调"中华民族是一个"的国族一体，而费孝通、白寿彝等人虽然从学术上颇不同意，但在1939、1940年之交"形势大于人"的情境中，关于多样性的国族内部差异无法展开讨论——任何一种学术其实都无法摆脱现世的经变从权和价值的特定诉求。"中华民族"如同国歌中所唱的，是"把我们的血肉筑成我们新的长城"。

"中华文学"的提出无疑是基于21世纪以来学术发展的趋势。作为中华文化重要组成部分的"中华文学"，犹如满天星斗，百川归海，从来都是中华各民族交流、汇聚、融合而成的共有的文化血脉。但回顾一百多年来中国古代文学研究的历史，从认识论而言，沿袭多年的主要还是依照传统王朝史叙事的朝代分期、地域区隔或者社会学的民族概念，将本属于整个中华民族的古代文学，分割成孤立或单一的历史、地域、王朝、族群去研究，鲜有涉足不同时期、不同地域、不同民族之间文化与文学的交汇、交流、交融的形态研究，缺乏对中华民族历史上各民族之间文化与文学多元一体的综合性研究。综合性的研

---

① 汪荣：《"跨民族连带"：作为比较文学的少数民族文学》，《民族文学研究》，
　2015年3期。

究要求我们将"中华文学"历史化，同时又政治化。历史化并不是那种片面强调"上穷碧落下黄泉，动手动脚找东西"[①]，而是以一种有关怀的态度客观面对多样的文学史实，而不是注目于某种单一审美趣味和美学标准的"经典"；政治化也并不是曾经一度具有统摄性的"政治先行"或者"图解政治"，而是说文学研究要走出圈子化与小众品味，与现实政治发生互动，有其文化建设的公共性。

事实上从20世纪80年代政治意识形态一体化的话语瓦解之后，多元主义的各类学术思潮就开始竞争自己的领地和市场，从民族民间文化寻求资源就是其中重要的一脉，而80年代缤纷兴起的诸多文化思潮中，"寻根热"无疑是为数不多具有持续性影响力的潮流之一——像在任何一个文化转型与自我创新的关键时刻，它呼应了从晚清直至五四新文化时代，神圣经学地位的下降、西北史地等"边缘之学"兴起，精英文化人试图从主流之外更广阔的民族民间传统中寻找、发掘、创生、发明、弘扬别样思想与学术资源的潮流。从这个意义上来说，"中华文学"同样是一个"眼光向下的革命"，也是向边疆、向不同族群文化传统敞开的文学研究革命。

"中华文学"的历史化与政治化，是将各个族群的文学遗产不仅仅视为某种静态的陈迹，而是视为流转于当代并参与到当代文学建设中的鲜活要素。它可以具体表述为三个维度，笔者在评议五卷本《中国回族文学通史》中将其归结为民族文化

[①] 傅斯年：《历史语言研究所工作之旨趣》，见黄振萍、李凌己编：《傅斯年学术文化随笔》，北京：中国青年出版社，2001年，第48页。

历史叙述的立体三维①：第一，是整体观的关怀，即我们站在何种世界观和价值观的尺度下进行文化观照。一个真正的知识分子作为文化的传承与创造者，显然应该走出一己个体的局部经验，而具有超越性；同时他又是一个具体的生活在特定时代与社会中的个人，受限于特定的语境。综合此二点，当代中国文化的历史叙述显然应该是具有中国气象和本土关切的，在全球互动的视野中，需要充分意识到中国文化的历史与现状，从整体上进行观照。尽管经过后殖民主义、后现代主义、后马克思主义等一系列理论的变迁，"总体性"已经被视为一种已然沦陷的霸权，但整体观并不是要重复某种单一的视角，而是强调文化间彼此的尊重与理解、交流与对话，在一种关系性的联结中给予差异性的文化以共享与共生的空间。

第二，历史性的尊重，即进行任何历史叙述，严格而谨慎地将史料的真实性和认知的真实性统一起来。这并不是重复近代以来隐含着科学至上理念的兰克史学"客观性"俗套，或者"历史主义"那种刻板，而是既讲究有一分材料说一分话，同时也要有明确的历史性担当和情感认同。即历史观念从来都包含着强烈的主观介入，而并非普世主义者所假想的某种放之四海而皆准的通行准则。晚近出版的许多族别文学史就显示了某个特定少数民族的文学史在从被他者表述到自我言说的尝试。这种不同话语所叙述出来的历史可能会表现出不同的面貌，具有在其主观立场下的真实性，但是它们所呈现出来的知识却并不是唯一的真理，"历史性"正是在不同话语的碰撞和交融中产

---

① 刘大先：《民族文化的历史叙述问题》，《中国民族报》，2015 年 4 月 17 日。

生和递嬗。

第三，现实感的参与，即无论何种历史叙述总是要介入当代的文化实践中去，要将静态知识进一步向动态实践转化。知识如果仅仅沦为不及物的言说，那就是死去的展览物，只是无关紧要的消遣娱乐。纯粹趣味性的知识固然必不可少，但文化只有真正发挥到干预现实的作用，才是活的、具有能动性的事物。历史叙述的现实感要求文化走出历史的封闭圈，把历史转化成现实实践的动力之一。唯其如此，文化才不仅仅是少数精英的游戏，而是与最广大民众生活息息相关的生产力或"软实力"。

中国作为多民族统一国家，其内部在经济地理、文化民俗、宗教信仰等方面的差异带来"跨体系社会"式的复杂性与丰富性，也有着悠久的"大一统"政治文化经验。在全球化的当代这种普遍性时间中，存在着特殊性空间，也即布洛赫（Ernst Bloch，1885—1977）所谓文化上的"同时异代"的情况。但多样性文化同时也经历着全球化时代的普遍命运，诸如政治经济的一体化进程、信息资讯的便捷高速、生化技术与生态环境的变革、消费主义带来的生活和情感变革，等等。如果我们摆脱时间上的他者的迷思，将中国的多民族文化视为一种在中国大主体下的亚主体，那么它们可以展现出多个"别样的中国"，也促使我们反思霸权性的文化理念如何桎梏了更为广阔的学术视野和知识生产的可能性。

以此来考察边疆文化，作为中国多民族文化的一个维度，它并不必然带来边缘性，这取决于观察主体所处的位置，在空间上互换位置则会带来视角变化进而导致所谓"中心"与"边缘"之间的互动，从而促生新文化的诞生。当然，二元式的话语只是一种方便的说法，也即差异性文化之间的融合生成并不是某种杂糅或者混合，本身也是一种新型知识与思想的生成方式。同时边疆也具有跨越多重界域（国别、族别、区域、语言、宗教与文化传统等）的可能性，"中心"的游移让文化走出自身的孤立存在状态，呈现出共存、共生、共荣的场景。

就共存与共享层面来看，曾经被许多主流文学史忽略的少数族裔文学是中华文学共同的遗产。以维吾尔族文学为例，1759 年之后，清政府平定大小和卓叛乱，统一了新疆，直到 19 世纪中叶，维吾尔诗坛涌现出了祖乎尔、尼扎里、伊司马义伯克、麦吉里斯等诸多诗人，这些人都精通阿拉伯与波斯文学。尼扎里的《热碧亚与赛丁》就既是维吾尔文学的优秀作品、中华文学的组成部分，也是影响了泛中亚文学的名篇。孜亚伊的《瓦穆克与吾兹拉》的题材就是来源于印度，经过维吾尔文化的改造之后，也成为流传至今日的中华文学的财富。[①] 将这些地处西北与内亚的作品与同时期中原主流文学如浙派诗词、桐城派散文、《儒林外史》作比较和关联，则中华文学的版图就要丰富完整许多。它们也许未必发生直接的关联，却是共存的史实，文学史的回溯叙事充实这方面的内容，才能更为全面贴切地呈现包含众多不同地域、美学与文化传统的中国文学风貌。

除了维吾尔，新疆的哈萨克、乌孜别克、塔塔尔，内蒙古的蒙古族、鄂温克、鄂伦春、达斡尔等民族文学都具有与哈萨克斯坦、乌兹别克斯坦、俄罗斯等国跨国共享的特点，即便是

---

① 梁庭望：《中国诗歌通史·少数民族卷》，北京：人民文学出版社，2012 年，第 446－459 页。

京族这一居住于广西防城港三个小岛屿之上的不太为人注意的海洋民族也有着跨境文学的独特文本。比如通过京族叙事长诗《宋珍歌》与越南喃字长篇叙事诗《宋珍菊花》及喃诗传的比较分析，我们可以看到越南宋珍故事取材于中国南戏传奇，被越南文人有意识地创编为具有越南民族特色的六八体喃字长篇叙事诗，之后又演变为喃诗传。《宋珍歌》讲述贫家书生宋珍结缘富豪之女菊花，彼此定情，宋珍进京赶考高中状元，遭遇皇帝逼婚，拒婚后被罚遣出使异国，最后建功立业共归故里，夫妻团圆，而公主也追随下嫁，宋珍得享齐人之福。宋珍故事的不同变文在异地侨易之后，经过族群本土化的创生，不仅文体形式发生民族化的演变，思想主题也灌注了鲜明的自我意识。就像黄玲在研究后得出的结论，《宋珍歌》中宋珍对越皇的独立自主，不辱使命；对秦国（实际上即越南人想象中的中国）的不卑不亢、自信豁达，使宋珍的形象呼之欲出。整个叙事充满着越南民众对家庭与国家、家园与异域不同的情感想象和文化认同。宋珍出使异域使得叙述者获得更多想象空间，神话叙事为主人公的英雄形象提供了文化原型的支撑。由此，一个中国宋元南戏的伦理故事，就在历史发展和跨境迁徙中渐渐演变为展现跨境民族之民族精神的寓言。[1] 由中国俗文学到越南民间文学再回流到中国少数民族文学之中，并进而辐射到壮侗语族的一些民间叙事，经历了两次跨境传承的回环往复，《宋珍歌》突出地展现出中华文学在历史生成中的复杂性与流动性，中华文学的勃勃生机也尽在其中。

---

[1] 黄玲：《中越跨境民族文学比较研究——以民间叙事文学为例》，陕西师范大学博士论文，2011年，第194页。

历史层面的共存与共享导向我们思考现实层面的共有与共生，这是"中华文学"的价值定位所在。中国多元族群文学的历史遗产与发展现实，显示了重新估量"文学"的定义、文学经典的标准、批评方法的律则、美学风格的可能性。即我们在当下的学术发展、知识更新和范式转型中，需要重新梳理、塑造、锻铸、弘扬中国文学的丰厚遗产。中华民族的文化历来有着多元一体、和而不同的传统，当代中国的各民族文学作为政治协商、历史公正、民主平等、主体承认的产物，也需要新一轮的"文学共和"。笔者曾经在别的文章中提到"文学的共和"包括价值的共存、情感的共在、文化的共生、文类的共荣、认同的共有、趣味的共享。"中华文学"概念和范式的提出可以视为文学共和的一种取向，它可以通过敞亮"不同"的文学，让它们在彼此互动交融的表述中，最终达至"和"的风貌。"不同而和"，正是对"和而不同"传统理念的创造性诠释。

第三节　必须保卫历史

面对现实问题寻找解决办法的时候，人们往往乞灵于过往，试图从中鉴往知今、返本开新。在中国这样一个有着悠久历史传承的国度，这是一条习见而自然的思路，内在于文化积淀和思维模式的底部。重述历史式的文艺作品成为晚近文艺作品中的主潮，无疑也从属于这个脉络。在这个重写的过程中，过往的资源成为一个战场，对于传统的态度、历史的阐释、记忆的争夺一再凸显出人们对现实处境的认知、立场、情感倾向和价值判断。

　　"文革"后形成的关于社会主义的"典型"与"新人"的塑造，正是为了体现包含目的论色彩的历史观念——他们要成为既有普遍性又有独特性，并且预示着未来方向的"这个"①。无疑，这种宏大建构与愿景存在着僵化的弊病，同时因为过于激进的政治与文化实践的失败，这个历史观也背负起了连带责任，从而给改革开放、思想解放后纷争云起的多元主义历史观预留了广阔的空间。不过，情形似乎并不乐观。可能由于解构主义与新历史主义的影响，泥沙俱下的当下叙事中，对于一度简单化、刻板化的马克思主义历史观的批判走向了矫枉过正，反而倒向了背离其初心的反端。后来者在反思一体性意识形态的告别革命浪潮中，捡了芝麻丢了西瓜，在返回历史、重塑传统的过程中丢弃了辩证法和唯物史观，或者将其在相反的维度上极端化——美好的理念播下乐观的"龙种"，结果只收获了失望的"跳蚤"。

　　这种趋向在文艺创作领域，从 20 世纪 90 年代的日常生活审美到 21 世纪以来的市场与金钱拜物教，将个人主义和消费主义发展到了极致。在隐在的新自由主义和多元主义意识形态之中，文艺作品的个体表达、审美娱乐被片面强调，而认知判断、引领倡导、高台教化的功能则被嗤之以鼻，后者被视为政治对文艺的粗暴干涉。但是文艺在警惕政治介入的冲动时，遗忘了自己实际上被经济所干涉的实况，因而使得自己"去政治

---

① "每个人都是典型，但同时又是一定的单个人，正如老黑格尔所说的，是一个'这个'，而且应当是如此。"恩格斯：《致敏·考茨基》（1885 年 11 月 26 日），见《马克思恩格斯论文学与艺术（一）》，陆梅林辑注，北京：人民文学出版社，1983 年，第 186 页。

化"的意图显得无知与荒谬——因为它们不过是在另一种意义上的"政治化",这让热衷于历史反思与重写的作品构成了自身的矛盾——它们中的很多在一定程度上倒成了反历史的虚无主义。

让我们先来看看几种充斥在文坛、舞台、银幕与荧屏的与重述历史有关的突出现象。首先,最为突出的无疑是甚嚣尘上的网络文艺,它们以穿越小说为底,辐射到电视剧、电影和手游等多媒体上,钩心斗角的权谋机略、尔虞我诈的宫闱秘事成为这类宫斗戏和阴谋剧的主流。即便某些时空架构非常庞大的故事中,因为让家国大义附着于个人情感与欲望,它所表现出来的磅礴也只是在虚妄时空中的夸张,而不是主体精神的崇高,甚至我们可以说它的历史精神是猥琐的。历史在其中成为上演各种自然人性、生存智慧与狭隘诉求的被动处所,而不是作为创造性主体奋斗与建设的主动进程。时间与人在宿命般的背景与构拟中失去了未来,只能返回到一己的恩怨情仇。

其次是抗日神剧。在这种奇观化的书写中,历史转为传奇,传奇又变身神话,英明神武的英雄在愚蠢迟钝的敌人面前以一当十。当残酷情境被戏谑化之后,失去了对于冷峻战争的敬畏,进而也失去了对于历史本身的敬畏。戏说、演义的传统在中国文学史上其来有自,作为正史补充的稗官小说,事实上起到了风化底层引车卖浆者的教育功能,是忠孝节义、礼义廉耻等基本民间伦理的来源。当礼教下延之后,它们当然会作为封闭而陈旧的价值体系的承载物而遭到来自精英阶层的抛弃。但如今的神剧式戏说,却全然没有了英雄传奇的模范企图,而诉诸视听感官的刺激和低劣趣味的发泄。历史在这里被空心化和符号化地诉诸情绪消费，它唯一可能推波助澜的可能是狭隘而盲目自大的民族主义，这也并非民族之福。

再者是严肃的历史文学和正剧中，对于王朝、事件与人物评价的"翻案风"。在新的价值体系中重估历史事件与人物，本来是历史书写中的题中应有之义，而"一切历史都是当代史"的意义也正是在于对既有历史书写的扬弃，以裨补缺漏、衡量论定，让历史的遗产成为活的因子，进入当代文化与观念的建设当中。但是在涉及现代中国革命与革命英雄人物的形象塑造时，我们会发现一种逆反的处理方式正呈现出覆盖式的趋向。比如"民国范"的怀旧、乡绅阶级的温情缅怀、对已有定论的汉奸的"同情的理解"和"洗地"；而另一面则是让革命领袖走下神坛，给英雄模范"祛魅"，把平权革命解释为暴行。很多时候，这种书写的背后理念是人性论和生活史，突出历史的偶然性和宿命性，强调大时代对个体的挤压以及个人在时代洪流中的无可奈何。于是，存在的就是合理的，革命被矮化和简化为王朝更迭和权力斗争，历史中只有盲动的群氓，而没有自明的主体，绝大部分民众似乎都是被少数野心家的阴谋诡计裹挟着随波逐流。本来，瓦解一些意识形态幻象，恢复个人在历史中的生命体验，可以视为一种解放。然而当历史在"后革命氛围"中失去了乌托邦维度之后，精神迅速降解为欲望和本能，只有以邻为壑、卑劣无耻的宵小，没有舍生取义、舍己为人的伟人，这显然让历史卑琐化了。如果按照这种逻辑，历史的连续性被革命的断裂性所破坏，那就无法解释为什么中国革命能够推翻"三座大山"，持续地进行新民主主义、社会主义和改革开放的革命，后者恰恰证明历史并非静止，中国社会是一直在自我纠错、自我更新的。

如上种种表现，对应着柏拉图所谓的欲望、情感与理性偏向，不免让我们回想起尼采关于"历史的用途与滥用"的论说。在他看来，历史对于生活着的人而言必不可少，它关联着人的行动与斗争、人的保守和虔敬、人的痛苦与被解救的欲望，从而相应地产生了纪念的、怀古的和批判的三种不同的情感态度。[①] 按照这种说法，马克思主义的历史观综合而又超越了三者，所谓"批判地继承"即可以归结为历史、唯物与辩证的立体结合。辩证唯物史观当中的历史，是既尊重历史，又有现实立场，并且旨归是在解释世界的基础上改造世界。我曾经在一篇文章中谈到"历史感"即"现实感"，强调基于过往实际、当下处境和未来理想而书写历史。从理念上来说，这与中国悠久的历史书写传统也是相通的。"孔子作《春秋》，微言大义。言微，谓简略也，义大，藏褒贬也"。关于"义"，王夫之讲到有"天下之大义"与"吾心之精义"[②]，在《四书训义》里解释说："孔子曰：吾之于《春秋》，笔则笔，削则削。有大义焉，正人道之昭垂而定于一者也；有精义焉，严人道之存亡而辨于微者也。"[③] 这就是明确历史观与个人化书写之间的有机结合，从而使中国的历史成为一种与文学相通的审美的历史、情感的历史与教化的历史，而不是科学的历史、理性的历史与纯科学的历史，前者体现了"六经皆史"的普遍价值、道德、伦理准则性

---

① ［德］尼采：《历史的用途与滥用》，陈涛、周辉荣译，上海：上海人民出版社，2000 年，第 11 页。

② 王夫之：《读通鉴论》，长沙：岳麓书社，1996 年，第 84 页。

③ 王夫之：《四书训义》（下），长沙：岳麓书社，1996 年，第 519 页。

质，后者则是现代学科意义上的某个具体分科门类。

中国传统的历史文学也一再体现了这种准则，比如传播久远、大众耳熟能详、并且一再被重写的"赵氏孤儿"故事。《春秋左氏传》中成公四年、成公五年、成公八年里记叙的"本事"是由于赵氏孤儿的母亲赵庄姬与他的叔祖父赵婴通奸间接造成的赵氏灭门，韩厥向晋侯进言而立赵武。但司马迁在《史记·赵世家》记载的时候，却并未依据《左传》或《国语》，而是采用战国传说①，隐匿了污秽的本事，突出的是程婴和公孙杵臼的救孤义举。元人纪君祥创作杂剧的时候基于宋遗民的立场，针对无数"赵氏孤儿"的前朝惨剧，创作《赵氏孤儿大报仇》则舍《左传》"本事"，而采用了《史记》"故事"。②千百年来人们记住的是经过史书和文学美化了的历史形象，而并没有谁会认为这种处理是反历史的。因为在司马迁和纪君祥那里，都意识到历史并非某种锱铢琐碎的"拆烂污"，而是要贯通"大义"，让读者感受到温情与节义的价值彰显。这是文学的德性，而不是现代历史科学的理性。即便是史学，"史家追叙真人实事，每遥体人情，悬想事势，设身局中，潜心腔内，忖之度之，以揣以摩，庶几入情入理。盖与小说、院本之臆造人物、虚构境地，不尽同而可相通。"③"相通"的史学与文学不仅是记言记事的笔法，更在于支撑着这种笔法的对于"历史性"的认识。

---

① 杨秋梅：《〈赵氏孤儿〉本事考》，《山西师大学报（社会科学版）》，1987年第2期。

② 范希衡：《〈赵氏孤儿〉与〈中国孤儿〉》，上海：上海古籍出版社，2010年，第17－18页。

③ 钱锺书：《管锥编：补订重排本》（一）上卷，北京：三联书店，2001年，第317页。

如同海德格尔所说:"历史性这个规定发生在人们称为历史的那个东西之前。"[①] 史观或者说人们意识到的历史性,使得历史不仅仅是一种知识,更是一种情感态度与道德追求。在前现代中国,史观被表述为"义",而"义"的内涵随着时代变迁而变迁,就今日而言,历史的"大义"无疑应该依托于经过马克思主义和中国革命实践洗礼的一系列价值体现:消除贫穷和等级,追求人民民主、平等和共同富裕。近代以来的历史哲学被分为本体论的(如黑格尔)、认识论的(如科林伍德、孔多塞),20世纪以来经过"语言学转向",又出现了修辞论的(海登·怀特),经过福柯、德里达之后,历史更是被消解,而替换成"谱系"。而吸收马克思主义营养并结合中国实践所产生的历史观,在此类欧风美雨之中则被搁置了。历史决定论、线性发展观、矢量时间观在解构之后,造成了"历史的终结"论和价值观的淆乱。当代文艺中种种历史重述现象所体现出来的虚无主义必须放置在这个思想史的脉络之中才能得到有效的清理。

如果我们细析当代文艺作品中的虚无主义,会发现近代以来的历史哲学遗产挥发出的藕断丝连的影响,它表现为历史主义,即根植于19世纪兰克史学的价值中立式的"真实性"偏执。这种历史主义表现为"有一分材料说一分话"的工具理性思维,因为与有清一代的乾嘉汉学传统契合,而被现代中国知识分子奉为史学圭臬。"上穷碧落下黄泉(历史文献),动手动脚找东

----

① [德]海德格尔:《存在与时间》,陈嘉映、王庆节合译,熊伟校,陈嘉映修订,北京:三联书店,1999年,第23页。

西（考古文物）"①、"层累"叠加的古史辨②成为塑造当代历史观的主要资源，而另一类有着明确理想维度和未来愿景的历史观资源——阶级斗争、革命正义、消除等级与剥削的平等诉求、社会主义革命与共产主义未来的必然性——则因为激进乌托邦的失败而退隐，乃至遭到嘲笑。实证主义式的历史观作为基础性知识累积的手段，自然没有问题。问题在于这种思维推向极致，就会将手段当作目的，尤其在进入到文学领域后，很容易因为书写者亲历、经验和现场的"真实"感受而带来一种真实性的虚妄，误以为那就是历史。从逻辑上来说，对于历史的认识以及如何形成这种历史认识的过程同等重要，甚至后者更重要，因为它涉及无意识的"认识范型"，而恰恰是在历史认识的形成语境构成了不自觉地接受了某种教育的思维框架的结果。历史主义的偏执就体现在只注意到替代性的历史认识，而对于自己之所以形成替代性的历史意识缺乏自觉。如同查尔斯·泰勒所说："我们的过去沉淀于我们的当下，如果不能公平地处理我们所由之处，就注定会错误地识别我们自己"。③现场感并不等于现实感，而个人真实也不能与历史真实画等号。历史主义

---

① 傅斯年：《历史语言研究所工作之旨趣》，天津：天津人民出版社，1996年，第182页。

② 顾颉刚在与钱玄同通信时说到自己想做的文是"层累地造成的中国古史"，认为先秦的历史记载往往是后人踵事增华、累积记载的结果，越往后材料越多，也越不可靠。他引用汲黯说的话"譬如积薪，后来居上"来解释"造史"，并说明为什么会"疑古"："看了这些胡乱伪造的史，《尧典》那得不成了信史！但看了《诗经》上稀疏的史，更那得不怀疑商以前的史呢！"顾颉刚：《与钱玄同先生论古史书》，见顾颉刚编：《古史辨》第一册中编，上海：上海古籍出版社，1982年，第64页。

③ [加拿大] 查尔斯·泰勒：《世俗时代》，张容南等译，徐志跃、张容南审校，上海：上海三联书店，2016年，第36页。

的求真，如果失去了向善的道德维度，而只计较于"法利赛人的真实"，而忘却历史的"大义"，就会让历史书写变成一堆杂事秘辛、断烂朝报的堆积，就像法的条文规定如果不以正义为旨归，那么教条的律例很有可能成为恶的帮凶。

"修辞立其诚"，这个主观性的"诚"至关重要，它就是要在客观性的"真"的基础上加上善的维度，保护它不至于沦落为冰冷的机械作业。不幸的是，当代文学书写中的很大一部分，可能正在走向这种历史主义式的工具化。其表现就是津津乐道于"细节"，就像以赛亚·柏林在论说"现实感"时所强调的，作家的重要任务就是要潜入表层之下、穿透那黏稠的无知，达至"难以清晰表述的习惯、未经分析的假说和思维方式、半本能的反应、被极深地内化所以根本就没有被意识到的生活模式"[1]。这固然是文学极其重要的一面，但是在工具性的思维当中，"细节"的现象学式呈现并不能自动生成对于"细节"的理解，更遑论历史感的生成。真实的细节与材料如果没有坚定的历史观做支撑，不仅不会一叶而知秋，反而导向了个人主义的一叶障目不见泰山，这恰恰是现实感的丧失。最典型莫过于在回溯当代革命史的叙事中，所呈现出来的"创伤叙事"和"伤痕即景"，历史被呈现为一种无目的、动物本能般的布朗运动，书写者娇娇楚楚地喊疼、叽叽歪歪地冷嘲热讽、湿腻腻地浸泡在你侬我侬的汁液之中。在抛弃了记忆禁忌（无论任何时代、任何文化中这种禁忌都是必要的）的宣泄之中，读者在其中只能得到颓丧的熏染和仇恨的训练。

---

[1] ［英］以赛亚·伯林：《现实感：观念及其历史研究》，潘荣荣、林茂译，南京：译林出版社，2004年，第22页。

如果说历史主义来自科学理性，那么另一种潜在话语——功利主义，则源于消费的理念。它基于实用的立场，将历史作为"任人打扮的小姑娘"[①]，在我们的时代就表现为消费历史。对比于借古讽今、古为今用的现实主义立场，这种功利主义的失误在于历史的"大义"消失了，只剩下"小利"。艰辛的血与火、激情昂扬的挣扎与奋斗、美好的未来想象都被轻飘飘地耸身一摇，像狗抖落毛皮上的水滴一样，将它们全部抛弃。这从那些最为风行的网络文学主题中就可以看出来，曾经在现代革命被打倒的帝王将相又回来了，并且以与绝对权力相匹配的绝对道德的面目出现，就像那些痴女和迷妹受虐狂似的拜倒在霸道总裁的脚下一样，此类文本将坐稳奴隶或者攫取权力奴役他人作为最终的目标。这不啻是一种历史的逆流，新文化运动以来辛辛苦苦一百年，一觉回到了前清朝。它们的历史观一反进化论的思维，回到了退化论。而修真玄幻类的小说则只有在历史架空的异质时空才会发生，同样是躲避现实、从历史中逃逸的意淫。在这个逃逸的过程中，就像盗墓贼（另一个极其醒目的网络文学主题）一样，窃取历史的遗产并且将它们作为休闲装饰物和消费品以自肥。

历史在消费逻辑中不仅不是一笔丰厚的遗产，反而是一种

[①] 此语往往被认为起自于胡适，其实胡适在介绍詹姆士实在论哲学时的原话是："实在是我们自己改造过的实在。这个实在里面含有无数人造的分子。实在是一个很服从的女孩子，她百依百顺地由我们替她涂抹起来，装扮起来。'实在好比一块大理石到了我们手里由我们雕成什么像。'"胡适：《实验主义》，见欧阳哲生编：《胡适文集（2）》，北京：北京大学出版社，1998年，第226页。胡适讨论的是客观实在与主观认知之间的关系，只不过后来被挪用到历史上被歪曲简化成了实用主义。

沉重的负担，是一项召唤我们去偿还的债务。但是哪怕历史的幽灵始终徘徊不去，消费社会和消费者也不想听从任何历史债务的召唤，它们只想逃债，用戏谑的方式扮演遗忘的智力低下小儿，或者榨取历史中可以提炼出使用价值的内容，并将之生产为衍生最大化的文化商品，投放于市场。其必然结果是迎合低劣趣味，直奔本能的下流，而文学作为人类的精神产品就堕落为"自然存在物"的无节制娱乐，而不是"为自身而存在着"的"类存在物"①（人）的历史活动——为了"追求着自己目的的人的活动"②。这样的文学其实是历史的浮游生物，根本无法触及历史的渊深内面。更为严重的后果是重新造就了原子化和游戏化的个人：一方面无可无不可的虚拟人格随物赋形，因为缺乏坚定自主的价值执守而发生人格漂移；另一方面，将个人与社会隔离开来，没有意识到个人的社会关系联结，则是对于国家与民族的遗忘。这样的个人不会有任何操守，什么事情都干得出来。

恩格斯说："无论历史的结局如何，人们总是通过每一个人追求他自己的、自觉期望的目的来创造他们的历史，而这许多按不同方向活动的愿望及其对外部世界的各种各样作用的合

---

① "人是类的存在物。这不仅是说，人无论在实践上还是理论上都把类——即自己本身的类，也把其他物的类——当作自己的对象：而且是说（这只是同一件事情的另一种说法），人把自己本身当作现有的、活生生的类来对待，当作普遍的因而也是自由的存在物来对待。"马克思：《1844年经济学-哲学手稿》，刘丕坤译，北京：人民出版社，1979年，第48-49页。
② 马克思、恩格斯：《神圣家族，或对批判的批判所做的批判：驳布鲁诺·鲍威尔及其伙伴》，见《马克思恩格斯全集》第2卷，中共中央马克思恩格斯列宁斯大林著作编译局译，北京：人民出版社，1957年，第118-119页。

力，就是历史。"[1] 文学艺术就是包含在历史中的"不同方向活动"之一，它是一种与历史共振的能动性活动，而不仅仅是"再现""表现""象征"或者"寓言"，更不是戏说、大话和流言蜚语。文学艺术通过叙事加入历史与现实的行动之中，"历史"总是被当下所讲述，而这个"当下讲述"本身构成了历史实践的组成部分，它们共存于时空之中——历史似乎已经远去，但文学艺术对于历史的一次次重新讲述，却可以参与历史进程之中。

历史的进程固然有着回流与曲折，对于历史的认知也存在着各种话语的竞争。在某种意义上，诗比历史更真实。文学书写之中，无论是历史主义还是功利主义，都游离在有效的历史书写之外，前者舍本逐末，后者泛滥无涯。因而我们必须保卫历史，保卫它的完整性、总体性和目的性，不要让它被历史主义所窄化，也不要被功利主义所虚化。重新恢复那种蕴含着情感、公正、乌托邦指向的"大义"历史观，文学艺术需要寻找到自己独特的叙述维度，创造出带有历史责任、社会担当、道德关怀、理想诉求的历史书写，进而复兴过往传统的伟大遗产，成就一个新的历史。

第四节　以人民为目的

在我们的时代，"文学"与"人民"的形象和意义因外部环

---

[1] 恩格斯：《路德维希·费尔巴哈和德国古典哲学的终结》，中共中央马克思恩格斯列宁斯大林著作编译局译，北京：人民出版社，1997年，第40页。

境的变化而发生了巨大变迁，我们再也不能用一种无所用心、习焉不察的方式来抽象谈论"文学"与"人民"那不言自明的内涵了。这不仅体现在由于全球化语境中人口、技术、信息的多重流动，以及由于生产与生活方式的变革，"人民"的属性和具体构成与此前那种清晰明了的阶级划分或工农兵学商的身份界定已经大为不同。而且就"文学"的内部观念与外部构成而言，也正在转型：一方面"文学性"在新媒体语境中面临重新刷新，从词汇、语言、技法到形式、趣味和审美风格都已经出现迥乎不同的新质；另一方面文学的生产、传播和接受，在多媒体兴盛的时代跟印刷文化主导的时代也截然不同，这个过程连带着作者、文本和受众的分化与融合。在日益侧重互动生产、分众传播、立体呈现的文学风貌中，马克思主义经典政治经济学中所论述的消费者（文学受众）行为具有双重性，它的消费与生产活动齐头并进，并进入接受与批评过程之中，且影响着文学的美学、立场与价值观。根据历史唯物主义和辩证唯物主义，我们必须立足已经发展了的现实，实事求是地重新认识"人民"与"文学"。

马克思主义关于文学批评的论述最重要的两个思想方法，一个是永远的历史化，一个是不断的政治化。也就是说，我们必须回到具体历史语境中，走出关于"文学"的狭隘观念，它不是被动的反映物或者个人趣味的投影，而应当视为现实中具有参与性、介入性、能动性的文化力量的考察。[①] 从 19 世纪中叶的反帝反封建到 20 世纪中叶社会主义中国的建立，"人民"作为一个具有自觉意识的现代历史主体孕育诞生，"文学"在其中始终如影随形地扮演了重要的角色。这种现代文学观区别于娱情抒怀的余兴，而将传统中"言志"与"载道"的观念重新发扬光大，与民族—国家的形象塑造和认同建构息息相关。

关于现代意义上的文学与人民的关系仅就其发生发展的 19 世纪下半叶到 20 世纪而言，可以分为三个大的阶段，第一个阶段是 19 世纪末到 20 世纪初期，从"新民"到"立人"，从"国民性"批判到"劳工神圣"的发现，在晚清到新文化运动转型当中，先进知识分子在本土文学变革的基础上广泛吸收来自西方的浪漫主义、人道主义、个人主义、自由主义的文学，提出了社会文学、国民文学、写实文学、白话文学等一系列的主张，有一个逐渐从无意识的一盘散沙之民到具有自觉性的个人、国民，从精英的个人到眼光向下的普罗大众的观念转化过程。关于人民与文学的内容，涉及怎么样把一个"沙聚之邦"塑造成一个"人国"的乌托邦愿景。这种"国民的""庶民的""人的文学"观念里面，有着 17 世纪以来西方启蒙主义和人道主义的

---

① 与"人民"密切相关的概念"人民性"也是一个伴随着历史语境变化而不断发展的范畴。"文学中的人民性是历史的范畴，因此它所包涵的具体内容，也随着社会形势发展的不同而有所不同。"黄药眠：《论文学中的人民性》，《文史哲》，1953 年第 6 期。"当我们在评价和衡量一个作品有无或有多少人民性的时候，决不可拘泥于作者的剥削阶级出身、他的某些主观思想……必须正确地、具体地分析作品的本身，检查它对人民的态度如何，在历史上起了什么作用，哪些地方还有弱点，总的倾向怎样？等等。"徐中玉：《论文学的人民性》，见上海师范学院中文系文艺理论教研室编：《文学理论争鸣辑要》，上海：上海文艺出版社，1983 年，第 294–295 页。

思想背景，这个背景强调的文学倾向是个人的、审美的、独立的、自主性，以及与之伴生的自由、民主、科学等带有普世性的价值观。我们通过它们所强调的内容，可以称其为普世化的人本主义文学。

个性解放、关心被压抑群体的人本主义文学，有其时代必然性和局限性，它树立起来的是"个人"，而非集体性的"人民"，后者有待此后一系列西方理论结合中国本土传统和现实革命实践的洗礼。在"为人生"与"为艺术"、"启蒙"与"革命"、"民族的"与"世界的"的辩证中，经过反帝反封建的旧民主主义革命和新民主主义革命，以及社会主义革命建设，"人民"这一具有历史自觉意识的主体才在参与革命事业的实践中被树立起来，并且得到了理论总结。文学中的"人民"跟之前的"人"有所区别的地方在于：一是强调集体性，即它是一种负有历史使命与政治责任和义务的主体；二是它虽然是集体的，但也是具体的，是身处具体历史情境中的人，而不是抽象的剥离了社会与时代的特殊性的人；三是民间性，它的主体部分是广大的群众，而不是少数的精英。到了 20 世纪五六十年代，因为这种人民观念的确立，"人民文学"也就成为一种文学现实。"人民文学"的观念一方面来自从苏联文学中移译的"人民性"思想[1]和"新人"形象[2]，另一方面来自中国本土的实践与理论提炼。

---

[1] 关于"人民性"内涵及其在中国化过程中的不断演变，参见吴高泉：《"人民性"的话语分析》，《社会科学家》，2009 年第 3 期。

[2] "新人"形象原指 19 世纪中叶俄国文学中出现的具有民主主义思想倾向的平民知识分子艺术形象，是对"多余人"的取代。但在中国的社会主义现实主义文学中的"新人"，无疑具有本土社会主义实践的特点，也包含了 20 世纪 60 年代中苏之间"十年论战"后的新的理论总结。

"人民文学"其实是继承并发展了人道主义、启蒙运动关于文学的观念成果，并与中国的具体情况相结合，生发出比较明确的社会主义文学观念。这是一个有总体性视野、现实性关怀和历史性意识的文化规划，就是立足中国的具体生活当中，把人道的文学做实为人民的文学，这是第二个阶段。它所强调的倾向是集体的、社会的、民间的、具体性、导向性和应然性的乌托邦世界理想。

第三个阶段就是我们当下，改革开放四十多年以来的更加复杂丰富的现实。因为改革开放初期的新启蒙和思想解放运动，各种文学流派纷起迭出，80年代后期以朦胧诗和先锋小说为代表的现代主义文学观念逐渐占据主流，此后日益发展成为新历史主义、新写实主义、晚生代等文学现象，更多强调文学自律性和主体性的"纯文学"观念，对此前的"人民的文学"的过于偏向于政治意识形态进行反拨。这原本是尊重文学自身艺术特殊性的"回到文学本身"意向，但至其末流，则走向了另一个去政治化的极端。如果用一个家族相似的概念来说，它们实际上构成了一种单向度人的文学。为什么这么说？因为不管是从新写实主义到后来的底层文学，无论是新历史主义还是新世纪成为现象的少数民族文学和地域性文学群体，都可以发现这些观念强调的只是人的某一个方面，而并非在整体性的视野中进行综合观照，实际上最终将人单向度化了。这些文学所关涉的可能只是人的某个维度、政治文化身份或社会角色，反而形成了一种片面的文化政治话语。

当下文学中的单向度人最为突出的体现为三种，一是在现实与历史题材中的"自然人"，凸显肉体、家族、个人的欲望，强调生活中的一地鸡毛和蝇营狗苟，突出人的生物与生理层面，而忽略了社会人的历史性和精神性层面。即便是有着明确的主导性观念，主张关切诸如打工者、边缘人、失败者、底层民众的身份意义，并以之作为创作与批评的根基，某种程度上也将人民单一化、简单化了。二是在大众化和商业性文学中消费观念辐射性影响下的"消费者"，在利益逻辑中，现实被化约为符号表征，人的内在欲求逐渐矮化为金钱至上，不仅体现在所塑造的人物的精神风貌上，也体现在整个商业文学生产流程之中。消费者的文学是符号化的、资本化的、娱乐性的，乃至物化的。三就是所谓的"后人类"，就是由于科学技术尤其是医学和媒体的新兴发展，科技已经深入日常生活中后，给人们带来的从肉体（比如义肢、美容、器官移植、佩戴式设备）到情感与思维方式（比如虚拟情感与认同、虚实相互交织的感受、虚无主义精神）的变化，这种弥散的主体模式与随机性感受，无疑挑战着"人"的人道主义想象和"人民"的理想主义乌托邦。

　　这三种单向度的人，无论是自然人，消费者，还是后人类，它们之于工业革命、启蒙时代以来的人道文学、人文主义或者社会主义时期具有理想维度的人民都已经发生了巨大蜕变。在符号化、景观化、资本化的语境当中，"人"与"人民"摆脱了社会人、历史人、世界人的形象，重新回到一个或然性的状态，而较少具有应然性的追求。当此之时，人民与文学要面临着新的"立法"。我们如何立足于历史和现实并着眼于未来，去想象和塑造人民与文学，如何重新对当下的文学和人民进行想象和界定，并且将它们之间进行一种历史性的连接，是根本性的任务。

通过以上具体的、特定的历史时期的梳理可以发现，无论是文学还是人民，它们都不是有着本质主义式的、固定化的、静止的内涵与外延。作为流动性的存在，它们都是生生不已、革故鼎新、连绵不绝的，在具体语境中呈现出不同的面目，有着不同的诉求。其关键点在于主体意识的形成，从19世纪以来反帝反殖民斗争和社会主义革命与建设实践中所形成的"人民"是一个有历史意识、责任担当和未来愿景的主体。在当下明白这点特别重要，它敦促我们认识到，伴随着新一轮的生产与生活现实，我们重新又到了一个重建主体性、重塑人民性、重写文学性的关键时刻。

人民主体与文学性的双重建立，核心在于人民应该作为目的，而不是将人民作为手段；文学固然有其美学标准，同时也要有伦理底线和道德关怀。笔者看到王家新的一些批评①，颇有意思，凸显出美学与道德之间的纠葛与冲突。又比如胡兰成尽管有其"礼乐中国"的华美篇章，但也遮蔽不了抗日战争期间汉奸的实际行径。更直接的例子是，年轻的女作家林奕含在自杀之前接受记者采访时提到的疑惑②。她因为在幼年遭受过性侵，而文学之美恰恰成为遮掩和歪曲现实之恶的手段，这使她产生一个疑问：为什么有着几千年抒情传统的优美修辞，在现实当中变成了恶？这些案例提醒我们，文学在审美之外，必

① 王家新：《范雨素VS余秀华：如果失去了同情心，我们的文学还能用什么打动人》，《新周刊》微信公众号，2017年5月12日。
② 王鹏：《台湾作家林奕含被性侵，文学到底是不是帮凶？》，《新京报·书评周刊》，2017年5月13日。

须追问诚与真、知与善的问题。文学与人民的关联在于实践之中，而非纯然的修辞和技术领域，而实践的核心则是实事求是、因应顺变，这就要求将文学的审美性、社会性、时代性和行动性结合起来。有了关于文学的这个共识，才能将共通性的文学理想与多样性的文学表现形式辩证地统一起来。

《毛诗序》中言："正得失，动天地，感鬼神，莫近于诗。先王以是经夫妇，成孝敬，厚人伦，美教化，移风俗。"①这是中国古典的诗教传统，从顶层设计上面来讲，就是文学在审美、娱乐功能之外，还有对于国家与民族的历史认知、塑造认同和教育风化的"高台教化"功能。这种抒情与言志合一的古典理念，放到今日重新进行扬弃，我们可以说文学不仅是娱乐产物和消费品，同时也是情感教育和价值教育的产品。从作家个体自我角度来讲，可以兴观群怨、主文谲谏，表现与抒发个人的"事业与生活、顺境和逆境、梦想和期望、爱和恨，存在与死亡"等，这是对于具体的有血有肉的人的尊重和体贴。从受众而言，在坚持审美标准的时候，也要兼顾普及与提高，注重形式在新传播语境中的创造，作为一个社会的有机分子而不是游离在历史之外的个体，参与到文学与文化建设中来。历史不会终结，历史主体永远是具体的人与理想化的人民的合一，文学的"身入、心入、情入"，关键在于从人民中来，到人民中去，而不仅是将这一切变成抽象的"人民的名义"。

如此一来，就回到了文学的四个评价标准问题，审美的，历史的、人民的和艺术的。笔者以为，根本的一点就是凝聚起

---

①《毛诗序》，见郭绍虞主编、王文生副主编：《中国历代文论选》第一册，上海：上海古籍出版社，2001年，第63页。

一个基本的共识：在多元化、碎片化的语境当中，把人民作为目的的共同价值观跟多样繁复的文学现象结合起来。孔颖达《礼记正义》言："圣者通达物理，故'作者之谓圣'……'述者之谓明'，明者辩说是非，故修述者之谓明"。[①]"作者"与"述者"，用在今天关于文学的理解上，就是需要在政治与经济、文化与伦理、技术与媒体的综合视域中确立创造、辨明、倡导一种"新的文学"。这是我们应该思考的话题，具体怎么样给当下的人民和文学之间的关系进行一个理论上的界定与命名，现在还无法有一个确定的答案，但一个基本的共识应该达成，那就是认识到历史的具体性和社会的总体性，在现实中不断去把握、探索和实践。这是一个永远在行进中的历程。

第五节　文学想象与中国认同

文学与现代国家之间的关系历来充满内在的紧张，一方面作为现代国家塑造自己的形象、宣传推广自身的理念以及建立认同的手段，文学通过叙事、隐喻、召唤起到了意识形态辅助功能；另一方面，随着文学自觉意识和主体性的建立，它又有着摆脱政治意识形态的独立欲求。如何平衡其中的关系，并且让文学想象成为一种具有价值提升意义的文化产品，则成为执业者不能不慎重思考的话题。

文学主动参与到现代中国文化建设事业之中，从发生学与历史而言，常发生于王朝帝制的瓦解时期。王者无外的天下式

[①] 郑玄注，孔颖达疏，李学勤主编：《十三经注疏·礼记正义》，北京：北京大学出版社，1999年，第1090页。

帝国因应内外危机，被迫或主动进入"万国竞争"的世界体系之中[①]，社会与政治结构性的变化带来了文学观念与手法的重组，比如"诗界革命"、"小说界革命"、新文学运动。认同从来都不仅仅是书面的言辞或堂皇的姿态，而总是产生于现实的危机之中，与社会与时代的转型与变革息息相关。因而认同总是呈现出一种看上去似乎自相矛盾而实际上又自然而然的面目：内源于理性判断乃至功利考量，外显于情感连带与心理归属的实践与实现，两者纠缠融合在一起，无法遽然切割。

我们可以将晚近 170 年中国的现代转型历史作一个历时性考察，梳理出危机与认同历史脉络。在晚清到民国的递嬗过程中，最大的中国危机是殖民与救亡，彼时的先进士人与知识分子在内患纷起与外敌环伺的局势中的最大焦虑是亡国灭种。这个"三千年未有之剧变"不再是如同历史上佛教传入中国那样，为中国文化所吸收，为中国文化增添了新的词汇，而是新的语法的传入，是现代西方启蒙运动、工业革命、海外殖民的"富国强兵"价值观对古老儒家为主导的仁义礼智信价值体系的冲击，所形成的结果是将中国传统文化"博物馆化"。面对此种危机，中国本土文化的应对在两个方向展开：反面方向是关于民

---

① 当然，"'至大无外'只是一种观念构造，而不是现实。古代中国在自己所知的'天下'范围内曾长期处于文明中心的地位，保持着'天朝上国'的自我认同，但是周边仍然环绕着诸多政治体，游牧文明与农耕文明之间的张力也从未真正消弭"（章永乐：《万国竞争：康有为与维也纳体系的衰变》，北京：商务印书馆，2017 年，第 2 页）。但是随着资本主义全球殖民的发展，帝制中国在 19 世纪中期之后就进入万国竞争的行列之中。从 19 世纪初的维也纳体系，到一战后形成的凡尔赛－华盛顿体系，再到二战后美苏两大阵营对峙格局的雅尔塔体系，以及随着东欧剧变、苏联解体所形成的多极化格局，如今则是一个新的"万国竞争"时代的来临。

族性的批判叙事，比如《孽海花》开头的奴乐岛沦陷寓言就是典型的"陆沉"警示。"知古而不知今，谓之陆沉……知今而不知古，谓之盲瞽"[1]，古老经典的重释与洪水神话灾难记忆，与传统崩塌、亡国灭种的焦虑相结合，在传媒的鼓噪中形成了有着强烈现实危机感的警世通言[2]。从严复、梁启超到鲁迅、老舍乃至柏杨和20世纪80年代的一系列带有新启蒙色彩的"国民性"批判作品都是延续了这一思路，尽管内部各有侧重，着眼点与价值观也不尽相同，但反思民族文化的大路径是相似的。正面方向是在社会性文化塑造之外，文学的记忆重塑以唤醒民众、构造认同，包括发明炎黄、醒狮、龙凤的意象，创造黄河、长江叙事的民族形象建构，这个民族文化创造影响深远，一直延续到80年代港台地区及海外的长城、中国心叙事，直至当下这套叙事仍然是国家叙事经常征用的资源。整体而言，无论反向还是正向，都颇为类似于本尼迪克特·安德森所谓的民族主义潮流的第四波：民族解放与民族独立的思潮。

社会主义国家建立时期的危机则来自二战后的意识形态与冷战格局，文学与国家认同的主要任务是建立自上而下的文化领导权，因而在文学书写上更多体现为正方向的建构与启蒙。从20世纪40年代的中国风格、中国气派，从民族民间寻找思想与精神资源，成为另外一种区别于新民主主义革命时期的理路。文学在社会主义现实主义的倡导下，在历史叙事上着重于中国

---

① 王充：《论衡·谢短篇》，见黄晖撰：《论衡校释》第二册，北京：中华书局，1990年，第55页。

② 单正平：《晚清民族主义与文学转型》，北京：人民出版社，2006年，第89－112页。

革命史的英雄传奇，在现实叙事上着眼于新人与新社会的讴歌与弘扬，与此同时是从国旗、国徽、国歌到移风易俗的社会主义新风尚和土地改革等一系列的现实变革。典型环境中的典型人物的文学语法，使得"自上而下的动员"与"自下而上的凝聚"结合起来，国家、社会与个人的集体性联合，成为中国认同的时代特色。

当下的中国无疑面对的是更为复杂的全球化与多元主义语境。这种语境是全球性质的，即便是曾经的超级大国美国也面临着认同的危机。亨廷顿（Samuel P. Huntington）观察到 21 世纪之交，"几乎每个地方的人们都在询问、重新思考和重新界定他们自己有何共性以及他们与别人的区别何在：我们是什么人？我们属于什么？……国家特性/国民身份危机成了一个全球的现象。"[1] 当代中国在经过四十多年的改革开放，如今也进入一个以跨国资本、新自由主义、新传媒、个人主义和消费主义为主导的世界语法之中。这个时候曾经的冷战式意识形态部分失效了，而国家认同正面临着巨大的挑战。我可以将其归结为三个方面：一是如弗里德曼所说"世界是平的"[2]，即经济与新自由主义的挑战；二是如麦克卢汉所说的"地球村"[3]，来自传媒与技术的挑战；三是文化多元主义和各种地方性的挑战。在这样

---

① ［美］亨廷顿：《我们是谁：美国国家特性面临的挑战》，程克雄译，北京：新华出版社，2005 年，第 11-12 页。

② ［美］托马斯·弗里德曼：《世界是平的》，何帆、肖莹莹、郝正非译，长沙：湖南科技大学出版社，2006 年。

③ Marshall Mcluhan, Quentin Fiore, *War and Peace in the Global Village*, McGraw-Hill, 1968.

一个阿帕杜莱所说的"消散的现代性"①的场景中，我们同样需要问：中国人是谁？

国家认同与国民身份的消损主要来自三个方面：消费主义意识形态成为一种集体无意识，带来生活方式到价值观念的全面符号化与物化；"公民"身份以下的各种身份的崛起，流动性尤其是跨国人口的出现，带来身份认同的淆乱，尤其是国家认同的淡漠；整个文化语境呈现出一种民族主义、原教旨式观念与普适性话语之间的角力。中国观念最直接的当代挑战是"死魂灵"的出现，即精英的非国籍化，另一面是爱国的公众所极易被哄抬起来的盲动。民族主义成为一柄双刃剑，但是讨论中国认同又无法回避这个问题。那么中国又该何去何从呢？

从现实的地缘政治与国际关系来看，全球化时代的民族主义至少在目前依然没有过时："一旦君主的权力被虚弱并转移给拥有主权的人民，那么'谁是人民'就成为不可回避的问题。民族主义以创造公共文化的历史共同体的形式给出了一个概括性的答案，并不断对其进行修正和完善。尽管民族主义会广泛地带来恐怖与毁灭，但民族和民族主义也为现代世界秩序提供了惟一现实的社会文化框架。如今它们还没有势均力敌的对手。民族认同也仍具有广泛的吸引力和效力，许多人认为它能够满足对文化成就、植根性、安全与友爱的需求。许多人仍准备响应民族的号召，为民族的事业献出生命。记忆、神话与象征符号把民族与那种普遍而持久的共同体，即族裔联结在一起，正是这些东西赋予了民族独一无二的特征，并使其牢牢控制了众

① ［美］阿尔君·阿帕杜莱：《消散的现代性：全球化的文化维度》，刘冉译，上海：上海三联书店，2012年。

多人们的感情和想象。"①但我们又不得不面对现实政治的另一面是,"与全球化的进程相伴随,民族—国家的主权尽管依然是有效的,但正不断衰落。生产和交换的主要因素——金钱、技术、人力、商品——越来越容易地越过国界,因此,越来越少有力量去制约以上因素的流动,向经济施加它的权力……帝国主义的世界地图明显的民族国家色彩,已经被合并、混合在帝国全球的彩虹之中"②。其中,还有一个需要被认识到的问题是:"民族主义解决城市资本和人民—民族之间的冲突,靠的是将民族的政治生活融入国家机制中。作为消极革命(改革?)的温室,民族国家为'民族'在资本的全球秩序中寻找位置,同时使资本与人民之间的矛盾永久搁置。"③人民—民族和国家代表—民族之间的假定同一性既稳固又坚实,理性与资本之间的历史同一性(发展民族与工业化—现代性之间的历史同一性)则呈现出认识论特权。那么,文学作为文化维度,如何处理好国家认同与流动的现代性之间的关系,参与到全球化时代的国家认同当中去呢?

文学参与国家认同的途径无疑是想象与形象。认同与身份一体两面彼此关涉,它必然需要他者作为参照,也就是说,文学想象与文学形象作为具有公共性的文化产品,要经受时间与

---

① [英]安东尼·D. 史密斯(Anthony D.Smith):《全球化时代的民族与民族主义》,龚维斌、良警宇译,北京:中央编译出版社,2002年,第191-192页。

② [美]麦克尔·哈特(Michael Hardt)、[意]安东尼奥·奈格里(Antonio Negri):《帝国——全球化的政治秩序》,杨建国、范一亭译,南京:江苏人民出版社,2003年,第1-2页。

③ [印度]帕尔塔·查特吉(Partha Chatterjee):《民族主义思想与殖民地世界:一种衍生的话语》,范慕尤、杨曦译,南京:译林出版社,2007年,第237页。

空间中的传播与变形，自我的塑造是显性层面，"他者的眼光"始终是隐形的在场，因而它从来都不仅是关乎自我主体性的孤立问题，而总是在他者视野中的自我塑造。比较文学中的形象学，曾经梳理过中国在欧洲尤其是西欧目光中的形象，从中西近代交通开始，它历经了大汗的大陆、大中华帝国、孔夫子的中国、孔教理想国、哲人王般的开明专制政体等不同面貌。①启蒙时代对于东方的异域想象形成了一种"中国情调"的东西，但在狄德罗、卢梭的正面与孟德斯鸠的负面印象那里已经形成不同的分野，乃至黑格尔和马克思的世界史观察中，中国都呈现出类似"东方主义"的变体。随着现代性进程的发展和殖民事业的展开，中国以"停滞的帝国"面目成为东方专制主义的代表，野蛮的东方性在不同时期以"黄祸"或"红祸"的话语出现。这个过程总是与国际政治秩序的变动密切相连，非常复杂，一言难尽。

　　不过不管有无关注，几乎所有人都无可置疑地感受到中国在21世纪以来，尤其是2008年之后所呈现给世界的形象发生了翻天覆地的变化。这个变化来自改革开放30余年综合国力的增长，伴随着国力的增强的是国家形象的内外部建构。从内部而言，2006年的电视纪录片《大国崛起》可以视为一种雄心，叙述葡萄牙、西班牙、荷兰、英国、法国、德国、俄国、日本、美国等九个世界级大国相继崛起的过程，并总结大国崛起的规律，但这种以资本为主导的崛起过程可能只是代表了一种路径，中国作为社会主义国家无法搬演；从外部而言，2011年

---

① 周宁：《天朝遥远：西方的中国形象研究》，北京：北京大学出版社，2006年，第11-401页。

英国广播公司（BBC）的纪录片《中国人要来了》则宣扬了一种新的中国威胁论。这样复杂的多样性语境，其实给中国文学带来新的挑战和机会，作家们需要做的是走出流行了三十多年的"纯文学"与个人主义的狭隘牢笼，纵向从历史的脉络、横向从跨国的视野来理解、认识与书写这种复杂性，既要走出民族国家话语的桎梏及其可能带来的狭隘与偏执，也要防止帝国式霸权理念的复活。

最为紧要的是世界观与价值观的树立，进而才有可能塑造现实情境中的被广泛认可的中国认同。这里涉及传统文化理念的复兴，一个国家的强大与认同感或者来自强迫性的霸道，如疆域扩张、殖民统治的暴力合法性，但这并非长治久安之道，最终要走向文化沟通与融合的王道，即意识形态的合法性，获得价值、心理、情感认同。170多年来的现代中国文化，无论是"师夷长技""以夷为师"，还是"以俄为师"、（西）欧风（北）美雨，基本都是一条"以西律中"的文化交流单行道，从而在部分程度上形成了逆向民族主义的文化自卑。随着21世纪以来中国综合国力的增强，"既富矣，又何加焉？"曰："教之。"（《论语·子路》），是时候走向文化交流的双向街了，即不仅要在中西古今的文化遗产中激浊扬清、兴利除弊，在广采博收外来文化的基础上，同时要创造新的文化，输出自己的价值观。如果只是输出劳动力和制造产品，那永远称不上是大国。

文学在这个全球化、新媒体的时代对于塑造价值观和中国认同而言尤具意义，体现在它是一切现有艺术门类、文化产品中最少受到权力和资本控制的门类。就目前而言，中国当代文学的主流更多停留在以日常生活对抗已经抽象了的政治意识形态、以个人主义张扬欲望与权力的合理性、以狭隘人性放逐崇高理想的境地之中，这无疑不足以担当文学的时代重任，反倒无形中损耗了文学的开阔品性和凝聚认同的可能性。当此之时，对于作家而言，是要走出个人的封闭圈，自觉意识到将个人与人类命运共同体联结起来。广泛吸收三种历史与文化遗产，一是中西方古典，二是中国革命，三是改革开放的实践，发展出一种立足本土的国际主义文学：不仅在中国文学悠久而伟大的传统中进行开拓，同时将自身置诸世界文学的整体之中，这个"世界"不仅包括已经具有主导性影响力的西欧北美文学，也要包括第三世界（南亚、中亚、非洲、南美等）的文学。

事实上，真正认识了中国才能真正认识世界。如何认识与书写中国，塑造当代中国的形象？中国作为前现代时期的四大帝国（奥匈帝国、俄罗斯帝国、奥斯曼帝国以及清帝国）中唯一没有解体，而顺利转化为新型共和国的国家，充满了内外部的多元性质，无法用民族—国家的单一框架进行框定，但它又不是一个新型的资本帝国。按照有学者的说法，中国是一个"跨社会的体系"（trans-societal system），理解这样一个交错着历史与现实复杂性的体系，区域研究可能是一个很好的切入点。"区域概念的模糊性和重叠性决定了一个双重事实，即一个地区（甚至国家）可能同时属于多个地区，一个地区可能包含多重社会关系（天下、一统、民族、主权、网络、宗教、贸易和其他社会活动等）。区域的概念与行政区划未必一致，也未必不一致，真正的区别在于行政区划按照自上而下的轴线将区域组织在一个结构之中，而人类学、社会学意义上的区域却包含对各种历史偶然性、事件和其他形态的交往而形成的横向联系。区域的构成不能从一个单一的方向上加以界定,即拒绝笼统地按照行政区划作为本源性关系而否定这些关系本身是多重条件和历史互动的产物。从认识论的角度说,只有将时间从纵向的关系中解放出来,置于一种多重横向的运动中,才有可能找到区域这一个空间概念的时间维度,其目的是将重叠性、模糊性、流动性与并置性置于历史思考的中心。"将中国作为"跨体系社会"来研究,目的是为了"综合多样性与平等的政治文化及其具体的制度性实践"①。

　　跨体系社会的思路,移植到文学书写之中,就是要通过美学的途径,在整体认识中国文化多样性的基础上,塑造共识,提炼出既包容文化多样性的多元共生,又强调富强、民主、文明、和谐、自由、平等、公正、法治、爱国、敬业、诚信、友善的核心价值。这一系列的价值观以新的中国形象呈现在世人面前,置诸全球文化综合体中,求得最大公约数,才可能获得中国内外的双重认同。事实上这也正是继承与发扬了中国现代革命先烈一直以来的"初心"——追求全人类休戚与共的福祉。

---

① 汪晖:《亚洲视野:中国历史的叙述》,香港:牛津大学出版社,2010年,第312－313、321页。

第二章　谱系与地图

第一节　日新的传统与融合的主体

一

尽管经历了所谓的"断裂"式变革，当代文学作为一种连续性的话语，依然承续的是五四以来的新文学话语，因而有必要梳理其兴起与流播。新文学话语根底里是文学如何在古典中国的转型中获得其现代性政治内涵、精神结构和制度外观的过程：在对把握历史规律和方向的信念和激情中，现代意义上的"文学"观念获得其主体性，并且以其明确的思想内核和规划目标，划定现代与传统、革命与反动、"新文学"与"旧文学"的分野，重新拾掇和整合以往的文化与文学遗产，倒溯式地追认和梳理出一条贯穿始终的历史脉络，进而指向未来的、进步的理想文学图景。

涉及文学主体性的讨论，关乎文化自觉与文化自信，总是有着若隐若现的民族主义情感与认同潜伏在背后或者前方，尤其在所谓全球化的语境之中。全球化的讨论人言人殊，从其狭义的角度来说，特指晚近数十年伴随经济一体化所带来的政治交往、信息往来、媒体传播与文化变迁，这个过程实际上最迟从 5 个世纪前就已经开始，这是一种现代性症候。15 世纪开启的大航海时代、16 世纪盛行的文艺复兴、17 世纪勃发的启蒙运动，18 世纪飞速运转的工业革命，随之而来的是殖民主义的全球扩张，美国独立战争和法国大革命所形塑的现代世界观——民族国家、宪政、法制、民主、平等、自由、科学等——逐渐取代前现代时期的神圣政教合一的王权而成为新的"普世性"。这个"全球化"的过程同时也是发源于欧洲的局部现代性确立自身霸权式地位并向全世界范围内蔓延的过程。文学在其中扮演的角色陡然得到提升，因为与民族/国家的建立密切相关，它在全球不均衡的区域内成为有着塑造"想象的共同体"功能的"新文学"。新文学的主体性因而总是关联着特定的文化传统，成为普世性中的特殊性，在貌似矛盾冲突的面貌中呈现其合乎理性的内在本质。

　　现代意义上的中国新文学主体性也与现代中国的命运息息相关，因为近 200 年来中国文化、经济、政治生态的急剧而又深刻的转型，使我们讨论当代中国文学话语的主体性时也不得不回过头去，重新观照这段"过去"——它是如何成为"历史"，而"文学"又如何在"历史"中生成，在它的生成过程中"传统"如何被从历史"流传物"[1]中提炼出来，成为被汲取的思想与精神资源，进而"取今复古，别立新宗"，返本开新，自铸主体。纠结了中国学术界一个多世纪的"中西古今"之争，不断变换着各种词语与修辞，它们以"中体西用"、"全盘西化"与

---

[1]　[德]加达默尔：《真理与方法》，洪汉鼎译，上海：上海译文出版社，1992 年，第 143 页。

"文化本位"、"世界性"与"民族性"、"全球化"与"本土化"等诸多形式出现在各个历史节点，时至今日依然很难摆脱因袭已久的对于"传统"与"主体"的本质化、静态化理解。确实，符号化、简约化地理解"传统"，很容易因为民族情感而附加了道德价值，能够更为便利地在文化交易市场上流通，同时也利于无所用心的操作，但无助于推进我们理解它们各自的流动性。尽管某些核心性的要素（比如抽象的民族精神）维持了"传统"必要的稳定性，我们却必须在时间的流转中才能把握"主体"不断的移形换位，而正如现代性进程本身所显示的，它也必须从空间的不平等关系中得到理解。

只有基于全球史的视野回溯中国新文学话语的建立，力图勾勒出中国文学的主体性与传统之间兔起鹘落的关系，才能有望走出后文要讨论的"替代性的现代性"与"多元现代性"的话语俗套——它们往往带着殖民与文化等级的暗影，重建一种充满现实感的中国文学话语。而"穷则变，变则通，通则久"的日新不已，正是新文学的核心传统。

在论述中国现代国家的起源时候，孔飞力（Philip A. Kuhn）追溯到18世纪90年代的帝国危机。康乾盛世结束，西部边疆开始不平静，湘黔川苗乱，台湾陈周全起义，黄河与长江的洪水泛滥危及中原和华东省份，违禁偷运鸦片到南方广州的英商正在改变中国茶叶贸易中的逆差局面。彼时清代社会与政治发展面临着三项迫待解决的难题："第一，怎样才能使得由于恐惧而变得火烛小心的精英统治阶层重新获得活力，以对抗危害国家和社会的权力滥用？第二，怎样才能利用并控制大批受过教育、却不能被吸收到政府中来的文人精英们的政治能量？第三，怎样才能通过一套相对狭小的官僚行政机构来统治一个庞大而复杂的社会？"[1] 即便没有即将到来的国外侵略，这些问题也已经到了尾大不掉必须改变的程度。

这种危机显然不能仅仅从帝国内部得到全面揭示，它是世界整体格局变动中的一环。如同林满红发现的，拉丁美洲独立运动使 19 世纪上半叶的中国因为白银外流而起了整体秩序变动。其中包括：中国相对日本在亚洲的地位陵夷、中国政府相对世界市场的力量消沉、传统中国强调多元权威并存的思想在此期间突然涌现等。[2] 银贵钱贱，导致 19 世纪中叶清政府危机加深，众多省份白银外流、田赋减少，盐税收入也在下降，商业部门贸易减少，海关税收少于定额。政府的支出却增加了，户部赤字 1843—1850 年间，平均是岁入的 4%。"到 1853 年清廷失去的不仅是无法获得官位的学者的支持，也丧失了维持自身的能力。每年支付官员与军人的共约 3000 万两。事实上，户部盈余只有 29 万两，需要用来维护国家机器运转的钱项 90% 没有着落。"[3] 与这种情况相应的另一面是社会腐化和官场的贪墨。19 世纪 50 年代之后约三四十年间，因墨西哥独立运动后铸造的银圆流入中国，以及中国因前一阶段白银外流所引起的太平天国动乱，而造成另一阶段的秩序变动，"地方军事化"的过程，使得国家权力转移到地方精英之手——现代兵制的形成、地方

---

[1]［美］孔飞力：《中国现代国家的起源》，陈兼、陈之宏译，北京：三联书店，2013 年，第 8 页。

[2] 林满红：《银线：十九世纪的世界与中国》，林满红、詹庆华等合译，台北市：台大出版中心，2011 年，第 9 页。

[3] 林满红：《银线：十九世纪的世界与中国》，林满红、詹庆华等合译，台北市：台大出版中心，2011 年，第 158 页。

主义的发展、绅权以"委托权力"的形式在地方自治中起到关键作用——进一步加快了传统国家中央集权体系的崩溃。①

与清政府式微而地方势力崛起并行的思想学术上表现，则是所谓"权势转移"②，原先属于"边缘之学"的公羊学派的重振——18世纪中期，常州学派的出现。以经世之学闻名的龚自珍和魏源同受刘逢禄（1776—1829）知遇，以今文经学引为同道，借经学议政事、改风俗、思人才、正学术，进而关心边徼舆地，促使西北史地学的兴起。今文经学动摇了经学的神圣性，"传统"成为"六经注我"的可利用资源。鸦片战争刺激的"以夷为师"与洋务运动，更使西学逐渐跃升主流。进化论的引入促成社会达尔文主义成为历史认知观念的主流，到18世纪晚期康有为、梁启超等维新主义者更是糅合公羊学的"三世说""托古改制"与进化论，将其与经世、救亡、图存的政治目的结合在一起，作为其变法立宪的理论依据。这个过程可以视为对于欧美主导的殖民现代性的模仿，中国所走的道路是一种"迟到的现代性"。

"师夷长技以制夷"便是最典型的表述。欧洲资本主义向全球范围内扩展，东西方碰撞式的相遇，进而殖民主义、帝国主义肇兴，引发了一轮又一轮的怨恨、反抗、战争、媾和，殖民促生了自己的仿效者和反叛者，导致本尼迪克特·安德森所谓的"官方民族主义"和模仿殖民者的民族解放、民族独立一

---

① ［美］孔飞力：《中华帝国晚期的叛乱及其敌人》，谢亮生等译，北京：中国社会科学出版社，1990年，第217—232页。

② 龚自珍在西潮入侵之前的道光年间所写的《尊隐篇》，即已提到中国文化重心由京师向山林的倾移。罗志田：《权势转移：近代中国的思想、社会与学术》，武汉：湖北人民出版社，1999年，第7页。

系列运动，最后形成当代的民族国家林立却又不平衡的世界体系。现代文学话语便是在这种经变从权的语境中，获得了其主体性。某种意义上来说，它也是一种现代性发明，如同本尼迪克特·安德森所论述的，知识分子在大众媒体兴起过程中发现"印刷资本主义"在凝聚"想象的共同体"中的重要作用[1]，民族主义和民族意识觉醒，文学的位置迅速被提升，加入民族国家建构的话语之中。"诗界革命""戏剧革命""小说界革命"这一系列在19世纪晚期到20世纪初期的表述，显示了文学的政治化倾向——它之所以在现代时期特别重要，正是因为文学参与到最为重要的国家与民族情感的塑造工程之中。那些曾经作为历史流传物的"文以载道""诗以言志""主文谲谏"等内容被提炼为"诗教"和"美刺"的传统，在新时代如梁启超关于小说"浸、熏、刺、提"[2]、鲁迅关于"掊物质而张灵明，任个人而排众数"[3]等表述中焕发出明确的实用性功能。

二

新文学区别于"旧文学"的根本就在于它将文学从"壮夫不为"的"雕虫小技"提升为"民"和"族"的建构中不可或缺的精神导引和思想指针，而这一切正是文学通过自己的审美力量和情感连带作用而发挥出来的功能。它是高度现代政治化的，

---

[1]［美］本尼迪克特·安德森：《想象的共同体：民族主义的起源与散布》，吴叡人译，上海：上海人民出版社，2005年，第38-46页。

[2] 梁启超：《小说与群治之关系》（1902），见《梁启超全集》，北京：北京出版社，1999年，第884-886页。

[3] 鲁迅：《文化偏至论》（1907），见《鲁迅全集·编年版》第1卷，北京：人民文学出版社，2013年，第129页。

是公共性、介入性和行动性的实践，因而不同于纯粹怡情遣兴或抒发个人幽微思绪的余兴节目，尽管后者并不在它所完全排摒的范围，但无疑需要被归并到这个总体性的"人——民族——国家——文学"的历史规划中来。

这个整体性的过程是奥斯曼帝国、莫卧尔王朝、大清帝国等老帝国分崩离析的过程，它们的土崩瓦解不仅仅体现在战争与缔结条约、强迫性的政治体系的破解、经济贸易形态的转换，也体现在文化与价值观上的颠覆与更替。因为殖民者在国土占有、资源掠夺、商贸侵袭这些直接的控制之外，也会进行文化上的教育和改造。比如何伟亚（James L. Hevia）就曾通过中英的个案展示了帝国主义通过惩罚警诫、报复性恐怖、将原有君主去神圣化、传教、大众传媒输入新观念等方式来对殖民地进行欧美文化的哺育，其基础是一系列"科学的"理念：白人种族优越论、社会达尔文主义式的关于文明发展和等级的理论等。这样一来，原先帝国的民族被视为"原始"，而文化则是"野蛮"的，通过将一套新的宇宙—道德体系覆盖到旧的文化之上，而取得被征服人民的默认和同意。[1] 因而，经济与政治殖民的同时，也是被入侵者的"新文化"诞生的过程——这显示了新文学内在的自我冲突。

亚洲与欧美的相遇可以视为原先的伊斯兰教、儒家、佛教、印度教文化等多元文化与现代性西方文化之间的冲突。在西方现代性的思想、技术、建制取代这些文化之前，它们分别在特定区域拥有一定的普世性。19 世纪，欧洲把诞生自法国大

---

① ［美］何伟亚：《英国的课业：19 世纪中国的帝国主义教程》，刘天路、邓红风译，北京：社会科学文献出版社，2007 年。

革命和美国独立革命的理念推广到世界前沿，通过它在工业文明、军事组织、立宪政体、政教分离国家、现代行政治理上的多重成就，使它们蹿升为新的"普世性"。欧式科学知识、历史见解和欧洲的道德观、公共秩序观、刑罚观，乃至衣着风格、生活方式，逐渐成为"文明"的表征，亚洲的历史进入顺应这种"文明"的过程。但是，像石川祯浩所说："以巴克尔为代表，所谓放之世界而皆准的'普遍性'的'文明'，实际上不过是近代西方为认识自身和使自身正当化，从假想的亚洲社会状况中找到对比性根据而动员起来的工具之一。其自身在西方难以定位的自我，要表述它的唯一语词，就是把非西方看作'他者（＝野蛮）'始能成立的'文明'的概念。这同时也表明，无论是福泽，还是浮田，抑或是梁启超，只要他们接受'文明'的观点，也就难以定义非西方本身（自己）为何物，而不得不借用西方的眼光来表现自我。"[①] 以西方文明的眼光反观自身，各处的亚洲人都面临欧洲的新自我认知——非专制的、日益都市化和商业化的、创新的、充满活力的认知，原先的那一套被认为过时了，如同泰戈尔郁闷地写道："亚洲始终是欧洲法庭上的被告，始终把该法庭的裁定当作定论，承认我们唯一可取之处，乃是彻底拆除我们社会四分之三部分和它们的根本基础，照英格兰工程师所规划的，代之以英格兰砖和灰浆。"[②]

　　彼时亚洲人所面临的根本性问题是：如何使自己和别人无

---

① ［日］石川祯浩：《中国近代历史的表与里》，袁广泉译，北京：北京大学出版社，2015年，第113页。

② ［英］潘卡吉·米什拉（Pankaj Mishra）：《从帝国废墟中崛起》，黄中宪译，台北：联经出版事业有限公司，2013年，第59页。

奈接受本国文明因内部衰败和西化影响而逐渐式微的事实，同时重新得到主宰世界的白人对他们的平等看待和尊重。在主流之外的一些思想家同时也开始探讨本土自主的道路，印度教、儒家、伊斯兰传统的先驱们也进行了本土思想融合外来资源现代转型的探索。他们包括出生于波斯、后来漂泊足迹遍布欧亚非三洲的哲马鲁丁·阿富汗尼，印度的泰戈尔，中国的康有为、梁启超、孙中山、鲁迅、胡适等人。但是在峻急的社会局势之中，深远理性和平缓的变革很难为人接受。五四新文化运动将本土的旧有文学历史流传物分立为需要被推翻和打倒的精英与值得被提倡的平民两类对立选项，看似是文学话语权的争夺，实则也是争夺解释历史与传统的权力。正是这种争夺，树立起中国的现代主体。虽然在西化的大潮中，并生了"国粹派""甲寅派"等对传统忧心忡忡的支流，但在文化语法已经被颠覆式改变的思路中，"传统"显然不再是自在之物，而是一种具有"国学"意味乃至意识形态主张的"儒教"之类的新发明。新文化内部也滋生了"为人生"与"为艺术"的不同取向，只是表明了启蒙现代性和审美现代性之间的区别——它们共享了同样的思想框架和逻辑。

西方现代性理念魅力如此之大，这个理念因为有欧洲成功先例的加持，而被亚洲几乎所有地方的反殖民精英所拥抱，它承诺了解放和国家建制，包括明确的疆界、井然有序的政府、忠贞的官僚组织、保护公民的法典、透过工业资本主义或社会主义达成的快速经济增长、群众读写能力计划、技术性知识、同民族内同起源感的问世等。在后来成功建立新国家的领袖如尼赫鲁、胡志明、纳赛尔、苏加诺那里，尽管因为地理经济、宗教文化、政治传统的因素差异，在意识形态上各有取舍选择，总体上还是遵从了现代性的语法。民族解放与自决固然是对西方殖民者的报复，但是这种报复是含糊不明的，真正意义上的文化、精神与价值观独立自主之路还需要漫漫求索。[1]作为"历史流传物"的中国传统文化，面临的尴尬如同列文森（Levenson）总结的，是历史与价值的矛盾，过去的那些"流传物"变成了"传统"，被认为已经失去了当下的合法性和活力，拉进了"历史"中，尽管在情感上依然葆有它们斩不断的依恋价值。"中国人在使中国的传统文化走进自己的博物馆的过程中，在不妨碍变革的情况下，又保持传统文化的连续性。他们的现代革命——在反对这个世界的同时又加入这个世界，在撤弃中国过去的同时又使过去成为他们自己的过去——是一个建造他们自己的博物馆的长期奋斗的过程。他们不得不对自己的历史作一番清算，用一条新的绳索将它牢牢拴住，而同时朝着和它完全相反的方向前进。"[2] 这时候的主体是一个新旧杂陈、中西交融的主体，既断裂又连续，在看似矛盾中显示了现代中国本身的复杂性。

　　以复古求革新一向是中国士人在穷通变革的时候，返回过去，乞灵于阐释古代经典的秘密。儒家的经典《大学》中有言："苟日新，日日新，又日新。""传统"屡经变易，总是为时所用，也正是在此种日新不已、自强不息中，中国文化葆有了刚

---

[1]［英］潘卡吉·米什拉：《从帝国废墟中崛起》，黄中宪译，台北：联经出版事业有限公司，2013 年，第 349－361 页。

[2]［美］列文森：《儒教中国及其现代命运》，郑大华、任菁译，北京：中国社会科学出版社，2000 年，第 382 页。

健有为的勃勃生机。康有为在世纪文化转型时代称："伊尹曰：用其新，去其陈，病乃不存。……若泥守不变，非独久而生弊，亦且滞而难行。……法《易》之变通，观《春秋》之改制，百王之变法，日日为新，治道其在是矣。"①梁启超引《易》言"穷则变，变则通，通则久"的道理，也是为了申说"变者，天下之公理"。②在"变"与"不变"之间，时代的选择是抛弃原有的万世不易的"道"——"道之大原出于天，天不变，道亦不变"，"《春秋》大一统者，天地之常经，古今之通谊也"③——而代之以新进的"道"：科学、民主、平等、民族国家……新文学最为关注的内容都是与这类启蒙主义密切相关的主题：反封建家庭、破除迷信、婚姻民主、阶级平等、妇女权益、儿童教育……无疑都具有革命意味与乌托邦愿景。但即便具有激进革命的外貌，根底里其实是与既有传统的"视阈的融合"。汤武革命、周召共和的传统表述，在新的时代被赋予新的含义，"革命""共和"这些古老的词语复活，并且具备了经过现代改造后的内涵，它们是新时代的尊时守位、知常明变和开物成务。

这种对于时代精神的共识，使得新文学群体迅速分化后也共享了同样的精神资源。20世纪20年代，中国的民族主义在日益严重的殖民主义与帝国主义的侵略中开始获得道德象征的极其强有力的地位，任何一方政治和社会力量都不得不表现出

---

① 康有为：《变则通通则久论》（1895），见《康有为全集》第二集，姜义华、张荣华编校，北京：中国人民大学出版社，2007年，第30页。

② 梁启超：《变法通议》（1896），见《梁启超全集》第一卷，北京：北京出版社，1999年，第14页。

③ 董仲舒：《天人三策》，见《董仲舒集》，袁长江等校注，北京：学苑出版社，2003年，第26、28页。

对其命令的服从。两者的结合可以视为理性的策略和情感的信奉的结合。这种对"古"和"西"的双重革命是真正的激进和前卫，但也是保守与后卫，新文学所纠结的复杂性也就体现于此。复杂性当然意味着内在的多重成分乃至相互冲突和对立的观念，但无论如何，"新"显示了一种理想，这种理想赋予了评判文学的价值标准和尺度。因而，丝毫不奇怪的是，尽管文学史的叙述中新文学一直占有压倒性的优势，但在彼时彼境的文学现场，新文学的作者固然掌握了话语权，但在普通读者那里，新文学并不是主流阅读的文体和内容。

从文体而言，现代小说、诗歌、戏剧和散文固然获得了遍地开花、蓬勃生长的空间，但在新兴传媒如报纸和杂志的公共空间，旧体诗词仍然居于高端位置，哪怕它们已经被各类"诗界革命""小说界革命"判处了"死刑"。就内容而言，演义小说的陈腐教条、鸳鸯蝴蝶派的你侬我侬、武侠仙怪的奇诡世界也赢得了更为多数的读者和受众。然而，这一切都无妨新文学的主体位置，因为新文学的倡导者在一开始就有一种文化和理念上的强大自信，那种在现代以来的线性时间、进化论和弥赛亚信仰般的未来救赎中形成的信心——对于文学真理的锚定，进而以此指点江山，激扬文字。在这种强大的理想之中，只要符合它的要求，以文学进入历史的进程之中，参与到社会的变革、政治的进程、家国内外的文化与思想战争，它就可以无可置疑地以少胜多，以质胜量。

三

如果说新文学形成了自身的传统，那么这个传统本身就内含了自我变革的成分，它是个流徙不停的动态存在；而新文学的主体则是星云般的聚合性主体，融合了各种跨体系与跨社会的成分。在新文学确立的一百年间，它不断移形换位，一次次自我否定拆解，又一次次重新发明自我，只是证明了它如同息壤接续了大地一样生生不已。这块大地之所以能够源源不断地提供养分，在于新文学自始至终植根于宽阔的政治关怀，尽管一开始是从精英的启蒙与自我启蒙开始，很快这套启蒙话语伴随着"到民间去"的现实要求进入更为广泛的民众那里，而民众的生活充满了无穷无尽的变数和可能性，从而也就提供了新文学绵延不绝的源头活水。从新文化运动不久的"为人生"还是"为艺术"，很快进入"革命文学"和"民族主义文学"，然后是延安文艺座谈会确立的中国气象与中国风格，每一次嬗变都充满了内在的冲突、磋商与调和，实际上都是新文学的精神应对具体的社会情势之变而在实践中做出的调整。

从这个意义上来说，新中国成立之后的社会主义现实主义和对于"新人""新文化"的强调同样是新文学的延续，是那种对于更加美好未来的激情想象和试验。无论成功与否，想象和试验本身显示了中国文化自我更新的自觉与能力，而它的内在也包含着泥沙杂陈的成分。就如同洪子诚曾经极富洞见地在作为文学乌托邦试验顶峰的样板戏中发现的："在'样板'作品中，可以看到人类的追求'精神净化'的冲动，一种将人从物质的禁锢、拘束中解脱的欲望。这种拒绝物质主义的道德理想，是开展革命运动的意识形态。但与此同时，在这种禁欲式的道德信仰和行为规范中，在自觉地忍受（通过外来力量）施加的折磨和自虐式的自我完善（通过内心冲突）中，也能看到'无产阶级文艺'的'样板'创造者本来所要'彻底否定'的思想观念和情感模式。……也许可以从'文革'理论和艺术中，寻找到本世纪人文思想中抵抗物质主义，寻找精神出路的相似成分，但也一定能发现人类精神遗产中那些残酷、陈腐的沉积物。"①

　　20世纪80年代重新开始的"走向世界"与向西方尤其是欧美范例学习的过程，因其表面上与五四新文化运动的相似性，而往往被文学史家和思想史家表述为一场新启蒙运动。80年代文学生机盎然与此起彼伏的潮流与实绩，也体现了求新求变的新文学精神。但与五四新文学不同的地方在于，经过中国革命之后，80年代的文学已经不再是西方文学的亦步亦趋者，即便看上去几乎所有兴起的流派都在强调对于僵化和霸权式的意识形态的反拨，但这种反拨本身也意味着中国主体和中国问题的在场，它们形成一种自我矛盾的去政治化文学观念。比如对于"感时伤怀"的批判，意味着审美主义对一体化政治文学的反抗，它意在指斥"须听将令"的革命文学以及更多强调政治批判与现实介入的文学话语，在人性论的支撑下为去政治化的观念"背书"，但它自己也构成了一种"纯文学"的意识形态。

　　粗略说来，支配了改革开放30年来的主流文学观基本上笼罩在这种去政治化的主题里，它将文学导向一种脱离大地的取径，即集中于向内转的个人、欲望、内心、身份、肉体、性别等诸多微观政治的侧面，并且满足于在那些"被压抑的弱势"层面获得象征性胜利。但是，可悲的是在整体性的层面，文学不自觉地脱离了与集体和更广泛民众的关联，溃败于资本运转的操纵之

---

① 洪子诚：《中国当代文学史》，北京：北京大学出版社，1999年，第203页。

内而不自知。身处历史进程之中的个体很难超越一己的层面，看清楚大历史中个人所处的位置，正如"不识庐山真面目，只缘身在此山中"。这样的文学风貌与景观倒是迎合了与新自由主义经济意识形态共生的多元主义。多元主义的基本背景是主体性的黄昏，表现为丧失对应然世界兴趣的犬儒主义和自私狭隘的个人主义。这带来了文化的分裂和共识性的沦陷，当旧有的神圣世界瓦解之后是随之而来的现代性分化，但正如笔者前面所说，现代性内在的价值观是统一的，这也是新文学建立的根基。而这一切随着后工业时代、资本强权、消费社会的到来，也趋于弥散状态——不仅对于过去在解释和书写历史的时候众说纷纭，而且在面对未来的时候，随着苏联解体和欧美福利制度的细化，再也无法形成蓝图式的乌托邦愿景了。

　　时代的巨轮驶过，如同马匹疾驰过草原，蹄蹶过处，青草、野花、蝼蚁、蠓虫难免会有损毁死伤，然而这是历史常态，无须哀伤，也没有必要去哀悼，因为草原并不会因此就败落凋零。新文学的传统就是具有自我修复能力的草原，它可以包容并且鼓励腐朽、衰败、脆弱者死亡，而萌芽、茁壮、强健者自会新生。如果当代文学要接续新文学的传统，首先要解决的问题是价值重建问题。这并不是空穴来风的高蹈之词，而是因应着资本全球化扩张、地方主义兴起、原教旨主义的抬头、科技与媒体的发展而出现的新形势的必然要求。从思想史的脉络来说，按照高瑞泉的分析，"从大的方面说，中国至今尚未最后走出后经学时代，这个时代特有的独断论孑遗与相对主义思潮，从对立的两方面共同销蚀着现代价值。'物的依赖关系'的迅速扩张和种种'后现代'的播撒，像流行的快餐文化和庸俗的经验主义一样，使得当代中国知识者容易传染上理想恐惧症。因此，现代精神传统同样需要经过更深入的反省而继续演进，价值重建依然是一个开放的问题。"①重申理想主义，不断自我刷新，正是新文学的基本取向。

百年新文学兜兜转转，以"重估一切价值"开端，现在到了"重建一切价值"的时候。笔者以为，无论从顶层设计到民间感性，都意识到两方面的取径：一个是传统的资源发掘与发明，这个传统当然包含了古典中国、现代中国（革命中国）和改革开放以来的中国的各类传统，就是有学者所谓的"通三统"；另一个则是再政治化，所谓的再政治化并非那种机械的、图解式的庸俗政治化，而是将政治批判和议程内含在文本之中，走向一种"伦理—情感"的模式。两者的结合，通向的是人的自由、自觉和完善。就像哈贝马斯所说："一个行为者如果对其行为的可能性有一定的认识，因而能够承担起行为的责任，并且可以从自己的视角出发做出规范的论证，那么，我们就说他享有所谓的'自由'。"②自由是人的完成，也是新文学的原初的"立人"梦想，唯有"人"重新被立起来，文学也才立得起来。

新文学关于人与文学的梦想与民族国家的兴起密切相关，虽然在当下的全球化语境中，用麦克尔·哈特与安东尼奥·奈格里所观察到的情形来说，与全球化的进程相伴随，民族—国

①高瑞泉：《中国现代精神传统：中国的现代性观念谱系》，上海：上海古籍出版社，2005年，第14页。

②［德］哈贝马斯：《后民族结构》，曹卫东译，上海：上海人民出版社，2002年，第3页。

家的主权尽管依然是有效的，但已不断衰落。生产和交换的主要因素——金钱、技术、人力、商品——越来越容易地越过国界，因此，越来越少有力量去制约上述因素的流动，向经济施加它的权力；与之并行的是国家相关的意识形态也面临重重危机，我们的时代正在形成一种新型的"帝国"的政治。"与帝国主义相比，帝国不建立权力的中心，不依赖固定的疆界和界限。它是一个无中心、无疆界的统治机器。在其开放的、扩展的边界当中，这一统治机器不断加强对整个全球领域的统合。帝国通过指挥的调节网络管理着混合的身份、富有弹性的等级制和多元的交流。帝国主义的世界地图明显的民族国家色彩，已经被合并、混合在帝国全球的彩虹中。"①这个"帝国"背后的力量就是资本，资本以其消费的意识形态也重新塑造了我们时代的文化与精神生态：形形色色的多元主义、相对主义、伪中立立场、放逐的明确价值观，它们让一切坚固的东西都土崩瓦解，或者统摄收纳在它的逻辑之中，哪怕是对它的批判也有可能被转化成一种可供选择与消费的思想产品。

　　文学在这样的时代还有什么意义？笔者以为，应该是萦绕在任何一个文学执业者心头徘徊不去的问题。李敬泽在《为小说申辩》中说到三点理由其实也可以视作文学在当下合法性的理由：文学以其对于世界整体的思考，提供了人们摆脱虚无主义的向死而生的自觉；它保存了对世界、对生活的个别的、殊异的感觉和看法，而不至于让人成为单向度的存在；文学能够让人理解

---

① ［美］麦克尔·哈特、［意］安东尼奥·奈格里：《帝国——全球化的政治秩序》，杨建国、范一亭译，南京：江苏人民出版社，2003年，第2页。

他人的真理，从而使得民主、公正、公共空间成为可能。[①]这当然是从形而上的高度着眼，即便是从技术和物质层面，文学依然是最具可能性的反抗方式，因为较之于人类的其他精神活动，它是最少受到资本与技术的限制和盲目从众效应影响的行为——它只要一个能够书写的工具和一个独立思考的人格。这里，新文学的理想主义、革命冲动和乌托邦维度，依然能够拭旧如新。我们今日回首百年来的新文学，其意义大概也就在于此。

第二节　想象全新的世界文学地图

出于20世纪六七十年代对多样性审美和个人化表述的受挤压状况的不满，晚近几十年来的中国当代文学呈现出集体性的退缩与犬儒态势，甚或沾沾自喜于被自由主义或者各类其他话语所规训了的文学自足的框架之中。这种特定时代产生的文学诉求，在资本和商业利益的驱动下，如今已经成为一种"去政治化"意识形态的组成部分。是时候冲破思想的牢笼，敲碎精神的枷锁，反思这套话语了。文学可以向更广阔的生活发言，进而参与到现实社会实践中去。

2013年9月和10月由中国国家主席习近平分别提出建设"新丝绸之路经济带"和"21世纪海上丝绸之路"的战略构想。这种涉及国内外多边格局的大政方针很快引起中外媒体关注，形成了关于"一带一路"的各方议论。"一带一路"的理念并不是实体和机制，而是合作发展的理念和倡议，其目的是依靠

---

① 李敬泽：《为文学申辩》，北京：作家出版社，2009年，第2—7页。

中国与有关国家既有的双多边机制，借助既有的、行之有效的区域合作平台，借用古代"丝绸之路"的历史符号，主动地发展与沿线国家的经济合作伙伴关系，共同打造政治互信、经济融合、文化包容的利益共同体、命运共同体和责任共同体。这种理念是一种充满理想愿景的思维转变，是对世界地图的重新编码，在这样的视野中观照文学，一方面对于既有的文学遗产和传统会有个颠覆式的理解与认识，另一方面也启发我们重申"宏大叙事"，主动走出风花雪月、个人主义、肉体欲望所形成的狭窄场域，与重大问题接榫，向一个更为开放的公共空间迈进。

一、重新理解亚洲和中国

现代以来的世界史叙述因为被欧美强势文化所主导，往往充斥"欧洲与没有历史的人民"问题，即在欧洲"中心"之外的"边缘"被视为一种自然史的存在，或者是一种依附性的存在。这其实有意无意遮蔽了全球范围内政治、社会、经济、文化的结构性不平衡，欧美资本主宰的"世界体系"实际上直接影响了看似偏远的民众，也就是说任何共同体的存在都是关系性的存在。但在黑格尔、摩尔根到马克思的历史叙述中，亚洲都是个特殊存在，亚细亚是个游离在"世界"之外的孤儿。

如今，重新阐发古代交往的物质与非物质文化遗产，"一带一路"的构想首先就是重新理解亚洲与中国，这是对从晚清延至20世纪80年代的"走向世界"的思维方式的突破，它不是要"与世界接轨"，而是将中国作为世界的有机组成部分，重新建构世界格局的有机与能动的力量。

其次，在"一带一路"的理念中，中国的主体性不是在与"西方"的比照中形成，而是从亚洲与中国自己的视角出发。"21 世纪海上丝绸之路"是在东亚朝贡体系解体之后重新考量亚洲汉字文化圈和中亚多民族文化圈彼此影响的悠久历史地缘关系，"丝绸之路经济带"更是"路带廊桥"体系的着重点，而"丝绸之路"恰恰是以中亚为核心，贯通起亚洲与欧洲。南海边疆与"西部"在缅中印孟、中巴、中蒙俄三大走廊，从连云港到鹿特丹的新欧亚大陆桥、中国—中亚—西亚、澜沧江—湄公河流域的一系列规划中显得尤为重要。

这里可以举一个很有意思的例子。笔者数次到新疆调研，发现有个值得注意的文学传播现象。在新疆传播最广的诺贝尔文学奖得主是土耳其作家帕慕克，甚至在乌鲁木齐的街头地摊上都可以看到《我的名字叫红》《黑书》的维吾尔文译本，那是为数不多的摆在地摊上的严肃文学作品。《我的名字叫红》中将奥斯曼细密画和法兰克肖像画作了对照式的比较，形成东西文化之间的象征，最终暗示了波斯细密画的衰败。而《黑书》中有个很有意思的凤凰传说，波斯著名诗人阿塔尔的长篇叙事诗《百鸟朝凤》（《黑书》中译本译为《群鸟之会》，译者误将阿塔尔注释为土耳其诗人）讲述了一个有关追寻的故事：鸟儿们决定前往环绕世界的卡夫山去朝拜百鸟之王"凤凰"。鸟儿们的卡夫山之旅遭遇了无数的艰险，最后只有三十只鸟儿克服重重艰难抵达目的地。但是，这三十只鸟儿没有找到什么"凤凰"，这时它们忽然觉悟：我们自己这"三十只鸟"即是"凤凰"——阿塔尔在这个故事中，巧妙运用波斯文中"三十只鸟"（si morgh）与"凤凰"（simorgh）拼写完全相同，而在文字游戏中制造了关于主体性的寓言，即在追寻过程中，追寻者自己最终发现自己就是要追寻的对象。[①]帕慕克这里是对土耳其主体性树立的隐喻，其实放到中国来看，"一带一路"也有这样的意味。

二、再构亚非联盟关系，这是亚洲与欧美的关系的另一面

18 世纪中期以来，整个亚洲卷入欧美全球现代性的潮流之中，大清帝国、莫卧尔帝国、奥斯曼帝国相继崩解，沦为列强的殖民半殖民地。如何"从帝国废墟中崛起"，亚洲的思想者和行动者都进行了一系列的探索。比如日本有福泽谕吉（1835—1901）的"脱亚论"，冈仓天心（1863—1903）、樽井藤吉（1850—1922）的"兴亚论"；中国在 20 世纪之交从世界主义到民族主义的各种思路；"印度三圣"甘地（1869—1948）、泰戈尔（1869—1941）、室利·阿罗频多（1872—1950）从各自民族主义思想出发的实践与精神哲学、土耳其凯末尔（1881—1938）和越南胡志明（1890—1969）等的反殖与民族主义等。[②]这一切构成了近现代思想史上亚洲的觉醒以及关于亚洲与世界其他地区政治的关系。

"一带一路"的构想从这个思想脉络来看，是现代性进程中亚洲话语的新发展。放到中国近现代历史来看，让我想起文学史上的两种遗产，一种是晚清民国的反殖民话语，像晚清

① 穆宏燕：《在卡夫山上追寻自我——奥尔罕·帕慕克的〈黑书〉解读》，《国外文学》，2008 年第 2 期。
② ［英］潘卡吉·米什拉（Pankaj Mishra）：《从帝国废墟中崛起》，黄中宪译，台北：联经，2013 年，第 14 – 23 页。

时候的"亡国史学"，通过将中国与非洲布尔人、菲律宾、波兰等国家的亡国历史书写联系起来，激起民族危机感。鲁迅等人提倡的对于弱小民族文学的翻译与介绍，同样也是基于类似想法。

另一种是中国"第三世界"的构想与万隆会议"南南合作"等政治策略，这些举措强调不结盟与平等合作，最主要的是将亚非拉美的发展中国家联系起来，成为一种有别于欧美强国的主体性存在，从而构成自主性、能动性与结构颠覆性。

从晚清以来的"以夷为师""师夷长技以制夷""以俄为师"，到20世纪80年代的改革开放、"走向世界"，中国的现代性进程也是一个主体性不断模仿、寻找与确立的过程。经历了一百多年以西化为主潮的历程之后，如今随着综合国力的增强，开始谋求真正意义上的传统复兴与本土与区域经验为主的道路。"一带一路"具有塑造亚洲共同体的诉求，它强调的多种主体的联合，协商合作、多方共赢。亚洲与中国以其自身的多元性成为"平的世界"的共同主体，其旨归在于打破因袭已久的东西方文明等级式结构。回到文学上来说，一个世纪以来被西方文学标准所规约了的文学，可能在中国、中亚、东南亚诸国的多样性文学遗产和现实样态中，锻造出一种本土的美学范式和生产空间。

三、视角的变化与中心边缘辩证法的突破

从20世纪70年代开始，北美汉学的学术脉络逐渐从"冲击—反应""挑战—应激""帝国主义"等模式中试图跳脱出来，

"在中国发现历史"[①]。从突厥学、蒙古学萌蘗出来的边疆研究、新清史、日本满蒙史学、我国台湾地区的边缘人类学的成果与后殖民主义一道，一再构成了以边缘挑战中心的话语模式。这些构成了观测中国视角的"边缘转向"[②]。这些学术思潮尽管存在问题意识和出发点不同，在意识形态上也有着不同的着力点，但对于我们重新认识与书写中国文学历史提供了一定的挑战与借鉴，敦促我们重新发明新的"中国文学"，即认识到了中国的文学边疆的"在场的缺席"问题，比如少数民族文学、跨境文学问题。但无论是"在中国发现历史"还是"边缘"与"中心"的辩证法，往往都有意无意地压抑了关系性的存在，即如果我们有着全球史的整体性关注，就会发现中国总是与周边地缘环境和国际关系相依相存，它不可能孤立存在；而边缘和中心也是结构性的共生，而不是二元式的对立，它们共处在普遍性的时间与实践之中。

　　"一带一路"的理念则是对于边缘中心辩证法的突破，是在恢复传统丝绸之路共生关系基础上的认识转型。"丝绸之路"

---

① 柯文（Paul A. Cohen）概括"中国中心的取向"有如下四个特征："从中国而不是从西方着手来研究中国历史，并尽量采取内部的（即中国的）而不是外部的（即西方的）准绳来决定中国历史哪些现象具有历史重要性；把中国按'横向'分解为区域、省、州、县与城市，以展开区域与地方历史的研究；把中国社会再按'纵向'分解为若干不同阶层，推动较下层社会历史（包括民间与非民间历史）的撰写；热情欢迎历史学以外诸学科（主要是社会科学，但也不限于此）中已形成的各种理论、方法与技巧，并力求把它们和历史分析结合起来。" 柯文：《在中国发现历史：中国中心观在美国的兴起》，林同奇译，北京：中华书局，2002年，第201页。

② 关于"边缘"研究，王明珂有个很有意思的比喻："当我们在一张纸上画一个圆形时，事实上是它的'边缘'让它看起来像个圆形。"王明珂：《华夏边缘：历史记忆与族群认同》，台北：允晨文化，1997年，第11页。

在这个意义上具有方法论的意义，这个传统问题的复活，需要中国文学也在关系性或者说主体间性的理念中重新定位。尤其是对于丝绸之路沿线文学、东南沿海至印度洋沿岸文化的发掘与发现，这个文学不同于东部沿海发达地区的文学，它更多来自中亚、西亚、东南亚文化传统的滋养。比如维吾尔文学，即便是在今日，也依然有着浓厚的阿拉伯文学和波斯文学传统的集体记忆。

四、警惕两种文学刻板

虽然文学有其区别于其他意识形态的独特性，但也分享了它们的法则。用卡萨诺瓦（Pascale Casanova）的话来说，"文学共和国"也会分出自己的首都和外省，之前可能是希腊，现代以来则是巴黎，这其实就是某种局部的文学观念和美学趣味蔓延为具有霸权性质的通用规范。

一般来说，异文化在相互接触时，先发的现代性文化总是容易对后发的文化带有外来者"时间的他者"的意识，这就是常见的所谓"活化石论"的悖谬。比如新疆这块地方本身是个多族群、多语言、多宗教的存在，同时又像海绵一样吸收了来自各方的文化，早先的探险家、传教士、学者往往习惯于从自我主位出发在这里发现了自己文化栩栩如生的"活化石"存在。这种被萨义德批评的"东方主义"，其实是一种误读和权力话语的体现，所谓"同时异代"，即将地区的空间不平衡当作了一种进化论链条上的时间前后次序，隐含的是"文明"与"野蛮"的等级制思维。

而另一方面，在20世纪80年代以来随着文化多元主义乃至相对主义全球范围的扩展，这种以市场机制为靠山、自由主义为根基的思潮，给地方性、族群性主体带来了生长的契机，它们的特殊性和差异性存在成为一种象征性资本和符号性价值。当一体化的宏大话语弱化或者说消失之后，文化差异性的生产成为一个值得注意的现象。即，少数弱势族群出于维护自身认同和利益的需要，往往以盲目偏狭的妄自尊大强调自身的特殊性，从而走向了另一种狭隘的自我本质化和自我风情化。面对这两种情形，我们在文学尤其是当代文学创作中需要进行两种反抗：一方面反抗现实虚构，另一方面反抗情感虚构。

五、建构集体性

现代以来，由于"现代性"以强势推进取代神学价值观成为一种新的"普世价值"，我们共享了一个具有全球普遍性的认知前提，比如民主、科学、自由、发展，但是共同的理想却在近几十年来的中国人文思潮中发生了共时性的断裂。一方面思想资源多来自欧美，忽略了其他更为广阔的"没有历史的人民"的精神空间与人文传统；另一方面由于个人主义的盛行，对于共同理想的路径想象各有不同，从而造成了国内不同思想流派的纷争。

这几年笔者一直在倡议讨论"文学共和"的话题，"一带一路"背后的理念正是提示了一种寻找公约数的可能，即在共有历史和共通的现实经验的基础上，瞩望共享的未来愿景。从文学上来说，在复杂和多元的历史遗产和现实语境中，如何既尊重文化多样性，又塑造一种新型的中国认同、中国人的共同目标，则是需要重建中国内部多元一体的集体性。同时，在国际语境和世界文学中充分估量多元的文化资源，和而不同，美美与共，最终的旨归在于从实然的世界中想象应然的世界——即我们不再让某种单一思想具有统摄的地位，而是"互联互通"，从集体的智慧中锻造文学的"金蔷薇"。因而，"一带一路"的理念其实向文学提出了一个挑战：在我们这个复杂多变而又犬儒横行的时代，文学还有没有自信和勇气，重新绘制一幅全新的世界文学地图，构造一个超越性的理想，想象一个更美好的未来。

第三节 返本开新与中华美学精神

从所谓"新时期"以来，当代文学在从技巧、风格乃至语体和观念都深受欧美文学的影响。这个主潮可以回溯到19、20世纪之交的"诗界革命""小说界革命"等一系列自觉的文学革新诉求，这个诉求在新文化运动的西化潮流中进一步得到合法化。尽管与主潮并行的不乏"国粹""甲寅"等对于本土传统怀抱温情的支流，但终究"西风"压倒了"东风"。这固然是文化精英在特定历史时期针对已呈衰败、落伍之相的帝制时代文学观念的现代理性选择，并在后期发展中有所纠偏，但"启蒙"的理念一直保持其岿然不动的地位。启蒙本来是现代历史进程中应有之义，但我们的启蒙很大程度上是在西方启蒙现代性的话语结构中运行，往往在不自知地陷入偏狭的一隅，甚至在文学观念中形成某种以西为贵、以西律中的潜意识自卑。

这种潜意识自卑所形成的中国文学对本土传统的自我憎恨，在改革开放以来的各种文学实践之中隐然成为一种集体无意识，并且在人性论、个人主义、自由主义的整体性文化氛围中，逐渐形成一种文化霸权式的存在。反观晚近二十多年的当代文学，由20世纪80年代众声喧哗肇端，到90年代的日常生活审美化和世纪之交的欲望、身体、个人主义的泛滥，邪僻、险怪、玩弄花里胡哨的结构与技巧、沉溺私人而忘却外部世界的狭窄趣味，已经趋向于背离它们原先所具有的解放和自由性质，成为一种新的保守。对于当代文学"去传统化"的不满也由此产生，是时候反思现代以来文学与本土传统的话题了，尤其是当中国在经济上已经跃居全球前列，科技与传媒获得了迅猛发展的时候，中华文化复兴的愿景也促使我们不得不再次回首元典，重新发现中华传统美学之于当代文学的意义和启示。

但是，曾经一度被贬损乃至污名化了的过去，是否还可以再次被复活？或者说，在这样一个已然全球化，中西古今的遗产经过现代中国的重铸已经交融在一起的时候，我们如何找到一条新的通往过去、接续传统的道路？"中华传统美学"这一提法本身是抽象的，作为一种因应着时代语境不断变化的综合性事物，它很难被归束为某种本质化的存在从整体文化中割裂出来，让后来者一劳永逸地进行继承或者弘扬。事实上，任何一种"传统"总是过去的事物与当下语境彼此互动的精神活动结果，是一种效果历史。什么东西才能在当下被我们称为"传统"？笔者认为，当代文学如果要有所创新，一定是在发明自己的传统。因而，中华美学传统最核心的部分是"精神"，"精神"指向那些具有价值意义的东西，而在实践层面它则可以幻化为种种特异的形态，这种精神如果要重新获得其活力，那它一定在生存体验、道德范型、价值系统、想象方式、情感结构方面有着能够与当下生活相通相连，乃至即便暂时处于蒙尘的状态，也一定有着可以被激活的契机和关窍。

不避粗陋的话，笔者认为可以将"中华美学精神"从几个方面归纳为几组核心观念，倒并不是说它们构成了某个一成不变的固化内涵，而是在我看来，这些核心观念也许在一定的时间里睡着了，却并没有死去，它们可以作为线索，贯穿到当代文学的创作之中，并融合为当下创作的基本理念。

就文学的本体和功能而言，中华美学精神强调的是诗以言志，文以载道。《尚书·尧典》有谓："诗言志，歌永言，声依永，律和声。"①文学艺术一直被认为是抒发思想感情和政教怀抱的载体。当然，陆机在《文赋》中另有一说："诗缘情而绮靡"②，但言志与缘情之间并不矛盾，《毛诗序》中就提出"情志合一"的观点："诗者，志之所之也，在心为志，发言为诗。情动于中而形于言。"③"志"与"情"所体现的最终是"道"，文以载道的明确提出是周敦颐，但这个观点在先秦就是通识，如同孔子所说"吾道一以贯之"，《文心雕龙》的首篇就是"原道"。"道"在不同的历史语境、不同的政治环境有不同的内涵，因而文以载道根本的内涵与时代与文学密切关联。《礼记·乐记》中提到"治世之音安以乐，其政和；乱世之音怨以怒，其政乖；亡国之音哀以思，其民困"④，直接表示文艺有着反映时代政治

---

① 《尚书·尧典》，见郭绍虞主编、王文生副主编：《中国历代文论选》第一册，上海：上海古籍出版社，2001年，第1页。

② 陆机：《文赋》，见郭绍虞主编、王文生副主编：《中国历代文论选》第一册，上海：上海古籍出版社，2001年，第171页。

③ 《毛诗序》，见郭绍虞主编、王文生副主编：《中国历代文论选》第一册，上海：上海古籍出版社，2001年，第63页。

④ 王文锦译解，《礼记译解》，北京：中华书局，2001年，第526页。

与民心的功能。所以孔子说诗可以兴观群怨，即文学能够起到感发兴味、观察民风、凝聚认同、针砭时弊。白居易响亮地提出了"文章合为时而著，歌诗合为事而作"，都是对这个内涵的说明和丰富。这个本体与功能论直至现代文学时期在文学研究会和创造社那里还发生了"为人生"还是"为艺术"的争论，20世纪80年代以降，现代文学"感时忧国"的传统被认为是政治规训对文学的压制，进而造成了后来个人主义"纯文学"观念的甚嚣尘上。但无论是反对还是赞成，当代文学始终根植于并且生长在文以载道这个伟大的传统之中，事实上，如果文学脱离了志、道的关注现实的政治意义，就变成壮夫不为的"雕虫小技"了。

就文学创作与传播而言，中华美学精神体现为刚健有为，日新不已。《周易》乾坤两卦言："天行健，君子以自强不息。地势坤，君子以厚德载物。"强调了刚毅坚卓的勃勃生机与包容万物的宽厚美德之间辩证的统一。同时《周易·系辞下》又说："穷则变，变则通，通则久。"则说明经变从权、不拘泥、不僵化的流动性。《大学》中更是以"苟日新，日日新，又日新"来进一步加以说明。先秦以降的这个文化精神中间可能经历过一些起伏，但延续千载未曾磨灭。这种精神体现在文学上，一方面表明内容与形式不是某种本质性的存在，而是动态的、变化的，富有生生不息的创造精神；另一方面是表明文学应当充满清刚雄强之气，而不是仅仅沉迷在轻靡软烂的风花雪月之中。重申文学的包容阔大、不断更新的创造性，于我们反思和走出日益在消费主义和商业主义侵蚀下的颓废与浮华，在当下文学现状当中尤其具有现实意义。

　　就审美形态与风格而言，中华美学精神则既温柔敦厚又超然物外。现代美学体系中作为文化大风格的审美形态主要有以希腊文化为源头的"美"、希伯来文化肇始的"崇高"、现代以来的"荒诞"等，这一系列范畴中又包容了诸如优美、壮美、悲剧、喜剧、滑稽、荒诞等多种亚门类。而中华传统美学遗产的独特贡献则是华夏文化传承下来的儒家"中和"与道家的"神妙"，这个中华美学主流观念虽然也已经熔铸到当代美学话语之中，但因为现代以来的反传统激进潮流的持续影响，在当代文学批评实践中基本上是缺席的。《论语·雍也》言："质胜文则野，文胜质则史。文质彬彬，然后君子。"在论述韶乐的时候，又提出尽善尽美之说。置诸文学批评之中，其可以视作对形式与内容平衡的要求，力求达到真善美的统一，其途径就是《中庸》中所谓："尊德性而道问学，致广大而尽精微，极高明而道中庸，温故而知新，敦厚以崇礼"①。朱熹将其解释为："中庸者，不偏不倚，无过不及。"②程颐进一步补充说："不偏之谓中，不易之谓庸。"就是中正平和而又守常待时。这与被庸俗化了的折中、妥协的理解不同，而是充满了执两用中、主文谲谏的和谐理念与道德温情。如果说中和之美是入世的达观，"神妙"则是出世的超脱，是立足现实而又超越当下，走向人生感、历史感乃至宇宙感的超越。从庄子"天人合一"到司空图"咸酸之外"，从严羽的"妙悟"到王士禛的"神韵"、袁枚的"性灵"，文字的味外之旨，言外之意，得鱼忘筌，得意忘言，始终都是文学的格调与品质高低的衡量标准。长期以来，我们的当

①《四书集注全译》，李申译注，成都：巴蜀书社，2001年，第736页。
② 朱熹：《四书章句集注》，北京：中华书局，1983年，第18页。

代文学乐于展示人性之恶、暴露历史的暗角，恰恰忘记了温柔敦厚的诗教传统，至其甚者，"正能量"倒成了自命不凡之人的嘲笑对象；而超越性的追求也往往被淹没在鸡零狗碎、一地鸡毛的故事和叙述之中。以入世之姿态做出世的事业，也许是儒道传统给当代文学留下的宝贵遗产之一。

以上当然是从理论抽象层面进行的一些归纳式的观察，中华美学精神其要点不在于语词与概念的挪用，而是要将其精神价值落实到文学实践之中，需要我们不断回溯传统，发明传统，在创造自己的现在的同时，创造过去和未来。返本开新，自铸伟词，这才是真正意义上有扬有弃的文学复兴。

第四节　当代文学对文化传统的接续

伴随着 21 世纪以来现实主义文学的复归与更新，中华文化传统的复兴也日益出现于文学创作之中。所谓传统，当然不仅体现于古典的元素、修辞手法、叙述技巧，更重要的是包孕在这些表象底部的价值观、认识论和精神意涵。传统有其流动性。按照现代阐释学的说法，传统并非某种抽象的、概念化的、本质主义的、有着明确内涵和外延的东西，而始终是承传流变的动态存在；它在外观、符号、器物乃至制度上可能发生变异，但核心性的理念、集体的历史与记忆、文化和世界观却保持了一定程度的稳定性。换句话说，传统总是因应社会的变迁做出自己的调适，经过大浪淘沙不断流传下来的有活力的东西，它边界相对模糊而核心比较恒定，在经过近现代的启蒙理性、革命斗争、经济功利主义的持续性冲击下，依然瓜瓞连绵，赓续不绝。

"善于继承才能更好创新"，其方法是"对历史文化特别是先人传承下来的价值理念和道德规范，要坚持古为今用、推陈出新，有鉴别地加以对待，有扬弃地予以继承，努力用中华民族创造的一切精神财富来以文化人、以文育人"①。唯其如此，才能"不忘本来、吸收外来，面向未来"。从这个意义上来说，任何一种传统都是所谓"活鱼要在水中看"的现实感照耀下的传统。只有某种能够活跃在当下文化建设当中，参与当代文学与文化的对话里的传统，才是一个"活的传统"，而不是被博物馆化的、仅供展示的存在。过去的流传物在当代应对现实发生必然的转变，但同时也反作用于当下，于是成为一种"效果历史"。

文化传统的继承在文学上首先体现为涌现出了大批以"中国故事"为旨归的写作。"故事"不仅是隐喻意义上的，也直接是字面意义上的。近年来，除了曾经着力于形式探索、叙事与修辞的先锋小说作家回归到历史与现实的写作之外，年轻一代作家那里也出现了向讲故事回归的趋向。比如石一枫的《世间已无陈金芳》②《地球之眼》③等小说，并没有进入时尚流行写作或现代主义式笔法，而显示出绵密的结构和结实的描写能力，从个人与日常生活转入更为宏阔的议题，带有古典和浪漫色彩。我们可以注意到他的叙述者即便是"我"，在限知叙事中也时常会通过人物回忆、叙述或者第三方的解释，使得情节具有全知色彩，并且总是会清晰地展现出一个起承转合的脉络，给出一个"结局"式的结尾。他更愿意讲述以一个有头有尾有明确主

---

① 习近平：《在中共中央政治局第十三次集体学习时的讲话》，2014年2月24日。
② 石一枫：《世间已无陈金芳》，北京：十月文艺出版社，2016年。
③ 石一枫：《地球之眼》，武汉：长江文艺出版社，2021年。

旨的完整故事，这些主旨包括道德、信仰、责任等已经被同时代很多小说作者放弃或者隐匿的宏大话题，这也使他带有了素朴的传统小说特质。

编剧出身的陈彦的长篇小说《主角》①试图以个体性的遭际透视总体性的时代转型、体量巨大、人物繁复、意蕴丰富、潜藏着多种解读与阐释可能，但根底里则回到了对于人的命运的塑造与探讨。小说主人公是一个从农村底层放羊娃成长为一代秦腔名角的忆秦娥，从易招弟到易青娥再到忆秦娥，她的名字的更改也伴随着改革开放40年来的社会大变革。语言接地气又化用古典，雅俗并呈，从方法上而言，则吸收中国戏曲说部的传统，文本包容了叙述、白描，镶嵌戏词，融入了戏剧编剧的技巧。可以说是一方面接续了19世纪现实主义的遗产，另一方面试图对传统曲艺和说部的叙事形式与语言进行创新性改造，这与小说中戏曲革新的副线相得益彰。小说的内在隐形结构是戏曲的，不停地通过留扣子、埋伏笔、设悬念、解谜题使得情节如同崎岖不平的山路跌宕起伏，人物命运的浮沉颠簸与时代的起伏转合彼此映照影响。忆秦娥不仅是故事中的"主角"，也是戏曲性叙事结构中的主角，其他人物无论是她的四位师父"忠孝仁义"、三个爱人封潇潇、刘红兵和石怀玉，还是一直以来的对手楚嘉禾等人，都是戏曲化的配角，他们的存在都是为了烘托主角的个性特征。那些有缺陷但又各有其合理性的人物可爱、可怜、可恨复可悯，体现出众生皆苦的有情传统。尤其是忆秦娥，葆有了自然未泯的勃勃生气，未曾被世故

---

① 陈彦：《主角》，北京：作家出版社，2018年。

所污染的初心，因而能够在人与社会、时代的复杂关系中守正传承。

尽管同样书写爱情或官场题材叙事，某些尝试以复古求革新的作品，从语体到格调都汲取了中华美学传统中意象的创设手法与意境的兴发方式。比如孙志保《黄花吟》[①]中的黄花市、黄花居、黄花酒、黄花诗……不仅是地理空间与具体事象，更是生存的处境、情感的能指、心理的隐喻与精神的象征。棋社、鼓场、书剑亭之类也属于现实中少见的异质空间，属于心灵的投影和胸中之竹。小说中的人物，无论是具有文人气质的王一翔，还是他的朋友开棋社的闫强大、说鼓书的江松，还是地方家族势力刘千年父子、官场油子老万，都属于高度符号化与抽象化的人物，而不是具有变化与纵深的成长型人物。王妹英的《得城记》[②]则将贾平凹的"废都"改写为"旧都"，从语体上来说也是一部堪称异类的作品，它融合了古代白话的语体及世道轮回、前世姻缘的观念于意识流动和直接心理引语的现代小说结构之中。小说所设置的三个女性形象凌霄、艳红和九米都是类型化的，分别代表了不同的精神境界，而礼财与红脸汉子同样代表了不同的人格。因而这些人物性格没有多少变化，而情节也较少转折，而带有了《百喻经》式的寓言色彩。《庄子》曰："寓言十九，藉外论之"，借助于明显带有寄寓意味的人与事，来曲折地抵达现实。

这些作品将本土审美意象的写意方式引入了现代小说的创作之中，不失为一种新鲜的尝试。在营造人事物象之时，作者

①　孙志保：《黄花吟》，合肥：安徽文艺出版社，2018年。
②　王妹英：《得城记》，西安：陕西人民出版社，2017年。

摆脱了似真性的诱惑和试图在模仿现实中替代现实的诞妄，显示出一种回归传统的倾向。因为在叙事中掺杂了大量的诗词，化用融入了很多典故，使得小说具有某种当代"文人小说"的风貌，但显然这种叙述形式与其所要表现的内容之间会产生割裂，即文人抒情传统式的遣词造句、意境营造与现代性与世俗化生活之间必然发生冲突，这使得小说的叙述者成为一个苦恼的叙述者。主人公是在既有价值倾覆、道德失序、伦理板荡、情感变迁中载浮载沉的个体，叙述者同样也没有确立某种一以贯之的价值观，无论是文本人物还是叙述者都是软弱的普通人视角，显示出时代变革语境里的价值游移和人的软弱性与流动性。这里提出了一个时代之问：审美抒情的生活在功利主义的环境中有无可能？或者说如何在错综复杂的时代语境中建立主体性的独立人格。这些作品以恢复本土诗词说部、白话小说传统笔法的书写，提出了问题，做出了自己的探索。这种探索的成功与否尚需要时间的检验，但问题无疑是真实而切己的，它显示出了一种可进一步发掘的方向。

接续了传统来讲述现当代"中国故事"的尝试，除了叙述技巧、程式结构、意象与美学等方面，更主要的是对于传统价值观的提炼与萃取。赵本夫的《天漏邑》[1]中对于《周易》卦象的化用就是鲜明的例子。雷是贯穿于小说始终的意象，小说以雷作为背景介绍天漏村的源起，又以暴雨闪电惊雷阵阵做结。小说用《周易》无妄卦的象传"天下雷行，物与无妄"[2]点题，对

---

① 赵本夫：《天漏邑》，北京：人民文学出版社，2017年。
② 《周易正义》，王弼注，孔颖达疏，卢光明、李申整理，北京：北京大学出版社，2000年，第136页。

内指示天漏村的人与物顺应自然的正道而行；对于外来者而言，雷则让他们怵惕自省，不至于妄自尊大。《周易》震卦象曰："震既威动，莫不惊惧。惊惧以威，则物皆整齐，由惧而获通，所以震有亨德。……物既恐惧，不敢为非，保其安福，遂至笑语之盛。"① 惊雷让人惊惧而充满敬畏之心，从而反躬自省，抛弃人为的虚妄之后获得长久的顺达。所以，天漏村人没有被浪漫化为"高贵的野蛮人"，也没有被贬低为有待启蒙的落后国民性所在，而是作为民族性格中厚德载物、刚健有为的历史承载者与参与者的面目出现。正是在天雷翻滚的天漏村，人的物质生存与精神世界达成了统一，从《周易》到《列子》这些古典传统所形构的神话原型在当代叙事中获得了复活。

李云雷的《富贵不能淫》② 同样在价值混乱的语境中，试图从古典传统中寻找出理想性价值。小说将现实中的"舅舅"、梦中的白胡子老头以及历史中的孟子关联起来，其实是把民间德性与传统文化中的精髓嫁接在一起，作为新时代重新出发所凭借的根基。"富贵不能淫，贫贱不能移，威武不能屈，此之谓大丈夫"，这个孟子笔下的光明俊伟的古典人格理想在今天依然没有失去其现实意义，有着源自传统中国的精神底气在，就足以支撑未来中国的前行之路。

除了官方文化、精英文化的"大传统"，民间文化与底层文化中的"小传统"也重新被发掘出来，它们彼此的交相呼应、互相沟通，是生发出文化活力的所在。"小传统"实际上一直像

---

① 《周易正义》，王弼注，孔颖达疏，卢光明、李申整理，北京：北京大学出版社，2000年，第245页。
② 李云雷：《富贵不能淫》，《南方文学》，2017年第2期。

草蛇灰线一样埋伏在老百姓的日常生活里面，叶炜的《福地》《富矿》《后土》[①]所构成的"乡土中国三部曲"，其重要价值就在于激活了那些曾经一度被主流话语压抑了的小传统。这个三部曲有着明确的原型结构，几乎每一部里都设置了对现代理性来说不可理喻的神秘现象，比如麻姑、土地神、托梦，诸如此类。这个现象饶有趣味之处在于，我们知道现代性世界是一个祛魅的世界，但祛魅的可能只是在"大传统"上，在世界的犄角旮旯和人心的幽微细处，总有难以祛除的暗角。叶炜笔下着力书写的苏北鲁南地域，属于儒家思想为主导的齐鲁文化，即便在那样一个"子不语怪力乱神"的巨大传统中，还隐隐约约有着一个不能被工具理性、科学话语和消费主义所扫除的"小传统"。这里显示出传统自身的多层面性，世界可能从来都不是语法单一的透明状态，而是包含了无数种认识的角度，叶炜小说所显示出来的只是传统多维度的冰山一角。

传统的复苏在文学中起到了重新弥合那已经在现代商业化进程中四分五裂的共同体的作用。但正如一切传统总是精华内蕴与藏污纳垢并存，继承传统也并不是全盘吸收，而总是需要以批判的眼光进行扬弃，只有在中外传统的文学遗产的基础上，将现代以来的新文学、社会主义文学、改革开放以来的不同文学传统中的不同书写重新加以整合、提炼，才有可能创造出我们时代的乡土中国、城市中国与转型中国的形象，而这也正是生生不息的"传统"的题中应有之义。

---

① 叶炜：《富矿》，西安：西安交通大学出版社，2010年；《后土》，青岛：青岛出版社，2013年；《福地》，青岛：青岛出版社，2015年。

第五节 文学批评的中国视野

文学批评作为文学的一个分科，如今已经深度渗透到文学生产、传播与接受的过程之中，尤其对于"严肃文学"而言更是如此。粗略地说，有两种批评家，一种是批评者贴着作家来说，进行文本细读和阐释，以解说文本所要传达的知情意为旨归；另外一种是"六经注我"式的批评家，就是用作家作品来生发阐述自己的观念与主张，批判对象不过是个引子，说一切其实都是在说自己。

其实，这两种批评家无分轩轾高低，但关键问题还是在根本上都需要具有强烈的现实感，即需要意识到作家作品和批评者本人所处的当代语境，从而使得批评能够构成一个公共性的空间，进而参与时代与社会的实践中去，否则它就有可能沦为自言自语的游戏、无关紧要的闲情、小部分人谋求话语权力的工具。而现实感又关联着历史感，来源于批评家对于自己所处具体情势与特定文化历史语境的自觉，也就是对于中国的现实和中国话语的现实的全面了解。这要求对中国的政治结构、经济动态、中国人的生活、情感和向往有种整体性的同情理解，而不是陷入某种单一的视域之中。20世纪可能是人类有史以来产生文学批评最多的世纪，象征主义、表现主义、俄国形式主义、精神分析、意识流、新批评、神话原型批评、现象学与存在主义、叙事学、阐释学、接受美学、结构主义、解构主义、女性主义、后现代主义、新历史主义、后殖民主义、新马克思主义……纷至沓来，如果要列一个清单，上述罗列的每个名目里还可以细分出各种派别和人物。80 年代以来，我们的文学批评广泛地借鉴与吸收这一系列的理论营养，应和了日趋多元化的文学生态，它们也日渐成为中国文学批评的有机组成部分，甚而如果不借助这些话语资源，似乎都不太会说话写文章了。

许多论者都注意到面对变化了的文学处境与生态，文学批评话语需要进行认识论的转化，笔者想补充一下：实际上所有的认识论背后都有它的价值观和世界观在支撑着。今天讨论文学批评的中国视野，最根本的话题实际上是重新建立一套有立场、有情感倾向、有自己主体自觉的批评方式，这套批评方式曾经一度出现过。中国文学从近代到现代的转型中，周作人的人道主义批评、茅盾为人生的批评、李健吾的纯美批评、周扬的政治性批评、胡风的主体性批评……[①] 都是在特定的中国语境中的产物，都是在对他们时代做出一个回应，希望找到一条出路，这些不同的出路笔者认为在延安文艺座谈会后形成一个渐趋一体的整体性视野。20 世纪 40 年代时候的文学按洪子诚的说法，有多种可能性的发展 [②]，但延安文艺座谈会的召开，确立了有一套自己的鲜明立场和情感倾向的文学批评话语。从 40 年代到 60 年代的批评，是有种明确的态度与立场的，它们曾经被清晰表述为文艺为工农兵服务，文艺工作者必须到群众中去。在从新民主主义过渡到社会主义的进程中，社会主义现实主义、革命浪漫主义等批评话语都有着塑造"新人"和建设中国特色新文化的内在一致性理路。它的目标是有一个远大的、

---

① 刘锋杰：《中国现代六大批评家》，北京：北京大学出版社，2005 年。
② 洪子诚：《问题与方法：中国当代文学史研究讲稿》，北京：三联书店，2002 年，第 137－138 页。

前景性的未来在那儿，就是要塑造一套新的文化，要培育一种"新人"，要建构一个新的社会与国家，这是一个在广采博取、"拿来主义"基础上的有本土视野、中国气象的话语。这种文学批评的试验成败得失还需要历史进一步的评价，却是构成了今日文学批评遗产的一部分。因为，它们是因应时代的需求而产生的，对话的对象是当时的现实。

我们今天也要面对今天的现实。20世纪80年代以降改革开放与思想解放带来的多元文化主义，固然一定程度上瓦解了一致性话语主导的文学批评，复兴与扩大了不同表述对话的空间与可能。与此同时的是西方文学批评的众声喧哗，逐渐掩盖了本土文学批评的古典传统和社会主义实践中新创的马克思主义中国化传统。一致性的丧失，让愈来愈多的理论话语成为吞噬内容的信息，堵塞了意义本身。信息接触得越多，意义反倒愈加模糊，与民众的文学生活很少发生关联。我们对各类理论可能如数家珍，甚至能够得心应手地在批评实践中信手拈来，但是很多时候不过是用理论的"手术刀"肢解了文本的鲜活生命；我们乐于对名家大腕追新逐异，并且在时尚化的潮流中感受到与时俱进的快感，却可能无意中忽视了更多籍籍无名的边缘写作群体和他们的文学样态；我们的青春文学更多是主流文化中的青春、中心城市的青春、时尚与流行的青春，却很少见到边远地区、少数民族青少年一代的吁求和表达，它们成了我们时代失联的人群。其结果可想而知，这样的文学批评自我封闭起来，成为某种中产阶级趣味的体现，而不再有历史的深刻性，也不再与现实发生联动，它变得无关紧要了。随着多元化批评格局的出现，我们在获得深刻洞见的同时，如果没有整体性的观照，则会陷入偏见的执拗之中，很大程度上丧失了原先明确的文学态度和价值立场，即，我们反倒遗忘了最根本的"中国视野"。现在已经很少批评者敢于旗帜鲜明地言及自己的立场，似乎这样就是失去了文学批评应该具有的普世性公正。其实，这种无立场本身也是一种立场，它是以公允面目出现的犬儒主义，只是为自己缺失理想情怀和匮乏对应然世界的渴望的孱弱而找的借口。

这个就要回到晚清来看。我们在谈论什么样的"中国"和"中国文学"？

我们今天谈论的是"现代"的中国和"现代"的文学，"现代中国"跟传统意义上的"天下"式的那种没有边界的古典帝国是不同的，传统的天下帝国除了中央政府的直接统辖，还有各种各样的帝国联结方式，帝国外部有着朝贡体系和商贸往来，帝国内部对于地方而言，既有中央政府直接统辖，还有结盟式、和亲式的，更有土司、流官、山官等各种基层政治制度，还有寨老、头人按照乡规民俗习惯法的自治。这套原来的国家构成方式到现代发生了变化，从19世纪中叶以来，中国由天下式的帝国转型为现代主权国家，文化上经历了一系列被迫以西化为主导的意识形态嬗变。因为"落后就要挨打"，造成"富国强兵"的泛力量主义追求，在自我审视的时候就容易陷入价值观上的混乱：或者全盘否定中国传统文化，或者为传统文化寻找现代转换的途径，总归是一种按照"现代性"的普世法则行事。由于外来殖民入侵造成的民族主义，又导向了在观察世界和他者时候的集体非理性：不是民族性上的自卑就是爱国情感中的保守倾向，对自我与世界都很难保持中正平和的态度。这种思维模式在社会主义中国追求独立自主的道路时一度也造成困扰，时至今日依然难以摆脱其负面影响。现在我们已经自觉不自觉地进入民族国家为主体的世界体系之中，中国的复杂性就出现在这个地方。

但是，当代中国社会无边无际的复杂性令人眼花缭乱，因为一个个体几乎不可能穷尽这种复杂性，但我并不认为因此就会陷入不可知论中。重提文学批评的中国视野，有两方面的意义，一方面是要接续中国文学批评主体性历史建构的"未完成的规划"，另一方面则是走出文学批评的封闭圈，让文学回到生活之中，与现实发生互动。这两者实际上都指向一种瞻望中国文学批评未来前景的企图。何为"文学批评的中国视野"？就是要认识中国，有中国的问题意识。文学批评的问题意识，来源于对中国的时间与空间、历史与现实的双重体认和总体性洞察，在此基础上追求超越性的世界观、人生观和价值观上的诗性正义和理想情怀。那么我们需要在这种复杂性中寻找到共识，在差异性和一体性之间找到一种平衡。在历史唯物主义之外补充的还有辩证唯物主义，这就是复杂性和共通性的联合。

中国有全球共通的一面，欧洲的百年和平到一战结束之后，直到 20 世纪 30 年代革命兴起的市场主宰整个政治经济的背景，卡尔·波兰尼（Karl Polanyi，1886—1964）将之总结为现代政治经济的起源在于整个市场成为一整套统摄性的意识形态。[①]今日的中国已经进入这个共同的全球经验当中来，深入全球化的总体浪潮之中，经济、科技、资讯的发展已经迈入顶级

---

① ［英］卡尔·波兰尼：《大转型：我们时代的政治和经济起源》，冯钢、刘阳译，杭州：浙江人民出版社，2007 年，第 3—26 页。

大国的行列，同时也面临着全球共同的生态、环境、安全等问题，这是中国世界性在政治经济上的一面。而从科技与信息发展上来说，在市场主导的新媒体时代和消费社会，书写载体、接受方式和创作与阅读主体都发生了变化，文学面临总体性的变迁，需要对文学批评进行重新扩容。因为启蒙时代的人道主义关于"人"的定义会被技术所改写，纳米技术、生物技术、信息技术和认知科学[①]强力地进入人们的日常生活之中，并且重塑了人们的认知模式、精神世界和感知世界的方式。一个自然人在进行了器官移植、义肢嫁接、医学整容、电子产品植入之后，他（她）的生理和心理会发生什么样的变化？在这样的社会化之中，他的主体性是否具有了人类学家们所讲的"后人类性"？这个时候，"人"本身已经跟文艺复兴、法国大革命之后定义的人道主义意义上的"人"不太一样了，我们是一个新媒体时代的人，是一个消费社会时代的人，是一个生物工程时代的人。这是在政治和经济方面的全球经验之外，技术带来的全球经验。无论如何，现在的文学再也无法像18、19世纪的文学那样去观察描写性格与勾勒世界了，文学批评也不能对此无动于衷了。越来越多的读者通过PC、手机的终端去阅读，通过电子游戏去体验文学，经典化的书面文学固然还是文学的主流，但由于新技术出现的尚未命名的文学形态，则需要生产出相应的批评手段进行观照。

中国同时也有其差异性的一面，它也是一个所谓的"跨体系社会"，有着复杂而又多样的文化传统、地区不平衡和民族

---

① 即所谓 NBIC 四大前沿科技，它们彼此之间会聚、协同与融合更将产生难以估量的效能与后果。

宗教差异。在统一的多民族国家之中，具体的区域和民族内部也具有形形色色的小传统。这种结构性的多样化，在面对文学批评的话题时，需要有现实的眼光和宏大的视野。我们常常讲"现场感"，但很多时候只是文学小圈子的内部现场，而不是广阔社会现实的现场，后者是生活与文学难分难解的现场。如果说技术和交通带来的时空感与观察意识的变化是整个人类文学的总体性变化，那么跨体系"小传统"则是迫切的中国文学现实。消费式的流行文学、商业文学是当代中国的主流一面，另一方面则是严肃文学在题材、主题和美学表述上的新发展。随着城镇化的进程，城乡差别的缩小、人口的流动与新社会阶层的产生，原先的乡土文学、城市文学的划分也需要重新厘定。绝大部分作家都会面临迁徙的问题，那么内部的迁徙是否会诞生一种新型的"离散文学"？当国有企业转轨，原先的工人阶级分散并进行了角色转换，更多的农民进入工业大生产的前沿，他们的身份和欲望、诉求和激情如何在文学中得以呈现？文学批评怎样才能对这些中国故事进行命名，是关乎真正意义上认识中国另一面的问题。只有真正认识了这另一个活生生的中国，才有可能与"真实"发生关系，"现实主义"的内涵才不是僵死的教条。

依然在边远族群中焕发生机的口头文学传统，在非物质文化遗产的话语中需要再次进入文学批评的视野。它们曾经被文学学科归入"民间文学"的分类之中，隐含的话语前提是它们有可能成为书面文学的营养，只作为资源、材料、静止的存在，但它们其实是"活着的传统"，比如维吾尔族的达斯坦、哈萨克族的阿依特斯、蒙藏的格萨尔史诗、侗族的大歌……都还在乡野民众的文学生活中扮演着不可或缺的角色。在涉及跨境民族的时候，不仅仅关乎文学交流、文化融合，还具有文化安全的意义。

这种中国的多元性涉及多地域、多族群、多语言、多文化与传统的田野作业，需要走出书斋。因此，文学批评不仅要针对我们惯性认知中的书面"文学"样式，同时也要介入这样的活形态文学生活之中，这其实就是介入国内与国际关系的历史与现实。文学批评如果要焕发活力，就要在这些活形态的文学中发明自己的生产性，刷新因袭已久的关于"文学"的界定，重新赋予"文学"新的内涵，参与到公共性话题的建构当中，成为现实实践的一部分。这可能是我们讲文学批评的中国视野时所要抓住的一个根本性的话题。我们身处一个实然的世界，但文学和文学批评应该有着对应然世界的向往，要有它的生产性，既走出文学体制的狭小空间，同时又保持文学自身的独特性所在。这就像是维吾尔族的一种杂技"达瓦孜"，批评者一无依傍，孤身行走在高空细小的钢丝之上，需要时刻怀着怵惕之心，兼顾四面八方的风向和光线，谨慎地保持叙述和评判的平衡。唯有在这样的全面的中国视野之中，我们的文学批评才有可能自我更新，进入意识形态的描摹、文化认同的塑造、社会秩序的整合之中，再造民众的精神生活和伦理观念。

第三章　观念与情感

第一节　个体记忆的道德超越

　　如果从时间的绵延上来说，"当代"是过去与未来之间变动不居的存在，而从观念上来说，对于过去的记忆选择与书写则是建构关于"当代"的认知并影响未来的关键性因素。"记忆"的话语在晚近20年来某种程度上已经取代了"历史"的话语，成为各类叙述的内在形式，而在文学中尤为突出的特点是个体记忆试图置换集体记忆或者说意识形态建构的民族/国家记忆，这一方面意味着解放，另一方面也必然带来新的局限与缺漏。因而，本节首先拟对记忆进行一些分析，探讨记忆超越狭隘经验的可能性，唯其如此，它才可能赋予文学书写以包容性和对话性，并释放出真正反抗压抑性机制的潜能。

　　以色列哲学与经济学教授玛格利特（Avishai Margalit）在《记忆的伦理》中曾经根据人的社会关系的远近使用伦理和道德的概念：有着深厚社会关系的关乎伦理，事涉尊重与羞辱；关系浅淡的关乎道德，事涉忠诚与背叛。记忆源于人际关系，与关爱有关，对于某件事情不仅仅是知道并且记住，而且应该有种感同身受的同情之感。记忆的伦理是一种情感性的信念，在于行动性的义务，而不仅仅是态度。① 徐贲在《人以什么理由记忆》中全然接受了玛格利特的观点，认为记忆不止是"知道"，而且是"感受"，被忘却是一种人在存在意义上的可怕的惩罚，因而他强调见证是一种道德记忆，个体应该通过叙述的途径让记忆在公共空间中自由交流，分享他们的记忆，才能形成集体的共同记忆。徐贲尤其强调，在今天的中国没有人可以用缺乏"文革"直接经验为借口从而推卸自己在群体中的记忆责任。② 而他评论有关犹太人大屠杀及相关人物、作品的文章，集中在记忆主题的部分也不无以古讽今、借彼说此的意味。

不过，在一种执拗的情绪支配之下，徐贲似乎过于迷恋于玛格利特的论述，某种程度上成为前者的翻版和述介，而前者的论述本身无论从学理还是从论述对象上来说，都有其言说的对象及自成一体的语境，如果按照那种理念照搬来分析中国当代的记忆问题，不免有些偏僻。比如关于"伦理"与"道德"概念的使用，从一般伦理学意义上来说，道德更有可能用于个体，更含主观、主体、个人、个体意味；而伦理则具客观、客体、社会、团体的意味。③ 黑格尔区分"道德"与"伦理"的用

---

① Avishai Margalit, *The ethics of memory*. Cambridge, Massachusetts: Harvard university press, 2002, pp 1-15. 此书中文版由贺海仁翻译，清华大学出版社 2015 年出版，不过我并没有读过该译本，有批评该译本文章，陶东风：《〈记忆的伦理〉：一部被严重误译的学术名著》，见《文艺研究》2018 年第 7 期。

② 徐贲：《人以什么理由来记忆》，长春：吉林出版集团有限责任公司，2008 年，第 1-13 页。

③ 见焦国成《论伦理——伦理概念与伦理学》，《江西师范大学学报》2011 年第 1 期。2014 年 8 月 31 日，笔者在甘肃天水的一个学术会议上，曾向研究"全球伦理"的杨煦生教授请教，他也持这种一般观点，即道德是个体自律，而伦理则更待社会约束性质。希腊文 ethos 可以类比于中文古典中的"道心"，是一种伦理精神，无法具体对译成某个现代汉语词语。

法，认为道德同更早的环节即形式法关联，是抽象的东西，只有伦理才是它们的真理。因而，"伦理"比"道德"要高，道德是主观的，而伦理是在概念中的抽象客观意志和同样抽象的个人主观意志的统一。在哈贝马斯那里，伦理概念挂钩的是善和价值，道德概念挂钩的则是义务、正义，这与中国对这两个概念的一般用法不太一样。[①]玛格利特区分的"伦理"与"道德"实际上是强调作为局内人对于自己及自己民族过去的记忆责任，自成一说，与通行的伦理概念有所区别。

作为出身巴勒斯坦的犹太人，玛格利特对于大屠杀记忆的诉求可以理解，记忆共同体的形成是凝聚族群、亲友等密切关系人群的关键，不过他同时认为应当警惕有人把"记忆的伦理"误解或歪曲成"记忆的政治正确"。这一点徐贲虽然也提及，却在实际论述中忽略了，尤其是揆诸当代中国的记忆实际时更应注意这一点。个人记忆的聚集成为共同记忆，在徐贲看来似乎是不言自明的。但是，个人的局限性使个体记忆永远是片断的、偏于一隅的，而杂事秘辛的堆积是否能造成共同记忆的真实性呢？除了极少数能够超越于个人之上的特定时代与社会中的个体，大多数个体总是要受制于身处语境中的话语范式，这必然会造成大多数记忆的趋同性，这种趋同性某种程度上反过来会挤压不同于主流记忆的话语，进而造成特定记忆的霸权。

以关于中国五六十年代的记忆为例，如今媒体上流行的分享记忆过于单一，因为言说者的单一，而造成了片面记忆的僭越成为僭主。"道德见证人"固然重要，但是"谁的道德"这

① 何怀宏：《伦理学是什么》，北京：北京大学出版社，2002年，第9–11页。

个问题首先要解决，要警惕被塑造和牵引的记忆。如同宇文所安所说，记忆有种复现的诱惑，"每当重新开始一个旧故事的时候，我们就又一次被一种诱惑抓住了，这种诱惑使我们相信，我们能够把某些无疑是永久丧失了的东西召唤回来，我们能够凭智力战胜某种不可避免的结局，我们能够主宰某个我们应当知道是不可征服的恶魔"。① 回忆的叙述往往让记忆产生似真性的错觉，而一旦某种个体记忆叙述的合法性确立并且展开之后，尤其是带有道德优越感的"记住"，某种程度上是对另外记忆的空间挤压和刻意遗忘。这种道德优越感很大程度上来自创伤式的体验被有能力和条件言说的人放大乃至扭曲。

事实上，徐贲在论述 1986 年诺贝尔和平奖得主埃利·维赛尔（Elie Wiesel）的《夜》时，注意到了在记忆回溯中见证本身的缺陷和可疑性。《夜》是一部对犹太人大屠杀做见证的作品，正是他"让我们看到的不仅是记忆的重要，而且更是记忆的困难。见证叙述的关键是记忆。但是，在灾难状态下，人丧失了正常记忆的能力。不能正常记忆本身就折射着人们生存状态的不正常。这种记忆的不正常体现为记忆的极端暧昧，它既不是'忘记'，也不是'记得'，而是一种二者皆非的状态"。② 姑且不论记忆与遗忘本身从生理机制上来说都是健康的表征，即便按照这种说法，事实上，"见证文学里总是有一种混杂在一起

---

① ［美］宇文所安：《追忆：中国古典文学中的往事再现》，郑学勤译，北京：三联书店，2014 年，第 121 页。

② 徐贲：《人以什么理由来记忆》，长春：吉林出版集团有限责任公司，2008 年，第 216 页。

的即刻想法和事后想法，因为再写实的记忆也是事后叙述出来的。……这种想象的构建具有虚构的特征。从本质上来说，见证文学是不可能完全纪实的。'见证文学'不只是事实陈述，而且是事实的文学再现。在见证文学中，客观事实和对事实的主观感知通过'象征'糅合在一起"。[①]这种论述实际上构成对于记忆"真实性"追求的矛盾：特定道德视角下的记忆从其自身出发点和历史实际来说是真实的，但是这只是整体历史的一个方面，在另外道德视角下也许会有着截然不同的叙事。

即便不从相对的意义上来说，"真实性"本身也构成了记忆中的迷思，尤其是与个人经验密切相关的个人记忆。布鲁斯·罗宾斯（Bruce Robbins）讨论过经验的两种用法：一是"对客观事物的主观反应"，二是人们在生活的历史中得到的"教训"，也就是知识。"经验既是单纯的经历，也是从经历中获得的可用的知识。第一种经验人人都有，第二种经验……就很难得到。"如果混淆作为个人经历的第一种经验与第二种经验的界限，赋予第一种经验权威性，进而将其变成一种"认识论"特权和"我在现场"的权威，就容易陷入迷信的诞妄之中。[②]当个人经验听凭主观的独裁，僭越了自己的局限性，就会上演肤浅、表面、皮相的道德剧，把偶然性的局部真实当作历史本身，缺乏细微、深层、整体性的分析。这就是碎片记忆与全景记忆之间的区别。

---

① 徐贲：《人以什么理由来记忆》，长春：吉林出版集团有限责任公司，2008年，第218页。

② ［美］布鲁斯·罗宾斯：《全球化中的知识左派》，徐晓雯译，北京：中国社会科学出版社，2000年，第14－15页。

碎片记忆的内容与行为可能受到三个方面因素的影响：一是个人本身的生理、性情、心智因素；二是被群体性的观念所支配，失去反省与独立思考的能力，这与时代的教育、知识范式、意识形态话语有关；三是纯粹的怠惰，对于过去的无所用心。这些往往都不被记忆者自觉，然而第二点尤其需要注意，这里存在记忆模仿的问题，即个体很容易在被某种意识形态主导的传媒表述中从众式地模仿大众记忆，进而泯灭原本应该更加丰富的多元记忆。因此，个人记忆需要解决两个关键命题：一是摆脱无意中的媚俗，二是拒绝被有意地操纵。碎片记忆只有在自觉自知的情况下，才有可能与其他的记忆类型形成互补，全景记忆则是试图历史性地理解过去，有种"长时段"和空间性的自觉（同时也关注除了自我之外的不同阶级、族群、性别的他人），是"天下之大义"与"吾心之精义"的结合①。自觉的记忆即使在过去的断片中，也力求能够呈现出整体的意义。

然而，个体总是具有局限性的，如何呈现出整体的意义，其根本之处在于记忆者究竟是如何理解自己的记忆：它是换喻式的，还是提喻式的？即，是将自己记忆中的过往理解为整体历史发展本身，还是仅仅是历史的一个片断。提喻与换喻式记忆，可以类比于玛格利特提到的"插画式"的思想者和"解说式"的思想者，插画者信任个案，解说者信任定义和一般规律，两者各有利弊，他在讨论记忆伦理式倾向于"解说式"的思想

① 王夫之语，转自李晓峰、刘大先：《中华多民族文学史观及相关问题研究》，北京：中国社会科学出版社，2012年，第248页。

者。①笔者可以举获得鲁迅文学奖散文奖的两部回忆性非虚构作品为例，一部是贺捷生的《父亲的雪山母亲的草地》，另一部是侯健飞的《回鹿山》。贺捷生是贺龙与蹇先任的女儿，她的回忆便是换喻式的对过去的理解和说明，在寻访父亲战斗过的旧地、追溯国民革命军和红军征战的历史时，直接从具体的记忆中细节跳跃到已经被后起的历史叙事所规定了的历史规律和结论之中。侯健飞的回忆录则是"只想写写我亲眼看到的，或心灵感受到的"的父亲与家族的往事，"最琐碎而无趣的东西"②。他在叙述中并没有将父亲从军、退伍、务农的一生经历当作有代表性的范例，而仅仅是个提喻式的存在，提喻式的存在固然可以辐射、指示整体性的存在，却并没有概括与总结的雄心。前者是以碎片冒充全景，后者则无中心反而有可能在碎片中映射了整体的一部分。所以，个体记忆只有超越自己的道德局限性才有可能真正达到动机上良好的记忆愿景。

这里涉及个体记忆的谦卑。记忆是否具有不证自明的价值？博尔赫斯在《博闻强记的富内斯》中讲述一个很有意思的个案，富内斯是个有着极强记忆力的人，"他不费多少力气就学会了英语、法语、葡萄牙语、拉丁语。但我认为他思维的能力不很强。思维是忘却差异，是归纳，是抽象化。在富内斯的满坑满谷的世界里有的只是伸手可及的细节。"③ 这个虚构的人物在现实中也有自己的难兄难弟，俄罗斯神经心理学家亚历山

① Avishai Margalit, *The ethics of memory*. Cambridge, Massachusetts: Harvard university press, 2002, pix.

② 侯健飞:《回鹿山》，北京：人民文学出版社，2011 年，第 257 页。

③ ［阿根廷］豪·路·博尔赫斯:《博尔赫斯全集·小说卷》，王永年、陈泉译，杭州：浙江文艺出版社，2006 年，第 144 页。

大·卢力亚（Aleksandr Lurija，1901—1977）研究过的一个有着超凡记忆力的人物舍雷舍夫斯基（Solomon Shereshevsky），他与富内斯的共同特点是心不在焉，不堪记忆重负，"绝对记忆毁掉了他们的连续感……他们都缺乏逻辑思维和抽象思考的能力。"[1]绝对记忆与记忆的丧失之间构成了微妙的关系，正如尼采所讽刺的"有些人只是因为记性太好而成不了艺术家"[2]，因为他们的理性认知能力很有可能被纷至沓来、万象纷呈的现象性回忆碎片击溃。就像我们在许多斤斤计较于所谓历史细节、琐碎逸事的回忆叙事中很难看到恢宏壮阔的历史景象一样，绝对记忆往往意味着整体性历史感的丧失，实际上也即是记忆本身的丧失。这种历史感并不是对于发展规律或者在特定历史观下的回溯，而是力图整体性地理解过去，同时对个体性的局限性心知肚明。

历史责任与现实责任决定了记忆者该如何面对记忆与遗忘之间的辩证法。玛格利特与徐贲都一再强调"被遗忘的遗忘"才是真正的遗忘，然而如果深入地思考就会发现，经常被提醒的遗忘，其实是最刻意的记忆。遗忘与记忆并非二元对立的结构，而是形成彼此的互补，遗忘其实是记忆的有机组成部分，如果没有遗忘，可能就会出现绝对记忆而导致的貌似记忆的失忆的情况出现。在我们的主流话语中，对于"失忆"的指责正在成为一种霸道的话语，对于记忆的强调很大程度上成为"遗

---

[1] ［荷］杜威·德拉埃斯马（Douwe Draaisma）：《记忆的风景》，张朝霞译，北京：北京联合出版公司，2014 年，第 80 页。

[2] ［德］尼采：《人性的，太人性的：一本献给自由精灵的书》，杨恒达译，北京：中国人民大学出版社，2005 年，第 349 页。

忘未来"的表征。唐小兵在一篇文章中说道:"人类总是习惯于选择性地失忆,从'沉重的肉身'(苦难记忆的负荷)向'生命中不能承受之轻'(刻意遗忘历史的轻松)中逃逸。就当代中国史的记忆来说,尤其如此。当这部分历史记忆因为表达空间的限制而无法完整、有效地呈现在公共空间时,当历史中的罪错与邪恶尚未得到应有的检讨时,当从这段历史走出来的人并未深刻地反思自我的同一性(或者说分裂性)与意识形态的关联时,我们就不能声称已经实现了社会的宽恕、和解与团结。历史记忆和历史反思是抢救真相,更是一种见证,同时也是共同体得以建构的基础。就此而言,我们需要更多的历史记忆呈现出来,不管它是以悲悯、感恩、控诉还是受苦的基调彰显。我们也呼唤因此而激发起更多的关于当代中国历史与人物的讨论。最深的敌意是完全无视的冷漠,而非热烈的争论。只有在持续争论与寻求共识的艰难中,我们才能学会彼此尊重和谅解,才能真诚地面向过去与未来之间的裂隙,才能心平气和地谈历史和解和价值重建的议题。"①那么笔者要问的是,是否"抢救"了更多的所谓"真相",就能让历史更清晰地呈现靠近它本来面目的形象,进而更容易和解呢?如同前面所说,如果一开始,"真相"便无法摆脱个体道德的局限性,"见证"究竟能够带来多大程度的理解?换句话说,我们究竟该持何种记忆向度才是关键。

作为过去与未来之间的居间,叙述创立了一个空间,让时间在其中展开。其中的对于时间的两种态度就成为关键性的因素:是让记忆成为负担(埋首于过去不愿意建构性地朝向未来

---

① 唐小兵:《让历史记忆照亮未来》,《读书》2014年第2期。

实际上是一种逃避和尼采所批评的"历史滥用"），还是让过去成为照亮未来的明灯。"如果有一个想做出伟大作品的人需要过去，他就会通过纪念的历史使自己成为过去的主人；能够对传统的和可敬的事物感到满足的人就会做一个怀古的历史家来利用过去；而只有一个人的心灵为一种迫切的需要所压迫，一个人希望以任何代价抛弃包袱，他才会感到需要'批判的历史'，即判断和批评的历史。"①记忆显然应该多样化，即便是面对诸如很多仿佛已经"定论"的事件时，同样也应该有各种记忆的角度。笔者曾经在别的文章中讨论过文学记忆，换成一般意义上的记忆问题，也可以说，记忆无法直接干预现实，却能够影响人们的认知结构，进而延及未来的生活。它如果要树立自己立足的基石，显然不是重复历史书写的"真实性"话语，而是让自由意志游弋于融合未来、现在与过去的绵延时间中，在绘制多样的记忆图景中与历史话语构成互补、对话、博弈和交流。价值观的一统性破碎之后，如同马克思所说，"一切坚固的东西都烟消云散了"，各种道德都出来竞争自己的市场，其后果显示出锋利的两面：多元化带来了解放，然而新的控制形式也随之诞生，"新的意识形态"正笼罩在当代文学的上空。记忆如果不能承担其时代的责任，必将死于历史的旷野之中。②笔者所说的记忆的时代责任，区别于个人记忆的道德见证义务，而是包含后者在内，同时也包含对于记忆禁忌和遗忘

---

① ［德］尼采：《历史的用途与滥用》，陈涛、周辉荣译，上海：上海人民出版社，2000 年，第 17 页。
② 刘大先：《从时间拯救历史——文学记忆的多样性与道德超越》，《扬子江评论》，2014 年第 3 期。

问题的思考。

　　记忆禁忌是对不顾一切的真实的反拨，欧洲史专家托尼·朱特（Tony Judt）曾表述过他对历史颇不寻常的见解。朱特认为，历史上一些犯忌讳的论题恐怕在特定时期还是回避为好，为了追求所谓的真理而冲破一切禁区的藩篱反而容易造成灾难性的后果。不同的社会有不同的禁忌，开明人士一般总以为取消禁忌有益于社会的心理健康。在有的国家，由于官方的禁令，人们曾对某些问题噤若寒蝉。一旦有了言论、创作或研究的自由，敢闯禁区、不怕犯忌成了道德勇气和社会良心的标识。但是，把人们私下记得的、非官方的历史公之于世并不一定能自然而然地使社会上变态的情绪消失，正如正视痛苦的历史并不意味着能坦然地面对将来。只有弗洛伊德的忠实但过时的信徒才相信让一个精神病人无所顾忌地谈论个人经历中黑暗的犄角旮旯对他会有神奇的疗效。其中，最典型的例子就是苏联解体之后，东欧一些国家出现的"不顾一切的诚实"，肆意乃至别有用心地回忆本族人民所经历的或真或假的来自苏联的控制、压迫和外侮，并且树立本民族历史中光芒四射的英雄的形象，而太多的这些关于中、东欧不加掩饰或篡改的历史只会使有关国家的前景更为黯淡。[①]朱特的观点实际上是一种有着深沉历史眼光的记忆导向，面对复杂而幽深的意识形态斗争语境，整理历史的记忆时尤为值得注意。

　　换句话说，就是如何看待历史旧账问题。固然记住过去的教训，有助于避免可能的重蹈覆辙，然而不是为了清算前仇旧

---

① 刘大先：《文学的共和》，北京：北京大学出版社，2014 年，第 283 页。

恨，因为历史无法还原，追索仇恨只会陷入一种循环僵局之中无法自拔。共识建立的关键在于在过去经验和教训的基础上需要保持多元协商的态度，而不是让事先定性的价值独霸了记忆的叙述。如果让一种偏颇替代与反转之前的话语，其实不过是复制了颠覆对象的逻辑。只有从道德必然性中解放出来才能获得真正的自由。

当乌托邦性质的试验失败后，由此导致的宏大叙事破产，转而新自由主义式的个人主义话语在历史记忆中占据了主导地位。曾经的故事主体被置换成具有肉身的、切己的、区别于冰冷制度的带有"温度"的个人，新的主人公在记忆过去时获得了合法性，在特定时期含冤受屈的人甚至具有了道德上的权威。他们所要面对和谨慎对待的问题就是如何不让自己成为新一轮记忆权力的主宰者。从华兹华斯（William Wordsworth，1770—1850）以来记忆与个人主义的关联一直越系越紧，从文学蔓延及历史，是时候让个人道德松绑了，记忆只有从个体道德超越，跃升到真正伦理的层面（不是玛格利特意义上的伦理），才有可能恢复它真正的活力与意义。记忆的平权意味着不仅让曾被压抑者获得申言的机会，也给它的对手以辩论的机会。同时在集体性的社会关怀之下，知识分子应该超越自身一己的悲欢情感，才有可能塑造出一个良性的记忆语境。

第二节　镀金时代的城市之心

很多观察者都注意到，现代以来（或者更准确地说18世纪以来）发生在欧洲世界的情感模式（或者用威廉斯·雷蒙德的术语"感觉结构"）变迁：与小说的兴起大约同一时候，浪漫之爱从原始本能的冲动及中世纪具有宗教背景的激情之爱中凸显出来，"把自我与他人都镶入了一种同广阔的社会进程没有特殊指涉性的个人叙述之中"，"第一次把爱与自由联系起来，二者都被视作是标准的令人渴求的状态"，"浪漫之爱提出了亲密关系问题。这种亲密关系与欲望、与世俗的性征是不相容的，其原因与其说是因为被爱的那位被理想化了（虽然此乃这个故事必不可少的成分），不如说是因为它假设了一种心灵的交流，一种在性格上修复着灵魂的交会。另一位本着其实然的存在满足了一种缺乏。而且这种缺乏直接地与自我认同休戚相关——在某种意义上，有欠缺的个体因之变得完整"[1]。这种观念的形成与资产阶级文化的胜利和全球播撒密切相关。按照赫希曼的观点，由于利益（interest）对于激情（passion）的驯服[2]，因而现代资本社会就顺理成章地呈现出一派凉薄功利的情感图谱："人和人之间除了赤裸裸的利害关系，除了冷酷无情的'现金交易'，就再也没有任何别的联系了。它把宗教虔诚、骑士热忱、小市民伤感这些情感的神圣发作，淹没在利己主义打算的冰水之中……资产阶级撕下了罩在家庭关系上的温情脉脉的面纱，

---

[1] ［英］安东尼·吉登斯：《亲密关系的变革：现代社会中的性、爱和爱欲》，陈永国、汪民安等译，北京：社会科学文献出版社，2001 年，第 53、60 页。

[2] Albert O. Hirschman, *The Passions and the Interests：Political Arguments for Capitalism before Its Triumph*，中译本将 Passion 译为"欲望"，但从思想脉络来看，"激情"更符合其本意。参见赫希曼：《欲望与利益：资本主义走向胜利前的政治争论》，李新华、朱进东译，上海：上海文艺出版社，2003 年。成伯清对此有所讨论，参见《情感、叙事与修辞：社会理论的探索》，北京：中国社会科学出版社，2012 年，第 1-14 页。

把这种关系变成了纯粹的金钱关系"①。浪漫之爱是内在于资本主义情感模式中的悖论性存在：一方面它以从中世纪迷思中的解放，张扬了个体的自由；另一方面在陌生人结合的共同体中，谋求核心家庭作为稳固社会单位的存在，进而巩固了资本主义的秩序和稳定。

当资本主义在全球范围内获得主导权的时候，它的情感模式也随着殖民文化输出，逐渐获得其普遍性，并辐射到现代中国。新文化运动时期，关于"爱情"和"恋爱"的讨论被发明出来，对比于从明代以来的关于"情"和"欲"的本土传统内部的言说，这无疑是一个译介现代性的结果。②"恋爱既处于'家庭问题'、'妇女问题'、'婚姻问题'、'教育问题'的交叉地带，又是'人生观'和'新旧文化'选择的直接体现，是介于思想与行动、形上与形下、意识形态与日常生活之间最直接和普遍的'文化现象'，又因为'恋爱'关涉的是全体青年／学生，因此，五四时期的'新旧'冲突、'中西碰撞'，无不直接和敏感地呈现在'恋爱问题'上。'恋爱'已非私人事情，而是'个人主义'与家族主义的角逐，是新道德和旧道德的选择，是现代文明与封建礼教的抗衡。"③爱情与恋爱关联着家庭、婚姻、妇女解放等议题，成为反抗宗法制度伦理，建设新道德，改造国

---

① 《共产党宣言》，《马克思恩格斯选集 第一卷》，中共中央马克思恩格斯列宁斯大林著作编译局编，北京：人民出版社，1995 年，第 275 页。

② 彭小妍发现，从明治时期开始，日本人用中文转借过来的"爱"字来翻译"love"和"to love"，并且通过"恋"与"爱"的连用，净化了日本俗语"恋"字本身的粗俗意味。彭小妍：《一个旅行的现代病——"心的疾病"、科学术语与新感觉派》，《中国文哲研究集刊》第三十四期，2009 年 3 月，第 213－218 页。

③ 杨联芬：《浪漫的中国：性别视角下激进主义思潮与文学：1890－1940》，北京：人民文学出版社，2016 年，第 43 页。

民性，进而建构一个现代意义上的民族国家的核心命题。这些问题纠缠在一起，显示了从晚清以来，中国人经验世界与体验方式的情感结构变迁。李海燕曾经系统总结过这个变迁的过程，将 1900—1950 年现代中国的爱情谱系描述为"儒家的""启蒙的"与"革命的"感觉结构彼此之间的递嬗、冲突与媾和的过程，它们关联着一系列文学、社会学、心理学的文本。关于爱情的书写一度充当了社会变革的晴雨表，只是在"十七年"乃至嗣后更为激进的文化运动时期被中断，当"新时期的作家在把爱情与欲望重新确立为优先表达的主题时，也把现实主义和现代主义作为一种正当的叙事方法重新找回或再次引入。现实主义者倾向于以爱情代替革命作为崇高所在，并将情欲象征化地指定为人性最后的堡垒。而现代主义者（以及后现代主义者）则完全避开了英雄主义的话语。相反，他们把文学凝视的目光向内转（向心理）、向外转（向农民、少数民族、儿童和智力障碍者）、向后转（向历史和神话），离开集体和崇高的领域而进入个人化、自发式、原始性和利比多的领域中寻求救赎。一旦切断了与革命之间的联系并摆脱了隐喻的属性，爱情便成为现象学感兴趣的课题。虽然有些作家和评论家惯于为商业化时代中爱情的腐化深感痛惜，可还有一些人深深地痴迷于由爱情的可替换性（fungibility）创造出的人性戏剧及其叙事可能性"[1]。在这种趋势中，与"小我"重获尊严同时并行的是激情一泻千里的退却，而呈现出情感领域的多元主义（也即去道德化），"日常生活"这种被天真地想象与书写的承诺，很快就在市场

---

[1] 李海燕：《心灵革命》，北京：北京大学出版社，2018 年，第 322－323 页。

与资本的大力挤压之下变得虚幻而可笑——爱情于其中也丧失了建立与维系持久而稳固共同体的可能性。

20 世纪末和 21 世纪以来的中国，此种情感多元主义（自然涵盖着性平等与性多元主义）在物质与符号消费的推波助澜中更加明显。我们可以在薛晓璐的《北京爱上西雅图》（从小说到电影）中看到爱情成了支撑中产阶级文化生活的核心部分，人们不是爱上了对方（那是带有本能意味和宗教色彩的激情的忘我投入），也不是爱上自己心目中幻想的对方（那是浪漫主义和个人主义的代入），而是爱上了这种关于"爱情"的关系的话语。情感实际上是游荡在人们之间，是种永远的正在进行时，它不会允诺某个终结，只有无穷无尽的寻找，决定这种存在状态的是可以想见的不安全感和主体性弥散的状态，而结果又加深了这种状态；马小淘的《毛坯夫妻》则通过"宅女"的爱情，显示出一种消极反抗资本式逻辑的、不生产价值、纯粹耗费式的情感结构①；还有人工智能对于人道主义的挑战，进而在诸如斯派克《她》这种科幻电影中所浮现出来的赛博格情爱……这些感觉结构和情感应激反应牵涉范围甚广，笔者在此只是铺展出 21 世纪以来情感图谱广阔的背景，并以笛安的长篇小说《景恒街》为例试作分析。

《景恒街》首先是一个爱情故事，只不过这个爱情故事从校园搬到了职场，并且是流金溢彩的北京 CBD 金融中心，故事发生的时间是 2011 年 2 月到 2016 年元旦，正是中国经济尤其是"互联网 +"经济和创业话语最为蓬勃兴起的时间。这个时

---

① 刘大先：《新城市青年的情感结构——论马小淘的自我做戏与内倾反抗》，《当代文坛》，2017 年第 5 期。

空框架包含了国际化的城市、飞速膨胀的经济以及变化莫测的情感，其中所发生的爱情本身就构成了足够的张力：金钱与爱情的冲突一直是现代文学书写长盛不衰的主题，它来自资本对中世纪式混乱而蛮横的激情的消磨——如同新兴的工业大机器以摧枯拉朽之势从纯真爱情之上碾轧过去，只留下情感的零散碎片飘逸在不曾屈服的想象之中——作为对于平庸生活的反抗，浪漫爱情往往成为世俗之中抵御权势与金钱的工具和堡垒，某些特定时候还会成为革命性的象征，比如五四"新文学"最重要的母题之一就是"子一代"的弑父与反叛家庭叙事，而其媒介和手段就是以浪漫激情为底色的爱情，爱情成为冲破旧文化与压抑机制的自由象征。金钱与爱情似乎从来都没有在文学世界达成和解——当然，在通俗文艺和大众文化中则是另外一回事——不过两者的兼收并蓄终归不会为高阶文化所接纳——后者能够接受偷情、出轨、畸恋、变态情欲，也不能忍受庸俗的美满。《景恒街》有意思的地方在于，它将这个经久不衰的冲突消解了。

　　投资经理朱灵境与创业者关景恒彼此都克制着一见钟情，因为根据职场规则，显然两人如果发生情感纠葛是不合行业规矩的，其中更为复杂的是朱还曾与自己的老板刘鹏有过性交往。关景恒 A 轮、B 轮艰难融资的过程同时也是两人潜流暗涌、欲迎还拒、天雷地火的情绪、欲望和感情升级并最终结婚的过程。这是一个带有通俗剧色彩的动人故事，笛安用几乎无懈可击的技巧编织出环环相扣的情节，细腻而真切的心理描写和灵光乍现的议论则锦上添花。俗套点说，这是无论从技巧到观念都很"张爱玲"的情爱小说：它融合了时代气息、城市氛围和只有中产阶级才会拥有和挥洒的丰沛的感情，并且有着理直气壮的世故。这种爱情是成年人的爱情，《倾城之恋》中白流苏、范柳原般的爱情，两人彼此洞察相互优点劣迹，经历种种狗血淋头，最终放弃不切实际的执念，相依为命，相濡以沫。

相较于青春年少时候的激情与冲动，成年人的纯真爱情更为动人，因为后者阅历丰富，经历了无数世故，有着种种功利考量乃至算计，已经很难纯粹，故而弥足珍贵。更为难得的是成年人会有体恤和包容，当朱灵境了解到与自己有过肉体关系的刘鹏对小雅的感情时，小说中有一段叙述者的插话："一个人谈起另一个人的时候，语气里那种微妙的不自在，眼神里某种一扫而过的羞涩，以及整张脸上瞬间散发的期盼与忧伤——不会有女人能认错这个。这让灵境心里陡然间柔软下来。他们之间曾经有过的那些浮光掠影的往事，其实她都记得。都是见不得人的丢脸事情，但是那与缠绵无关，不牵扯到男人与女人之间毫无理性的妄念和渴望——对于那些将男女之情等同于饮食男女甚至等同于生儿育女的人们，自然是觉得该杀。"[1] 叙述者让性与爱在其中自然而然地分离了，而性和金钱都污染不了"真爱"。

朱灵境与刘鹏之间的性和友谊体现出一种时代症候：肉体关系并没有顺理成章地带来亲密情感，两者成为并行不悖的不同领域，而没有出现所谓的"灵肉结合"——这一点在朱与关的爱情中也没有，后两者更偏向于超越肉体的真爱/纯爱。婚外情不再或者至少较少负载道德指责，在整个错综复杂的偷情关系

---

[1] 笛安：《景恒街》，北京：北京十月文艺出版社，2019年，第183页。后文涉及该书引文，只随文标出页码，不再一一标注。

中也没有人受到世俗故事中常见的惩罚——那一套关于纯洁和美德的言辞，无论是由前现代时期伦理所期望，还是源于资本主义核心家庭秩序稳固的需要而融化在一般民众尤其是市民观念中的情感观念，都逐渐褪色——如果说早期还有欲望和肉体反抗的意味，如今已经全然成为真正的熟视无睹、价值无涉的自由选择。摆脱了忠诚观念的性关系于是变成了游离于社会关系之外的行为，悖论的是它们仍无一例外受到婚姻的局囿——这注定了各种起伏跌宕乃至狗血的情节，但最终还是被消弭在体谅与温情之中。

　　偏向于女性视角的叙述者传递出一种倾向：她也许真的相信在喧嚣中亦有"真爱"的遗留，那种真爱超越了青春时期的单纯与淳朴，反倒是人世间难得的纯粹，它如同在一堆玻璃塑料中璀璨的钻石，有着浮华不能磨灭的坚硬质地。也许她并不相信，但不妨碍她在文本中刻意要营造、虚拟、建筑出这种纯粹之爱。从根底里而言，这种相信或者刻意的虚构有着浪漫主义的背景，回想一下朱灵境与关景恒第一次见面时，电光火石之间喧嚣的内心已经百转千回。这难免让人想起波德莱尔那首著名的十四行诗《给一位交臂而过的妇女》：

> 电光一闪……随后是黑夜！——用你的一瞥
> 突然使我如获重生，消逝的丽人，
> 难道除了在来世，就不能再见到你？
> 去了？远了！太迟了！也许永远不可能！
> 因为，今后的我们，彼此都行踪不明，

尽管你已经知道我曾经对你钟情！ ①

本雅明在解读的时候指出正是在无名的"大众"当中的惊鸿一瞥是现代爱情的发生机制："使城市诗人愉快的是爱情——不是在第一瞥中，而是在最后一瞥中。这是在着迷的一瞬间契合与始终的永远的告别"②，它指向于不稳定的瞬间，爱情不再具有超验与永恒的性质。就现实城市经验而言，两个陌生人的爱情原本应该止于此目光的交会，如同张英进所说"爱情似乎存在于偶然的领域中：只有当'看到'它，只有当爱情的对象回应了主体的目光，从而确认了'看'的动作时，才会体验到爱情。"③但笛安并没有让两个人目光交会，而是让他们彼此观察，甚至通过观察到的细节推测出对方的家庭，设想了未来的场景，这已经出离了波德莱尔的范畴，小说通过继续推进情节将偶然的遭遇变成了再次相逢，从而呈现情感凌乱的当代形态——要强行在偶然性中谋求恒久性，并通过婚姻给恒久性固化下来，而这其实是不可能完成的事情。

这种自我矛盾的当代情感形态起源于镀金时代的都市所塑造的人为性质的关系，市场经济和个人主义使得人们从血缘、宗教、族群共同体中进入自由契约为准的社会之中，在共同体

---

① ［法］波德莱尔：《恶之花 巴黎的忧郁》，钱春绮译，北京：人民文学出版社，1991年，第215页。郭宏安译为《给一个过路的女子》，译文也颇有不同。波德莱尔：《恶之花》，郭宏安译，桂林：广西师范大学出版社，2002年，第301页。在城市体验上笔者认为钱译更能传达那种稍纵即逝的瞬间感受。

② ［德］瓦尔特·本雅明：《发达资本主义时代的抒情诗人：论波德莱尔》，张旭东、魏文生译，北京：三联书店，1989年，第140页。

③ 张英进：《中国现代文学与电影中的城市：空间、时间与性别构形》，南京：江苏人民出版社，2007年，第184页。

的团结与个人自由之间发生了撕裂，麇集在一起的陌生人"要模仿一种缺失的凝聚力，而同时，宗教、家系、团体的纽带，已经被由利益和矜持所支配的礼节所取代"，如同布吕克内所说："一股史无前例的情感浪潮侵入了我们的社会，即便它之于真正的礼节就如同人造香味之于天然芬芳"，它表现为当代爱情的悖论式欲求："同时拥有个人自治和集体凝聚力，而不放弃两者中的任何一个"。①朱灵境和关景恒的感情正是如此：他们都很自私并且贪得无厌，浪漫的爱情与世俗功利意义上的成功都想要——文本中的朱灵境也许对关景恒的"成功"并没有那么热衷，但她同样在纯爱幻觉中试图让关景恒成为自己理想的样子（"她根本不知道谁是关景恒，她要的就是那个凤鸣路四号院的男孩子，她只要那个坐井观天的骄傲的男孩子"，第108页）。这必然会让他们遭受挫折，而外部语境的变化也使得爱情所对应的宏大对象发生了悄无声息而又义无反顾的转变：由"国家"（政治、社会、民族诸如此类）转向了"资本"（消费、娱乐、利益以及相关），而关系模式也由"对抗"变成了"媾和"。

当然，关景恒最终并没有成为将灵魂出卖给魔鬼的交易者，而不过是道德暧昧的、走不出小镇经验、羞怯而向上的理想主义青年（"只是想亲手拆除人生里的每一条凤鸣路"，第108页）。通过机械降神式的结尾，叙述者给浪漫之爱保留了最后一线余地，真实的图景是他们或许还残存了一些对于真爱的幻想，但已经无意或者无力将之付诸实践，只是他们都或多或少贪恋着"那一点点的、片刻的欢愉"，那是"最后的去处"

①〔法〕帕斯卡尔·布吕克内：《爱的悖论》，董子云、朱珣译，上海：华东师范大学出版社，2018年，第210、211页。

（第 321 页），这是面对无法克服的矛盾时的颓废？因为激情的消弭——浪漫之爱尚且残存着一些表现——并且让它变得不再纯粹（尽管主观上并不想让它掺和进来，但还是夹杂了世俗功利），对于真爱／纯爱来说是致命的。因而他们不可能走上决绝的、彻底的浪漫主义英雄式的道路，而改道而驰，奔向市民意识形态最集中的显现——认命、苟且、接受生活的不完满并寻找自我安慰的调剂（朱灵境与刘鹏之间发展出的友谊）。他们有着中产阶级的审慎，所以全然放逐了可能会产生破坏性的浪漫美学敏感性与较之世俗而言的道德优越性。可以说朱灵境和关景恒是伟大浪漫爱情的一心一意的模仿者，但只体验到了无法承受的压力，最终只触及真爱的破碎残片，看到爱情渐行渐远的身影，而他们则心有不甘却又无可奈何地与现存秩序之间达成无可奈何的和解。

毫无疑问，《景恒街》的爱情故事并不新鲜，此种普遍人性自古及今似乎没有多大变化，变化的是环境，一个新兴都市、新兴行业、新兴生产与生活方式的新生态环境。就像刘鹏所说："什么叫移动互联网的时代？很简单，你记得，你直接面对着一个庞大的人群里的每个人，每个人都有骄傲，都有期待，也有对自己的怀疑，也有不切实际的盼望，还有对未来的恐慌……这些都是钱。人们都不承认自己不理智，但是别忘了，幸亏如此，你才能盈利。如果你说不出所有人共同的欲望，那就做到抓住所有人共同的软弱——你想象不到那些弱点能给你带来多少回报。"（第 42 页）简而言之，这是一个情感经济和欲望经济的时代，关景恒设计的 APP "粉叠" 正是抓住了粉丝经济的要害——粉丝投射自己的情感和欲望到偶像身上，从而将自己的消费者身份转化为生产参与者，粉丝与偶像之间成为一种共同体。从表面来看，这种共同体的构成是由匿名大众的情感统合而成，事实上关最初确实是试图从情感生产中榨取利润，但这恰恰在根底里发生了自我悖反，他并没有对粉丝怀抱深刻的情谊——只是对自己的理想狂热而"贩卖自己的幻觉"，后者也一样，他们都是欲望的奴隶。正是这一点，直接导致了关景恒创业的失败——他误解了"粉叠"的实际影响力，并且在资金危机中遭遇一个成名之后的前粉丝白千寻在强大资本的支撑下报复性的恶意挤压。

所以，这个时代的创业已经完全不同于梁生宝时代立足乡村、改天换地的创业，也不同于改革开放初期民营和三资企业的那种创业，而是资本与消费主义盛行时候的虚拟经济。这种虚拟经济一方面改写了古典政治经济学乃至马克思主义理论中描绘的生产、流通、交换、消费的结构，另一方面则让金融与资本成为凌驾于一切经济因素之上的权力主宰者。在这个权力运营图景之中，因为资本不提供价值观，不像梁生宝时代的共产主义理想或者改革开放时代的现代化那样具有凝聚性的共识，所以共同体无法形成。《景恒街》的三部分结构就围绕融资展开，所有人物几乎无一例外地是没有实体经济从业者，他们或者是从事于娱乐业，或者是投资人，或者是新媒体运行者，全然不同于农业、工业的架构模式，也与传统的服务业拉开了距离。他们直接面对的是符号与数字，这种后工业状态使得人们无论从生活到观念都充满了浮华的色彩，一个镀金时代的内涵与表征。镀金时代的特点是给无数普通人带来错觉，使得"他们相信自己身处于一个诞生奇迹的时期，既然幸运地生而逢时，说不定就真的能接住一点点'奇迹'的火花的余烬"，见过太多创业者的朱灵境明白"虽然太多人都说想要改变世界，真正相信自己做得到这一点的人还是很少的"（第218页），"看起来所有的事情都处于'欣欣向荣'的区域，只是'欣欣向荣'的隔壁房间，住的究竟是'成功的幻觉'，还是'真正的成功'，还是'一个笑话'——没人想过"（第126页）。

镀金时代表面的喧嚣与繁荣底下隐藏着的巨大不安和危机，就像《景恒街》自始至终的情绪结构一直是压抑与焦虑，偷情者担心东窗事发，恋爱者受制于职场潜规则，创业者始终要接受资本的拣选和挑剔，一个环节出错，泡沫般的繁华顷刻间就灰飞烟灭。事实上，即便小说中处于食物链低端的人也已经属于衣食无忧的阶层，他们的压力和焦虑就尤其具有时代症候。而所有的一切又都是在隐形的层面展开，一般人根本无从得知资本操作的方式，就像小说中的人物曾经无数次经过的景恒街，但是从来不可能进入它的内心。笛安可能是将当下这种日常生活、感觉结构和市场运作的肌理写得最为恳切而富于质感的作家，丝毫不逊色19世纪那些典范现实主义作品中对于时代的描摹和时代精神的把握。

但笛安并没有塑造出典范现实主义所必然要呈现的人物形象——《景恒街》中的人物性格几乎都是没有变化的，从开场到结尾，人物经历无数事件，但并没有成长——那也不是她的诉求，事实上也不可能。现代主义以来的城市书写，主要塑造具有知识分子与艺术家气质的敏感个人与匿名聚合的大众，工业城市的单调性与人们的多样性需求之间的冲突必然带来所谓的"向内转"，文学需要通过主观化的眼光来勾勒出城市的轮廓，并因为它与浪漫主义的血缘关系，那个城市之眼所见总是罪恶、弊病、颓败、污染与苦难。时至今日，北京已经进入后工业与信息时代，一方面大众传媒塑造着城市的现实，另一方面全球资本也开启了隐形而去中心化的后现代形态，"由于权力从幕后进行操作，城市的活动变得更为抽象的'虚幻'。这样的城市，既是一种物质现实，又是一种心灵状态……城市就转变成一个神秘的场所：偶然性与不可预测性占了主导，离奇的浪漫感变得过于夸张，城市开始变得只有纯文本的意义，它被每个个人所创造，然后又被解读。"[①] 人在其中是一个非连续性的、被景观刺激的、超负荷的存在。《景恒街》于是只能在没有先行理念的情况下讲述一个真切的故事，文本自身独立之后衍生出始料未及的效果，人物和故事的重要性最终让位了城市本身，如同标题所显示的，这是一个带有象征意味的新时代北京空间。

此时的北京已经不再是 20 世纪 90 年代文学书写中，那座带有资本运作纷纭、生机勃勃特征的"轮盘赌城市"，东三环充斥着跃跃欲试想要获利的外省青年；也不是 21 世纪之初因为迅速的贫富差距拉大而造成的底层修罗道场，大厦阴影处和五环外遍布着"蚁族"和漂泊者；那些表述、隐喻和形象至今依然游荡在各种平庸的作品之中。笛安的北京褪去了市场经济兴起与消费主义震惊给城市文化所带来的粗鄙与刻奇，此时符号性消费已经日用不知，成为内外一致的日常生活。景恒街是一个中产阶级区域，如果它不是城市的大脑，那至少是心脏，以资本

---

① ［美］理查德·利罕：《文学中的城市：知识与文化的历史》，吴子枫译，上海：上海人民出版社，2009 年，第 378 页。

隐秘而有力的搏动为四通八达的经济毛细血管输送血液。她无意中揭示了城市化和新经济进程中的秘密，城市以其巨大的吸附力，让来自小城的青年男女投身其中。尽管"这城市的内核永远冷硬，烈焰与烟花都奈何不得。有多少璀璨的灯火，就有多少无所谓的苟活"（第166页），但是一拨又一拨寻求理想和成功的人们前赴后继而来。

关景恒这个前程序员在选秀的舞台上短暂获得过"成功"，但是"他并不是那种真正的艺术家，他只是不小心捡起了上帝从指缝间滑落到草地上的才华。他懂得这个礼物的珍贵，却并没有被赋予'创造'的任务"（第121页），昙花一现之后试图将残存的象征资本转化为价值，他的创业却也并不是简单意义上金钱的成功，而是希望实现粉丝与偶像之间共同体的梦想，进而成为一种商业模式。模式意味着语法和范式，他的野心不可谓不大，让人想起近期马拉的一个中篇小说《创业史》，其中的创业者也是一直在寻找建立新型的商业模式，在流动不已的时代中，落伍的恐惧促使主人公像一台追新逐异的永动机①。但是我们时代的"成功"定义被狭隘化了，小镇青年上升的渠道和空间极其狭窄，路上险阻重重，注定了理想主义的幻灭。小说中叙述者有一段颇为悲怆的议论："奋斗得来的成功最可怕的地方就在于此，哪怕你只拥有过它短短的一年、半年、三个月——你都以为它永远不会消失，你都以为你配得上拥有这些。"（第269页）关景恒的单枪匹马让自己最终成为类似"个人主义的末路鬼"般的存在，也印证了理想主义的个人奋斗者

---

① 刘大先：《时代精神与微观历史》，《青年文学》，2018年第11期。

在这个时代的命运。这直接影响到他与朱灵境的情感与婚姻生涯：工作处所与生活处所、办公室与家连在一起并不是构成了两者的和谐，而是让捉襟见肘的现实取消了"家"的存在以及与"家"相关的一切日常生活与本能情感——关景恒的所有时间都被资本的深渊吸附，完全没有留下任何余裕给他与朱灵境的私人关系。

　　桑内特在其回顾西方城市文明史时的理念设想中城市的形式应该与身体的感受相一致，然而对于北京这样历史遗产过于沉重、同时又飞奔进入景观化的城市而言并不能够实现，因而"景恒街"实际上是城市中的抽离部分。那些前代作家笔下津津乐道的物理建筑、道路、景观与民俗全然退出，留下的只是一个若隐若现的背景，而真正呈现的城市体验是速度感：无论是情感的还是理性的，资本的还是权力的，它们无法固定下来保持稳定，而总是充满无法预测的变数，突如其来，没有预留下缓冲的余裕，这倒也印证了桑巴特的话："当都市空间的功能变成了纯粹涌来移动的时候，都市空间本身也就失去了吸引力；驾驶员只想穿过这块空间，而不想注意这块空间。"[1]这个驾驶员显然驾驶的不仅仅是汽车，也是资本和爱情，并且让爱情在资本笼罩性的威权之下岌岌可危。小说的开头就是朱灵境从机场打车走在空旷的东二环上，那个畅通无阻的北京是大年初二特殊时间的特殊景象，就像她心有所属的真爱，也是一个"梦境"般的存在。

　　"北京本来就只是一个强撑着装作纸醉金迷的城市而已，

---

[1]［美］理查德·桑内特：《肉体与石头：西方文明中的身体与城市》，黄煜文译，上海：世纪出版集团，2006年，第4页。

从未真正做到过醉生梦死。……因为没有任何一个奋斗者能真的拥有它，他们最多能拥有的，是那种'拥有它'的错觉。日子久了，活在幻觉里的人见多了，这城市其实也很寂寞。"（第63页）镀金时代的城市之心，既有冷酷理性也有纯真之爱，既有理想情怀也容纳世俗烟火，作者无法跃然众人之上，她所能做到的是让情感的体恤慰藉失败者的灵魂，那也许是在迅疾变化的历史中卑微个体所能切实把握的脆弱的稻草，不动声色之间可见时代运行的轨迹、社会转型的风貌与情感结构的变迁。这是情感的救赎，也是小说的想象；是笛安的悲悯，也是她的局限。

她所没有能够明示但已经漫衍在文本中的是一种吉登斯所谓的"融汇之爱"，这种爱与浪漫之爱有所不同，"浪漫之爱依存于投射性认同，即激情之爱的投射认同，这种认同作为手段，使投射性伴侣彼此吸引和相互联系。投射在此创造了一种与他人共命的一体感，而且毋庸置疑，在男子气与女子气之间的既成差别又强化了这种一体感，伴侣的每一方都在互为反题的意义上得以定位"，而"融汇之爱"则是向他人敞开自己，"乃是投射性认同的反面对立物，尽管这种投射性认同有时也给这种融汇之爱开辟了通途"[1]，融汇之爱积极主动又偶然飘忽，其对象并没有特指性，并且也并不一定发生在一夫一妻制当中，甚至不发生在同性之间。朱灵境与小雅、文娟之间看上去塑料花式的姐妹情未尝不带有此种意味，甚至她与刘鹏的友谊，也触及融汇之爱的边缘。从这意义上来说，当小说结尾以心理对

---

[1] ［英］安东尼·吉登斯：《亲密关系的变革：现代社会中的性、爱和爱欲》，陈永国、汪民安等译，北京：社会科学文献出版社，2001年，第81页。

话的形式讲述朱灵境贪恋着"那一点点的、片刻的欢愉",就不再是张爱玲在《倾城之恋》中所处理的对于世俗与世故的悲悯,而展现了镀金时代分崩离析但又有所不甘的城市之心。

《景恒街》在批评界并没有引发太多正面评价,因为它看上去如同一个八点档的通俗情节剧;在笛安此前写作积累的粉丝那里也并没有收获很好的口碑,因为他们从中找不到自己期待的眼泪和认同了。但这些并不妨碍笔者将它作为当代都市情感的一枚切片,从中窥测那颗幽微难测的心灵,如何摇摇欲坠、踽踽而行,脆弱又坚韧。

第三节　剩余的抒情

无论从何种角度来说,20世纪90年代对于中国文学都具有某种节点的意味。政治和经济的转型带来市民群体及其意识的滋生与张扬,诗歌迅速进入黄昏,而黑格尔所谓的"散文时代"悠然降临。按照黑格尔的分析,散文的方式是与日常的实践活动联系在一起的单凭知解力的思维方式。与这个充斥着务实的日常生活、退守的现世安稳、告别革命的"散文时代"同轨的是散文这一文体确乎旺盛一时,除了古典与现代名家散文的重印之外,文化苦旅式的学者随笔、一地鸡毛的庸常记述、沉溺肉身与生存机巧的心灵鸡汤等泥沙俱下。这种背景中,再来看刘亮程的出场就显得颇具标志性意义。

地处西北偏隅、立身黄沙荒地,刘亮程以一个扛着铁锹在田野上闲荡的农民形象出现在文坛,固然得力于散文热的春风,更在于他独树一帜的风格化文章。这个原先并不成功的乡土诗人（在离他家乡沙湾不远的石河子就有个著名的诗刊《绿风》），靠着散文陡然在世纪末爆得文名，被称为"九十年代最后一位散文家"①、"乡村哲学家"②，然而从文体实践到美学风格他骨子里都是个诗人，他的写作只不过是诗歌的变形。他自己也直言"个别散文直接是诗歌的改写，或是一些未完成诗歌的另一种完成形式"③。让我们再次回到黑格尔的表述：诗通过形象和创造性想象，以现象直达本质，寓哲理思维于现象和情感。史诗诗人把自己淹没在客观世界里，抒情诗人则把自己淹没在内心情感世界里，"抒情诗人凭着他的内心世界本身就成了艺术作品"④。从这个意义上来说，刘亮程是抒情诗人，他的写作是一种诗歌的剩余。

我们可以很容易被刘亮程风格化的文字所吸引，但是读多了就会发现他文字易放难收的铺张与蔓延。他风格是如此固定，以至于在20世纪90年代形成之后几乎没有大的转变，直到20年后他出版的文集《在新疆》，依然不会感觉到岁月在他的表达形式上发生过何种有效的氧化反应。2006年和2010年，刘亮程推出小说《虚土》和《凿空》，任何一个读过它们的人都会在第一印象中直观到它们与一般小说从语体到结构、从人物到情节上的判然之别，它们所显示出来的对于小说文体的超越意义

---

① 林贤治：《九十年代最后一位散文家》，见赛妮亚编：《乡村哲学的神话》，乌鲁木齐：新疆人民出版社，2002年，第55-60页。
② 牧歌：《乡村"哲学家"刘亮程》，同上，第68-72页。
③ 刘亮程：《对一个村庄的认识——答青年诗人北野问》，见刘亮程：《风中的院门》，上海：上海文艺出版社，2001年，第419页。后文引用此书内容不再一一注明。
④ 黑格尔：《美学》第三卷下，见《朱光潜全集》第十六卷，合肥：安徽教育出版社，1990年，第185页。

笔者将在下文进行分析，这里要指出的是：即便在小说中，刘亮程也是在写诗。他的所有想象都在村庄，所有议论都是抒情，所有的关注都在自己的内心。芳芳在早前评论刘亮程时就发现他有种"有意为之"的封闭性[①]，这种封闭性就以他的心灵为界。因而任何试图批评他的写作营造了一种"乡村神话"的人，其实都走偏了，这个农机管理员从来就不是农民，他只是个农民和村庄的观察者和漫步遐想者，在"闲锤子"式的生活状态中像村庄里的牛一样对自己的性灵进行反刍。

轻逸一种

"其实人的一生也像一株庄稼，熟透了也就死了。一代又一代的人的一生熟透在时间里，浩浩荡荡，无边无际。谁是最后的收获者呢？谁目睹了生命的大荒芜——这个孤独的收获者，在时间深处的无边金黄中，农夫一样，挥舞着镰刀。"[②]1994年，刘亮程在散文《冯四》中如此写道。这种对于时间的浩渺感受、生命的终极感悟显得无奈而又达观，完全不像一个刚刚过了而立之年未久的壮夫所为，而在此际他实际上已经对于自己有着清晰的定位："我投生到僻远荒凉的黄沙梁，来得如此匆忙，就是为了从头到尾看完一村人漫长一生的寂寞演出。我是唯一的旁观者，我坐在更荒远处，和那些偶尔路过村庄，看到几个生活场景便激动不已，大肆抒怀的人相比，我看到的是一大段岁

---

① 芳芳：《不和你玩——亮程散文集〈一个人的村庄〉印象》，见刘亮程《一个人的村庄》，乌鲁木齐：新疆人民出版社，1998年，第197页。

② 刘亮程：《一个人的村庄》，乌鲁木齐：新疆人民出版社，1998年，第25页。下文引自该书的内容不再一一注出。

月。我的眼睛和那些朝路的窗户、破墙洞、老树窟一起，一动不动，注视着一百年后还会发生的永恒事情：夕阳下收工的人群、敲门声、尘土中归来的马匹和牛羊……"旁观者的意象一直隐蔽地贯注于刘亮程早期的诗歌和散文写作之中。他是村庄的一员，但又是超脱于村庄之上的，这种超脱并非将自己剥离出去，而是在村庄的生离死别、爱恨绵延中施施然徜徉，在其中透视更为恒定的悠远力量和无法超度的辛勤苦痛——那种形而上的从辛酸无奈中提炼出来的轻灵透彻。

摩罗在刘亮程的散文中发现了生命的整体性与关联性、生命的伤痛与荒凉、生命的恐惧与焦虑①，这种"六经注我"式的解读带有心灵沟通的意味。事实上，任何试图在普通、烦琐、日常中寻找诗意的企图最终必然要走向对于人生感、历史感乃至宇宙感的升华。这是中国传统诗歌的通行美学法则，它们将诗歌和文学拔擢为一种坚硬、嘈杂甚至苦难人生中的安慰。对于刘亮程来说，这种感触应该尤为切肤。在《家园荒芜》中写到自己兄弟几人的际遇和命运之时，他们与土地之间的关联隐约可见对于土地的失望，这种失望并不是洋溢在刘亮程文本中的那些万物一体、众生有情所可以遮蔽的。

> 一年一年的种地生涯对他来说，就像一幕一幕的相同梦景。你眼巴巴地看着庄稼青了黄、黄了青。你的心境随着季节转了一圈，原地回到那种老叹息、老欣喜、老失望之中。你跳不出这个圈子。尽管每个春天你都那

---

① 摩罗：《生命意识的焦虑》，见《刘亮程散文（下）》，乌鲁木齐：新疆人民出版社，2009 年，第 201-228 页。

样满怀憧憬，耕耘播种；每个夏天你都那样鼓足干劲，信心十足；每个秋天你都那样充满丰收的喜庆。但这一切只是一场徒劳。到了第二年春天，你的全部收获又原原本本投入到土地中，你又变成了穷光蛋，两手空空，拥有的只是那一年比一年遥远的憧憬，一年不如一年的信心和干劲，一年淡似一年的丰收喜庆。

类似这样的段落在刘亮程的散文中即便偶尔可见也并不占有很大篇幅，却泄露了在悠然闲适中的苍凉和悲哀。我们可以注意到言说者由第三人称的冷静、客观、理性很自然地转向了第一人称的表达：主观、想象和挥之不去的悲情。因为"落在一个人一生中的雪，我们不能全部看见。每个人都在自己的生命中，孤独地过冬。我们帮不了谁"（《寒风吹彻》）。但是，他很快收束住，并没有往这个方面上走得更远，而是旋即导向了将普遍的悲情搁置转化为个体化的人生感喟和体悟，"成为我一个人的荒凉"，而更广泛的生命和命运的共通性提供了从悲凉中抽离的信念。这里不自觉而又合目的性地体现了文学的救赎力量。

这种信念在《风把人刮歪》中有直接的表白："也许我们周围的许多东西，都是我们生活的一部分，生命的一部分，关键时刻挽留住我们。一株草，一棵树，一片云，一只小虫——它替匆忙的我们在土中扎根，在空中驻足，在风中浅唱……任何一株草的死亡都是人的死亡。任何一棵树的夭折都是人的夭折。任何一粒虫的鸣叫也是人的鸣叫。"这并非万物有灵的懵懂意识，而是经过理念反思过的认同。个体脆弱不堪，只有融入土地万物之中，才能获得一种回归后的踏实感和安稳感。《老鼠应该有个好收成》就是选择了一个几乎不曾被人着力的视角，写秋收时田野中的老鼠："这些匆忙的抢收者，让人感到丰收和喜悦不仅仅是人的，也是万物的。我们喜庆的日子，如果一只老鼠在哭泣，一只鸟在伤心流泪，我们的欢乐将是多么的孤独和尴尬。在我们周围，另一种动物，也在为这片麦子的丰收而欢庆，我们听不见它们的笑声，但能感觉到。"在童心未泯中，巨大的悲悯蕴蓄其间。这让刘亮程从时代和社会历史的局限中超越出来。事实上，他在写作这些散文的时候正是乡村共同体天崩地裂的时候，工业化、商业化和都市化的进程让既有的生产与生活方式前后失据、左右无援，对于乡村与土地的态度，在同一时期的作家中就产生了分野。在许多作家纷纷调头以礼失求诸野的心态寻找乡土资源以对抗时，刘亮程的姿势相似，路径却不同。对照 1993 年张炜的著名散文《融入野地》那种对于城市的疏离与怨愤①，刘亮程的世界中"城市"是缺席的，乡村自成一体，独立不依，并不是与城市二元对立的存在。

　　这个存在生机盎然、天机喜乐，如同《对一朵花微笑》中那样："我一回头，身后的草全开花了。一大片。好像谁说了一个笑话，把一滩草惹笑了。我正躺在土坡上想事情。是否我想的事情——一个人脑中的奇怪想法让草觉得好笑，在微风中笑得前仰后合。有的哈哈大笑，有的半掩芳唇，忍俊不禁。靠近我身边的两朵，一朵面朝我，张开薄薄的粉红花瓣，似有吟吟笑声入耳；另一朵则扭头掩面，仍不能遮住笑颜。我禁不住也

---

① 张炜：《融入野地》，《上海文学》，1993 年 1 期。

笑了起来。先是微笑，继而哈哈大笑。这是我第一次在荒野中，一个人笑出声来。"在这组《剩下的事情》中，刘亮程从田野中细微弱小的事物角度，展示了一个静默安详的永恒存在。它融合了庄禅式的机敏生动和儒家的有情温馨，因为这是个"人畜共居的村庄"，"人踩起的尘土落在牲口身上。牲口踩起的尘土落在人身上"。在这里，刘亮程恢复了现代中文写作中草蛇灰线的一脉抒情传统，"通过声音和语言的精心建构，抒情主体赋予历史混沌一个（想象的）形式，并从人间偶然中勘出审美和伦理的秩序"①。

　　众生平等而又和谐地共处天地之间，作为个体的人在这个有灵与齐物的世界中，处于什么样一种位置呢？比如为了让一把扛在肩膀上的铁锨不至于生锈，一个农夫无意间在田野中挖个坑，"这个坑增大了天空和大地间的距离。对于跑过这片荒野的一头驴来说，这点变化也许算不了什么，它在荒野上随便撒泡尿也会冲出一个不小的坑来。而对于世代生存在这里的一只小虫，这点变化可谓地覆天翻，有些小虫一辈子都走不了几米，在它的领地随便挖走一锨土，它都会永远迷失"（《我改变的事物》）。在大地上不同事物之间的比较之中，才能见出它们之间的相对性，而绝对性只存在于绝对的时间与空间里。比如，"有些虫朝生暮死，有些仅有几个月或几天的短暂生命，几乎来不及干什么便匆匆离去。没时间盖房子，创造文化和艺

---

① 王德威：《抒情传统与中国现代性：在北大的八堂课》，北京：三联书店，2010年，第65页。另参见陈世骧：《中国的抒情传统》，见《陈世骧文存》，辽宁教育出版社，1998年，第31－37页。高友工：《中国文化史中的抒情传统》，见《美典：中国文学研究论集》，北京：三联书店，2008年。

术。没时间为自己和别人去着想。生命简洁到只剩下快乐。我们这些聪明的大生命却在漫长岁月中寻找痛苦和烦恼。一个听烦市嚣的人，躺在田野上听听虫鸣该是多么幸福。大地的音乐会永无休止。而有谁知道这些永恒之音中的每个音符是多么仓促和短暂"（《与虫共眠》）。又如，"许多年之后你再看，骑快马飞奔的人和坐在牛背上慢悠悠赶路的人，一样老态龙钟回到村庄里，他们衰老的速度是一样的。时间才不管谁跑得多快多慢呢。"基于这样的识见，"我没骑马奔跑过，我保持着自己的速度。一些年人们一窝蜂朝某个地方飞奔，我远远地落在后面，像是被遗弃。另一些年月人们回过头，朝相反的方向奔跑，我仍旧慢慢悠悠，远远地走在他们前头。我就是这样一个人。我不骑马。"（《逃跑的马》）"慢慢悠悠"，不在意一时一地的"被遗弃"让心灵成为永恒的第三维度，显示了他超越时间的企图。

心灵维度的开掘，让刘亮程具有一种轻散的智性，而非知性的理性分析，它是直观与即得的结果。对比同样在新疆以散文著称的周涛与李娟，刘亮程的书写显然缺乏细节上的质感：他注重细节，但更多是主观映照下的现实印象，而非具象的地方性物象。在周涛那里有伊犁的秋天、博尔塔拉的冬天、一个牧人的姿态和几种方式、二十四片犁铧、谷仓顶上的羊、捉不住的鼬鼠[①]；在李娟那里，有母亲和外婆的声息謦咳、拉面或

[①] 相关文章参见周涛：《周涛散文选》，北京：人民文学出版社，2005 年。《周涛散文选集》，天津：百花文艺出版社，2011 年。

补鞋的男人、花脸雀和离春天只有二十公分的雪兔[1]，但是刘亮程只有自己。尽管他也写到铁匠，写到割礼，写到龟兹的毛驴、托包克游戏[2]，但是所有这一切都只是他的心灵的镜像和观察后的遐想，而不是事物与人本身。与最早提携刘亮程的韩少功相比，后者的《山南水北》是"及物"式的体验[3]，而前者则更多是体悟。这该是一个多么自恋的人。

因为自恋，刘亮程的具体不可避免地走向写意，从而让他的村庄成为一种抽象，确实很容易落入将村庄浪漫化的陷阱之中，就如同雷蒙·威廉斯（Raymond Williams）所批判的那种将"过去的好日子"当作一种棍子来敲打现在的乡土文学[4]，从而被诟病为营造出一种乌托邦的幻象。但他的村庄并不是一种牧歌式的存在，而他不过是在轻灵飞扬的意象营构中从沉重里逃离，如果不是反抗的话。卡尔维诺（I. Calvino）提到几个世纪以来，文学中有两种对立的倾向互相竞争："一种倾向致力于把语言变为一种像云朵一样，或者说得更好一点，像纤细的尘埃一样，或者说得再好一点，磁场中磁力线一样盘旋于物外的某种毫无重量的因素。另外一种倾向则致力于给予语言以沉重感、密度和事物、躯体和感受的具体性。"[5] 他提出一种精确的、确定的轻微感，"文学是一种存在的功能，追求轻松是对生活沉重

---

① 相关文章参见李娟：《我的阿勒泰》，昆明：云南人民出版社，2010年。《阿勒泰的角落》，北京：新星出版社，2013年。

② 刘亮程：《在新疆》，沈阳：春风文艺出版社，2012年。

③ 韩少功：《山南水北》，北京：作家出版社，2006年。

④ ［英］威廉斯：《乡村与城市》，北京：商务印书馆，2013年，第15页。

⑤ ［意］卡尔维诺：《未来千年文学备忘录》，沈阳：辽宁教育出版社，1997年，第11页。

感的反应"①，不揣冒昧的话，笔者将刘亮程的写作称为一种轻逸的写作，而轻逸的好处就在于它可以在人们向往的轻松生活和实际遭受的困苦之间达至某种力的平衡。

村庄作为认识论

曾有论者在分疏 20 世纪中国乡土文学和农村题材小说的基础上提出了"乡土""农村""家园""荒野"几种不同的意象，并分别将之归为乡愁观照下的自然村社、变动重组中的乡村世界、诗意言说中的灵魂栖居之所和诗意剥离后的乡村图景。②刘亮程则不在这一序列之中，因为读者无法从中观察到任何乡愁式的怀旧冲动，也不可能见微知著地观察到特定时代铭写在村庄上的印记，同时他的乡村也无法提供"一切坚固的东西都烟消云散"了之后的慰藉，更没有体现当下乡村的真实图景。他笔下的村庄更像是一种身在本土的心灵流亡之梦，如同南帆所说的："乡村在很大程度上变成了记忆所制造的话语——而不是现实本身……乡村是一个思念或者思索的美学对象，一种故事，一种抒情，甚至一种神话。然而，恰恰因为不是现实，乡村在作家的思念或者思索之中极大地丰富起来，生动起来，以至于承担了现实所匮乏的含义。"③进而言之，他的村庄其实是观察世界的一种方式。综观刘亮程所有的作品，几乎都没有超出对于一个村庄的观察，即便是后来的小说写作，也只是站定

---

① ［意］卡尔维诺：《未来千年文学备忘录》，沈阳：辽宁教育出版社，1997 年，第 19 页。
② 叶君：《乡土·农村·家园·荒野》，北京：中国社会科学出版社，2007 年。
③ 南帆：《后革命的转移》，北京：北京大学出版社，2005 年，第 181 页。

在村庄的基点，投射时代在村庄及其民众心灵上的写影。村庄成为一个思想的聚发地、一个认识框架、一种存在论、一种世界观。

村庄固然是狭小、闭塞的，然而如果有广阔的时空视角，则它的仄隘与封闭都只不过是相对的。"这个村庄隐没在国家的版图中，没有名字，没有经纬度。历代统治者不知道他的疆土上有黄沙梁这个村子。这是一村被遗漏的人。他们与外面世界彼此无知，这不怪他们。那些我没去过的地方没读过的书没机会认识的人，都在各自的局限中，不能被我了解，这是不足以遗憾的。我有一村庄，已经足够了。当这个村庄局限我的一生时，小小的地球正在局限着整个人类。"因而，刘亮程对于自己"一个人的村庄"是具有理性判断后的自信的。对一个村庄的认识实际上就是对一种曾经不为人注目的存在的认识。"接近生存本身在这个时代变成一件十分困难的事。人类的书籍已经泛滥到比自然界的树叶还要多了。真实的生存大地被书页层层掩盖，一代人从另一代人的书本文化上认识和感知生存，活生生的真实生活淹没了。思想变成一场又一场形成于高空而没落到地上的大风，只掀动云层，却吹不走大地上一粒尘埃。能够翻透书本最终站在自己的土地上说话的人越来越少。更多的人一生活在一本或一大摞书本之上，就像养在瓷瓶中的花木，永远都不知道根在广阔深厚的土地中自由伸展的那种舒坦劲"。这是一种绝圣弃智的姿态，还是一种安泰式的地母神话？

我认为，刘亮程的村庄提示了一种"无知"状态的存在。无知有两层含义：一种是不知情、不知晓；第二种是不理会，即拒绝敞开自我、自愿蒙蔽，不愿意探索和理解他者与未知事物。后者的意义在我们时代更为显豁。这是一个交通日益便利、媒介极大丰富、信息愈加爆炸的时代，"知"并非难事，而有意的忽视与"不知"才是问题所在。几个世纪以来的工具理性、线性时间观、进化论、资本逻辑已经让传统乡村共同体及其知识体系、道德伦理、价值观念丧失了合法性，换句话说，那些边缘的、偏僻的、无法被启蒙现代性话语所规约的"村庄"注定要成为废弃物和不合法的存在。

齐格蒙特·鲍曼（Zygmunt Bauman）曾经分析过现代的社会文明既是一个创造、生产的文明，同时也是一个有着过度、剩余、废弃物以及废弃物处理的文明，它以某种方式将对死亡的恐惧重新塑造成为人们生活的推动力。在现代性的认识论中，"选择才能获得知识。在知识的工厂中，产品和废品是区分开的，只有未来的顾客以及他们的需要和欲望才能决定哪些是产品，哪些是废品。知识的工厂是不完整的，它没有废品处理点。知识之光呈现的是周围黑暗的谦恭。没有无知就没有知识，没有遗忘就没有记忆。知识的获得得益于人们不感兴趣的盲点，知识的精确性、严密性和实用性的增长亦伴随着这些盲点的增长。实际上，这些被排除在外的事物——那些在人们注视之外，被抛弃在黑暗中，不得不蜷缩在模糊隐蔽的背景中的事物——不可再以'是什么'来解释。在生活环境（Lebenswelt）中，它们已经不再拥有生存空间。因而，它们实际上已经被毁灭，但是这是一种创造性的毁灭。"[①]我们在身边充满了这种双向背反的运动：近代印刷术兴起后，雕版行消失了；医院妇产科兴起

---

① ［英］鲍曼：《废弃的生命》，谷蕾、胡欣译，南京：江苏人民出版社，2006年，第11－12页。

后，稳婆便隐退了；教育普及了，代写书信的人便失业了……
更多的新技术与行业不断喷薄蔚然、云起龙骧，给更多人提供
生产和生活变革的同时，又使许多传统面临萧条凋敝。打铁的、
制陶的、钉驴掌的、做驴拥子皮活的各种手艺，都仿佛传到了
尽头。村庄所代表的一系列认识论在汹汹而来的发展话语之中，
似乎已经不具有生产认识论的能力，它在很大部分话语之中沦
为落伍和愚昧的象征，或者是个异域风情般的风景化存在。20
世纪80年代中后期兴起延伸至当下的文学与文化寻根就是在启
蒙话语中对传统进行革新式复活的努力，然而很大程度上再次
落入了现代性话语内部的争执之中——替代性的或者可选择的
现代性不过是滞后的、迟到的现代性的难兄难弟，它们所依附
的话语系统依然没有改变。

　　在这种背景里，刘亮程的村庄以其执拗的存在，刻意提醒
和强调了启蒙式现代性话语的"无知"。一头驴子就能成为撬动
这种强势话语的阿基米德杠杆，"驴成了你和世界间的一个可靠
系数，一个参照物。你从驴背上看世界时，世界正从驴胯下看
你。"在村庄的认识论中，"人"所代表的理性失去了有效性。

　　　　驴眼睛跟人眼睛差不多一般高，不会小看人。驴
　　首先看见的是人的上半截身子，不像狗，一眼看见的
　　人的两条腿和小肚子，抬起脖子第二眼才能把人看全。
　　鸡看人更是不像样子，至少分七八截子，一眼一眼地
　　看上去；在脑子里才有个全人的影像，那过程就像我
　　们读一部长篇小说一样。而且，鸡没有记性，看一眼
　　忘一眼，鸡主要看人手里有没有要撒给它的苞谷，它

不关心你脖子上面长啥样呢。

牛眼睛里的人比正常人大得多。所以牛服人，心甘情愿让人使唤。

在鹅眼睛中人小小的，像一只可以叼吃的虫子。鹅不怕人，见了人直扑过来，嘴大张着，哦哦地叫，想把人吞下去。人害怕比自己凶猛的动物，更害怕想法比自己胆大的动物。人惹狗都不敢惹鹅。

老鼠只认识人的脚和鞋子。人的腿上面是啥东西老鼠从来都不知道。人睡着时老鼠敢爬到人脸上，敢往人嘴里钻，却很少敢走近人的鞋子。人常常拿鞋子吓老鼠，睡觉前把鞋放在头边，一前一后，老鼠以为那里站着一个人，就不敢过来。

你知道那头驴脑子里想啥事情？ ①

这里有关不同动物视角的描写，如果放到整个社会结构领域中就构成了一个绝妙的换喻。正如你无法知道那头驴子的脑子里想什么，作为现代性成果的启蒙式话语也无法了解被它所排斥和丢弃的村庄与人群在想些什么？"人只是活着。河水只是流淌着。天只是阴沉或晴朗。地只是荒凉或青绿。你能随便地说它是痛苦和欢乐的吗？"那是一种无法轻易被阐释和表述的存在，而它的匮乏却显示了文学经验与实践的贫困。刘亮程也许并没有地方性知识的人类学自觉和文化相对性的观念，但是他的写作从本能中直接抵达了我们时代认识论的一个关键命题。

---

① 刘亮程：《正午田野》，昆明：云南人民出版社，2001年，第10-11页。后面引文涉及此书的不再一一注明。

在刘亮程"发现"驴子的视角之前，它隐匿在阴影处，一旦这个视角被敞开，曾经晦暗不明的角落就照上了光。这是村庄作为认识论的首要功能：去蔽，通过对于村庄的返魅让它重新获得尊严。

在这种视角中，那些习以为常的观念变得可疑起来，比如对于丰收的永无休止的追求："他们干着今年的活，手握着今年的玉米棒子，眼睛却满含喜庆地望着来年。他们说，啊！要是再有几个这样的好年成，我们就能把一辈子的粮食全打够，剩下的年月，就可以啥也不干在家里享福了。他们一年接一年地憧憬下去，好年成一个接一个一直延伸到每个人的生命尽头。照这样的向往，我发现他们根本没有剩下的岁月，可以啥也不干待在家里享福。往往是今年的收成还顾不上吃几口，另一年更大的丰收却又接踵而来，大丰收排着大队往家里涌。人们忙于收获，忙于喜庆，忙得连一顿好饭都顾不上吃，一村人的一辈子就这样毫无余地地完蛋了。"（《一个人的村庄》）这种面向未来和前景的目光本身并没有问题，但如果它单一化了，则构成了对于其他方向的压抑，比如人们不再往回看，也止不住追逐的前进步伐，这样的发展主义式的理念只会不留余地地让丰富的可能性销声匿迹。

更为严峻的问题是，即便心知肚明某种单一认识论的局限，但是在思维的惯性中不愿意走出来，或者出于自身的傲慢与偏见，对其他认识论和存在方式的刻意忽视。因而刘亮程说"如果我能活六十岁的话，我用三十年时间往前走，再用剩下的三十年往回走"，就不再是一个文人的矫情，而是表明了一种姿态——朝后看的姿态。在小说《虚土》的结尾，刘亮程写道：

"仿佛我一直站在童年的旷野，看着自己渐渐长大的身影走远，混入远处的人群，再也认不出来。那时他们像树一样在天边摇曳，像黑夜的风一样，我是他们中的一个。他们又是谁？我只是在五岁的早晨，看见他们赶车出村，看见混在他们中间的我自己，坐在一辆马车上，脸朝后，望着渐渐远去的村子。我没扭头朝前看，不知道赶车的人是谁。也许没有赶车人，只是马自己在走，车被一场风吹着在动。以后的事我再记不清，不知道我去了哪里。也许哪都没去，那个早晨走远的全是别人。我在他们中间，看见一个是我的人，我一直看着他走远。然后我什么都不知道。在远处他们每人走一条路，那些路从不交叉，他们从不相遇。每个人的经历都无人证实。像飘过天空的叶子，没有被另外的叶子看见。见证他们的是一场一场的风。那些风真的刮过荒野吗？一场一场的风在村里停住。或许根本没有风。在虚土庄某一天的睡梦中，一百年的岁月开花了。我闻到远处的芬芳。看见自己的人群，一千一万个我在荒野上走动。我在虚土梁上的小村庄里，静静地看见他们。"[1] 未来吞噬了现在，他则在"童年"一意孤行。时间在虚土村呈现出胶着的状态，空间更是亘古如此，风刮过荒野，并没有改变任何东西，甚至风本身变得虚无，唯一真实的是抒情主体，那个元神出窍的观察者与冥想者，这个"脸朝后"的、反刍式的主体一直在虚土地上呓语，提醒了一种微弱到气若游丝而终究连绵不断的可能性。

黄沙梁、虚土村和《凿空》里的阿不旦村，外表似乎不同，

---

[1] 刘亮程：《虚土》，沈阳：春风文艺出版社，2006年，第225页。后引该书内容皆出自此一版本，不再注明。

但其实都是同一个村庄，刘亮程那种内心的村庄。还有他写到的龟兹（《驴车上的龟兹》[①]）、库车（《库车行》)[②]，常见的民族与区域风情都被淡化，村庄在这里超越了文化差异，而成为主体性的人的生存域境。它们空洞、模糊、含混，因而混沌的力量也就源于此。这个内心的村庄小若弹丸，又大似鸿蒙，危如累卵，又永世长存。

经验与修辞：感觉主义

刘亮程从诗歌创作中确立的风格与思想从一开始就已经成熟，此后的散文和小说不过是在其上修修补补，使它更加完整。而追新逐异本身便不是他的目标，他的眼光是向后看，这顺理成章地导致他的村庄强化了自然属性，而淡化其具体的社会与历史属性，从而走向一种退守主义式的逻辑。但是这种偏狭的另一面是他恢复了那些曾被遗忘事物的生命力。这种恢复至少是三个方面的，首先是物，就是前文所说的植物、动物、人物的同情共感，以及由之而来的另类体验的复活；其次是童年；再者是感官。在想象与事实之间、文学与历史之间、过去与现在之间存在的缝隙，被毫不犹疑的修辞所填充，经验的贫乏转而为心灵的丰沛，十足凸显出语言本身的力量。

《虚土》这部弱化情节、人物和戏剧性冲突，而强调物象展示、景观铺陈和感受蔓延的"小说"，营造了一个异度空间，一个魔幻主义式的世界。在虚土地上的人们，他们肉身存在的意义也许只是填满时间、喂饱妻女、下地劳作、外出谋生，在

---

① 刘亮程：《驴车上的龟兹》，沈阳：春风文艺出版社，2007年。
② 刘亮程：《库车行》，石家庄：河北教育出版社，2003年。

命运的狂风驱赶之下随波逐流，并不具有主动改变境遇的动机和能力。事实上他们无视改变，劳作只是活着的一种状态，至于活着的意义并不是他们考虑的范畴。当村里来了上级，他们把村子藏起来，当广播架设进来，他们把广播转移到荒野，他们无力或者潜在意识中拒绝改变，"还在早些时候，我就对父亲说，我们走吧，这地方住不成了。庄稼长一寸就被土埋掉一寸。树越长越低。什么东西都落满了土，一开始人拿起啥东西都要嘴对着吹一吹土，无论吃的还是用的。后来土落厚了就用手拍打。再后来人就懒得动了。土落在头上脸上也不洗了。落在身上也不拍打了。仿佛人们认为人世间就是这般境地。连我父亲都已经认命。他说，儿子，我们往哪走啊，满世界都是土。我说不是的，父亲，我知道有些地方天是蓝的，空气跟我们以前看见的一样透明。在那里田野被绿草覆盖。土地潮湿。风中除了秋天的金黄叶子，没有一粒尘土。我父亲默然地看着我。我们该走掉一个人。我说。总不能全让土埋在这里。"但计划了十几年甚至几十年的出走，一直没有实现。为什么没有走成呢？那是因为"人有无数个未来，只有一个过去。往未来走的路越散越开，好多人像烟一样飘散在远处。人们在未来年月，一个找不见另一个。往回走的路是聚拢的，千千万万条小路，汇到大路上，通向童年。我不知道有多少个我，在往回走。好多人都是可以回到童年的。有人把自己长歪了，羞于回到童年。有人回来他的童年不认他了，他没有长成最初期望的样子。人一离开童年，就好像长大成另一种动物。"为了不至于在未来走失，"我"决定留守下来。

村庄作为恒定空间，童年则是村庄认识论的时间维度，在不停的对童年的追溯中，主体不断回归自我、认识自我。《虚土》的开篇就反求诸己："我在慢慢认出度过我一生的那个人，我会知道他的名字，看见他的脚印，他爱过的每样东西我都喜爱无比。当我讲出村子的所有人和事，我会知道我是谁。或许永远不会，就像你推开门，让我看见早晨，永远不向中午移动的早晨。我没有见过我在太阳下的样子。我可能一直没有活到中午。那些太阳下的影子都是别人。"叙述人一直在询问"我不长大，行吗"，因为"长大的只是那些大人"，他坚持以一个五岁孩童的阳光和思想来打量这个世界，以绝假纯真召唤虚土的实心。虽然他不知道自己正在一遍遍经历谁的童年，但是内心清楚那个待在树上的孩子就是自己，就如同一朵花向整个大地开放自己，面对马老得胡子都白了的时间，"我"始终孤单一人地站在了童年。"我有一千双眼睛，也早望瞎了，我有一万条腿，也跑不过命。我只有一颗小小心灵，它哪都没去，藏在那个五岁孩子的身体。我把童年狂野收拾出来。到老了才会知道，只有童年岁月最广阔，盛得下人一生的生活和梦想。童年才是人的老家。我们一次次梦回的老家其实是童年。我们的家老早前就安顿在童年。在那里，每一声呼唤都去了远方。当我走远，那些呼唤又全部地回来，一句都没有丢失。"

面对看似抱残守缺的虚土梁，刘亮程并没有随之走向类似于启蒙理性的"国民性"批判，而是轻盈变换，耸身一摇飞升到灵魂的层面。虚土梁并不好，但是给了人们歇脚的地方、喝水的地方，还有灵魂放飞的地方。虚土上的人们只是躯壳，他们出入只是为了活着，他们的灵魂才是活跃的。到了晚上，他们的灵魂飞出体外，翱翔天宇，挤满了整个村子。虚土地人们的幻梦也正是刘亮程的幻梦，这个幻梦超越了他自己，超越了一切。他以一种创造性的狂热，将自己投入这个幻梦之中，不断添枝加叶，用一路飘来的每个绚丽绮思加以缀饰：他们没有离开虚土地，而心灵已经历了无数梦幻交织的旅程，再多的激情或活力都赶不上一个人在情思萦绕的内心所累积的感受。

《虚土》可能是刘亮程抒情的极致，以至于会给人产生镂金错彩、拆碎不成片断之感。《凿空》则试图在性灵写作与充斥到满溢出来的感觉之间寻找平衡。《虚土》中不确定的疑惑：谁的叫声让一束花听见，在《凿空》中听到了回声，一种来自心灵幽暗深远处的回响。这个感觉主义者彻底将感官舒展开来，在这部几乎以听觉语音完成的小说中，呈现出一个外观出奇、内里却超真实的声音世界。我们在这里似乎可以看到听觉的平等性对于现代性视觉的霸权的反拨。[1]故事开始时，"腾"的挖土声音先华丽登场，向每一处感官敞开大门，扯开幕布，呈现出阿不旦这个底蕴充沛、气息十足的村庄，似乎一万年都不会被磨损。然而，这是个挖掘掠夺的大时代，外来的侵袭汹涌而来，内部的断裂暗暗萌蘖，"现在，阿不旦人手里的工具依旧是坎土曼，而另一些人则操纵着能把山铲平的挖掘机推土机，能从地球深处打出石油的钻探机。万能的工具使他们没有不能去做的事情。谁能让他们停住。人的理智吗？不知道。……世界进入了一个他不知道的时代。……在过去的两千多年里，坎土曼

---

[1] 笔者在《理解世界的限度》（《阅读与写作》2006年第2期）一文中借用韦尔施（Wolfgang Welsch）《重构美学》一书中的观点对视觉与听觉的差异做过分析。路文彬在《视觉文化与中国文学的现代性失聪》（安徽教育出版社，2008年）中，对于视觉和听觉文化也有过反思，此不赘述。

一直在龟兹人手里，铁锨在中原人手里。一个在挖土，一个在铲土。它们原本是一个东西，后来分开了，变成截然不同的两种农具。扛铁锨的人和扛坎土曼的人，此次生活和信仰都不一样了。"[1] 迁移来的农民张旺才和维吾尔本地商人玉素甫都在村子底下挖洞，他们不合理性的挖掘固然各自有自己的理由，实际上却是显在的隐喻，都是起于对生存境地的不安和焦虑。现代工业和商业的侵袭，打破了原有的乡村秩序，人心亦随之变化，如鱼得水的毕竟是少数，大部分惶惶不安，即便玉素甫这样比较成功的人士也需要寻求精神的栖息，而那黑暗的洞穴如同子宫一样提供了温暖的、可以皈依的平静。

在这两人的挖掘之外，到处都是挖掘，那么多人都在挖，用本地的农具坎土曼、用外来的工具铁锨、用机械化的挖掘机、用高科技的钻机……如果说坎土曼和铁锨的挖还带有农耕时代的温情脉脉，那么工业机械的钻则摧枯拉朽，要暴力得多，土地伤痕累累。"井架上站着好多人，还有好多铁手臂，海买斯（全部）扶着一个檩子一样粗的铁家伙往地下捣，拔出来，捣进去，又拔出来捣进去。地要有肠子，也被它捣断了，要有心肝肺，也被它捣烂了。地能不疼吗？地疼得没办法了，就叫，用驴一样的声音叫。地舒服的时候，也叫，用虫子的声音叫，用草叶的声音叫，用狗的声音叫。"不光农民在挖，盗墓贼在挖、考古专家在挖、石油工人在挖，矿工在挖……与农民的精神需求、情感依托不同，他们的挖是探险，是掘金，是不带情感的剥夺。一个又一个空洞在地底膨胀开来，阿不旦之下的大

<hr>

[1] 刘亮程：《凿空》，北京：作家出版社，2010年，第124-125页。文章其他地方引用该书不再一一注明。

地几乎被挖成了空壳，村庄凌驾在虚空之上，村庄下面的大地被挖空了，村庄已经没有根了。"他们回来时村庄不见了，世代生活的地方变成一个无底大坑，他们围着坑边喊，喊声掉下去，他们哭，哭声掉下去，目光和心掉下去。他们围着这个无底大坑活下去，生儿育女。死掉多少，他们再生出多少。他们出生以后还会死掉，掉进大坑。直到把所有坑填平，所有洞堵住，用一代一代人的命……"

乡村已然倾覆，虽然它是我们共同的原初。阿不旦村在凿空的过程中，诡异地发现在地下还存在一个被埋葬的几百年前的村庄，房屋整整齐齐，人们却不知何所往。这是一个倾覆了的乡村的前传故事，但已没有人知道曾经发生的细节是什么，或许知不知道都无甚关系了。而阿不旦村覆盖着一个古老的乡村，如同凌驾于虚空之上，坎土曼、毛驴、狗、树根、地窖、老鼠……这些构筑着村庄的事象形成了质实的映照。钻井机、拖拉机、三轮摩托、上级领导的宣传、朝令夕改的规定……"那些嘈杂的声音到底是要走的，但留下的却是一个千疮百孔的村庄。好在，村庄依靠声音有自我修复能力，它会慢慢把以前生活中有价值的东西恢复。"小说结尾，外来的嘈杂紊乱渐次隐去，声音的繁华复沓纷纷落尽，交给一个聋子去完整保留着它："声音是一条条道路，顺着声音的藤蔓摸索下去，会触到村庄的深处，会让阿不旦以它特有的模样出现。这是一个聋子耳朵里的声音世界。他闭住眼睛回想时，听到了毛驴的鸣叫，听到铁匠铺的打铁声，听到这一村庄人平常安静的说话，听到狗吠羊咩和拖拉机汽车的轰隆声，再就是父亲张旺才挖洞的声音。他挖了二十多年洞，张金耳聋之后才清晰地听到他的声音。"五色令人目盲，五音令人耳聋，张金外在的耳朵聋了之后，心灵的耳朵倒是轰然洞开，保留了最完整的过去。这是一种感觉主义的胜利，凸显出虚空的力量和偏执的意义，在现实的存在链断裂之后，反倒吊诡地在另一个维度促成了自由的产生。

结 语

正如林贤治指出的，如果说 20 世纪 80 年代初的散文对于农村的叙事带有丰收娱神版的喜庆色彩的话，到了 90 年代，颜色则变得沉重起来。作家面对转型社会中农村出现的种种问题，特别是农裔作家，陷入重重问题的困惑与忧思之中。此际乡土散文的基本主题和主要内容至少包括：贫困问题；从包产到户到乡镇企业，如何保持农村经济的可持续发展；民主治理问题；腐败问题及监督机制缺位；上访，维权，"群体事件"的发生；土地、拆迁及移民；农田、水利、道路的废弛与建设；教育、医疗及社会保障问题；宗教问题；人口问题、计划生育、劳动力大转移，留守儿童、妇女及老者；"农民工"的户籍问题，"城中村"的生存境遇；环境污染问题；精神病症、吸毒、卖淫，以及自杀问题；社会结构及人伦关系的变动，以及由此引发的道德、文化、心理诸问题。[①] 似乎一时间所有的人都生活在异乡，所有的故乡都在沦陷。

刘亮程于 20 世纪 90 年代踏进文坛，以风格化文字飘浮在村庄上空，纡徐舒缓，写尽村庄温暖踏实的事物、柔软欢欣的日常生活、古老庄严的秩序、公平而优美的命运。与彼时保守

---

① 林贤治《编者序》，见《村庄，我们的爱与疼痛：新乡土散文选》，桂林：漓江出版社，2013 年，第 3 页。

主义的社会思潮如符合契，又自外于学者随笔、文化散文的刻板呆滞和庸琐零碎的小女人畅想，独辟性灵感觉一路。然而，进入 21 世纪以来，村庄的柔情中的无奈日益显现，单纯的"希腊小庙"式的抒情已经无法触及现实乡村的复杂性，他的写作是诗歌的剩余，同时也就成了剩余的抒情。他于是走上小说这一更具包容性的文体，但是他的小说同样打破了因果关联的戏剧性情节，而注重不含隐喻性的抒情，将经历转化为经验，以修辞烘托的经验为本，尤为着力文本与世界各自的繁复和纠缠。这个"通驴性的人"坦言自己"一生都在做一件无声的事，无声地写作，无声地发表。我从不读出我的语言，读者也不会，那是一种更加无声的哑语。我的写作生涯因此变得异常寂静和不真实，仿佛一段无声的黑白梦境。我渴望我的声音中有朝一日爆炸出驴鸣，哪怕以沉默十年为代价换得一两句高亢鸣叫我也乐意。"不是在沉默中毁灭，就是在沉默中爆发，感觉主义的复苏是否能成为"高亢鸣叫"的嘤其鸣矣求其友声的起点，成就一种另辟蹊径的书写出路，读者如我，暂且拭目以待。

第四节　状态与情绪

本节讨论的黄咏梅的作品代表我们时代文学的"一般状态"——反映城镇市民与小资阶层日常生活状态、倾向于情绪渲染和个体化欲望表达、显示了主流文学认知的那一类作品。①我

---

① 本节选取的黄咏梅作品来自两部小说集，分别是《隐身登录》，广州：花城出版社，2010 年；《少爷威武》，济南：山东文艺出版社，2014 年。这两部小说集是收罗她主要题材与风格的代表性作品。

不愿意用"70后"或者"女性"这样代际与性别话语来谈论黄咏梅，虽然她无疑可以置诸这些流行说法当中。但前者往往有种时间的诞妄而不自知，并且很容易在一种群体性的描述性命名中遮蔽内部具体个体之间的千差万别；后者更是因为其无所用心而导致望文生义，将现象与词语当作问题本身，而忘却它们背后的意涵和所指。抽离出这些外在的先验身份设定，我们可以在她的文本中看到关于中国当代城乡变迁中从经济形态到人际关系、从幽微的精神活动到细密的情绪波动的转型，这些与她自身作为一个作家从梧州到桂林、从广州到杭州不断迁徙的生命履迹构成了某种意义上的合辙，成为"流动的现代性"的一个表征。黄咏梅的写作事实上超越了个人化的女性私密体验，却保留细腻的观察、体验和想象，并且将之冷静地呈现为疏离的状态，从而更为冷静地融合了外在的客观情形与内在的心灵波动。与同时代许多作家一样，她有着极其强烈的现实感和当代感，用一种似乎轻盈飘忽而实际上滞重黏稠的文字展示出时代转型过程中的碎片、缺失、遗憾与温情。而她独特的地方也许在于，明确自觉到当精神救赎无能为力的时候，作家所应该审慎地保持谨小慎微和谦卑，却也没有逃避到怀旧与欲望的恣肆当中，这可能反倒能够成为在我们心灵板结层面撬动出一丝裂缝的杠杆——意识到生活的不完满，也不妨碍继续去热爱它，如果世界无所作为，那拯救就从敞亮它开始。

过程与碎片

较之专注于个体的情感家庭龃龉和私人欲望与现实的纠结的女性作家，黄咏梅的题材很杂，涉及从事各种职业的底层与非底层、流动与非流动、农民工与小资白领，甚至老年人的性心理（《蜻蜓点水》）。黄咏梅笔下的人物大多可以归纳为离散者，或者漂泊于异乡，或者流散于精神的家园，或者在情感道路上豕突狼奔。她以旁观者的视角，平静地讲述离散者在变动中的人生无常与有常，就仿佛在日常生活之流中节取一截洄水或漩涡之处，没有一个缘起性的开头，也很难说有一个终结性的结尾。这样的小说拒绝戏剧化的起承转合，更多的是呈现出过程化的状态。过程保持了变动不居和流动不已，但同时也是一段段、一块块无法拾掇的片断和碎片。这些人与事情的碎渣处于过程之中，因而具有了生命的绵延性质，它们是生活本身的状态。

"人和光阴都一样是流动的"，在情节类似于张爱玲《封锁》的短篇小说《特定时期的爱情》中，一语道破天机，而黄咏梅之所以不同于张爱玲，也正是在于如今已经进入一个"特定时期"。这个"特定时期"外部世界变化剧烈，连带着牵动了人的内心在剧烈变化中变得麻木，它们充满种种可能性，也掩藏着不为人知的秘密和未解之谜。《勾肩搭背》中两个游走在广州的异乡人短暂的相遇、合作，生意利益上的互助中产生暧昧的情愫，终归要在功利现实中无疾而终。这个小说让人想起导演符新华的独立电影《客村街》推销员和洗头妹在浮世喧嚣中的邂逅和失散，有意味的是，黄咏梅和符新华都让这种失散消退了浪漫主义色彩，而转化为非虚构式的冷静甚至冷漠描摹，这是关于一个时代的氛围与状态的把握：卑微者的命运无法被虚饰，而他们粗糙干涸的内心承受不了细腻与脆弱的柔情。

没有结局的状态显示了生活的无逻辑和非理性，就像《鲍鱼师傅》中那个优秀的保洁工，他晦暗不明的往事和前途未卜的将来在无始无终之中，所能够把握的只是当下。尽管中间会发生这样或那样的插曲，比如和雇主之间的微薄的友谊、同事之间惨淡的交情，然而这些都是无足轻重的，因为沉重的生活本身已经让这样的人物不堪重负，仅仅活着就几乎筋疲力尽。虽然"鲍鱼师傅"似乎永远干劲十足，并且偶尔发现了音乐对自己的放空和治愈功能，但显然诗意的基调经不起锋利现实的轻轻一击。《金石》里采矿工难以言说的往事，侵入当下的生活，既普通又荒诞，既令人同情又充满黑色幽默，作者将它们展示出来，无由给出一个皆大欢喜的解决方案。黄咏梅像绝大多数当代作家一样，已经不再试图或者没有能力建构某种蓝图式的目标与方案，而只能尽力让这种复杂绞绕、泥足黏滞的状态摹画出来。这里面透露出当代文学的一个整体性症候：经历过曾经的宏大意识形态解体之后，应然的世界已经隐匿遁形，在颇为尴尬的夹缝状态中，左冲右突，也摆脱不了时代语境的桎梏，当一切都在转型与摸索的时候，主体所能做的只是本能地向前奔走。

时代确实变了，"在农村里走人情这种事情，一旦被挪到大城市里，就成了走关系了"（《档案》），在广州风生水起的李振声连在乡村里的生身父母都不再相认。这个"拔根"的行为显示了在城市化进程语境中的割裂，不仅在肉体与空间上，也在心理与精神上。城市完全有着另外一套行事规则和道德规范，它原先在20世纪80年代，也就是黄咏梅和她笔下的青春期人物那里曾经是一个被想象美化了的"远方"。《契爷》中偏僻小城中的少女夏凌云给笔友写信，就是一个充满象征意味的情节。那是一种 80 年代晚期氛围，在旁观的叙事者"我"的眼中："我们这里的人，从一出生看到的浔江水，笔直地朝太阳落下的地方流去，只在系龙洲边稍作休息，便毫无疑虑地释然流走。水总是闭着眼睛的，而我们这里的人每天都眼睁睁地看着它从身边悠然自得随天而去，所以，他们也特别感到安心，能有什么大不了的事情？浔江都不急，你犯得着急吗？即使总是有外来的人，带来很多关于下游的故事，跟他们无关的，他们也只是听着，听归听，也落不下地的，留不下根的，这些故事，等于在水上写字，在水上绘画，在水上雕刻，再天花乱坠，再形象生动，也终于无影无迹。然而，一段时间以来，我们这里的人却在慢慢遗忘这条江水。不仅因为它变得窄小了，变得了无声息了，变得浑然不觉了，还因为它不在人们身边了。它被隆起的一条大公路隔绝了，人们现在一走出街，首先就看到这条长龙一般卧着的国道。"自足被打破，新的生活方式像国道一样悄然而至，城南旧事一样的小镇旧事都付诸东流，"我"也丢开往事和小城，不回头地往前奔去。小说的结尾写道："车一开，我的兴奋感就随着这蜿蜒的公路，一直崎崎岖岖的。我坐的位置在最前排，我的眼睛一直朝前看，我对前边所要经过和到达的地方充满了好奇和新鲜，我压根就没想到要往后看，更没想到如果在汽车的后视镜上瞄一眼，就能看到我的母亲在镜子里，提着一袋夏凌云的糯米糍粑，追着我们这趟车跑。"从不往后看，一直向前奔，是我们时代的基本意象。值得注意的是，向前奔本身也如同"我"的青春期冲动一样，并没有明确的方向和旨归，而是听凭本能冲动的驱使，一头扎向未知。

《瓜子》里的少年"我"可以视作是"我"到了城市后的化

身，身处在一个进退维谷的处境之中：既不愿回到故乡，又难以融入都市。出身管山的"我"老爸在小区当保安，为了"我"能真正进入广州的生活而委曲求全。但实际上，这些进城的人们与广州是隔离的，不仅"我"在学校里被安排在远离同学的"孤岛位"，当门卫的老爸和老爸的上司、那个似乎已经在城市获得立命基础的孟鳖也同样不过是一个的孤岛。小说中写道："孟鳖和我老爸，两人赌气地，齐齐站在东门口。眼看着，小区里进出的人越来越多了起来。那些人跟平常一样，手里拎着菜，肩上背着包，他们迈着一天工作之后的疲劳步伐，跨进了东门。他们哪里有工夫去察觉这个跟自己擦肩而过的保安脸上，升起了跟往日不一般的笑容；他们更不会有兴趣去了解，这个多年来如一日地对他们迎进迎出的保安的内心，此刻，是如何在翻腾着汹涌的波涛。"城乡之间的不理解固然其来有自，而处于底层的门卫之间的压迫和仇视却是乡土伦理崩溃、共同体瓦解的产物。对比一篇写乡村题材的《何似在人间》，这一点就可以看得更清楚。廖远昆是松村"最后一个抹澡人"，即对死者进行最后清洁处理临终关怀的人。小说中写到两个被抹澡的对象：耀宗老人在"文革"时候逼死了他的父亲，是他的仇人；寡妇小青则是他的爱人。仇与爱最终都在廖远昆的抹澡中得以消弭，乡土文化与伦理体系也在自足中得以完满。最后廖远昆失足跌入河中淹死，自然的水流替他抹了最清洁的一次澡，可以视为这个传统的最后挽歌。浔江边的小镇、管山和松村，都是乡土社会的镜像，它们在必然的城市化进程中分崩离析，共同体中的个人离散在流动的过程与异于原先的空间之中，因为固有的观念遭受冲击后弥合性的新意识形态尚未成型，人们再次成为碎片化的个体，这也是多种层次彼此隔膜疏离的根本原因。在缝合阶级、认同差异的方法没有找到之前，黄咏梅笔下的人们也只能盲动般地出走。就像"我"在老爸受不了孟鳌的侮辱捅了他一刀后，要被送回管山。"我"在中途下了车，在纵横交错的轨道中茫然而又坚定地寻找广州的方向。

丧失与逃逸

身处变化过程与碎片状态中，人的自然情感倾向于怀旧与缅怀，黄咏梅倒是很少有此种沉溺，或者说她将其转化为体恤和对于情绪的呈示。《少爷威威》清晰地展现了两代人情感结构的变化：谭蜜斯抛夫弃子去香港讨生活，回广州看儿子魏侠，语重心长地教育他："'细侠，凡事要懂得争取、忍让和善良，都是没前途的，知道不？'"魏侠领教了谭蜜斯向酒店的三次争取，觉得谭蜜斯还真像是个精明的职场女白领，他进一步想到，这么些年，她一个人在香港，赚钱当小资，享受花花世界，可不就是靠的这副精明和神勇？如此一个勇往直前攫取利益的人，也还知道"情义无价"。但魏侠的小女朋友菜菜就完全是另一个世界的人，除了物质索求简直称得上没心没肺——无情无义都算不上，因为情义不在她的价值系统里，因而也不会产生道德反思和愧疚心理，所以在她在魏侠进派出所之后一走了之，连个解释都没有。"老掉了牙的少爷，似乎就坐在黑黢黢的窗户里，浑然不觉得，时光已不再，这满眼看去的花花世界，已经没了少爷的份儿啦。"魏侠这个准花花公子"东山少爷"已经成了"东山大叔"，美好的时光"十分钟就结束了"。有意思的是，他似乎并没有太多的惆怅，也许并不是薄情而是疲倦，只是在物质与欲望对情义全面胜利的时候平静地接受了现实，并尽可能去适应这种新的局面。

《开发区》里的女人连那点惆怅都已经荡然无存，乐此不疲与"九分钟约会"式的功利算计。"所谓的'九分钟约会'并不是给男人和女人们规定见面交流的时间，其实仅仅是一杯咖啡消费的时间。九分钟，你桌面的咖啡就算一口都没动，都要被服务员收回去，在咖啡被收回去的同时，你的约会时间已经用完了。如果你要继续坐在这里，要继续寻找你的姻缘，那么，对不起，请继续交钱续咖啡，一杯咖啡二十块。不用说，现实生活就是这样的流水作业，而这种男人和女人因为同一个目的坐在一桌的约会，等同于一桌流水席。"在这种复制了机械大生产模式的情感流水席上，谈不上浪漫主义时代的情感质素。女人所有的精力乃至人生目标就用在了寻找男人以及男人所表征的物质生活品质上头，这个封闭的自我完全没有打开的自觉。她的所有激情都残留专注于生物般的欲望满足之中："很熟练地拈着一只蟹钳，捅进一截瘦瘦的蟹腿上，跟做手工似的，一点一点地把那里边的肉掏了出来，那么认真地，卖力地，寻找着一些甜头。"

激情的消逝是我们时代情感结构的根本性变迁，利己主义的冰水漫淹过激情燃烧的岁月，留给人们的是一地鸡毛的鸡零狗碎。如果我们时代有激情，也只存在于未被世俗磨折摧损的纯真和一意孤行的偏执狂那里。《表弟》这个小说表面上看去可以解读为媒体的扩张与"平庸之恶"造成的后果，内底里其实是激情的孤注一掷。表弟拒绝现实，沉迷于网络，自造了一个"江湖"，让贫瘠的青春在虚拟空间中灿烂绽放。当现实挤压了虚拟世界之后，他所做的是让最后的激情在现实中绽放，这种决绝有种悬崖撒手的天真与纯洁。与表弟保留了类似纯真的是在负一层管理泊车却不断追寻"天问"的阿甘（《负一层》）。阿甘身处的环境是人人都被抽象化为某个机械符号的环境，不同的符号化身撰起一个庞大复杂却有条不紊的社会结构。这个结构公正严明、等级森严，富于秩序感。小说中有一句话，"记住了这辆车，阿甘就记住了总经理了"，也就是说总经理与阿甘都是这个系统里的某个节点，它们几乎不发生肉体与精神的交集，只是靠系统自身的逻辑结构联结在社会网络的不同梯级网点。身处"负一层"的阿甘迟钝温和，如同天真的璞玉，"自圆其说是阿甘这些年培养起来的本事"，她通过幻想和崇拜偶像塑造出自成一体的信仰与精神系统，这在工具理性的网络中是一个异端式的存在，注定了她的悲剧。当她从负一层到最顶层，一跃而下，完成的是与表弟一样的飞翔和拒绝。

另一类的激情也注定发生变异，那就是心怀美好理念而终究在现实中发现了它的伧俗败落的小姨（《小姨》）。小姨并没有因为理想主义的衰败和失落而改弦易辙——"人生观跟人的牙齿何其相似！乳牙更换掉，新牙按秩序刚排列好，牙根还没站稳的时候，对付那几只歪邪、出格的牙齿，我的矫牙钢箍就像紧箍咒般起作用，但要对付一副已经咀嚼了几十年、牙根已经深扎牙床大地的牙齿，任何方式的矫正都是徒劳，除非连根拔起。同样，要想把小姨稳如磐石的人生观连根拔起，除非小姨的脑子被洗得一干二净！可这世界上谁发明过洗脑器"——反倒走向更加极端。在抗议毒工厂的行动中，她将衣服撸起举手向天，半裸着身体，如同师哥从前送给她的那幅《自由引导人民》中的女人一样。如同曹霞敏锐的分析所说："小姨为之发疯的，是在她以之为精神凭借突破了俗世的多重困扰之后，一直追求向往的美好境界最终被'美好'以及自我想象的'历史深度'本身证实为虚妄。于是，她的'决裂'就不单单指向俗世伦理，而是对坚持多年的精神自我和历史守护的全盘否弃。'发疯'这一结果表明她将极端孤独地切断与俗世的种种尘缘，不怀希冀地与之做一个了结。如此不含功利的自我消灭显示了一个纯粹精神体从希望到幻灭的全过程。作者毫不留情地将小姨置于一个四处'隔绝'的俗世，不给她留一点现实生活的希望，径直将她的精神推到彻底撕裂的地步。这个过程其实也是在放大作者自己的疑惑与悲戚：面对俗世对'我'的覆灭，对历史实存的掩埋，如小姨般的坚持，到底有无意义？"这个追问是有力的，因为"意义"在我们时代被搁置了，那些追求意义的反倒成了神经病。这不是个体人自身的问题，而是整体性社会语境带来的惨痛后果。

如果想在这样一个无意义的世界安稳生存，可能只有和光同尘，同流合污。就《达人》里的"丘处机"，这个"丘处机"和"阿甘"一样，是生活在幻觉中的。他们过于弱小，无法在弱肉强食的社会丛林中优游辗转，转而逃逸到心造的幻象里去。印刷工人丘处机在繁重枯燥的工作中让自己轻松逃脱的方式是读武侠小说。"因为有这些书看，丘处机觉得当印刷工人很有趣，那些机床的肚子里，满满的都是传奇故事呢，一张白纸，进去了，再出来，纸上就有了人物，就有了七情六欲，就有了悲欢离合。有了这些，丘处机真的连车间大门都不想出。"这个时候，"肉身的丘处机与魂魄的丘处机早就脱开了十万八千里！"

但这种逃避显然是无力的，他无法像个大侠那样为上访的农民打抱不平、伸张正义，甚至在自己残疾后送外卖的工作也朝不保夕。只有当他搞定了交警队长，才能苟延残喘，"孩子们从后边看去，丘处机和他的'长春子'号像在模仿电影里那个披着披风的超人，似乎随时都有可能离开地面飞起来"，才成为真正意义上这个时代的达人。

旧时代的达人无处可逃，《八段锦》中梧城老中医傅少杰与他的宝芝堂中医馆，在市场经济的冲击和在体制内的群众药店的排挤下难以为继。"自从医疗改革之后，病人都被赶到医保指定医院看病，这些人，既信赖傅医生的医术，又依赖医院的福利，他们到医院走关系，'偷'出医院的空白处方单，只要将傅医生开的处方写在这些处方单上，然后再返回医院找相熟的医生签个字，就得以刷卡消费了。那些医院的医生倒也不担心会出问题，一来他们信任傅医生，二来中药横竖是吃不死人的。属于零风险操作，医生们轻松赚得人头费，至于医院嘛，也乐得个客似云来，互惠互利，暗自默契。"流氓的欺压尚可以被打走，但制度性的规则却无可违抗，傅少杰最后不知所终，凭空消失，加深了逃无可逃的命运感。黄咏梅在不经意间抓住了我们时代丧失与逃逸的真相，但对新历史的展开无计可施。

日常生活的焦虑

如同表弟、阿甘、小姨所显示的，丧失感往往与忧郁和狂躁联系在一起，而回避与逃逸则导向冷漠和无聊。这些都是典型的现代性体验，其根底里则折射出作家的隐在焦虑，它会以一种扭曲的形式展现出来，比如小姨在广场裸露出干瘪乳房的瞬间，叙事人"我"在震惊中既同情又恐惧。与古典时代的悲剧那种置身事外的陶冶与净化的怜悯与恐惧不同的是，此处的同情与恐惧分明连带着自我代入的切身感受。在小姨身上，"我"无法理解的怪异之物，某一天也可能吞噬"我"，它构成了一种当代命运般的巨大存在。《暖死亡》这个原欲寓言同样有种弗洛伊德意义上的恐惑（uncanny），似乎有种神秘力量在作祟，而导致了林求安的不思进取和暴食症。当事人也想改变现状，却总是被这股力量所左右，面对自己的沉沦无能为力，这种温暖的死去令人不寒而栗。它可能不仅仅是生理和肉体意义上的死，而且是整体性精神的死亡。当没有目标，陷入本能欲望之中时，"求安"而实不能安。《对折》里都市夫妻的麻木与隔膜，《单双》中赌徒的莫名绝望，都可以视作精神上不安所带来的焦虑症候。

有关焦虑的现代病、都市病的书写在现代主义以来的小说诗歌中不绝如缕，黄咏梅承接了这些遗产，而注入了当代中国生活的切肤体验。如果仅仅是书写这样的主题也谈不上新意，因为类似的观念在当代小说中也并不少见。我认为，黄咏梅有意义的地方在于她切实地营造出来一种当代病的情绪和感觉，写出了一种日常生活的焦虑。这种情绪与感觉很难用理性明确的语言归纳与总结，而显示为模糊、含混的面向。我们可以看到，黄咏梅笔下无论是乡村还是城市，无论是农民工还是小白领，尽管原因和动机有所差别，却几乎无一不受制于这种惘惘的威胁。这种日常生活的焦虑是可以与文学史上的现代主义焦虑和革命年代的焦虑并提的，与对于资本主义异化的不满或者革命规训中欲望的被压抑不同，日常生活的焦虑恰恰来自放逐了意识形态崇高之后欲望横流的虚无感。这在"后革命氛围"的当下中国尤为明显，因为曾经的远大目标遭遇了历史实践挫折，新的认同和观念统合暂时没有完成，日常生活本身在满足生物本能和世俗功利之外无法提供精神的慰藉，而人却又有着超越性的追求。其间的断裂使得焦虑成为一种时代必然的病症。

如果说草根底层更多是为生存而焦头烂额，遍布在城市中的小资产阶级主要来自精神的空虚和认同的虚无。《关键词》里因为傍富翁获得巨额财产的女子，在穷极无聊的蠢动中寻找生活中的通缉犯，而她在这个过程中成了自己心理的通缉犯。《隐身登录》里的女癫痫病人，上网寻找刺激，无欲无爱，只有无聊，并不是真的生理需求，而是精神上的缺失。如何缓解焦虑，乃至斩绝焦虑的产生，在黄咏梅那里是无解的话题。她的小说是从认识入手的，通过一个个故事的具象来展示社会细胞中的裂变。她预示了一种可能性，即一旦具有实感的生活冲破了心造的幻影，无聊的病人进入现实的空间，则会带来革命性的变化。

《文艺女青年杨念真》中的"普鲁斯特杨"可以说是当代小资的典型画像。她的人格就像她用于 qq 签名的自我标榜："亭亭玉立，笑傲人世，善待自己，顺心自然"，全部都是一些抽象的、理念化的存在。生活在她那里是由卡尔维诺、三岛由纪夫、塔罗牌构成的，直接经验狭隘，靠间接经验建立生活以及与世界的联系。因而具有过于丰盛的内心世界，形成鲜明对照的是现实中的苍白无力。"普鲁斯特杨"们无法具备深沉的精神，小说中泡腾片爱情的说法很好地描述了这种状态："感情生活处于一片真空的人，独处久了，旧情就像一根救命稻草，普鲁斯特杨和小门都死死抓住不放。而在她们相互倾诉的时候，旧情又变成了一颗味道酸涩的泡腾片。各自面前放一杯无味的冰水，一粒旧情扔进去，水花还没来得及溅出，就蒸腾翻滚起来，颜色、味道迅速溶解，熟门熟路，发出轻微的'嘶嘶'的受煎熬般的声音。"她们的行为模式也是这种方便的、随意的、"不彻底的"，现实世界轻轻一击的力量，就可能激发出她巨大的变革。小说最后写到因为在电视新闻上看到汶川地震的消息，让普鲁斯特杨忽然发现了曾经的思想与行为模式的可笑：那些在文本中的毁灭之美在真正的灾难面前"统统都是些矫揉造作的屁话啊，什么凄美的情怀，什么永恒的美，都是些麻醉人的药剂而已"。当她作为志愿者踏在灾区的废墟上遇到经历了灾难的女孩时，获得了醍醐灌顶般的启示："她将一些什么东西埋在了这废墟底下，那东西穿越泥土，穿越岩层，穿越地壳，穿越榕江，最终沸腾燃烧了起来。"张悦然的小说《家》有着类似的情节，城市小资在大历史面前幡然觉醒，投入具有实感的生活之中。这似乎预示着作为我们时代文化主流的小资阶层的变革可能性，然而正是这种轻易就能被改变，也说明了他们的轻浮和浅薄。事实上，外部世界的刺激固然在一定程度上能激发自省与改变，真正意义上脱胎换骨还是需要主体内部的自我觉醒。

戏剧化的自觉是如此罕见——实际上那种普鲁斯特杨式的转变也是非现实的，充满了顿悟式的夸张，更多的普鲁斯特杨们是在无意的阴差阳错中平稳过渡。《粉丝》可能是个具有代表性的例子，黄咏梅将"粉丝"这种当代现象极端化了，王梦迷恋近乎成痴，却在与职业"粉丝"的交往中最终放弃了痴迷。但反讽的表象背后未尝不是一种由于现实（结婚这一在文艺"粉丝"那里看来世俗的举动）而带来的成长与变化。黄咏梅表现出一种温婉的调和，那些如同黏稠暗黑的沥青一样的生活，让人裹步难行，却又是一种不可能耸身一摇、飞升跃出的基本环境。在这里，务实和有效的态度，可能反倒是立基于此，清算旧账，认清自我和自我的生活，破除现实所带来的幻相，

《旧账》中在广州做"销士"（sales）的"我"和搭档阿年为了销售额"贝仙"（percent），一起公关，屡有斩获，业绩不菲。但和父亲的关系始终无法弥补，原因是当年母亲为了赚钱支持他出门打工，攒钱的时候被鞭炮炸死。颇为悲凉的是，这样的悲剧故事居然被他和阿年用来当作调动客户情绪的段子。小说不仅仅是讲述父与子之间的代际冲突与和解，而且是关乎城市与乡村之间权力关系的嬗变、乡土记忆与时代生活之间的纠结，指向了乡土沦陷、亲情分裂、资本横行、贫富分化的尖锐现实。父亲与乡亲们来到广州上访，打出"抗议政府征地建高尔夫球场，还我土地"的横幅，就是一个显豁的隐喻。但这种以卵击石的举动甚至连目标都找不到，"我"之所以答应帮忙，是为了清理亏欠父亲（乡村）的旧账。"旧账"的意旨同时也包含了城市开发对于乡土的伤害，甚至更远一点可以追溯到工业化过程中对于农民与农村的剥夺。从农村走出来的"我"具有转型社会中特定的双重性，既在城市中生活，适应了它所规定的一系列明制度与潜规则；同时又与乡土有着难以割舍的血脉联系和情感联系。

小说中有一段闲笔，写到"我"的心理活动："我老爸典型的世代农民，要说手上有点权力，顶多也就是在每个节气对土

地发号施令。'雨水时节抢晴播，惊蛰春雷万物长，芒种忙下二季秧……'这些顺口的指令，几乎不用回忆，就能从我的嘴里跑出来。我已经有十多年没关注这些节气啦。在我办公桌的台历上，每一页，都密密麻麻地写满了我的客户约见指令，十多年来，每年每月每周每日，我全由这些指令安排。偶尔有哪天，日历上空出了些位置，看看，哦，再过两天就是大暑了。'大暑不割禾，一天少一箩'，不假思索地顺出了这句，就像我女儿背那句'床前明月光，疑是地上霜'。据说我们家的田现在还坚持在种，忙的时候，老爸一个人搞不过来，就雇些江西工来做，一天六十块。我经常心疼地对弟弟说，叫老爸别那么累啦，耕个一亩三分的，够自己吃就行了，别累坏了身体。实际上，我们几个给他寄回去的钱，足够他在农村吃用了。老爸对我弟弟说，田地越不耕就越瘦，久了不耕，就连根毛也长不出来了，以后，你们回家了，都喝西北风啊？我老爸始终觉得，将来有一天，我们都会回家，像他一样，每天依仗着老祖宗留下的田地，数着一个个节气干活，过日子。有时候，我走在广州的路上，人满为患，也会想念农村，想想，我那农村里的老爸，一个人，对着那么一大块空阔的土地，发号施令，种的稻子、菜心、番薯、花生，等等，全都是他的兵，像他那样过日子，其实也不赖。"乡土记忆已然如同血脉埋藏在"我"的潜意识中，可以脱口而出，并且都市的喧嚣与繁忙会让忆念中的农村变得宁静美妙、自足圆满。城市与乡村之间剪不断的关联除了人口、政治与经济之间的互动之外，主要还体现于城市现代性的暧昧与混杂——似乎依然是个熟人社会，现代性的表征契约规则全然没有建立起来。乡民抗议的问题无法从法律和制度层面得到解决，只是在"我"的帮助下敷衍着，悬置在那里。小说无法给出一个可行的解决方案，但也没有走向戏剧化的高潮。黄咏梅的反高潮是作家的无力，但她让当下状态出场，本身就成为一种叙述的力量。她的叙述像一个刷子，将覆盖在社会、生活与精神表面的浮灰掸去，呈现出深层的褶皱、纹理和沟回。写作行为本身就是缓解与释放焦虑的一种努力，也为在实际中治愈焦虑提供了一定的参考。

黄咏梅从少年就开始诗歌写作，进入 21 世纪以来才开始集中进入中短篇的领域。笔者以上所谈论的基本上是她近 10 年来的创作精粹，可以看到她很少重复自己，一直在进行种种探索，本身也构成了一种在路上的写作状态。也许多年以后，我们可以像看到她像《父亲的后视镜》中那个走遍千山万水的父亲，在回望风景时看到天地无限，最后畅游在河流之中从心所欲而又不逾矩。

第五节　新城市青年的情感结构

从"全国新概念作文大赛"中脱颖而出的历届参赛者，在后来的命运和选择中可谓参差多样，韩寒、郭敬明、张悦然俨然已成为"80 后"作家的代表性人物，七堇年、周嘉宁等也在流行文学上立足，更多的人则离开了写作，而马小淘则不温不火、不紧不慢地构建自己的文学世界。与更具通俗、时尚色彩并且日益参与影视和新媒体浪潮中的"80 后"弄潮儿相比，马小淘的作品介乎"通俗文学"和"严肃文学"之间。她的语言辨识度很高，这与她在题材上集中于男女情爱的模式化书写形成了反差，而反差本身正好构成了一种颇具症候意味的城市文学表达。通过对马小淘的讨论，可以观察到当代城市青年的一种普遍面相：没有乡土生活经验、个人经历简单到波澜不惊、生活中的冲突最多只来自工作中的龃龉和情感上的不满——她本人和文本是一种"类"的集合，显现出我们时代最为常见却容易被无视的美学态度、情感结构和精神观念，将这种隐含的"内面"铺展开来，实际上我们时代的文化状况也就一目了然了。

吐槽腔与反讽的退却

任何一个读过马小淘作品的人，很难不被她别具一格、爽利尖脆的叙述和对话所吸引，在青年一代的作家中已经很少能看到她这样高频率耍贫逗乐的语言，某些段落甚至如同相声贯口般滑溜，她几乎形成自己独特的语体风格。这种风格不禁让人想起20世纪80、90年代的王朔，同样颇为油腔滑调的浅白俗话，夹杂妙趣横生的市井俚语。只不过与王朔的平民化京味儿不同的是，马小淘并没有面对王朔那样需要解构或者颠覆的颇具意识形态色彩，她抛开了意识形态方面的考虑，而在语言中糅合羼杂最为时兴的段子和因为阅读、听音乐、看电视电影等典型的都市白领文化生活方式所带来的"当代典故"——比如某位明星的趣闻逸事，某个新闻事件的街巷闲谈，或者某个流行于有同样教育与娱乐背景的年轻人那里的书籍篇章段落——而形成一种连珠炮式的"吐槽腔"。

吐槽腔是应对"文艺腔"而来的，但它并不构成想当然的反讽。"吐槽"一词源于网络，根据我查到的网络资料，它原是指日本漫才（类似于中国的相声）里的"突っ込み"，普通话里相当于相声的"捧哏"。闽南语中有"吐槽"一词，所以中国台湾地区的翻译都翻成"吐槽"，然后大陆也开始用了。近义词是"抬扛""掀老底""拆台"。在网络上，吐槽多表示揶揄，主要表现为不配合，有意不顺着对方的意思说话，带有戏谑和玩笑的成分。马小淘的叙述语言和对话语言用了大量的"文艺范儿"词句，包括古典诗词的化用、流行歌词的套用、影视台词的挪用、网络煽情语句的借用，但所有这些运用并不是构成文体内部的互文，也就是说她并没有让自己文本营造的氛围和情绪沉浸到原语句的情境之中，也不是要进行对抗式的反拨，而仅仅让它们成为词语的碎片，为了一种纯粹快感式的说而说，并且是单向度地说，因为并不求得对这些词句及其所要表达的观念的回应。这样的词句是被动的、二手的，不是要继承发扬什么，也不是要反对抨击什么，而主要是一种娱乐精神。

作为直接运用语言的艺术，文学语言不仅仅是技术层面的问题，形式即内容，它的腔调、风格与构成会形成整体性的文学底质。娱乐精神让吐槽脱去了反讽的意味，而成为一种日常态度。这是一个值得注意的现象，由此也可以窥见一种新的文学态度乃至生活态度。传统修辞学中的反讽通过字面意义与隐含意义的并列对举而又彼此断裂，构成意义的豁口；而在德国浪漫主义反讽那里，反讽主要通过言语与本质之间的似是而非和脱节，构成人生哲学意义上的双重理解；新批评理论中说到的反讽则是让彼此干扰、冲突、排斥和互相抵消的成分达成稳定的平衡状态。反讽的出现意味着在人的日常状态中产生了"裂隙"，反讽者借助无限和绝对的立场挣脱了当下的现实性，

"反讽者要么与他所攻击的坏事相认同，要么采取与之相对立的态度，但当然无时无刻不意识到他的表面行为与他自己的真相是截然对立的，并享受由这种反差所产生的快乐"①。也就是说，反讽针对特定的价值观进行戏谑，在暴露出反讽对象的权力结构同时反转权力，同时体现出反讽主体的态度。反讽具有"颓废风格"（style of decadence）的特质，克尔凯郭尔最早在反浪漫派的法国保守批评家尼扎尔 1834 年的作品中就发现了对此的论述："'颓废风格'是如此重视细节，以致破坏了作品部分与整体间的正常关系，使作品解体成为大量过度书写的片断"②。表面上看马小淘的风格也有着类似的颓废风格，但也仅仅停留在风格层面，并没有能意识到的与启蒙式的乐观进步观念构成某种对立的企图，这让她的吐槽具有了某种后现代主义式的怠惰。

后现代主义的怠惰承接着存在主义式的苦闷与荒谬而来，这在文学史上常常被视作现代主义的特征，即由于工业化和快节奏生活对人的自然本性的压抑，造成了人的经验的应接不暇和郁闷无主，由此产生了反现代主义的懈怠和冷漠。到了马小淘这里，苦闷与荒谬都荡然无存，如果有也丧失了其针对人性深层模式开掘的欲望，而成为文字表面上的嬉戏。这反映出一种对于现实和人生的松弛与无所谓的态度，就像她写到大龄剩女的内心自省："反正也不打算眼里常含着泪水，干脆也别坚持

---

① ［丹］克尔凯郭尔：《论反讽概念》，汤晨溪译，北京：中国社会科学出版社，2005 年，第 214 页。

② ［丹］克尔凯郭尔：《论反讽概念》，汤晨溪译，北京：中国社会科学出版社，2005 年，168 页。

爱得深沉了。谢点点在朝着三十岁疾驰而去的人生里，早已明白了得过且过的道理。"①"得过且过"便是谢点点（或者说是马小淘）这一代人的无力人生，他们因为过早明白世事的艰难是人生的常态，理智上明白个体无论如何左冲右突也无法摆脱大时代的时势趋向，索性悬崖撒手，听之任之。其自然的结果便是娱乐精神的诞生，这种娱乐也不同于激情澎湃的狂欢，而是浅尝辄止的"小确幸"和为了娱乐而娱乐的"没心没肺"，一种主体性弥散之后的自然状态。

　　笔者以为，这是一种新型的小资生活方式的结果，虽然马小淘很显然不愿意被贴上"小资"的标签，毋宁说她的吐槽正是针对"小资"文化的小清新而来。她不满小清新的浅薄而又轻飘的抒情，刻意要通过躁动急速的吐槽瓦解掉那种轻靡和虚伪，但这种行为本身也内含于小资文化要标新立异的语法之中。她的吐槽密度特别大，语言快速推进，但并没有带来相应的叙事速度的递增。"叙事学的速度概念即为故事时间与叙述长度之比。"② 如果按照这种说法，马小淘的叙事速度其实是很慢的，也就是说她的故事时间是跃迁式的，大量的叙述时间用在了貌似纯娱乐的吐槽上面，故事时间往往一笔带过。这两种时间之间的落差，突出的是语言和声音本身的力量。她的小说不仅是"可视的"，也是"可读的"。作为曾经在北京广播学院（今中国传媒大学）播音系受过科班训练的作家，马小淘无论在题材选择还是在语言自身的无意识流露中，都显示出注重声音的特点。

① 马小淘：《两次别离》，见马小淘：《张某某》，合肥：安徽文艺出版社，2016年，第5页。
② 胡亚敏：《叙事学》，武汉：华中师范大学出版社，2004年，第76页。

换句话说，她在曾经长期的学习与熏陶之中，积习已久地养成了对于语言运用和操演的惯性。这种科班濡染的结果是一种新的"我手写我口"，语速特别快，即便落于纸上形成文字，也依然带有浓厚的口语痕迹，读者几乎可以感受到她飞快地敲击键盘时的快感，这自然给阅读带来了畅快的体验。这种快感让读者非常享受，能够顺着声音形成的急流很快完成接受过程，因而挤占了反思的时间，所以马小淘的作品是不自觉地拒绝阐释的。这是一种平面文本，而不是深度文本，后者的"深度模式"在我们当下由影音图文构建的景观社会和"主体性的黄昏"语境中无疑是失效的，这个时代欲望取代反思，平面即本质。

内心戏与情感变迁

平面即本质，意味着追寻意义本身的无意义。意义退缩到个体内心的天人交战，这中间有种无可奈何的悲哀。就像《两次别离》里谢点点与朱洋在日本的情人旅行中，后者突然莫名其妙地失踪了，"谢点点回国后曾经苦苦探寻着与朱洋有关的讯息。彼时她才发现，所谓谈婚论嫁的亲密关系，竟然是手机一关电脑一闭就人海茫茫的远。这个快马加鞭的时代，那么容易掌握一个人的各路条件，甚至那么容易得到一个人的身体，他们甚至打算一辈子睡在一起，却谁也没打算走进谁心里。"① 外部世界的庞杂构成了对于内部世界沟通的阻碍，但因为怠惰，情感双方也并没有突破内外界限的努力，因而悲伤是缺席的，谢点点在很久以后再次遇到辗转回国找到自己的朱洋时也并没

① 马小淘：《两次别离》，见马小淘：《张某某》，合肥：安徽文艺出版社，2016 年，第 21 页。

有心思去追问失踪的真相，只是平静地再次别离。如果说第一次朱洋失踪的别离是物理意义上的别离，那么第二次主动的别离则是对深度情感的别离。这种情感态度在马小淘很早就出版的长篇小说《慢慢爱》中的冷然那里就表露无遗："她觉得她比任何人想的都纯洁，要的都简单，但是生活太复杂，没人给得起……冷然想要一个盘丝洞，繁复花哨，自己在里边成精，她无数次在脑海里推敲设计家的细节，却从没想过家里需要另外的什么人，没有和谁永不分离的意愿，也没那份勇气。"① 因而她笔下人物的情感模式总是平面推进的，构成了我们时代情感变迁的寓言。

其实在早先的类似"青春文学"的《琥珀爱》里，马小淘对于"爱"有种决绝般的信仰："笨拙、刚毅、自闭、永不调头、一条道走到黑"②，但这只是浪漫的幻想，事实上的情况可能恰恰是"爱冷淡"。《不是我说你》中在电台主持谈心节目的"情感专家"林翩翩，一边漫不经心地谈着恋爱，一边与心仪已久的师兄台长叶庚偷情。她对于男友有着近乎残酷的清醒："林翩翩知道欧阳雷不是她的百分百男孩，他外露的优秀稳重很容易让人一见倾心，但在未来的相处中除了起初的吸引再无新鲜。他太精明，太实惠，太单调。他不虚伪，却总让人觉得不真诚，那种有点做作的好，像闪耀的晚礼服，华美炫目，却不够舒服随和。他无论与谁相恋都会貌合神离，因为他无心真正体谅别人，总惦记留下足够的情绪欣赏自己。她曾经想过与他分开，但似乎没有值得一提的理由，也没有合适的诱因。她

① 马小淘：《慢慢爱》，北京：作家出版社，2015年，第66页。
② 马小淘：《琥珀爱》，合肥：安徽文艺出版社，2014年，第159页。

甚至想，人大概都是这样自我的，因为一个人太冷才需要找个伴取暖，或许跟了谁都填不满内心的一片荒凉吧。"[①] 这里面的自我剖析和失望完全不是那种心醉神迷的浪漫主义激情之爱，因为大家都是自顾自的自私之人。这种自私有着社会整体伦理转型的印记，倒不全然是个人道德品格的失陷。最为让人心惊的是，林翩翩对自己和林庚的偷情也非常清醒："他们不像一般的情侣，他们没有吵闹、猜忌、折磨、约束，一种默契的美好被提纯出来，接近爱情，但这其实不是默契，是迎合和牺牲。"[②] 恋爱与偷情事实上都没有带来爱情真正的归属，因而她最终接受了世俗的结果："她拨弄着手上的订婚戒指，擦去泪痕，换上一副笑脸，完美是个圈套，相安无事就好，别要求太高，别委屈就好，太阳底下并无新事。"[③] 这是一种放弃的姿态，尽管悲哀，却没有撕心裂肺的悲伤，也就避免了进一步的伤害与自我伤害——这是一种脆弱者的先行断尾求生的自保，已经成为一种无须深思熟虑的情感本能。

在《不是我说你》的姊妹篇《你让我难过》中，林翩翩跟闺密戴安娜解释自己的偷情行为："我不是第三者，他离婚我也不嫁他。我比他还疼他媳妇，根本没破坏他婚姻。我爱他，至少他也表现出了爱我，言语和行为都能满足我。没什么吃亏的。"[④]

---

① 马小淘：《不是我说你》，见马小淘：《张某某》，合肥：安徽文艺出版社，2016年，第71页。

② 马小淘：《不是我说你》，见马小淘：《张某某》，合肥：安徽文艺出版社，2016年，第81-82页。

③ 马小淘：《不是我说你》，见马小淘：《张某某》，合肥：安徽文艺出版社，2016年，129页。

④ 马小淘：《你让我难过》，见马小淘：《张某某》，合肥：安徽文艺出版社，2016年，第209页。

因为"林翩翩相信爱情是短命的，因朝生夕死才越显珍贵纯粹。像莫文蔚唱的那样，'开始总是分分秒秒妙不可言'，后来就没人忍心再提了。最让人灰心的是如愿以偿之后。童话里说，公主和王子过着幸福的生活，全剧终。其实后边日子还长着呢，极大的可能是公主发福，王子出轨，他们偶尔还皮肤过敏消化不良，不是永远干净漂亮。金碧辉煌的皇宫里，没谁相看两不厌。他们不凭吊也不懊恼，过去的就过去了，有时候觉得挺恶心的，恶心了就吐一吐。誓言的反义词是时间，许诺时都是真诚的，可是岁月让爱情来不及兑现就消散了。如若以婚姻来固定爱，那必是一片千疮百孔的虚假繁荣，搞不好挖地三尺也找不到爱的影踪了。爱情走家串户，很少在哪长久驻扎。婚姻太容易半途而废了，她不想忍辱负重，也怕不小心伤了那同床共枕的人。婚姻的赌局，她的赌注不敢轻易下。怕扑向海市蜃楼，撞个头破血流。如若不结，便不怕看走眼。在局外，才可永不遭受出局的苦涩。待到有一天爱到死心塌地一往无前，同时亦做好了肝脑涂地粉身碎骨的最坏打算，再去染指婚姻吧。那时，怎么也得三十以后了吧。所以她不想依赖钟泽，她不想多吃多占，她觉得诱惑他出了婚姻已经害了他。不是夫妻，不该要求人家同舟共济。事业不靠他，经济不沾他，没有非分要求，甚至连合理要求也不提，安分守己断不会骚扰他的家人，她本就不是什么择木而栖的势利鸟，只想安安静静地爱他，一旦不爱了，也好干干净净地走开。她简直被自己感动了，这看似轻飘的爱，已经有些飞蛾扑火了。"[1] 所有的一切都洞若观火，让本

---

[1] 马小淘：《你让我难过》，见马小淘：《张某某》，合肥：安徽文艺出版社，2016年，第220-221页。

应该迷狂沉醉的爱情也显得黯然无光，袒露出苍白的本质。是什么让这样本该全情投入的年轻女孩这么世故和淡然？这一切在小说的结尾给出了答案，原来林翩翩早逝的父亲正是因为偷情而出车祸，让她失去了安全感，出于自我保护她选择了从一开始就回避付出以免损失惨重。对照张婉婷1998年的电影《玻璃之城》，可以清楚地看到情感模式的不同，《玻璃之城》中同样的车祸情节引发的是对爱情回溯式的浪漫怀旧，在马小淘这里则成了浪漫丧失的恐惧感开端。

　　马小淘在无意中展示了当代城市情感的变革，原本的淳朴简单情感已然被复杂化，"个人在城市中被迫成为个人主义的、经济学意义上的理性人，在工业和资本的异化下，最终连欲望和情感都成为精明算计的产物，或者至少成为……情感专栏作家孜孜不倦、乐此不疲分析的东西。"[1]冷然、谢点点、林翩翩，还有《春夕》里的江小诺，都是面目相似的女孩，她们都患上了"爱冷淡"症，沉浸在自我内心戏中不能自拔。"马小淘笔下的情感故事其实是女人们的独角戏，她们端坐在一间玻璃房子里，那些戏剧化的人来我往，完全敌不过她们头脑中的漩涡，她们为自己制造困境，又启动自我说服的引擎，圆一个退守现实的有理可依。"[2]她们都明白："这年月跟谁过能打白头偕老的保票？退一步海阔天空，或许不解恨，但是最精明，互惠互

---

① 刘大先：《无情世界的感情：电影记忆》，合肥：安徽教育出版社，2013年，第53页。

② 杨晓帆：《那些"装腔作势"里的进与退——马小淘小说论》，《文艺报》，2016年1月27日。

利。"① 因而所能做的就是"但行好事，莫问前程"，从而过上我们时代"寻常的、清醒的"生活。② 如同笔者曾经在一篇文章中所说，这是"道德、伦理、文化和社会结构的大变局，曾经的清教精神和家庭伦理成为过时之物，生命的诗意已经放逐，利己主义的自由呼啸而行，欲望的小钢珠嘀嘀嗒嗒，弹跳在都市空间的各种轨道之中，但绝不会蹦出外面去。'我们的时代是一个骚动的时代，而且正因此，它不是一个激情的时代；它持续不断地发热，因为它感到它不温暖——它根本上已经结冰了'。"③ 这种情感结构其实普遍存在于当下"70后""80后"的作品当中，已经成为一种无意识。

平面进取与消极反抗

有人评论马小淘说："她对于自己熟悉的生活、自己身处的小世界，有一种写作上的依赖和迷恋。已知的世界、熟悉的生活，烂熟于心的故事底色和人物轮廓，贴身切骨的疼痛与欢愉，这些往往都构成一个作家写作的起点和根底。围绕一个熟悉的世界兜转进退、笔锋游刃，某种意义上说更容易妙笔生花、摇曳多姿。而马小淘写作上的问题，大概也恰在于此。"④ 马小淘对此也心知肚明，因而自己首先做了回护："忍不住反复

---

① 马小淘：《春夕》，见马小淘：《张某某》，合肥：安徽文艺出版社，2016年，第141页。

② 马小淘：《春夕》，见马小淘：《张某某》，合肥：安徽文艺出版社，2016年，第142页。

③ 刘大先：《无情世界的感情：电影记忆》，合肥：安徽教育出版社，2013年，第57页。

④ 金赫楠：《〈章某某〉：马小淘眼中的"青年失败者"》，《文艺报》，2016年4月7日。

描述自己热爱的段落"。^①不过，这其中也有例外，比如《牛莉莎白》中"丑小鸭"变成了"恶小鸭"的故事，说的是当代平庸之恶的结果，就颇具写实意味，而晚近的《章某某》和《毛坯夫妻》这两个作品则显示了马小淘走出自我封闭而达至自我解放的可能性。

　　《章某某》是一个来自三、四线小城市的童星，到了北京广播学院之后立志成为著名主持人，在她童年形成的固化价值观中，勤奋、刻板、积极向上地跟随主流风向标转（以央视主持人为楷模）似乎成为走向"成功"的必然途径。然而现实是靠这样的努力并没有达到目标，她还是靠婚姻才进入理想中的生活。就像她变来变去的名字一样，无论是叫章海妍还是叫章毓娜，她都不过是个面目模糊的"章某某"，因为她像芸芸众生一样始终在过着一种二手生活，完全被流行的价值观所洗脑了，是一种平面化的进取人生。但那套价值观是勤学苦练与白手起家的励志鸡汤，终究会被现实无情地击溃，章某某在最初的梦想幻灭之后，迎来了庸俗世故的抉择："我这样的笨蛋，不找个有钱人，难道要连滚带爬独自走完整个人生吗？你知道毕业五年多我换了多少工作？我录过彩铃，剪过片子，最热的天跑人不愿意跑的采访，又怎么样呢？还是连个主持人也当不上！勤学苦练，天道酬勤，我信了快三十年，再信就信死了！你大学天天吃饭睡觉打豆豆，我唱念做打累成狗，然后呢？你生在北京，天生就带着户口，我还不是什么也没有，住在出租房里，当北漂。王浅羽四级都差点没过，她爸爸来了一趟北京不

_____

^① 马小淘：《自序：一小片明亮》，见马小淘：《张某某》，合肥：安徽文艺出版社，2016年，第3页。

就解决了户口；姚燕业务那么差，不就是长得好，照样天天出镜月月曝光。我怎么办？一辈子卧薪尝胆吗？没有好爹，也没有好脸，难道就一直那么愚蠢地努力，穿着羽绒服戴着护目镜站在镜头最远的地方吗？我承认我是野心家，一直对未来期许甚高。我对他们的全部不屑和审判，其实都是我的向往和嫉妒。十多年了，从进学校大门，我按部就班规划我的人生，我想稳扎稳打，但是哪怕一个短期的目标也没有实现过。命运把我按到阴沟里，不许我张扬。我必须认命了。没有在早晨一块钱把菠菜卖掉，如今中午了还不八毛出手，难道要等到晚上五毛处理掉吗？那个时候别提什么好看不好看，穷不穷，恐怕要求对方未婚都没那么容易了。这是我最后的机会。我不能让家人为我骄傲，总不能让他们替我担忧吧。"[1] 嫁给有钱人不过是从一种意识形态的幻象进入另一种，事实证明这并不能改变什么：章某某最终走向了疯狂，在疯狂中每天还是照着《播音创作基础》进行发声训练。关于她疯狂的原因，小说语焉未详，事实上也不重要，这里指出的是一种人云亦云的社会法则的失效，是一种内心生活与现实生活之间割裂所导致的精神分裂。

　　与分裂的章某某形成对比的是《毛坯夫妻》里一以贯之遵从内心生活的温小暖。虽然有着虚假浪漫的表象，但《毛坯夫妻》骨子里是一篇非常理想主义的叛逆作品。温小暖这个"宅女"的形象很容易让普通人觉得匪夷所思，她似乎无欲无求地躲在雷烈的爱所营造的小屋里不思进取。毕了业不像同学们一样积极努力地工作、挣钱、供房，以至于她和雷烈只能住在

---

[1] 马小淘：《章某某》，见马小淘：《张某某》，合肥：安徽文艺出版社，2016 年，第 279－280 页。

半装修的毛坯房里，只关心厨房和厕所，连普通女孩都会讲究的衣服与化妆品都可有可无。值得注意的是，她成天窝在家里睡懒觉或者坐在电脑前看网页，却没有常见的媒体分析所说的"御宅族"常见的孤独而渴望交流的心理问题[1]，她自给自足，也并不懒惰，因为她可以在雷烈上班前的清晨爬起来做好精致得近乎艺术品的早餐。这里出现了一个耐人寻味的断裂——她不想工作，甚至连深爱她的雷烈在生活的重压之下都一度对她产生了是否患有心理疾病和"懒惰"的怀疑，但其实她只是迥异于主流的价值观。在以她的同学以及雷烈的前女友、刻意摆财势逼人的沙雪婷（尚未疯狂的章某某）为代表的价值观里，金钱以及与金钱并生的优裕生活才是真正值得追求艳羡的目标。温小暖拒绝进入资本社会的功利结构之中，她的"宅"可能并没有实际的反叛，但客观上构成了对流行的个人奋斗、拼搏进取的道德的冲击。

　　这种另类道德连雷烈都很难理解，两个人最激烈的冲突发生在雷烈对她的无聊和自己的压力忍无可忍的时候。他期待她能够参加社交活动，还狠下心从两个人还要供房的微薄薪水中拨一笔钱让她学点技能——在他隐秘的希望里，这可能会带来工作或挣外快的机会。然而出乎意料的是，温小暖根本就没有往实用的技能方面考虑，而是径直报了一个做西点的班。这在雷烈看来简直是不可理喻，因为烘焙出美味的蛋糕对他们捉襟见肘的生活来说只不过是没有价值的奢侈。雷烈在这里爆发出了很多读者都会产生的自然反应："你是不是脑子有病？播音系

---

[1] 汪靖、顾晓晨：《"御宅族"现象——新一代媒介依存症》，《当代传播》，2008年第5期。

就业率几乎就是百分之百，你从毕业了就没正经工作过。我怕你闲时间长了变成废人，让你去学点什么有用的东西，你竟然脑子进水去学做蛋糕！两千五是我半个月的工资，是咱家一个月房贷，你就轻轻松松塞给蛋糕师傅了！你学那玩意有什么用啊？你真以为你是厨子啊？看看咱们家，水泥地、破沙发，比工地还工地。唯独那个厨房，烤箱、饼铛、豆浆机，你比一般的小饭店都全乎！真以为自己吃饱穿暖了呢？还挺有闲情逸致！天天花样翻新做那些乌七八糟的东西，我觉得你无所事事，也就不管你了。现在你还走火入魔没完没了了啊！你是不是疯了？"[1]一直温和宽厚的雷烈之所以对自己深爱的妻子大发雷霆，是因为他感觉到钱花得不值，用在"没用"的东西上面，这是不等价、不实用的。显然这是一种被大多数人所接受的世俗逻辑，但温小暖"宁肯不吃，也不想出去觅食"，完全在这个逻辑之外。我们想想资本主义的清教伦理式美德，不能不感受到温小暖的生活方式所具有的破坏性。这是一种纯粹耗费式的人生，不生产价值，是反资本的。

资本所希望的道德是向外部扩张的，从最初的鲁宾孙式冒险的原型中发展出来，并且由富兰克林所表彰的清教徒式美德。这种将工作奉为天职的道德，有系统且理性地追求合法利得的心态，在资本主义企业里找到其最合适的形式；而资本主义在此心态上也找到最适合的精神推动力。[2]"在严密精算的

① 马小淘：《毛坯夫妻》，见马小淘：《张某某》，合肥：安徽文艺出版社，2016年，第173页。
② ［德］马克斯·韦伯：《新教伦理与资本主义精神》，康乐、简惠美译，桂林：广西师范大学出版社，2007年，第40页。

基础上进行理性化，对致力追求的经济成果进行妥善计划且清醒冷静地运筹帷幄，实乃资本主义私人经济的一个根本特色，与农夫只图糊口的生活、古老行会工匠依恃特权的陈腐老套、以政治机会与非理性投机为取向的'冒险家资本主义'正相反。"[1] 赚钱成为一种"天职"，这种社会结构要求人为外在的"物"（金钱作为代表）献身，而不管自然内在的需求是否已经餍足，从而让悠闲的状态被摧毁了，懒惰和无所事事更成了一种罪。从满足需求的经济转向营利经济，到今日欲望难填的诱惑经济，资本主义早期的平面进取道德已经失效了，如同章某某的人生所表明的，阶层开始固化，社会流动因而愈加停滞，这种情形下，成功不过是遥不可及的神话，而失败成为一代人的必然。面对失败的必然，所能做的几乎只有温小暖那种消极的反抗。

　　当然，这种内倾性的消极反抗反资本的方式并不具备革命性。因为它是脆弱的，只有破坏和虚弱的作用，却没有生产力，它的脆弱只有躲在"爱"所构建的毛坯屋中才能安身立命。温小暖与雷烈的五环外毛坯房与沙雪婷的欧式装修别墅两个空间上的鲜明对比，隐含了社会结构中阶层的巨大鸿沟。而靠努力做一份工，其实是填平不了这种鸿沟的，就像在沙雪婷举办同学聚会的客厅中，男生们讨论的是上升缓慢的工资和步步走高的通胀率带来的生存压力，而女生们只能在沙雪婷丰硕骇人的衣帽间啧啧感叹。他们没有自觉意识到自己可能永远无法拥有这样的别墅与衣帽间，那个无法成功的秘密马

---

① ［德］马克斯·韦伯：《新教伦理与资本主义精神》，康乐、简惠美译，桂林：广西师范大学出版社，2007 年，第 50 页。

小淘没有直接说出来，但是读者可以体会得到在资本运行的社会体制中，依靠兢兢业业、勤劳刻苦的劳动所能达到的极限也许就是给毛坯房装修得稍微像样一点。温小暖的形象在这个时候脱颖而出，她丝毫没有艳羡，而是游离在这套游戏规则和价值观念之外，因为她并不关心这些物质外在。这甚至影响到了雷烈的感受："雷烈看着两人说话的样子，觉得沙雪婷简直像温小暖的小姨。那高耸的盘发、细致的妆容，甚至包括娇羞得很立体的声音，仿佛和这优质的房子来自相同的工匠。她与这一切已经融为一体，昂贵而俗丽，透着一种不便宜的庸俗气息。而小暖虽然穿着她最贵的衣服，在这房间里还是显得不够豪气。可不是穷，不是寒酸，是一种更高阶、单纯的人的气场。他仿佛看见她额头上闪着青春的光，她不会属于这种暮气沉沉的房子，她不在乎眼前微薄的一点亮，她属于天空，属于梦想。"[1]这个时候雷烈终于不再用一种投入产出、物质换算精神的等价原则来打量自己的妻子，他隐约发现她灵魂的轻盈和自由。温小暖式的反抗是内倾型的，而不是外发型的，不具备剑拔弩张、一针见血的即时效果，却以其温和而柔韧的方式最终顽强地让毛坯小屋成了一个熠熠生辉的所在。马小淘这样几乎从来没有经历过挫折的一代而注定要在大历史前失败的人们，所能面对的重压和所能想象的反叛，都在这里得到了浪漫而温情的表达。

从这个意义上来说，马小淘这些看上去清浅的作品中倒是具有某种文化标本的意味。它们不自觉地暴露了我们时代的情

---

[1] 马小淘：《毛坯夫妻》，见马小淘：《张某某》，合肥：安徽文艺出版社，2016年，第183页。

感、精神与社会结构的真相，同时也让突破这种真相的可能性
暴露出来，也许消极反抗并不能带来什么，却指示了一种疏离
出意识形态幻象的通道。至于如何找到新的出路，那就需要更
多人与更多因素共同的合力了。

第四章　现象与个案

第一节　当代散文写作的核心问题

几乎每一个观察者在面对 20 世纪末文学现象的纷繁驳杂和时刻不息的变化时，都无法用某种高度概括的特点来进行勾勒，他们不约而同都选择了一种懒惰却不会出错的保守说法：多元化。散文尤其如此，似乎在虚构的小说或者形式感明显的戏剧、诗歌之外的一切写作都被笼统地涵括在这个名称之下。这固然源自散体文章悠久的多样传统，同时也说明现代文体分类的局限性——在面对鲜活的文本现场时候，理论的提炼总是滞后，为了避免琐碎的分类，不得不采用便宜从权的方式。

进入 21 世纪以来，散文的生态出现了割裂式的状态，一方面传统媒体及习见意义上的散文在 20 世纪 90 年代思辨性的或文史趣味的"大散文"和日常感悟、琐屑抒情的"小女人"之类短暂繁荣之后逐渐在公共视野中退隐，成为文人团体的惯性写作——这并不是说它们数量缩减，而是它在文学创新和思想观念上几乎很少能带来冲击力和影响力了；另一方面由网络与便携式终端带动的各类散文体写作在新媒体空间中获得了蓬勃的生机，并且引发散文文类本身在分类学意义上的含混，进而导致散文写作和批评上的杂乱。

获得第六届鲁迅文学奖的散文杂文奖的五部作品（刘亮程《在新疆》、贺捷生《父亲的雪山母亲的草地》、穆涛《先前的风气》、周晓枫《巨鲸歌唱》、侯健飞《回鹿山》）集中地将当代散文的问题呈现出来：这个奖项并没有像其他几个奖项尤其诗歌奖那样引发较为广泛的讨论——这恰是它不再具有影响力的证明，尽管获奖的几部作品参差不齐，不乏争议的话题，然而读者似乎已经并不在意。散文变成了无关痛痒、可有可无的一种文类，这种情形同该奖被命名的鲁迅那些犀利尖新、泽被至今的杂文构成了耐人寻味的反讽。严肃文学影响力的整体衰弱固然是个大背景，这些获奖作品本身体现出来的在情感、修辞、叙述与议论方式上的症结才是关键，对于这些个案的讨论或许可以延伸到当代散文所面临的普遍性问题，进而逼使我们思考当代散文的关怀与盲点、困境与出路。

情感：抒情与疏离

刘亮程《在新疆》延续的是他操练多年、熟极而流的手法和笔调，如果读过他之前的《一个人的村庄》《虚土》《凿空》，就会在这本文集里频频遭逢那些似曾相识的面孔、场景、语言和情绪。刘亮程用他一贯谦恭细腻、素朴而又狡黠的语言，讲述一个宛若异乡的"新疆"。这个"新疆"是个梦幻田园，而写作主体游荡在南疆北疆的角落与路途，沉思村庄田野的百年心事，这种沉思因为宁静的心境而纡徐从容、纤毫毕现，可以在"一片叶子下生活"，很多时候，他所想做的是"吹开尘土，看见埋没多年的事物，跟新的一样"①，而那些旧物之所以显得"新"，在他看来是因为大多数人都遗忘与忽视了。

从整体上，刘亮程的散文营造了一种浓郁的怀旧式氛围，笔者在前文中将刘亮程的散文称为"抒情的剩余"，抒情本来是"中国文学的道统"②，但在刘亮程这里是一种黑格尔意义上的抒情：抒情诗本身就能构成一个独立自足的完满的世界，而散文则是依存性和任意性的。抒情诗的关键在于一方面"精神要从凝聚幽禁状态中解放出来而获得自由表达自己的能力。……另一方面这种精神还应扩展到一种包含各种思想、情感、情况和冲突的丰富多彩的世界，把人心所能掌握的一切在心中加以思索玩味，整理安排，把它作为精神的产品表现出来和传达出去"③，与散文式的日常生活不同，刘亮程是抒情诗式的。在日常化之外，他让"哀逝"这一姿势与动作作用于新疆大地之上，使之成为一个自足却充满内在紧张的世界，而其文字中自然带出地方性知识具有的异域风情的表象，则让这个世界变得有些封闭。

抒情的新疆（尽管是以散文的形式）是封闭的、隔离于大时代之外的抽象与浪漫的异质空间。正是因为"我喜欢的那些延续久远的东西正在消失，而那些新东西，过多少年才会被我熟悉和认识。我不一定会喜欢未来，我渴望在一种人们过旧的岁月里安置心灵和身体。如果可能，我宁愿把未来送给别人，只留下过

---

① 刘亮程：《在新疆》，沈阳：春风文艺出版社，2012年，第21页。

② 陈世骧：《中国的抒情传统》，见《陈世骧文存》，沈阳：辽宁教育出版社，1998年，第3页。

③ 黑格尔：《美学》，见《朱光潜全集》第十六卷，合肥：安徽教育出版社，1990年，第191－192页。

去，给自己"（《一切都没有过去》）。[1]所以，库车这座"暮世旧城"在刘亮程的笔下成了一个时间静止的存在："他们的青春多么陈旧，早就有人像他们一样生活过，那些不再新鲜的快乐，依旧吸引着下一代人"（《尘土》）[2]，灰蒙蒙的、死气沉沉的、没有希望于未来，更关键的问题在于，书写者似乎并没有改变的欲望，他感觉到了不满，但是陷溺其中，就像一个瘾君子在他特殊的爱好中欲罢不能。整个龟兹都被他看作是一个大文物，所有活的死的一切都是"古代的"，"时间在这里不走了，好多老东西都在，或者说许多东西老在了这里，那些几千年的老东西，都能在龟兹桥头等到。等待本身也是古老的，这里的人，一直在过着一种叫等待的生活"[3]。然而，他们难道不是书写者的同代人吗？他们及他们的生活难道不是"现代的"共生物？

在《祖先的驴车》中的一段话，似乎无意中泄露了事情的真相："在夕阳对老城的最后一瞥里，一个人的目光也迟缓地移过街道。什么都不会被照亮。看见和遗忘是多么的一样。街上只有我一个汉人，我背着相机，却很少去拍什么，只是慢慢地走、看、闻，走累了就蹲在路边，和那些老人们一溜儿蹲着，听他们说话。一句也不懂。在他们眼里，我肯定是一个无家可归的流浪人，天黑了还没找到去处，在街上乱转呢。"[4]这是一个彼此观看的结构："汉人"——"我"——外来者在老城里走、看、闻，这个抒情主体尽管也被路边的老人看，甚至在想象中

---

[1] 刘亮程：《在新疆》，沈阳：春风文艺出版社，2012年，第42页。
[2] 刘亮程：《在新疆》，沈阳：春风文艺出版社，2012年，第59页。
[3] 刘亮程：《在新疆》，沈阳：春风文艺出版社，2012年，第202页。
[4] 刘亮程：《在新疆》，沈阳：春风文艺出版社，2012年，第111页。

为自己塑造了一个"无家可归的流浪人"的形象，但实际上那些老人是沉默的，他们幽深渊默的内心并无从得以展现，一切都是写作者的心造。抒情诗最重要的是要表达内心，因而它所形成的世界是来自心情和感想的内心世界，它所写的一切都是主体自己。

表现"自我"是20世纪散文的根本主题，《拾的吃》正可以见到刘亮程的文字自我，所谓"拾的吃"其实就是在别人收过的地里捡东西，他不种地，却也靠地生活，甚至过得还不错，这是个闲懒的二流子形象，而现实生活在写意性的文字中被简化。《英格堡》中写到公羊配母羊、干草棚、驴子的性欲、马粪与羊粪的区别，细致地描写与呈现，但没有给出意义或者判断，这些物象显示出既有趣又乏味的矛盾面相，因为它们之于不了解村庄生涯和文化特质的读者来说带有新鲜感，但书写者似乎过于长久地沉浸在里面，以至于丢失了判断力，让物象泛滥起来，就像蔓生的野草遮盖了田垄，他找不到畦埂在哪里了。这些文字透露出一种"无聊"的美学，刘亮程在自己的写作中恢复了一个无所事事的无聊状态。这种无聊美学是当代散文乃至文化上的一种犬儒主义痼疾，传递的价值观是一种退守的价值观，因为"忙人已经把世界折腾得不像样子了。忙人忙着在山上挖洞、江河上筑堤。忙着拆迁、占地、建厂子。在广大农村，农民被强行动员养海狸鼠、种水葫芦、栽果树，果树挖掉种葡萄。倒腾来倒腾去，土地没安宁过。结果呢，倒霉的是农民。地倒腾坏了，农民被倒腾得吃饭都成问题了。"[1]这当然是

---

[1] 刘亮程：《在新疆》，沈阳：春风文艺出版社，2012年，第36页。

不同生产与生活方式的冲突，更是价值观的冲突，问题是冲突本身构成的张力正是活力所在，而不是将某一观念放大，否则"忙人"和他的对面只是形成了一个简单的二元结构。

这种二元结构于事无补，也没有给读者的知解力增添任何东西，它只是将写作者内心的价值自然化了。比如《黑狗》中的动物悬想，并不是单纯拟人，而是作者想象从牛马羊驴狗的角度去"陌生化"地看待世界。人与土地、器物之间的关系，本来就是历史与社会化的结果，并非全然是"自然"，在刘亮程阿卡迪亚式的浪漫想象中它们却被"自然化"了，在这种"自然化"中，人的社会性其实也褪去了。但是，如同西蒙·沙玛（Simon Schama）所说："虽然我们总习惯于将自然和人类感知划归两个领域，但事实上，它们不可分割……景观如同层层岩石般在记忆层被构建起来"，"即使是那些我们认为完全独立于文明的风景，只要详加考察，也同样是文明的产物"。[1]新疆的"村庄""老城"的意象与抒情的产生，正是现代性文明发展自身的内部产物，也就是说它们之所以显豁地成为意象，恰恰是现代的结果，而村庄更不可能离开城市而独立存在。那种城市与乡村朴然未分的乡土中国前现代状况已经分崩离析。

如何去除以文字与意象陌生化面目出现的"自然化"，可能是今日乡土散文需要关注的话题。即，将对象和生活作为历史和社会化的产物来理解和书写，而不是在想象中赋予其"自然"的毋庸置疑的价值，并且将之单维化。否则，我们的散文永远走不出前现代话语的窠臼，将乡村、土地、农牧为代表的物象

---

[1] ［英］西蒙·沙玛：《风景与记忆》，胡淑陈、冯樨译，南京：译林出版社，2013年，第5、8页。

自然化、凝固化，忽略其变动、能动的一面，因而就人为划分了传统与现代之间的虚构的对立，这倒真是疏离了现实。

语词：修辞与意义

"大象之间远程呼唤，声音的分贝不在人类的听力区域之内，所以易被误解为无声。而人与人之间，何止生理限定，他们被各种各样的心理误区所阻隔，难以倾听到彼此。很长时间以来，我习惯作一枚无花果，在自闭中酝酿……没有花朵凋谢时抒情化的凄美，我像哑巴一样，承担着宿命的倦怠和安静。能以低频的声音互相联系，别人听不到我们的分贝——你让我如此感恩，因为，你能和我一起，分享寂静的低音区。"[①] 周晓枫写的大多都是这种写"低音区的事物"，比如"一个恍惚中的比喻句，漂浮中的自由感，或是润物无声的关爱"。较之于刘亮程的抒情沉醉，周晓枫《巨鲸歌唱》对于自身写作的局限性有着深刻的自觉和时刻的警惕，有时候这种警惕显得过于小心谨慎，以至为了免于受到可能的伤害，而事先想好了退路，封住了可能来自各个方面的指责和批评。事实上，她就像她笔下的贝壳类软体动物，事先用厚厚的壳把自己完好地守卫起来，壳的内部是柔软、细腻、美妙的肉体，甚至有可能酝酿出珍珠，然而这一切始终只是一个微小的自足体，一枚无花果。

她辩解说："散文几乎是我唯一能够操作的文体，我迷恋它的不拘一格。我无情节构想能力，小说家从容穿越于他人空间的智慧我从来就不具备；我也没有诗人的奇思妙想，他们是用

---

① 周晓枫：《巨鲸歌唱》，北京：东方出版社，2013年，第121页。

魔术驱散律法的精灵。有时，觉得自己是徘徊于小说与诗歌之间的投机商，谨小慎微地努力，不过是把艰难聚敛的一点点财富搞得不像赃款而已。入门尺度相对偏低的散文从未让我觉得出身尴尬，我反而感恩于散文的宽容——它有如一座天马行空的游乐园，而非严厉考场。"① 然而散文的不拘一格固然提供了自由的可能，恰恰也是它的难处所在。正如王安忆所说："看起来它是没有限制的，然而，所有的限制其实都是形式，一旦失去限制，也就失去了形式。失去了形式，就失去了手段。别以为这是自由，这更是无所依从，无处抓挠。你找不到借力的杠杆，只能做加法，你处在一个漫无边际的境地，举目望去，没有一点标记可作方向的参照。这就是散文的语言处境，说是自由其实一无自由。它只能脚踏实地，循规蹈矩，没有日常语言的逻辑，不要想出一点花头。"②

散文的这种无所依傍，决定了它必须在语言与形式上突破陈规和套话，这与刘亮程刻意营造的意象与意境的陌生化不同，是真正的什克诺夫斯基意义上的陌生化。什克诺夫斯基像黑格尔一样区分了诗歌与散文：诗歌语言是一种言语结构，而散文这是普通的日常语言。但"正是为了恢复对生活的体验，感觉到事物的存在，为了使石头成其为石头，才存在所谓的艺术。艺术的目的是为了把事物提供为一种可观可见之物，而不是可认可知之物。"③ 因此散文如果要成为一种艺术，它必须锻

---

① 周晓枫：《巨鲸歌唱》，北京：东方出版社，2013 年，第 84 页。

② 王安忆：《虚构的界限》，见蒋原伦编选：《中国当代先锋艺术家随笔集》，北京：中国社会科学出版社，1998 年，第 10 页。

③ ［苏］维·什克诺夫斯基：《散文理论》，刘宗次译，南昌：百花洲文艺出版社，1997 年，第 10 页。

造修辞，让形式艰深，增加感受的难度，延宕体验的时间。周晓枫虽然可能并没有意识到的自觉，却也充分地发挥了语词的能量，旖旎蕴藉，纤余为妍，深哀浅貌，短语长情。《巨鲸歌唱》系列里那种对于语词的迷恋与沉潜，冶炼出了精悍而又敏感的文字织锦。这些篇章是"及物"的，写作者化身无数，与动植年月同情共感，叩问深思，妙悟玄机，精细的笔触一再炫人眼目。

但文字不加节制的挥霍，往往会稀释语词本身，而其意义就在这种挥洒中逐渐被耗散。感情的形成并不是被某个偶然事物触发那种稍纵即逝情绪的记录，它需要发展，那种实证、推理性的掘进，抵达到幽深广阔的层面，如果没有艰辛的精神跋涉，"一些真正来自我们内心的体验，来不及成长，便夭折了"。[①]比如《素描簿》中关于蛇的描写就明显是炫其巧智、凌虚蹈空，这样的写法在某些片段是奏效的，比如《海参或女人》因为融入了自身的同情性感受而鞭辟敏锐，但在《蛇的僧侣生涯》或《猞猁与舍利》中就强为之辞、勉而为文，如同初习作者一样矫揉浅薄。

所以，周晓枫的篇章中最打动人的并不是那些"及物"的——它们固然精致富丽，犹如官窑的瓷器、宫廷的花鸟，终究有些匠气，散发着物品固有的那种冰凉的气息——而是写人物和故事的"触人"的篇章：情书式的《幼象》、人物行状型的《毒牙》，以及《月亮上的环形山》。"遥望月亮广袤的金色腹地，我知道，那些烟灰色的暗影正是神性的环形山，其中一座，名

---

① 王安忆：《虚构的界限》，见蒋原伦编选：《中国当代先锋艺术家随笔集》，北京：中国社会科学出版社，1998 年，第 25 页。

叫第谷。它们拥有戒环般完美的弧度，仿佛执守着亘古的承诺。其实换个角度，环形山的又一个说法叫月坑。它的形状接近巨浪挖蚀出的洞痕，本身并不存在着美，只是苍凉。它苍凉，却能激发我们对美的无限想象，如同，生命里的某些责任并非美妙，甚至预示着痛苦与沉重，然而却使我们焕发出爱的全部潜量，焕发出我们自身内在的光源。"① 这是对一位悲情父亲与他的弱智女儿的人生故事的升华，构成了惊心动魄而又悲悯广大的情怀。黑格尔论近代歌剧和芭蕾舞时说："感性方面的富丽堂皇……往往是已经到来的真正艺术衰颓的标志"，如果从这种"走到极端的意义空洞和精神贫乏的熟练技巧之中还要找出一点精神表现的话，那就是在完全战胜技巧困难之后，还能……见出一种节制和灵魂的和谐，一种自由活泼的娴雅风度"。② 用在周晓枫这里正是最合适不过。

"文艺的目的是要启示宇宙与人生底玄机，把刹那底感兴凝定，永生和化作无量数愉快的瞬间"，所以体裁上需要下功夫，而"心灵利用外物底形体和自身底惊叹声音所供给的原素，由转注，会意，假借等为自己创造一个表现系统，这系统又轮为训练，培植，发展心灵和思想的工具；换句话说，言语（或文字）和思想是相生相长的"③。停留于语词，必然需要精心制造形式上的繁复华美，但这恰恰让散文最为核心的思想与情感弱化了。周晓枫并不是没有思想与情感，而是她没有通过文字创造出有别于

---

① 周晓枫：《巨鲸歌唱》，北京：东方出版社，2013 年，第 116－117 页。

② ［德］黑格尔：《美学》，见《朱光潜全集》第十六卷，合肥：安徽教育出版社，1990 年，第 264 页。

③ 梁宗岱：《文坛往那里去——用"什么话"问题》（1933），见李振声编：《梁宗岱批评文集》，珠海：珠海出版社，1998 年，第 44、46 页。

现实之外的思想与情感，这在她书写几个朋友的篇章，比如《毒牙》《独唱》中表现得最为明显，读者会发现在文字背后隐藏着的那个书写者缺少悲悯、满腹幽怨却又要做出宽宏大度的样子。周晓枫是聪明的，在《形容词与赞美诗》中写道："我最受诟病的特征是华丽，是汹涌的词，是缭绕的句式，以及路线复杂却腹腔空旷的意义迷宫。'七宝楼台，炫人眼目；拆碎下来，不成片段。'这是审美和境界上的局限。我难以克制地迷恋浮巧小智，强迫症似的寻求对偶效果——从成语的四字工整，到哪怕是残剩比喻里所暗示的神谕。我知道留白必要，知道手起刀落的快意，知道刃若锋利，必去除由装饰带来的障碍……道理我全明白，可情不自禁：比之寒光，我更易醉心于刀鞘上的雕花。"[①] 这其实是避重就轻的障眼法，似乎就把批评轻易地乾坤挪移了——她的问题不在于"密集而浓烈"的风格，而是在于意义的匮乏。她让词语停留在了"美"的表面，无论这种"美"是优美、崇高、哥特式的诡异，都没有向内掘进到词语的更广阔与深邃的空间。她的散文就如同精美的工艺品，工艺精良、制作考究，悦人耳目，但没有邃远内涵，触动不了灵魂。

　　作为一个写作者，同时也是编辑，周晓枫对散文有自己独到的见地，在《纸艺中的乡村》对乡土散文的批评可谓一针见血。然而，因为世界观的局限，她所强调与实践的"内心"的写作也是无根的，"去社会化"的。写作被当作一种纯粹精神上的修养，而不是与生活和生命密切联系的存在，这让她的写作和关于写作的观念真正成了一种语词的文学，巴洛克式的修辞

---

① 周晓枫：《巨鲸歌唱》，北京：东方出版社，2013年，第248页。

文学。虽然她明白这种局限，但是似乎在声明之后就摆脱了压力，在这条放逐意义的道路上越走越远了。时间、空间与社会关系都被放逐，事物只留下剔透的意象性存在，而作者则充当了果核中的国王，在这个超然的存在中开辟道场。

叶公超在20世纪30年代讨论新文学运动后的白话散文时说"中国文字的特殊力量，无论文言或白话，多半是寄托于语词上的，西洋文字的特殊力量则多从一句或一段的结构中得之"，所以西洋的散文有种"流动性"，而中文散文仍然是以语词的力量为显著。他认为中文散文不愁文字的技巧，倒是要在结构的流动上下功夫，应该多写点说理和纪实的散文锻炼，"文字经过这种锻炼之后，词藻的收获不必说，最重要的是扩大了散文的范围，加强了文字的收缩力与准确性……假使文学只承认表情的散文，那是自杀的先声。在一种健全发展的国家里，散文的说理与写实能力必然是相当高的。就是文学不接受它，它也会自由发达的，因为散文的功用是随着民族的精神与实际活动而扩大的。"[1] 放到今天来看，这些话依然有其针对性。如果说刘亮程所代表的抒情范要摆脱"自然化"，周晓枫的修辞派则要解决自己的"去社会化"，发挥语词的厚度和蕴藉，扩展意义生成的空间。

记忆法：隐喻与提喻

贺捷生《父亲的雪山母亲的草地》与侯健飞《回鹿山》作为两部回忆性非虚构作品，能够形成鲜明的比照，一方面是因为

---

[1] 叶公超：《谈白话散文》，原载重庆《中央日报·平明》1939年8月15日，见陈子善编：《叶公超批评文集》，珠海：珠海出版社，1998年，第73-75页。

二者都是回忆父辈的叙事散文，另一方面是在回忆中因为二人现实身份及书写对象身份的差异而形成的堪称天壤之别的笔法与美学态度。身处历史与社会中的个体总是具有局限性的，如何在回忆中呈现出往事的意义，其根本之处在于记忆者究竟是如何理解自己的记忆：它是换喻式的，还是提喻式的？即，是把自己记忆中的过往理解为整体的历史发展本身，将之规律化；还是仅仅谦卑地意识到所有叙述的东西都只是历史的一个片断，它们能够印证、折射、指点历史的路向，却永远抵达不了历史存在本身？提喻与换喻式的记忆，可以类比于政治学家玛格利特提到的插画式的思想者和解说式的思想者，插画者信任个案，解说者信任定义和一般规律，两者各有利弊。[①] 从这个意义上来说，贺捷生倾向于解说，她笔下父辈的戎马生涯与光辉岁月，是记忆的换喻；而侯建飞的家族故事则是个案例，他的回忆是记忆的提喻。

贺捷生的叙述直接从具体的记忆中的细节跳跃到已经成为历史过程结果的规律和结论之中。也就是说，她是以一种"后见之明"的结果反向追溯往事，但是这种逆向的写作轨迹自身却在无意识中被忘却了，以至于往事似乎在当时就已经以今日的面目自然而然地出现。这就过滤掉了历史过程的复杂、艰难、曲折，从而让历史变成了逸事。往事的当事人身在其中，并不能看到历史的方向，它必须放入往事所处的具体语境之中，才能获得完整的生命。因而，这种换喻的记忆只是用一种僭越性的似真性抹杀了丰富的实在，令文本自身没有余味曲包的含

①Avishai Margalit, *The ethics of memory*. Cambridge, Massachusetts: Harvard university press, 2002, pix.

蓄空间——这种表述是一般普通语言的、知识论的，而不是艺术的。

历史并不是逝去的事件，它与现实之间的互动甚至表现在文本的生成过程之中。当然，追溯历史中某处史实的正谬对于散文来说可能并不是最重要的，真正的问题在于《父亲的雪山母亲的草地》缺乏个性的描写与见解，使得这个散文集变成"大历史"的缩影，而读者感兴趣的细节部分总是含混而过或者荡然无存。比如《途经香港那串足迹》是根据贺龙的警卫员也是侄子贺学栋的回忆写成，写到1927年8月3日，南昌起义的队伍南下广东，遭到官军和各路军阀的围追堵截，形成潮汕失败的局面。起义领导人分散行动，贺龙化名"文先生"与谭平山、彭湃等八人南行香港，在一处荒郊野店路遇一个投靠起义军的青年，因为迫于情势没有接受，那个青年送他们到海边，依依惜别。到了香港后，几个人分开住店，贺学栋此后几天陆续看到报上刊登贺龙入港及被捕的消息，匆匆去寻找，遇到一个陌生人告诉他贺龙已经去上海。这些故事的关键部分，语焉不详，核心的信息丢失在历史之中，关于那个无名青年、关于贺龙因何离开、贺学栋的心情都没有着墨，只是大而化之地记述碎片式的片断，而这些片断是在一般党史记载中都可以看到的。像这样的情况在整个文集很多地方都出现了，如果这本散文集没有提供更人性化与生动的细节，那么它的意义又在何处呢？

贺捷生在自序《信仰的力量》中道出主旨："在全社会中张扬理想，重塑信仰，建立和倡导一种高尚的社会道德，去和一切腐朽的低俗东西做斗争，是摆在我们面前的任务，所有中国人都应该为此努力。"① 这是一种美好的理想，然而，时移世易，在今日的情形下该如何讲述信仰，如何将革命的记忆遗产有效地转化成可以被吸收和发扬的精神与思想资源，再采用"高大全"式的讲法无疑已经很难奏效了。因为"信仰"是实践，必须要靠无数细节填充，否则它就只是一个词语的能指，而不是其背后的所指。这是个统识分化的时代，意识形态式的宣教失灵之后，叙事的语法必须应对多元的思想境地。

侯健飞的回忆录可能是多元中的一种，是"只想写写我亲眼看到的，或心灵感受到的"父亲与家族的往事，是"最琐碎而无趣的东西"②。他在叙述中并没有将父亲从军、退伍、务农的一生经历当作有代表性的范例，而仅仅是个提喻式的存在。提喻式的存在固然可以辐射、指示整体性的存在，却并没有概括与总结的雄心。换喻是以碎片冒充全景，提喻则无中心反而有可能在碎片中映射整体的一部分。所以，个体记忆只有超越自己的道德局限性才有可能真正达到动机上良好的记忆愿景。

卢梭式的无情自剖与暴露，让《回鹿山》拥有了粗粝而不可替代的真实与质感。在不断的回忆过程中，情感的复杂变化与认识的前后不一，一方面显示了写作主体的态度与情绪的复杂性，另一方面也是写作对象的人性与社会本身的丰富与复杂。作者对此有着自觉："我从来没有怀疑自己的记忆出错，很多事情，就像发生在昨天。但我承认，在描述父亲和我的某些生活片断时，总掺杂着一种迷离缥缈。往事有时像一缕缕傍晚的

---

① 贺捷生：《信仰的力量》，见《父亲的雪山母亲的草地》，北京：解放军文艺出版社，2013 年，第 4 页。
② 侯健飞：《回鹿山》，北京：人民文学出版社，2011 年，第 257 页。

炊烟，突然浮现在眼前，袅袅上升，慢慢飘散。其实，人在回想过去的生活时，都掺杂进当下的感受和评断。我不认为过去的生活是美好的，但也不认为有多么糟糕，那是一种真实的生活，真实是不能被盲目定义的，即使再过几十年，原来的认知也会因时过境迁而物是人非。回忆父亲也一样，父亲是真实的，又是虚幻的；我很熟悉他，有时却倍感陌生。无论如何，我都很难记述他的思想——如果这样做了，一定融进了我自己的愿望。所幸，我明白了这个道理，于是，尽力避免这种情况发生。"①这种几乎无修饰的自白，其价值正在于展示了历史与现实之间的纠葛，而认识和叙述总是发生在纠葛中间，并不能在生活平滑的表面顺溜而过。文学（历史的）写作是一面模糊的镜子，如果谁对文字的透明性有着不言而喻的自信，那倒是需要怀疑的。

　　鲁迅文学奖给予侯健飞的授奖词说他"勇于直面自我灵魂的写作，体现了'修辞立其诚'的散文正道"，这是散文写作的底线要求。写作者总是具有双重身份，一方面，他是现实生活的参与者，这意味着他必然要受到形形色色的意识形态的影响；另一方面他也是一个对于现实生活有超越的探索者，必须从他所回忆或描摹的事实中提炼出应对现实的种子："一方面，他必须使自己与那些存在于普通人心中的神话以及变形的集体记忆相分离，以便能把这些神话和集体记忆与得到证据和理性支持的非神秘化的陈述并列在一起。另一方面，作为一个建立和传播知识的人，他必须为历史意识的形成和同时代人的记忆作

---

① 侯健飞：《回鹿山》，北京：人民文学出版社，2011年，第141页。

出贡献。"① 这种双重身份决定的双重任务用最基本的马克思主义式的话来说就是社会实践决定意识，但是意识要反作用于社会实践。这对于散文写作来说，尤为重要，因为它很容易沉溺在历史的杂事秘辛与现实的日常碎屑之中，以为那就是"真实"或者"诚"，但很有可能，那不过是特定时代与社会中的意识形态改头换面后的僭越和替代——写作者需要首先对自己的位置与局限有自知之明。

洞察力：知识与见识

写作者对自己位置与局限的自知之明，是修辞立其诚的基础，也是洞察力诞生的根本。散文与史诗或抒情诗不同的地方在于，它以知解力的方式面对世界、书写世界，它并不会塑造一个典型形象，却总是在书写中塑造了写作者自己。因而，主体的洞察力至关重要，尤其是在与思想短兵相接的杂文写作之中。在大数据和便利信息的时代，人们可以从非常便捷的渠道获取大量的信息与知识，累积与叠加知识的写作必然日益贬值。没有一个认知框架的知识其实就是一堆材料的堆垛，包含洞察力的见识才是关键。

穆涛《先前的风气》就是以知识见长的杂文集，但是见识如何，却需要进一步考察。对于见识的要求在被新文化运动者批驳的"选学妖孽""桐城谬种"那里就一直强调，义理、考据、辞章在议论性杂文中需要有机一体，这是"文质彬彬"的传统，就像笔者在前文所说的修辞与意义的关系。见识来源于对于历

---

① ［法］弗朗索瓦·贝达里达：《历史实践与责任》，辛未译，见《第欧根尼》1996年第1期，第112页。

史、现实以及言说对象的系统、完整的洞察，而不是某个灵机一动、灵光乍现的点子或感想，虽然后者是必要的引子，但如果不做进一步的论证、演绎和表达，就只能沦为饾饤之学。叶燮《原诗》说理、事、情是诗之本，离此三者而为言的诗，是模拟与剽窃，而才、胆、识、力则是诗人之本，他所说的"诗"和"诗人"具有文学的普遍性，可以援用到对散文的评价："大凡人无才，则心思不出；无胆，则笔墨畏缩；无识，则不能取舍；无力，则不能自成一家。而且谓古人可罔，世人可欺，称格称律，推求字句，动以法度紧严，扳驳铢两，内既无具，援一古人为门户，借以压倒众口，究之何尝见古人之真面目？"①就此而言，穆涛的才、胆、识、力似乎略显不足。

　　杂文本无定法，非韵体散文都可以归入其范围之内。胡适论"散文的革命"对中文历史上的散体文学做过阶段性的划分："文亦几遭革命矣。孔子至于秦汉，中国文体始臻完备。……六朝之文亦有绝妙之作。然其时骈俪之体大盛，文以工巧雕琢见长，文法遂衰。韩退之之'文起八代之衰'，其功在于恢复散文，讲求文法，此亦一革命也。唐代文学革命家，不仅韩氏一人；初唐之小说家皆革命功臣也。'古文'一派，至今为散文正宗，然宋人谈哲理者，似悟古文之不适于用，于是语录体兴焉。语录体者，以俚语说理记事。……此亦一大革命也……至元人之小说，此体始臻极盛。……总之，文学革命至元代而登峰造极。"②说起来，都可以算作杂文。散文现代以来就有关于小品

---

① 《原诗　一瓢诗话　说诗晬语》，北京：人民文学出版社，1979 年，第 16 页。
② 胡适：《逼上梁山》，见欧阳哲生编：《胡适文集（1）》，北京：北京大学出版社，1999 年，第 147 – 148 页。

文、杂文、随笔、速写等的诸多议论，这些文类以家族相似的样态蜿蜒而下，最早起于带有强烈政治诉求的梁启超提倡文界革命的"俗语文学"和五四前后的"随感录"。厨川白村的《苦闷的象征》中对于 essay 的描述[①]，逐渐成为现代中国作家普遍接受的散文想象形态，启蒙了以周作人为代表的言志派、鲁迅为代表的社会学派，同时，"英法小品文的翻译和出版，打开了中国现代散文家的眼界，他们直接从中吸取了经验，并且把它运用到创作中去，随之而来的关于英法 essay 的理论，也直接冲击了中国传统散文批评观念。林语堂在 20 世纪 30 年代把西欧文学中的'幽默'移植过来，尽管没有开花结果"[②]。它们或者载道，或者言情，但总需要明心见志、有所关怀。

《先前的风气》的关怀不明，过于散乱，以至于漫无边际，看似吉光片羽的见识，却又往往不及敷衍开来，陡然开始，草草作结，给读者的直观感受是心虚气短，文气涣散，文字和思绪堪称瞻之在前、忽焉在后，有时候起承转合之间戛然悚然，让人丈二和尚摸不着头脑。略举一例，《自然者默之成之》写的是"无为"，大意是"不乱为"，"明白不可为"，短短几百字两个自然段介绍了这个想法之后，接下来莫名其妙地讲了穆彰阿发现曾国藩、沈廷扬掌批洪承畴的故事，然后作者写道："无为，是顺其自然。天道自会，天道自远。自然者默之成之。"[③]如果非要把这两个故事与"无为"联系起来本无不可，但是需要

① ［日］厨川白村：《苦闷的象征》，鲁迅译，南京：江苏文艺出版社，2008 年，第 85－88 页。
② 范培松：《中国散文批评史》，南京：江苏教育出版社，2000 年，第 19 页。
③ 穆涛：《先前的风气》，西安：陕西师范大学出版社，2013 年，第 46 页。

进行思想的生发和衔接，而不是抄个旧书，发个玄而又玄的议论。《代价与成本》中，作者一开始立论"一个国家的进步，是有代价和成本的"，然后东拉西扯到要强调中国传统元素，在读者完全没有弄清楚文章主旨的时候，忽然笔锋一转，写到马戛尔尼和托马斯·斯当东访华，然后这篇短文就戛然而止了。①这样的散文放眼中国的各种报纸杂志，可谓比比皆是，就是俗谓的"报屁股"文章，常作补白之用。林纾《论文十六忌》指出应该避免的十六种弊病，包括直率、剽袭、庸絮、虚枵、险怪、凡猥、肤博、轻儇、偏执、狂谬、陈腐、涂饰、繁碎、糅杂、牵拘、熟烂，现在看来当然可以有所扬弃，其中大部分一目了然，其中所说的"肤博"与"轻儇"倒值得在此一提。所谓"肤博"，在林纾看来就是"凡初阅文字，得一沈博绝丽之篇什，浩浩乎若倾筐倒篋而出，则未有不咋舌失色者。然当熏源竟委，观其来脉，审其筋节，辨其骨干，然后始赏其波澜。盖无来脉、筋节、骨干，但觉处处填塞，所摭典故若蔽天而来，此不名为'博'，但名为'肤'，不足重也。"②"轻儇"就是"刻意求悦庸俗之耳目，极力模仿古人之声调"。③如此看来，"肤博"与"轻儇"可能是穆涛散文的要害问题。

　　他的另一些论题则大而化之、浮泛抽象。比如《正信》《静雅》《耳食之言解》《现代精神与民间立场》《文而不化不叫文化》《文化是有血有肉的》……这些标题有的令人费解，有的会

---

① 穆涛：《先前的风气》，西安：陕西师范大学出版社，2013年，第47—48页。

② 刘大櫆、吴德旋、林纾：《论文偶记　初月楼古文绪论　春觉斋论文》，北京：人民文学出版社，1959年，第98页。

③ 刘大櫆、吴德旋、林纾：《论文偶记　初月楼古文绪论　春觉斋论文》，北京：人民文学出版社，1959年，第100页。

觉得颇有意思，但是看到正文才发现不过是些琐碎而又自鸣得意的陈词滥调。已经有学者就《先前的风气》中出现的文史舛误及其所表现出来的低级趣味进行了批评[①]，可以说这个文集充分体现了一位作家在从事那些力不能及事情的时候的尴尬，这种尴尬很大程度上来源于对自己力不从心的不觉，而另一方面则是那些将其抬到其不应该有的位置的人们的责任，正是他们凸显乃至放大了这种名实之间的差距。杂文看似信马由缰、可以随意铺展，实际上却不能轻易将见识等同于一般牢骚或闲言——后者任何一个人都可以在街谈巷议中发表。以杂学旁收的知识见长的散文作家周作人曾经在20世纪40年代说过："中国现今紧要的事有两件：一是伦理之自然化，二是道义之事功化。前者是根据现代人类的知识调整中国固有的思想，后者是实践自己所有的理想适应中国现在的需要，都是必要的事。"[②]鲁迅在某种意义上，也正是在这两件事情上建立了其杂文的辉煌。

伦理的自然化与道义的事功化，指向的都是见识本身的洞察力，或许也可以称之为沈从文意义上的"有情"与"事功"。沈从文对文学艺术有种信念："生命本身不能凝固，凝固即近于死亡或真正死亡。惟转化为文字，为形象，为音符，为节奏，可望将生命某一种形式，某一种状态，凝固下来，形成生命另外一种存在和延续，通过长长的时间，通过遥遥的空间，让另外一时另一地生存的人，彼此生命流注，无有阻隔。文学艺术

---

① 唐小林：《穆涛获奖散文的"硬伤"》，《文学报》，2014年9月25日。
② 周作人：《我的杂学》（1944），见杨扬编：《周作人批评文集》，珠海：珠海出版社，1998年，第365页。

的可贵在此。文学艺术的形成，本身也可说即充满了一种生命延长的愿望。"① 这种"生命延长"不能受制于政治意识形态的直接干涉，但同样也不能流于纯粹个体的恩怨尔汝、情绪感触。1952年在四川内江时，沈从文在一封家书中谈道："理解到万千种不同生活中的人生命形式、得失取予，以及属于种种自然法则，反映到行为中的规律，在彼此关系中的是非，受种种物质限制，条件约束，习惯因循，形成的欢乐形式，痛苦含义，又各因种种不同而有种种问题。"他因为读史书看到古人"或因接近实际工作而增长能力知识，或因不巧而离异间隔，却培养了情感关注"，感悟到"有情"与"事功"之间的暌违，需要学习、摸索与实践。② 这可能是写作杂文的当代作家需要再三体会的，即一己之有情与社会之事功的并行不悖，需要痛苦的训练、严谨的思考、结实而又绵密的表述。杂文轻轻松松地挥洒自如只是表面现象，背后浸润着知识素养和知解力的协调，并且有穿透力，才能无愧于鲁迅开创的这种文体，并且获得读者的尊重，其关键在于以主体的思想统摄知识，而不是让知识泛滥为"所知障"。

当代散文的被冷落（即便是20世纪90年代那种被报纸副刊和杂志所消费造成的繁荣都已经消失）很大程度上来自它的门槛似乎太低，任何一个有情绪、感悟、经历的人似乎都可以着笔成文。新媒体传统提供的空间进一步造成了它的泥沙俱下。

---

① 沈从文：《抽象的抒情》，见《抽象的抒情》，长沙：岳麓书社，2002年，第1—2页。
② 沈从文：《事功与有情》，见《抽象的抒情》，长沙：岳麓书社，2002年，第20—23页。

泛滥化的结果就是散文大多流于一般的感时伤怀、意境自造、缺乏深刻见解与深沉悲悯，砖头瓦屑皆成文章，对它的敬意很大程度上被如此消耗掉了。鲁奖散文算是个中健者，也依然差强人意。从上述五部作品归纳的四个问题，最终都可以归结到"有情"与"事功"二点，"有情"指向超越于一己的情感与表达，"事功"指向于关怀历史、现实、时代与社会的追求。抒情内在于抒情主体所处的整体语境之中，而不是疏离出来，事不关己；修辞表达联结语词的生产与意义的发明，而不停留在对于修辞拜物教式的迷恋；面对过往和实际，饱含敬意和温情，而不是沉溺在偏狭与武断之中；在知识训练和思想训练中砥砺磨炼，求出洞察。唯其如此，散文或可获得一线生机。

第二节　三农问题、公私之间与社会分析小说

农村、农民、农业以及与之密切相关的"乡土""小镇"是当代文学中最为显赫的题材，即便在"城镇化""都市化"进程高歌猛进的当下也依然是极为广泛的书写对象，它们涉及当代文学的一个基本母题："公"与"私"的辩证。本节拟以"新时期"作家高晓声为个案进行讨论——将他刻意视作一个转型人物，他所经历与体验的公私变革及至当下仍然是一个未曾完整展开的文学命题。

关于高晓声（1928—1999）其人其作，各类当代文学史著作中大致将其定位在新时期初农村题材作家的范畴。他那带有农村改革小说意味的作品，被视为是对激进革命时代的沉痛反思，而他对于农民因袭已久的重负和精神境况的刻画则被看作具有国民

性批判意味。尤其是陈奂生的形象，尽管有着各种不同的争议，已经成为当代文学史上为数不多能够被人长久议论的文学人物。但如果高晓声仅仅是写出了农民在激进年代的悲惨遭遇，并且简单地将这种遭遇的原因归结为"极左"政治或"封建余毒"（高晓声在文本中确实时常进行这种议论），那不过是在描述现象中重复了当时已然定型的政治结论，凸显不了他的特色，因为彼时对刚过去时代进行"反思"的作品并不在少数。我觉得高晓声的意义在于他构造出一种社会分析式的农村故事讲述模式，显示的是公私之间的矛盾问题。这种公私冲突，其实是社会主义革命与建设中所遭遇的一个根本性矛盾，从20世纪50年代的社会主义改造直至当下的全球化时代贯穿始终，甚至还可以上溯到更早的旧民主主义革命。关于公与私的价值认定，不仅意味着社会主义国家意识形态的理想构建与实践行动在现实中的矛盾、协商与博弈，真切地影响到最广泛的民众生活，同时也是认识20世纪中国革命与历史起承转合的关键，并且时至今日公私之辩依然是勾画未来中国发展之路的关捩所在。

中国思想史上尤其是近代以来公与私之间的关系，沟口雄三曾经做过考察："天下之公，在经过士大夫阶层经世意识的政治主义的民族、民权的'公'后，随着革命的深化终于再次提高到细民的天下之公，最终将太平天国以来的、甚至于明末以来的经济上的'公'概念由民生发展到社会主义的'公'"。[1] 但是社会主义理念中的"公"是一种人民性的"天下公"，是无个体的反私，这种理想蓝图因为超越了历史语境而在现实中难免遭遇挫

---

[1]　[日]沟口雄三：《中国的公与私·公私》，郑静译，北京：三联书店，2011年，第43页。

折。公私问题在社会主义初期自上而下有一种不言而喻的解决方式，在国家与社会的二元图式中，其结果必然是以集体性、组织性取代了个体性和主体性。高晓声的一生经历了抗日战争、解放战争、新中国初期社会主义改造、"文化大革命"、改革开放，其重要的个人遭遇是 1957 年被划成右派，到 1978 年平反重新发表小说并成为一时著名的作家，几乎与"一大二公"的制度从 1958 年建立到 1984 年解体这段时间相重合。当然，并不能机械地以为社会政治经济体制的曲折转型直接投射在高晓声的人生与写作之中，但无论从他个人的情感与精神结构的形成到写作主题与所传达出来的观念都与之密切相关。正是在公与私的冲突与选择之中，高晓声的创伤与记忆、屈辱与荣耀、敏锐与迟钝、得风气之先与落伍于时代才能得到解释，其人其作也就具有了表征一个时代从经济到文化转型的意味。

知识分子与未尽的探索

在 1980 年出版的《七九年小说集》中，高晓声讲了一个后来广为传述的"摆渡"故事，在那个故事里，他定义了作家的社会角色："作家摆渡，不受惑于财富，不屈从于权力；他以真情实意飨渡客，并愿渡客以真情实意报之。"[1] 彼时，他因《李顺大造屋》（1979）、《"漏斗户"主》（1979）、《陈奂生上城》（1980）等作品风头正健而意气风发，虽然作为一个"归来者"，已年过知命，但依然雄心勃勃，计划每年写 10 个短篇小说结集，10 年内再写一部长篇小说。但是在出了 6 本小说集后，

---

[1] 高晓声：《摆渡》，见《高晓声散文自选集》，北京：作家出版社，1998 年，第 2 页。

他 1985 年的小说集没有按时于 1986 年出版，拖了两年才印出来。这自然中断了他的计划，那时候开始他已经转入长篇小说创作，并且感到自己的中、短篇小说似乎已经不合时宜，"写出来之后，也只好靠边站，看天下英雄豪杰，熙熙攘攘，皆为利来，我那些小说，只好站在西北风里。自惭形秽，皆发抖而不敢发声了"①。几年后他仍然愤愤不平地认为自己曾经蜚声文坛的系列小说结集的书《陈奂生上城出国记》销量不及港台文学，是因为人们只要娱乐轻松，而不习惯思考和严肃了。其实，他并没有意识到自己也许是在愤怒的偏激中丧失了理智，他看到和说出来的只是某个甚至谈不上是主要的原因，主要原因可能在于他确实过时了。1985 年之后的文学场域显然不仅仅是娱乐那么简单，一种由他所瞧不上的"现代派"式的新型文学已经占据了文学的主流。这种文学无论在内容与形式上都强调个人化与内倾型的模式，高晓声没有跟得上这新一轮的变化，或者即便明白这一点，他也无力并且不愿意做出顺应。

早在 20 世纪 50 年代初期，作为宣传干部的高晓声就已经开始创作，写了一些诗歌、短篇小说和歌剧之类，其中关于农村移风易俗、青年农民婚恋观念转变的《解约》（1954）还颇受读者欢迎②。高晓声显然是一个有艺术追求和独立思考精神的作家，对于彼时盛行的社会主义现实主义文学观有自己的见解，这突出地体现在他与叶至诚、陈椿年、陆文夫、方之等人决议成立"探求者文学月刊社"并创办同人刊物《探求者》的

---

① 高晓声：《作者的话》，见《新娘没有来》，北京：华艺出版社，1993 年，第 6 页。
② 该作发表于《文艺月报》1954 年第 2 期，获得江苏文学评比一等奖，从此高晓声开始成为文坛受关注的人物。

事件上。①1957 年 6 月，高晓声起草了《"探求者"文学月刊启事》，批评行政方式办刊的艺术思想混乱，认为"现实主义目前仍然是比较好的创作方法"，但是"在概念上打滚，空谈社会主义现实主义的洋洋宏论，我们认为毫无道理"，进而提出"大胆干预生活，严肃探讨人生"的主张。②同时发表的讲述剧团副团长对妻子的父权式压抑的小说《不幸》，就是对这种文学主张的实践。但是随后不久，因为反右风潮的兴起，高晓声被划成右派，10 月《新华日报》专门为"探求者反党小集团"发表社论，由《人民日报》转载，遂成为一个大案。高晓声下放故乡常州武进县劳动改造，文学生涯中断了 21 年。

事实上，高晓声的文学史时间也就是从复出的 1979 年到逐渐失去公众影响力的 1986 年。尽管在 1985 年之后高晓声又陆续发表了一些作品，但再也不可能产生当初甫一复出时的影响了。这难免让他有愤激乃至怨怼之词，当然，除了 20 世纪 50 年代早期那些带有歌颂光明时代与"新人"的作品，反讽的语调一直都贯穿在高晓声归来后的写作之中，被打成右派以及农村生活的经历成为一个消除不掉的伤疤，烙刻在他的心理与精神结构之中，并且一再浮现于他笔下的故事与人物之上。右派生活的创伤记忆挥之不去，使得他的写作在特定时代扮演了重要角色，但同时也局限在时代之中，就像"摆渡人"的角色本身所内含的吊诡一样：摆渡者永远只能摆渡他人，却无法摆渡自己，

---

① 陈椿年《忆记高晓声》、章品镇《关于高晓声》、陆文夫《又送高晓声》，均见王彬彬编：《高晓声研究资料》，北京：人民文学出版社，2016 年。

② 张春红：《"摆渡"人的"船舶梦"：现代性视域中的高晓声小说研究》，武汉：华中科技大学出版社，2014 年，第 4－6 页。

无法抚慰的精神创伤一直到最后都徘徊不去，他就那样永远飘荡在历史的河流之中，不得停息。虽然，"当我一旦提起笔，我依旧是现实主义者"①。但是在80年代的现实剧变中，高晓声逐渐丧失了现实感，这个时候他时常在文字中发泄满腹的牢骚，仿佛一个令人尴尬的不得志旧文人。从这个意义上来说，他和他的作品都是悲剧。

如同文学史论者对高晓声的定位所说，"他的艺术表现，都或多或少有当时'落实农村政策'的视角的存在"②，他贴着中央的文件精神，并且主动地以自下而上的方式来呼应着中央精神的落实，这一方面固然让他的作品有着时代命题的含义，但另一方面也造成了极大的限制，而他的精神成长也止步在新时期的解放思想和实行家庭联产承包责任制，对于伴随着承包制后迅速兴起的市场社会已经无法进行整体意义上的思考。这源于他的文学观念。"高晓声反复强调自己最关心农民的生存状态，关系农民的房子，关系农民能否吃饱，这种关心建立在一种信念之上，就是文学作为一种工具，可以用来做一些事情。"③显然这种文学观与现代派式的偏向于个人与私的文学有所区别。因而，他所写到的农民其实也带上了意识形态的人格面具，成为一种符合时代逻辑的抽象形象，因而并没有超出政治主导话语的藩篱，所以高晓声的现实关切最终没有走向有历史感的眼光——题材的现实性并不一定意味着审美的现实性——紧跟形

---

① 高晓声：《曲折的路》，见《创作谈》，广州：花城出版社，1981年，第48页。
② 孟繁华、程光炜：《中国当代文学发展史》，北京：人民文学出版社，2004年，第163页。
③ 叶兆言：《郴江幸自绕郴山》，《作家》，2003年第2期。

势与政策，导致了很快他就被读者所抛弃。在艺术形式上，高晓声秉持的基本上是"无边的现实主义"观念，但他的艺术手法与思想资源在"现代派"传入后已经略显陈旧。虽然他一度似乎有审美目的论的尝试，体现在《钱包》《鱼钓》之类作品上，但这些带有民间故事意味的题材与象征手法并没有取得他自己想象中应得的关注。这倒不仅仅是艺术手法上的滞后，而且是由于它们作为去时间化而无同时代感的寓言已经失去了在现实中激起反响的素质。

在 1981 年出版的《一九八〇年小说集》代前言《船舶梦》中，高晓声接着"摆渡"的故事，讲了一个普泉和尚与关公的故事：关羽被砍了头之后四处寻找，不意间坠入凡尘重新投胎，在转世过程中拾到一个头颅，慌乱中装反了方向，面孔朝向背脊。作家作为"摆渡人"受委托要去寻找并开导他，因为面孔背向的人"很容易把背面看成正面……他想起那装反了脑袋的转世关羽，便替他难受，因为一个人怎么能够每天眼睁睁看着自己大便呀！"① 这个戛然而止又看上去莫名其妙的故事，如果联系彼时语境，可以知晓，它呼应的是当时"团结一致向前看"的社会呼吁。高晓声此时斩钉截铁又语带嘲讽地反对面孔背向的"向后看"，正是一种"向前看"的现代化诉求，属于"新时期文学"的历史元叙述。

"新时期文学"的历史元叙述是对于此前时代的集体性的颠覆和对于个性解放合法性的倡扬。这是一种文学的时代语法，固然有其历史合理性，但它的历史合理性是建立在政治合理性

---

① 高晓声：《船舶梦》，见《高晓声一九八〇年小说集》，北京：人民文学出版社，1981 年，第 4 页。

之上的。当文学需要承担时代先声的时候，如果始终走不出来这种历史规定性，它反会成为一种桎梏，高晓声在小说中沉迷于对"极左"的挖苦、嘲讽与批判，逐渐透露出历史认知停滞的迹象和历史判断力的缺失。右派的记忆贯穿在高晓声的创作始终，《我的两位邻居》（1980）中出现了三种类型化的知识分子：自私自利者、无私奉献者和旁观者，他们不同的结局传递出一种愤激乃至市侩式的价值观；《糊涂》（1983）里的作家呼延平对被批斗的历史心有余悸，即便复出后出名了也难以摆脱被大队干部利用的命运。高晓声塑造的这些知识分子总是噤若寒蝉、杯弓蛇影，心理上高度紧张，仿佛动辄得咎，因而逐渐显得庸俗乃至猥琐。《系心带》（1979）是一个典型的"归来者"心语，平反的知识分子李稼夫有着一种历史胜利者的自信："他脸上添加的皱纹并不是树木的单纯的年轮，新增的白发更不是为了显示他的苍老，风霜和劳动给了他智慧，也给了他力量，这里的人民终于教会了他，使他懂得并且坚定地相信，他这个人在任何时候、任何情况下都对人民有用处。"[①]他给自己与"人民"的关系定位是"人民"用线牵住的纸鸢，用自己的知识造福于"人民"。但小说中对于"人民"这种抽象叙述是含混的，这种充满暧昧的表述是平反初期右派作家的常见情形，但在高晓声而言，甚至到了"后新时期"也没有厘清这中间的症结所在，他似乎放弃了关于知识分子描写的这条脉络。

　　农民与知识分子是高晓声一体两面的身份，但他无法真正安心做个农民。在《青天在上》（1988）这部基本上根据自身

[①] 高晓声：《系心带》，《上海文学》，1979 年第 11 期。

下放经历所作的长篇小说中，高晓声对自己的人生经历有个归纳："农民（入学前就喂羊喂兔子）→小学→中学→科学家、工程师、文学家、学者……→牛鬼蛇神→人民公社候补社员→农民"[①]。但回乡务农改造尽管使高晓声重新认识到农民的苦楚并在情感上与之亲近，但他的自视甚高与倔强骄傲并没有被摧折磨损，反倒在平反之后愈加高扬，这一点可以从他一再讲述的关羽故事中看出来。小说中，主人公文清（高晓声的化身）与亲戚聊天说到关公下凡投胎的故事。普泉和尚对关羽说因为他是天上星宿，下凡自然会干出一番惊天动地的事业，但最后会项上人头不保。关羽请教有何解脱之法，普泉说世间难得双全法，因为他所干的事业是让一些人吃苦，叫另一些人快活，许多人会死在他的刀下，自然也不能让自己豁免。关羽被点醒，于是普泉把他安置在一个铁炉中，要熬上一百天把杀性磨掉，以便投胎后安心做个老百姓。但是关羽最终在第九十九天因缘际会从炉中出来，杀性没有磨掉，倒熬成了红脸，反倒更容易被人识别了。这个充满民间智慧的故事并没有出现在《三国演义》里，"自然是那说书的加进去的了。说书人都不是世上得意人，又总自作聪明，看透了人世。这故事无非是一种消极遁世思想，是败下阵来的英雄拿来自慰的"[②]。文清说这个故事时也是将自己定位成"英雄"的，高晓声虽然在文本中让另外几个人物的议论与文清构成了对话，但叙述者本身也有着右派知识分子的强烈情感倾向：既有对历史荒谬的责难，同时对农民的"蒙昧"充满善意的理解和嘲讽。

[①] 高晓声：《青天在上》，上海：上海文艺出版社，1991年，第104页。

[②] 高晓声：《青天在上》，上海：上海文艺出版社，1991年，第103—104页。

　　所以，高晓声在其文学生涯中始终都是一个具有潜在启蒙意味的"探求者"，哪怕他站在农民的立场思考问题，也始终包含着对于农民自身局限性的批判，这也是许多论者认为他具有所谓"鲁迅风"的原因[①]。但我并不认为高晓声在他的作品中显示出了一个有思想穿透力和批判能力的知识分子形象，事实上更多时候他过于贴合在农民的生存与生活实景上，他的实用理性体现为切实生计的改变，无法发现"三农"在新时期变化所内含的深度模式。这个深度模式就是从计划经济时代的集体所有制到改革时代的私有经济转变的历史因缘，以及公私转化中所可能导致的个体化后果。

　　也就是说，高晓声不能理解新中国初期的集体化、合作化等运动是如何急于对"趋向资本主义的自发性"的农民进行社会主义改造。关于这些运动所带来的后果，他和他同时代那些作家都只看到了灾难性的一面，而没有看到集体性力量在另一面所奠定的整体性国民经济现代工业发展框架。这种历史内部的复杂性在新时期文学的历史元叙述中被归来者话语极大地遮蔽了，是彼时文学作品中的通行模式。在一篇回顾中，高晓声指出《李顺大造屋》"牵涉到的历史，不光是解放以后的三十年，还有解放以前的十多年，这一点很重要，光看三十年，不再上溯到四十年、五十年……一百年……是绝对不行的。那就不会懂得解放的伟大意义，就不能理解新旧社会的本质区别，就不会看到中国农民的来龙去脉"。高晓声能够看到中华人民共和国

[①] 时汉人：《高晓声和"鲁迅风"》，《文学评论》，1984 年第 4 期。崔志远：《吴越的精警——论高晓声的"鲁迅风"》，《河北师范大学学报（哲学社会科学版）》，2010 年第 6 期。

成立前 30 年甚至 100 年的经济困顿与中华人民共和国成立后 30 年之间的关系，却没有真正意义上"向前看"，无法理解中华人民共和国成立后的前 30 年和改革开放后他亲身经历的 20 年之间的关联。他对"包产"后的陈奂生们充满隔膜，因为他自己的角色发生了转换："他愈来愈作家化了。"①

"作家化"的背后是整个社会的个体化，在高晓声去世后的一系列回忆文章中，都显示出高晓声颇为精明的经济头脑以及这些经济盘算中滑稽的"小农式思维"。在那些回忆中的逸闻趣事，显示了高晓声作家身份底色中的农民形象，这个早期的"探求者"失去了探求的能力，而它们之所以显得滑稽恰恰是小农思维在当代中国的市场化中面临终结的命运。

"旧人"、牺牲者与小农的终结

在土改与合作化小说中，农民被塑造为充满自信的历史主体，有着普遍的乐观、健康、明朗气息，但在新时期之初的伤痕、反思文学的记忆书写之中，则一转为感伤、哀怨、悲叹乃至怨恨的格调。因为此际关于历史的前理解结构发生了变化，当意识形态的凝聚力与向心力发生位移的时候，折射在文学中的情感结构也随之出现了对于既有意义秩序的颠倒。与合作化和人民公社时代农村题材小说中乐于表现"新人"不同的是，高晓声笔下的最为抢眼的农民则是"旧人"，李顺大、陈奂生们似乎又回到了"沙聚之邦"那种各自为政又卑微可怜的处境之中，完全没有翻身后国家主人的主体性。

---

① 王尧：《"陈奂生战术"：高晓声的创造与缺失——重读"陈奂生系列小说"札记》，《小说评论》，1996 年第 1 期。

　　论者发现新时期的乡土小说中农民在文化性格上出现了全面萎缩的现象。高晓声笔下的李顺大和陈奂生就是典型，李顺大是个"跟跟派"，基本上丧失了独立的人格。但他并非一开始就是如此，而是有两种力量迫使他成为这样：一是空洞的许诺，在他第一次造屋梦破灭之后，区委书记刘清跟他讲"幸福未来"的话；另一种是专政的压力，"文革"中的砖厂造反派以"革命"的名义从他手中骗去了 217 块钱，第二次毁了他的造屋梦。一软一硬的两种力使得他的自尊、自强和自立倍受打击。而"'跟跟派'不断吃亏上当之后，会向两个方向转变，一是向极端利己的方向转化……一是向纯内心的'精神胜利'转化，这是更深刻更全面的人格萎缩"①，陈奂生甚至比阿Q还要怯懦，而江坤大表现得更为明显。《大好人江坤大》（1981）中的江坤大是一个"身强力壮，而且聪明，会动脑筋，很有本领"②的人，但这个聪明人的自尊已完全丧失。这个人物带有民间故事那种大智若愚的意味，他的故事有着类似于阿凡提或者巴根拉仓故事中穷人装傻充愣戏耍富人或统治者的情节，但高晓声剥离了人物的反抗精神，而让他一味唯唯诺诺，丝毫没有对于不公的愤怒或对权势欺压（公社书记、大队副业场场长之类基层权力人员）的不满。"大好人"所代表的是宽厚、包容的传统美德，却屡次受损害而没有补偿，甚至人格尊严全然沦丧，这意味着作为乡土根基的伦理道德的转型。为什么在20世纪80年代"希望的田野上"，却是这样一些精神委顿、主体颓靡的农民呢？

①陈继会等：《中国乡土小说史》，合肥：安徽教育出版社，1999年，第421－422页。
②高晓声：《大好人江坤大》，见《高晓声代表作》，郑州：黄河文艺出版社，1987年，第224页。

　　如果将其原因归为高晓声常说的"封建社会"或者"左倾错误"所造成的"因袭的重负"未免过于含糊和简单。基层政权流氓化的倾轧只是问题的一个方面，其深层次原因源于新型经济模式对于传统农村生产方式的压榨。晚清以来直到民国时代数年外战内战造成的积贫积弱危机，使得新生的共和国不仅在意识形态同样也要在经济发展上获得国际竞争力，为了进行国家资本的原始积累，除了进行私人资本主义的工商业改造之外，还要实现工业化，这就要求有稳定的原料和产品市场，但是它面对的是有着五千年历史的自给自足的小农经济和传统的乡村集市交换。第一个五年计划使得工业劳动力和城市人口大幅度增加，粮食的市场需求导致粮价上涨，政府购买的贸易粮不足。1953年实行的统购统销则一方面"统不了"，另一方面则是政府与分散的四亿农民"交易费用"过高。因此，先后提出的合作化和集体化，试图把自治形态的农村社区转变为准军事化的人民公社，对生产、分配、交换、消费等全部社会资源配置和剩余分配实行计划控制。[①]这个过程中，农民充当了国家整体规划的牺牲者。如果从经济学上来解释，1960、1968、1975年三次"上山下乡"就是面对三次城市经济危机而直接向高度组织化的人民公社和国营、集体农场大规模转移城市过剩劳动力的过程，"政府同时通过加大提取农业剩余来'内向型'地转嫁因危机而暴露出来的工业化和城市化代价。亦即，中国的'三农'不仅承接了当代工业化原始积累的制度成本，而且成为此过程中承受经济危机代价的主要载体"[②]。对于农民而言，最直

---

① 温铁军等：《解读苏南》，苏州：苏州大学出版社，2011年，第14–15页。
② 温铁军等：《八次危机》，北京：东方出版社，2012年，第32页。

接的损害就是工农业剪刀差。"1952 年以来，中国剪刀差的变化经历了两个阶段：1978 年以前逐步扩大，价格与价值相背离，最严重的为 1978 年，剪刀差比 1955 年扩大 44.65％，达 364 亿元，相对量上升到 25.5％，农民每创造 100 元产值，通过剪刀差无偿流失 25.5 元……从 1953 年到 1985 年全国预算内的固定资产投资共 7878 亿元，平均每年 240 亿元左右，大体相当于每年的剪刀差绝对额。可以说，30 多年来国家工业化的投资主要是通过剪刀差取得的，是剪刀差奠定了中国工业现代化的初步基础。"[①]农民是这个现代化进程中的牺牲者，不了解这种政治经济背景，对于农民的精神分析和批判是不公的，正是这种不得已的对内汲取，造成了农民长期在经济地位上的被压抑，从而形成了心理与精神上的衰颓。

统购统销、户籍制度和居委会管理等从经济到组织的政策与制度规划，使得城市成为农村的他者，借助工业化，两者从前现代时期的浑然难分到如今被区隔开来，同时被划分开来的是城市文化与农村文化。"三农"所遭遇和经历的一切都被城市的隐形在场所操控，它们看似自发的行为都不是自主的选择。在文学上突出的表现是"进城"的母题被一再书写，农民在"进城"故事中所扮演的角色、体现的精神风貌和价值准则因应外部社会情势的变化而起伏不定。鲁迅《离婚》（1925）中的爱姑在乡村中是一个强悍农妇，却畏于城中官僚权贵的权威，这可以说是前现代时期自然秩序的结果。而现代文学中的城市在具有进步思想的作家那里，则成为罪恶的渊薮，老舍的《骆驼祥

---

① 严瑞珍等：《中国工农业产品价格剪刀差的现状、发展趋势及对策》，《经济研究》，1990 年第 2 期。

子》里健康茁壮的乡下青年最终在城市中堕落，这已然是现代性城市与乡土田园之间的割裂。无论如何，城市与乡村已经分裂，这种分裂的结果往往是城市对于乡村在文明等级中的压倒性优势。但是在新中国初期，农民的尊严和信心一度获得短暂的张扬。西戎的《宋老大进城》（1955）中的主人公尚有着翻身农民的自信和国家主人翁精神，因为"农业社这块牌子，走遍天下也是硬"，所以他在城里既自豪又傲然，还能理直气壮地批评供销社的城里人。[①]但显然在高晓声的陈奂生那里，那种自信和主体精神不仅荡然无存，甚至充满了对于作为现代性表征的城市的一切的无知与自卑。在城市与农村的地位沉浮中，路遥《人生》（1982）中的青年农民高加林就一心想变成城里人——他想通过进城来改变命运，而不是像柳青《创业史》（1960）中的梁生宝那样试图通过改造农村而改变命运。高加林其实是一种时代精神的象征，从中可以清晰地看到价值观的转型，高加林没有像在合作化时代的小说中那样被塑造成一个被唾弃的负面人物，而毋宁说是一个失败的英雄。陈奂生则是在梁生宝与高加林之间，也即公私之间的一个游离者，对城市充满艳羡，但一方面长久的生存压力所形成的精神委顿已经让他放弃了主动改造自身环境的动机，另一方面也没有新兴的观念来指引他有欲望和野心加入城市之中。

在这里，高晓声显示出自己的情感倾向和认知局限。由于长期生活在农村，深切地感受到"一大二公"制度实行的26年，给"三农"带来的影响无远弗届（由于地域差异所带来的时差，

---

① 西戎：《宋老大进城》，《人民文学》，1955 年第 12 期。

在某些后发地区甚至延续到 21 世纪初年）[①]，因而他能够充满体恤、从而较为深刻地叙述农民的困窘、犹疑、反复乃至抵制。但就此而言，高晓声并没有超过前一个时期那些关于合作化题材的作家作品，因为他的农民都在个人式地"算细账"，而没有考虑到集体与国家的"总账"。当高晓声的农民开始重新像赵树理笔下那些落后分子一样开始算细账的时候，意味着国家意志、集体组织和个人之间发生了分裂，个人开始游离出高度组织化的集体了，这是新时期以来由公向私的一大转型。这源于实践中"一大二公"体制因应时势而发生的改革，而背后发挥作用的无疑是经济上的实用理性。如果按照马克思主义政治经济学对其进行分析，"一大二公"是在生产关系与生产力不匹配的情况下强行推进的举措，有其历史特殊性，也自然会在特定的历史境遇中被废止，但它在人的精神层面和价值取向上产生的辐射性影响则久久不能消散。任何一个有着健全知识和基本良知的人面对农民所遭受的如此巨大损害，都无法不心怀同情。

---

① "土地家庭承包制下，农民的剪刀差负担并未消失。1978 年以后，由于实行了包括家庭联产承包责任制、大幅度提高农产品价格、给农业生产自主权、改革统购统销制度和开放农产品、劳力及资本市场等一系列新的农村经济政策，大大调动了农民的农业生产积极性，劳动生产率得到提高。在劳动生产率大为提高和农产品价格大幅度提高两种因素的交互作用下，1978 年以来工农产品剪刀差逐步缩小。但效果并不理想，剪刀差呈波浪起伏状，从 1978 年到 1988 年，工农产品剪刀差逐步缩小，但 1989 年后又有所扩大；1994 年国家大幅度提高农产品收购价格后剪刀差又开始缩小，然而 1996 年后剪刀差却又回升……1978 年至 1986 年间国家通过剪刀差从农业剩余中年均剪去 700 亿，1987 年至 20 世纪 90 年代中前期每年剪去上千亿元。20 世纪 90 年代后半期，由于绝大多数非农产品已经进入市场竞争决定价格的时代，剪刀差的汲取功能才开始弱化。"巴志鹏：《建国后我国工农业产品价格剪刀差分析》，《临沂师范学院学报》，2005 年第 2 期。

为承受历史苦难的"三农"陈苦情、诉苦状、念苦经是问题的一个方面，另一方面也需要站在更为宏阔的视野中对这种特定历史阶段的困境予以客观的解释。"每一国的人必定是依据他们自己承袭下来的境况、制度和价值观，以他们自己的方式来对待现代化"①，在新中国成立初期的冷战背景之中，立足于世界民族之林的焦虑与工业化进程中的紧张感，使得经济建设不得不采用此种办法，并且带有根治小农经济所有遗留问题的深刻构想在内，正如杜国景所分析，共和国的缔造者们"作为创业者，他们极愿意以中国革命的成功经验作为参照，从根本上彻底解决中国农村、农民和农业问题。对他们来说，'三农'问题的解决，不仅可以稳定政权、恢复经济、支持国家工业化，一举奠定新中国的社会主义方向，而且还是对乡村支援革命的一种情感回报"②。尽管这一举措因为过于激进而走偏，给"三农"带来了沉重灾难，但后来历史也证明恰恰是如此堪称残酷的制度与生存方式转型才奠定了改革开放以后经济迅速崛起的基础。集体的意义就在于整体性思维，即通过组织化的内部协调和局部牺牲来获得整体的推进，但是理性上的全局统筹很难获得超越个体的理解，或者即便理解了，在情感上也难以认同。

值得注意的是，高晓声那里，除了"旧人"之外，还出现了一种有别于土改与合作化时代小说的"新能人"，比如《崔全成》（1981）里的崔全成、《水东流》（1981）中的李才良、《蜂

---

① 费正清：《伟大的中国革命》，刘尊祺译，北京：世界知识出版社，2003年，第10页。
② 杜国景：《合作化小说中的乡村故事与国家历史》，北京：中国社会科学出版社，2011年，第404页。

花》(1983)里的苗果成、《荒池岸边柳枝青》(1984)里的张氏父子。陈思曾对此有所分析，这些新农村中的"新能人"在劳动贬值而商品交换成为主流的获利手段的背景中，有着精明的经济理性——"农业合作化时期的经济理性——'社会主义新人'和旧式农民的差别，更多在强调长远计划、集体协作、技术改良等方面；那么……新时期再度兴起的经济理性，则重点在于'市场交换'的意识"①，而不再像陈奂生那样"投煞青鱼"般地闷头死做。"新能人"们已经抛弃了陈奂生式的旧式小农生产，从集体协作中解放出来单干后，充分发挥主体能动性，并可能具有对商业网络和社会关系的不自觉再认识。"新能人"的出现意味着小农的终结，虽然他们在高晓声的作品中还没有获得个性鲜明的时代形象，但一种社会的"个体化"已经隐约出现在历史的地平线上。这种个体化，如同社会学家所发现的，同样具有西欧个体化的特征：诸如"去传统化、脱嵌、通过书写自己的人生来创造属于自己的生活，以及无法抗拒的更加独立和个人主义的压力"，但也有着中国的特殊性，表现在"中国模式中的脱嵌主要表现在解放政治领域，即生活机会和社会地位的日常政治……个体努力实现自我的首要目标是提高生活水平和社会地位……个体身份认同更多地与要求个人权利和重新界定个人——群体——制度之关系相关，而不是寻求自我相关"②。这是一种中国式的公私之间关系的重新组合，高晓声如实地展

---

① 陈思：《经济理性、个体能动与他者视野——高晓声笔下新时期农村"能人"的精神结构》，《南方文坛》，2016 年第 3 期。

② 阎云翔：《中国社会的个体化》，陆洋等译，上海：上海译文出版社，2016 年，第 312－313 页。

现了这个组合过程的曲折艰难和微观细部。

社会分析小说的得失

从中国当代经济发展史来说，苏南是较早发展乡镇企业的经济较发达地区，20 世纪 70 年代即开始"劳动在厂，分配在队"的乡村工业"以工补农"的生产方式。1981 年江苏省委在常州举行的城市工作会议上就提出发展小城镇的主张，并于 1982 年实行农业体制改革的家庭联产承包责任制，发展"以工建农"的规模农业。这是高晓声写作的背景和题材。社会学家费孝通彼时在苏南调研后比较中西工业化的区别，认为欧洲工业化早期，伴随都市机器工业兴起的是农村破产、农民失地、农业的崩溃，而中国的乡镇工业则体现了一种新的道路，即农副工齐头并进，协调发展："实行几亿农民离土不离乡，积极发展乡镇企业"[①]，这在后来经济学家的总结中被称为"苏南模式"。但在社会学家和经济学家那里，"以工补农""以工建农"或者"以商富农"的归纳，往往缺乏历史进程中亲历者的切肤体验，从这个意义上来说，高晓声担得起恩格斯对巴尔扎克的评价——他确实提供了特定时期大量有关人的情感、经济学和社会学细节，尤其是他的年度小说集，从队办农场、社办工厂比如《水东流》《觅》里的蒲包编织厂，到专业户比如外出养蜂的苗果成、承包鱼塘养鱼的张清泉和张清流，再到村办旅游公司和企业，事无巨细地将苏南农村在 20 世纪 80 年代上半期的变化全面展现出来，具有编年史的意味。

[①] 费孝通：《小城镇再探索》，见《费孝通学术精华录》，北京：北京师范学院出版社，1988 年，第 193 页。

高晓声最为擅长的就是对于社会关系微观细部的白描。他的小说大多有叙事而无描写，大量插入叙述者议论的声音，个人生活领域的事情则较少着墨，如果去除心理描写，简直可以看作是社会调查报告。从艺术手法和文学观念来说，高晓声继承了19世纪自然主义和批判现实主义，但由于认识视野的局限，他选取的题材集中于苏南地区社会底层农民在实行家庭联产承包责任制前后的生产与生活方式乃至精神状态的转型，并且弱化了描写与抒情，更倾向于通过故事来展现社会肌理。与20世纪20年代的"问题小说"或赵树理的"问题小说"不同的地方在于，高晓声的小说并没有提出自己对"问题"的方案和预期，或者说"解决问题"的办法直接来自中央政策，因而他的作品更多显示为一种社会分析的特点，客观表达出计划经济时期绝对化的平等诉求带来的巨大不公，责任主体的缺乏造成的低效率，以及包干到户后激发出来的主体能动性。

"归来"的知识分子在写作时往往自恋于自己所经受的苦难，而容易忽略作为知识分子他者的农民，高晓声是极少数能体察到农民精神创伤的作家。《极其简单的故事》（1981）中原本自尊心极强的农民陈产丙逐渐变得玩世不恭，"对一切都满不在乎"，"一个自信的人失望了，一个认真的人淡漠了，一个勤俭的人懒散了，一个为了保护自己的尊严的人假托在佯狂之中了"[1]，这里有着长期难以施展能力、看不到改变的希望所带来的精神挫伤。造成农村发展停滞的原因，也极其复杂，高晓声对基层权力的毛细血管运作进行了入木三分的刻画。围绕解决

---

[1] 高晓声：《极其简单的故事》，见《高晓声一九八〇年小说集》，北京：人民文学出版社，1981年，第117页。

燃料问题，《极其简单的故事》绘制了普通农民陈产丙、"文革"中靠拳头打出来的大队书记陈宝宝，被下放的"特嫌"知识分子陈文良和公社书记周炳焕这些不同层面人物的行为及行为背后的动机图谱。农民出于自己的经验角度在修建和拆除沼气池的朝令夕改中阳奉阴违地进行消极反抗；大队书记不过是缺乏自主意识、为了捞取政治资本而机械执行上级命令的暴力工具；公社书记则是经历过沉浮的官场油子，一切决定都是对上不对下；知识分子秉持科学精神给更上一级领导写信也没有解决问题……因为有着这种复杂的动机与立场，所以"这简单的沼气，又陷进了政治斗争的纠葛中了"①。"极其简单的故事"之所以被弄得如此复杂，正是由于不合理的生产关系和组织方式。叙述者不断地插入议论，揭示人物的心理，使得文本缺乏含蓄蕴藉，却更为清晰地让看似简单而实则错综复杂的农村各类人物与权力关系袒露出来，"文学性"固然弱了，其社会学意义倒是凸显出来。

农村内部各种力量之间的角力和博弈，夹杂着历史遗留问题和人性本身的阴暗面。《荒池岸边柳枝青》中渔民张炳林一家承包鱼塘养鱼的经历堪称一部小型的村落民族志，他的儿子们之间也呈现出干部的窝囊无能与个体户的勤奋能干之间的区别。从"文化大革命"时期的专业组到责任制时期的专业户，改变的不仅是体制而且是人的主动性：前者因为是大包干，责任主体匮乏必然带来积极性淡薄，并且很容易被掌握一定权力的干部假公济私和损公肥私，而一旦承包后，勤劳致富的希望前景

---

① 高晓声：《极其简单的故事》，见《高晓声一九八〇年小说集》，北京：人民文学出版社，1981 年，第 130 页。

就赋予了人物行为的动力。小说中写到张清泉钻研养鱼事业：
"非常专注，非常勤快，而且总是为未来的工作思考得很周密。
一天有一天的计划，一周有一周的计划。凡是他该做的事情，
都按时严格地去做好它，不再是兴之所至，绝无油滑不负责任
的表现。这种变化，并没有哪一个人做过思想工作，他自己都
没有察觉。经济政策对于社会的作用，其实何止影响到物资，
人们的精神、性格也受它的制约。"[①]有意味的是，这些先行者
靠自身的勤劳与智慧获得丰厚报偿的时候，却遭到了几乎整个
大队农民群体性的嫉妒和仇恨。这种关于"平庸之恶"的描写
无疑是深刻的，小说中尤其刻画了一个流氓无产者金六苟，在
他的漫画化形象中暴露的是农民本身的精神深层痼疾，而不仅
是外部的制度缺陷。

　　与《极其简单的故事》里承包制的推行不同，《极其麻烦的
故事》（1984）已经把农村问题扩展到乡—县—市—省的更广阔
空间，讲述的是筹办农民旅游公司所遇到的"脚比鞋子大"[②]的
问题，即落后的制度跟不上实际形势的发展。主人公江开良属
于"给工作不给职务"的"新能人"，要想办成这件事情，他只
能把"鞋子"穿破，靠个人努力从僵化的制度体系中找到缺口。
高晓声极为详尽地描述了申报成立公司、办理营业执照、建造
房屋和停车场、购买汽车所要经过的乡联经会、乡政府、县交
通局、县计委的层层审批，即便这些办好了，还要申请开辟旅

---

① 高晓声：《荒池岸边柳枝青》，见《高晓声1984年小说集》，北京：中国文联出版
　　公司，1986年，第110页。
② 高晓声：《极其麻烦的故事》，见《高晓声1984年小说集》，北京：中国文联出版
　　公司，1986年，第110页。

游路线、核定客运价格、请领汽车牌照和要求供应汽油，连发售的票证都需要打报告申请，而每一个环节都会遇到颟顸冗钝的官僚的阻挠。这种文牍主义和人浮于事，足以摧毁创业者的热情。但江开良是一个极具意志力的个体，县里的部、局、办各种手续都凭借多年积累的人脉和不懈的耐心办成了，却遇到了买车难的问题。从县里到市里甚至到省里，不同部门之间相互推诿，逼得江开良最后只能靠"走后门"侥幸成功。高晓声淋漓尽致地铺叙了计划经济体制与新兴的市场经济思维之间的冲突，在体制没有转轨之前只能不择手段，而这一切都来自信息不对称，其驱动力也完全从集体（公）转化为个人（私）。

1983 年 9 月 21 日费孝通在南京"江苏省小城镇研究讨论会"的发言中，通过群众语言中的传统分层"城里人""街上人""乡下人"，以"理念类型"的方式划分了苏南经济体制转型里的不同身份层级。[1] 在这个过程中，高晓声着力塑造的是"乡下人"如何成为"街上人"的过程，这是在公私之间或者说从计划经济公有制中分离出来的非公有制民营、私营业主的中间角色。但是，可能与早年在上海法学院经济系就读及后来转入苏南新闻专科学校所受的教育有关，高晓声在从事小说写作的时候，不自觉地扮演了深度报道的角色，在社会分析中往往摆脱不了经济与人的对应论，使人物简化为"经济人"，虽然他也意识到农民在自身成长的过程中有着精神寻求，但没有对这一方面进行深入发掘。

从亚当·斯密到约翰·穆勒和帕累托，"经济人"作为完

---

① 费孝通:《小城镇大问题》，见《费孝通学术精华录》，北京：北京师范学院出版社，1988 年，第 187 页。

全理性和自利的主体成为古典经济学上的重要概念而得到不断生发，这种假设认为当个人私利得到充分发展，才能促进整个公共社会的最大利益化，而这才是道德的人。依照亚当·斯密的理论看来，江开良式的利己心是"每个人改善自身境况的一致的、经常的、不断的努力，是社会财富、国民财富以及私人财富所赖以产生的重大因素"[①]。但这个假设不断受到来自德国历史学派、新制度经济学、信息经济学的质疑和修正，马克思主义政治经济学的批判无疑最为有力，马克思最关键的地方在于指出，"经济人"只是对资本主义经济这个具体总体中的人的行为的抽象说法，而人总是具体的与历史的。马克思的理想设想是"一个自由人的联合体，他们用公共的生产资料进行劳动，并且自觉地把他们许多个人劳动当作一个社会劳动力来使用"[②]。恩格斯进一步勾勒为在以公有制为基础的社会里，"通过社会生产，不仅可能保证一切社会成员有富足的一天比一天充裕的物质生活，而且还可能保证他们的体力和智力获得充分的自由发展和运动"[③]。这种"自由人"设想无疑包含了"经济人"私的一面，也包含了利他的公的一面。以历史唯物主义的视角来看，实现人的个性的全面自由发展的自主权，一定是承认每个社会成员的个人私利诉求，同时兼顾他人与社会（公）的共同发展。

　　以"自由人"的角度来看，高晓声的"经济人"思想和精神

---

① [英] 亚当·斯密：《国民财富的性质和原因的研究》，郭大力、王亚男译，北京：商务印书馆1972年版（1983年第4次印刷），第315页。

② 马克思：《资本论》（第1卷），北京：人民出版社，2004年，第96页。

③ 恩格斯：《马克思恩格斯全集》（第20卷），北京：人民出版社，1971年，第307页。

资源主要是现实的乡土社会变迁和古典人文主义传统，贴近农民，从农民的立场和角度来分析与思考问题固然是他的长处，同时也暴露出其小说无法超越个体狭隘视角的缺憾。一方面他没有意识到的是当制度因应时势变革之时，农民的生产方式与生活方式随之更改，而更为深层的观念、习俗、心理与精神层面则很难达到同步；另一方面是由于时代的局限性，过于强调私的一面，而将公的诉求和可能性搁置起来，忽视了塑造新型经济结构中的农民形象，关于农民的未来与农村的命运，无法在社会分析中体现出来。由于乌托邦精神的丧失，使得高晓声没有想象未来图景的能力，因而无法在文本中建立起一种新的意义秩序，只能因循从上而下的政策去规划与勾勒自己所面对的现实场景。

当然，我们不能苛求一个作家的高瞻远瞩，他的得与失都体现为特定的历史规定性。高晓声一直保持着对于当下时代的敏感，但这种敏感止步于包产到户。在后续的陈奂生系列小说中，陈奂生从社办企业活动中浅尝辄止——他的活动仅限于传统熟人社会的关系学，而转为"种田大户"。1981 和 1988 年高晓声两次去美国访问，根据那个经历 ①，他还虚构了陈奂生出国的故事 ②，但彼时的陈奂生已经再无活力，形象固化在"上城"时节，成为一个中美文化对比的概念化符号了。1989 年发表的《美国经验》是高晓声最后一篇关注现实的重要作品，其中关于"脑体倒挂"、关系学和贷款"劫贫济富"的观察颇具症

---

① 高晓声：《寻找美国农民》，见《高晓声散文自选集》，北京：作家出版社，1998 年，第 249－254 页。

② 高晓声：《陈奂生上城出国记》，上海：上海文艺出版社，1991 年，第 133－222 页。

候意味："市场上最贵的不是劳动，不是技术，甚至也不是权力，而是关系。大关系出大价钱买，小关系出小价钱买"，说明金钱社会确确实实已然到来。"文革"时候的大队书记张志东摇身一变成了市场时代的弄潮儿，"学'美国经验'，拉大场面……办厂的经验就是借债、发展、再借债、再发展……"，这一切让只有书生之见的"我"目瞪口呆，现实与记忆搅和在一起，"在脑海里翻腾，绞来绞去，就像龙卷风旋起了一根通天大黑柱，那里边什么都有，只是辨不清哪些最黑"。[①]高晓声无法处理这些琐碎庞杂的新时代信息，事实上它们本身就是道听途说而来，因而小说就像他之前的作品一样，无法给出结局，只能仓促结尾。截取生活的横断面，作为一个社会切片进行展示，是高晓声一贯的写作模式，然而到日益纷乱庞杂的大转型之时，他无力像对他所熟悉的农民农村一样进行整体性把握了，此后虽然又陆续写了一些短篇、散文，但无论从他个人的创作生涯，还是从文学史的角度来说，都可以忽略不计了。

结　语

在同时代老友的评述中，高晓声"从一个角度写出了新社会诞生的阵痛，一幅伴和着一个新生命出现的满是血和泪的画面。他写出了以新面目装扮了的、苟延残喘已达数千年的'未死者'，固执地恋栈不去；他写出了从旧的胎盘中培育出来的'方生'者，由于先天不足，又是那样的荏弱。这就决定了一个

---

① 高晓声：《美国经验》，见《新娘没有来》，北京：华艺出版社，1993年，第53、
59、55页。

历史阶段的进进退退，从而产生许多悲欢离合。"① 可谓中肯之论，高晓声是一个时代的及时记录者，让读者可以窥见生产力与生产关系不协调所造成的公私转化中的艰难。在研究者看来，"高晓声的小说基本上是和赵树理的小说相似，试图概括农民的历史命运和生活现状，以强烈的人文主义精神来为农民请命。他们的主题辐射面是一致的，然而其深刻性却有深浅。前者善于将悲剧当作喜剧来写，充满着反讽的意味，从而使其乡土小说的主题内涵进入一个深层境界……虽然高晓声的乡土小说也是缺乏风俗画和风景画作为美学的底色，然而他所透露的深刻哲学意蕴和思想力度，则是明显向着'鲁迅风'回归的。但必须指出的事实是，为何其后来的小说被读者所抛弃，被更多更深刻、又更有美学价值的乡土新作所替代呢？其中忽视了风俗画、风景画以及异域情调的氛围营造，应是一个重要的因素。"② 其实这只是部分原因，高晓声本来就不着意于美学建构，他更倾向于对于农民现实命运的参与式讨论，他的人物形象尽管有着鲁迅式"国民性批判"的形迹，但更多还是如同赵树理一样长于并乐于做社会分析。当外部社会形势再度发生变化，而他无法与时俱进时——对于有限个体而言，永远保持与时代同步几乎不可能，注定了他终将会是一个时效性作家。但是反过来说，其实任何作家都是历史的，无法要求他的作品具有某种永恒的普世性，评判他只能以他在他的时代所取得的效果。

高晓声观察并分析了亲历的不同时期上层经济体制转型对于先发地区农民的方方面面辐射性影响，留下了学术研究与

① 章品镇：《关于高晓声》，《人物》，1981年第1期。
② 丁帆：《中国乡土小说史》，南京：江苏文艺出版社，1992年，第180页。

历史记载所难以触及的细枝末节，尽管其人物形象塑造略显单薄，并且缺乏展望未来的愿望和高度，但对于社会结构、组织方式与现实运行条分缕析、细大不捐的分析足以让他成为在公与私、个人追求与国家关照、社会关怀与审美自足之间颇具特色的存在。考察高晓声的个案，可以清晰地看到从社会主义中国初期以公代私举措对分散、孤立的小农经济的组织、动员和调控，到改革开放时代公私兼顾对于不符合经济实践的计划体制的调适和溢出于僵化制度的生产力的解放，再到市场经济全面到来之际暴露出来的个体化和私己观念对社会结构和人的精神面貌的负面影响。公与私之间波浪般起伏的力量消长，不仅关乎国计民生的衰荣兴颓，更会对整个社会文化和价值观念产生潜移默化而深远持久的影响，"三农"问题依然是中国当下利害攸关的重大问题，重新反观高晓声及其创作，汲取其成败得失，或许可以为未来文学书写农业、农村和农民辅以镜鉴，为勾勒与想象"新时代"的中国文化形象和价值提供参考。

第三节 底层文学的拓展

底层文学是21世纪以来颇为引人注目的文学现象，但是无论左翼文学的脉络还是人道主义文学的传统都不足以支撑其这种书写——它们很容易落入怨恨或者忧郁的情感结构之中，变成一种宣泄与感伤。作为一个卓有建树的批评者，李云雷以倡言"底层文学"知名，但并没有停留在理论与批判层面，而通过自己的创作实践做了推进。他对自己的小说创作也有着明确的自我判断："在当下的文学境域中，我的小说大概可以说是一种'为人生的文学',我在写作中注重人生体验,注重生活的不同侧面,我的写作本身也可以说是一种寻找道路的尝试。如果从一个批评家的角度,我会对自己的作品做出这样的批评:这些作品大多沉浸在过去生活的回忆中,与现实生活较为隔膜,但也表现了一个小知识分子的生命感悟,及其对理想世界的追求。"这大致是一种清醒的认知,某些时候显得有些谦虚,事实上一切回忆总是基于当下,因而回忆虽然注目过去,指向的却是当下。尽管个体的生命体悟和社会经验不免单薄,但是文学的特异之处也恰在于,可以通过想象去观察他人的道路与另外的世界,以同情的态度去理解与建构理想的蓝图,"甚至可以在虚拟的文字中去体验别人的生活,同时对自己的路以超然(或间离)的态度加以审视或反思"。因而他"所写的虽然是过去的生活,但却是对当前精神问题的回应,我想在这样的写作中才可以明白自己从哪里来,要到哪里去,才能在精神的碎片中重建一个稳定的内在自我,以应对当前的诸种问题"①。

他的写作在某种意义上是在实践自己提出的"重申'新文学'的理想"和"清醒的现实主义"②。因为这个时代陷入了"后革命氛围"和主体性的弥散,文学曾经拥有的"先锋性、精英性和公共性"③,蜕化退归为一种"内心风景","以文为鼙帨绤绣之玩,而学为斗奇射覆之资,不复计其实用"④。这种文学实践在一种甚嚣尘上的文学自主性和独立性的话语之中,反倒

---

① 魏冬峰、李云雷:《为什么一条路越走越远》,《湖南文学》,2011年第5X期。

② 李云雷:《重申"清醒的现实主义"》,《人民日报》,2015年2月6日。

③ 李云雷:《重建"公共性",文学方能走出窘境》,《人民日报》,2011年4月8日。

④ 章学诚:《文史通义》,北京:中国戏剧出版社,1999年,第74页。

成为毋庸置疑的文学政治正确的前提，反观五四时代和 20 世纪 80 年代初期的新启蒙时代，简直让人恍如隔世——文学再也无法起到引领潮流、发时代先声的作用，而无边的现实似乎已经远大过于文学书写，让它日益"边缘化"了。应该说，文学的自主与独立背后隐含着的去政治化已经严重戕害了文学自身，让它成为可有可无的文化点缀，突出的是审美性、娱乐性和商业性，而弱化了其认知性、教育性和创造性。在这种背景下看李云雷的小说创作，无疑有种逆流而上、重建文学主体性的意义，并在这个过程中通过对民间叙事与革命文学传统的接续，拓展了已经呈现模式化趋势的底层题材书写。

回眸底层经验

在最初的批评实践中，李云雷以"底层文学"批评知名，虽然他并不认为自己的写作是"底层写作"，但进入的角度无疑首先来自个人的真切人生体验，这种体验更多是童年与少年时代的底层经历。他曾经严肃讨论过"一个创作者是按照个人真切的生命体验与情感体验去写作，还是按照既定的美学标准去写作"[1] 的问题，答案显而易见。因为在他看来，只有与生命体验密切相连，才能让作品元气淋漓、生机勃勃，而不仅仅是某个心造的苍白文本或者跟随某种既定美学程式亦步亦趋生产出的批量制品。基于这种理念，他的小说很多时候读上去充满了自叙传色彩和非虚构意味，经常性的第一人称代入与大量素朴的写实细节，让小说的虚构意味和技巧展示淡化至不着痕迹。

---

[1] 李云雷：《"文学"与我们的生命体验》，见《重申"新文学"的理想》，北京：北京大学出版社，2013 年，第 113 页。

换句话说，"怎么写"在他这里并非不重要，但更重要的是"写什么""为什么写"和"为谁写"。为了创新而创新只会造成对于技巧的过度依赖和日趋精致却丧失生命原力的文胜于质的作品，这在文学史上不乏其例，而当下的文学创作恰恰面临的是对于时代重大问题的失语和脱离最大范围受众的问题。因而，尽管从初衷来说，李云雷是为了通过文学来塑造一个连续性的内在自我，客观上却在于重建文学的社会联系。中国与世界都在经历着巨大的变革，"这个中国是陌生的，这个世界也是陌生的，其至连我们自身也是陌生的，我们还需要时间去重新认识自我与文学，重新认识中国与世界"①。重新认识自我是重新认识中国与世界的起点，对于李云雷而言，其基础就是他的童年经验与记忆。

童年伴随的是乡土生活，它们的过去，意味着曾经的经验在当下的消逝，但李云雷让它们在文本中复活，进而也复活了连接着更广泛的时代共同记忆和共通的情感。《梨花与月亮》②就是一段平常的少年记忆，表哥与不知名女孩的清白纯净的感情如梨花般在时间中自然凋落，令人怜惜，却又坦荡如明月，留下持久的惆怅与缅怀。《电影放映员》③中有着不经意中的惊心动魄，小姨的爱情可能仅仅是因为一个孩童的漫不经心的偶然性无疾而终。但最后小姨的生活也并没有因此坠入浪漫破损后的悲惨境地，而成为普通平凡的日常生活。多年后想起那个有

---

① 李云雷：《我的文学批评之路》，《当代中国文学的前沿问题》，济南：山东文艺出版社，2017年。

② 李云雷：《梨花与月亮》，《人民文学》，2017年第2期。

③ 李云雷：《电影放映员》，《人民文学》，2016年第4期。

着一双剑眉的电影放映员，"我不知道我小姨和他之间有没有感情，有没有故事，有没有撕心裂肺的往事，我也不知道，我隐藏的那张纸条是否改变了我小姨的命运，但是这个模糊形象在我脑海中渐渐清晰，让我意识到我小姨完全可能有另外一种生活，另外一种人生，而多年来我已经习惯了的这个稳固的家庭，或许也只是无数偶然所构成的一个必然"。这里显示了李云雷知识分子式的反思与自省，他摆脱了浪漫主义的矫情和戏剧化，让一切归于生活本身的自然逻辑。

在这些作品中，李云雷几乎放弃了虚构文体的各种技巧，那些技巧经过 20 世纪一系列文学流派、思潮和运动的洗礼已经趋于精密、细致乃至完备，但如果要贴近性地将生命体验呈现出来，最根本的是洗尽铅华，回归本心。所以，李云雷的小说很大程度上有种散文化的倾向，在叙述中总是不自觉地夹杂大量的乡土物事的注目式描写，那些习俗与物象可能已经消逝，也正因为它们的消逝和注定要消亡而在文字中进行刻意的留存。无数在情节中旁逸斜出的闲笔和时不时跳跃出来的议论，使得叙事者更像是一个观察者和记录者，而卒章显志式的结尾几乎已经形成一种模式，叙事者直接出来进行思考、引导和总结，力图让那些散碎、凌乱的乡土人物与故事在大历史的框架中显示出其不可磨灭的印记。

《红灯笼》开篇就是对于腊月里扎灯笼的工笔细描，附带着的是对"认老礼，讲直礼"的俊江大爷的烘托。俊江大爷与他的灯笼都是乡土中国的根性所在，因为他们的存在，使得宏大政治话语和革命意识形态内在包含了具有"乡里空间"意味的独特性。比如土改时候，俊江大爷理解不了农民为什么就能分主家的土地，也区别不了工作组与土匪之间的区别。但这个未被启蒙的农民并不是愚昧，而是厚道人心的所在，因而才会发生他偷偷将分来的衣服和粮食送回给地主的情形。当被支书责骂时，他的反应是："你想骂就骂吧，反正我娘就是你婶子，骂我也就是你自个儿。"此刻身为地主的二力爷爷倒充当了劝架的角色："别骂了，都是自家兄弟，打断骨头连着筋……"只有在熟人社会的乡村共同体中，才可能出现这种混杂着血缘与共同文化价值的情感连带与新兴意识形态之间的矛盾纠葛。这种情感连带与对于土地的感情关联在一起，是老中国的最后孑遗。当乡村经历了工业化和商业化的侵袭之后，这一切才会土崩瓦解。"我不知道对于俊江大爷那一代人来说，土地意味着什么？对于我们这一代人来说，那时候我们虽然吃得不好，但也已经能够吃饱，长大后，像我和黑五，都离开了家乡，在城市里漂泊，而留在乡村的伙伴，种地的也越来越少了，打工的，做买卖的，跑运输的，各有各的活法，各有各的活路，但各种活法离土地都是越来越远了。我们不能理解他们对土地的感情，他们的感情是浓厚炽烈的，爱恨交织纠缠在一起，他们从土里刨食，靠土地养活了一大家子人，但是为了生活，他们又在土地上付出了艰辛的劳动，土地紧紧束缚着他们，榨干了他们的汗水、泪水和血，他们一辈子也走不出土地。千百年来，我们的祖先就是这样生活的，他们也是这样生活的，但他们可能是最后一代这样生活的人了，时代变了，他们的后代也变了，现在我们走在一条新的道路上，但是我们的道路将通向哪里呢？"生活方式的多元化，意味着从古老的农耕生产中的解放，但解放一方面意味着自由，却也带来了无根可依的恓惶。土地的丢弃是因为农业在新经济模式中的贬值，而农业的贬值必然带来的是农民以及农民所承载的文化价值观念的地位的降低。俊江大爷手工制作的放置蜡烛的红纸灯笼曾经适应了京剧《红灯记》所传达的理念，但在批量生产的绸布电灯泡灯笼面前变得土气而不合时宜，将要被淘汰，可以说直观地隐喻了这种局面。如何应对这样的趋势，是俊江大爷、二力爷爷都无法解决的，"我"这样的新一代同样处于分化之中，原先共享的观念消退之后，尚未建立起一种共同价值。虽然在"我"看来，俊江大爷悬挂在竹竿上的一盏红灯，"像一个小小的火种"，但这个火种如何延续，如何在变化了的现实中得以转型，则依然充满了未知之数。

风起于青萍之末，细微的乡土一角也能折射出大时代的风起云涌。而这种社会结构性的波动，也会深深触及人的心理与精神层面。《织女》[①]涉及乡土情感结构的嬗变。芳枝、桂枝姐妹的一辈子爱恨情仇就充满了复杂性。原本家中给芳枝相亲，不料对方却相中了桂枝。"那个时候，我们乡村里很重视婚丧嫁娶，但也有不少变通的途径，'姊妹易嫁'的事情也并非没有，比如姐姐去世了，妹妹嫁给'姐夫'，这样还可以更好地照顾姐姐留下的孩子，再比如男女双方相亲，男的长得不好看，就让同族中长得体面的兄弟代他去相亲，女孩相中了这个小伙子，嫁过来才发现嫁的另一个人，等等，类似这样的事情也很多。"妇女的附属化与无主体性，很容易遭到来自女权主义的猛烈抨击，但是脱离中国实际的理论高蹈并没有建设性，李云雷带着

---

① 李云雷：《织女》，《中国作家》，2017 年第 2 期。

充分的理解，表达出了这种"陋俗"的复杂性，它也夹杂了传统与情感因素，考虑到乡土的现实，很难进行简单化的批判。然而，这种事情在乡村惯俗中本不算什么事，但对于牵涉其中的个体的心灵伤害却非个中人难以体会。尤其是对于单纯的心灵而言，更是如此。"我们村里人和城里人不同，城里的人今天爱，明天恨，变幻不定，很脆弱，但我们村里人的情感是稳定的，爱恨都是一辈子，有的甚至会传到后辈，世代交好，或者父仇子报，只是这样的情感太沉重，浓烈，执着，我也有点不适应了。"芳枝一辈子没有再与桂枝说话，直到桂枝去世，但是这并不意味着她对妹妹没有感情，只是这种感情暴烈又隐忍，因为纯粹故而更持久恒定。这是一种未经世故和功利濡染的真性情。

但无论是俊江大爷还是芳枝，他们都是急剧变化来临时候的残余，是一个时代行将消失的表征。如果说内心的道义与情感坚守尚属于较为稳定与迟缓的部分，外部社会的变迁则早已沧海桑田。《林间空地》①是对少年时代一块空地的回忆。那片树林与空地在父亲那里与"我"这里有着不同的记忆印象。"在我之前，这个世界就已经发生了变化，他们将一个变化了的世界带给我们，但世界并不会停止，而是将继续变化，正如我们的土地变成了工厂，我们的树林变成了市场，我们的小河变成了景区。在沧海桑田的巨大变幻中，那片林间空地，老槐树，小水潭，采蘑菇和木耳的时光，或许只是一个脆弱的梦，纵使这个梦在宇宙中渺若微尘，在时间长河中稍纵即逝，却是我在这

---

① 李云雷：《林间空地》，《芙蓉》，2017年第1期。

人世间最值得珍爱的。"这是一种切实的当代感受，也是对历史的认知和体验：世界川流不息，在变动不居中把握那些美好与纯真。这就是李云雷一再强调的生命体验，这种体验极为个人化，也深具共通性，进而升华为普遍化的人生感与历史感。

民间的星火与薪火

在体验到的断裂性变迁之中，个体如何应对？这便是如何讲述新的中国故事的问题。"文学上的'中国道路'，正与社会现实中的'中国道路'一样，既应该突显自身的独特之处，也应该对世界秩序造成根本性的挑战，使之更趋于公正、合理，而不应该以既定的西方标准来加以衡量。但在这里，我们并非是简单地以'民族性'或'特殊性'来否定'普遍性'，而是希望在'民族性'的现代化转型中，能发展出自己的'普遍性'，这既不同于传统的'民族性'，也不同于现存的'普遍性'，而是一种全新的创造，是在'民族性'与'普遍性'的相互融合中，创造出多元文化中的一种。"[①]讲述新的中国故事需要新的方法。在形式与语言上，李云雷回归到传统尤其是民族形式的素朴讲述———一种"我手写我口"的当代形式。在他的小说中可以看到一种类似于赵树理式的化用日常用语又将其日常用语提炼为明净、精炼而妥帖的风格。

这种风格体现为李云雷总是将一个小说最大限度地还原成轻松而又带着浓烈主体反刍意味的"讲述"。这种讲述极具代入感，仿佛闲谈与交心，而讲述的故事内核则是关乎民众切身

---

① 李云雷：《如何讲述中国的故事》，《上海文学》，2006 年第 11 期。

体验的社会现象与问题，比如乡村的城镇化、人口的流动、纯真的丧失。在语言与叙述两个方面，都具备了与民众的贴近性，但这种贴近并非刻意迎合某种低俗趣味，而是本其所然的真挚，因而没有成为"大众文学"——我们时代意义上的"大众"更多是商业社会意义上的消费大众，而不再是社会主义时代的"群众"。所以，这种"讲述"无法用"雅"或者"俗"来进行分析，而更适合用"诚与真"，他将叙述者的姿态和眼光放置在与读者的对等位置。因而，他的作品中的"我"并非"大众化"或者"化大众"的知识分子，"我"可能具有外在的知识分子的身份，但无论出身来路还是情感归属都是民众中的一员，"我"的讲述就是由民众来讲述自己的故事。

由民众讲述的故事与精英讲述的故事区别在于，"我"可能具有被精英尤其是晚近 30 年的文学精英所抛弃或风情化了的底层文化传统。在李云雷这里，底层文化传统尽管被一度遗忘与扭曲，却也显示出它具备可以激活的因子，其最主要和直接的精神依托来自民间。《小偷与花朵》中，哪怕是地位最为卑微贫贱的小偷小泽心中也有残存的美好与向往之物，它具象为就算在暴风骤雨般的拳打脚踢中仍然守护着手掌中熠熠生辉的凤仙花。小泽难免让人想到意大利新现实主义电影《偷自行车的人》，这样的社会边缘人并没有被处理成阴暗、堕落与下流的存在，而是带着家庭与社会的阴影。《乡村医生》[①] 写的是铁腿他爹与顺德爷爷，两个人既是竞争对手，也是共处在盘根错节的乡土社会中的沾亲带故的乡民。在命运的起伏不定中，铁腿他

---

① 李云雷：《乡村医生》，《青年文学》，2017 年第 2 期。

爹出轨出走，他娘突然亡故，一个平静的家庭瞬间濒临绝境，在这种近乎最底层的境地中，曾经有过龃龉的顺德爷爷搭救了病重的铁腿，而他最终通过自己的努力让自己和妹妹都过上像样的生活。因而小说的主人公其实是铁腿，一个普通的乡村少年在面对生命中最重大变故的时候依然秉持传统美德，坚韧求生，他这样的人就是民间中国顽悍雄强的生命力所在。

铁腿的生命力是广布在大地上的中国元气所在，贫瘠的土壤同样能孕育钟灵毓秀的种子，他们只是需要某个天机触发的机缘。《哈雷彗星》①里的民办教师吴老师可能就是这样的一个机缘。他是一个来自乡间的启蒙者，带给了农村孩童一个仰望星空的新的世界，虽然他因为与董老师的婚外情而落魄漂泊，最后泯然众人，但给孩童的启示却历久弥新。"如今，哈雷彗星已经飞走多年了，我已不再是一个少年，但我时常回想起吴老师，想起他风度翩翩的样子，我觉得他让我看到了这个世界的奥妙，也给了我一种哈雷彗星的眼光，让我在尘世中漂泊的心灵，可以看到哈雷彗星，可以从哈雷彗星的角度远远凝视着这个不断变化着的人间。……我知道那些过去了的日子并未消逝，就像哈雷彗星一样，我们平常不会清晰地感觉到，甚至也不会想起，但是它们隐藏在遥远的地方，而在某一个时刻，它们就会像哈雷彗星一样突然出现，让我们的生命绽放出璀璨的花火。"吴老师这样的人并不是一个完美无瑕疵的英雄人物，甚至按照世俗的标准是一个生活的失败者，但是在某一个阶段和瞬间，却是蒙昧中的一束光亮，点燃懵懂心灵中的理想主义热

① 李云雷：《哈雷彗星》，《江南》，2016 年第 6 期。

情。这些失踪的或者说失散的启蒙者，是普通民众中的一员，对于一个敏感的心灵而言，正是他们构成了世俗社会中日益稀薄的超越性想象。

贫乏处境中的精神生活一向是被文学忽略了的角落，在启蒙精英文人那里，农民因为过于艰苦的劳累而变得麻木迟钝；在社会主义早期的农村新人中，他们的精神世界更多为外部的宏大世界所鼓动和主宰；而20世纪80年代文学中雄心勃勃的农村青年则如同巴尔扎克笔下的外省青年一样一心向往的只是进城，去拥抱一个"现代化"的想象图景，他们的精神被片面化成了某种进取精神；在李云雷这里，农村子弟真正意义上获得了由内外部交接而萌生的精神需求。《我们去看彩虹吧》中的小锐就是这样的底层女孩，因为家庭变故，父亲再婚，而失去了继续求学的机会。但是她在穷乡僻壤中仍然有着学习英文、阅读诗歌的爱好，这些爱好并不能带来任何功利上的作用，反倒使她成为一个格格不入的存在。她是一个有梦想的人，自己退了婚逃离家乡，改变了自己的命运，尽管她的命运事实上暧昧未明，但在作者的乐观与祝福中，她去了南非那个彩虹之国，就像童年一样，"她站在一座小桥上，看着彩虹从天边升起，久久地凝视着这天上的奇迹，在她的面前，一扇神奇的大门缓缓打开了。"只有心怀天上的彩虹的人，才有可能创造地上的奇迹。这也寄托了作为知识分子的李云雷的美好期望。

但是民间底层的星火如果要获得持久的热力，还需要接续前代遗产的薪火，尤其是理想主义的遗产。《草莓的滋味》[①]值

---

① 李云雷：《草莓的滋味》，《人民文学》，2017年第6期。

得一提，这是一个关于初恋题材的故事。与 21 世纪以来流行一时的"青春文学"不一样的地方在于，小说里面的中学生有着走出小我情调的大关怀："我们关心的都是大问题，中国向何处去，历史在这里沉思，这样的问题最能够激动人心，引发我们之间的辩论。……虽然我们的知识还不够，但总感觉这个世界在变，感觉这个世界与我们有关。"在面对竞争共同喜欢的女孩爱情的时候，"我"的内心斗争和矛盾冲突带着青春期的混乱，小说给出了开放式的空间，让读者自己猜想故事的结局。这个小说的背景正是苏联解体不久，海湾战争爆发，国内是反和平演变，这些看似宏阔不着边际的事件，也会波及偏远乃至偏僻地方的少年。在这里，显示了李云雷的开阔。这里的少年完全不同于此后迅速占据了消费社会主流的"个性一代"，那种个性一代以利己主义和个人主义作为合法性的证词，只关心一己的欲望和情感，而疏离了集体、民族国际和他人的世界；而"青春"似乎被感伤、忧郁、背叛所充斥，并且"青春"仿佛只被某些群体所拥有，他们集中在中产阶级和小资产阶级的孩子那里，底层的青春隐遁无形。那些被遗忘的青春，第一次在李云雷这里获得了显影，我们看到一个充满激情和冲突的青春，虽然也遍布了犹疑、狭隘、浪漫，但并不流于低迷、颓废，更多是"阳光、健康与自信"。这个青春题材的小说走出了 20 世纪末"70 后"卫慧、棉棉的颓废，也不同于 21 世纪"80 后"的故作姿态与市场世故，接续了五四的自我反思与批判以及杨沫与王蒙的"青春之歌"式的内外部自我成长。

寻路与速朽

李云雷有一种自然而然地将个人经验、个体感受转化成宏大命题，连接上广阔历史的能力。一般而言，个体经验与大历史与大时代的对接很容易显得机械与僵硬，必须找到一个恰切自然的连接点。李云雷的连接点就在于叙述人的诚与真，他的不断的自我砥砺、反省与顺其自然的成长。《暗夜行路》①写少年骑车上学，经过幽僻小径时的恐惧，而克服恐惧的方法是"不断地想起那些英雄和伟人，召唤他们的英灵，在他们的激励下勇敢前进"。"我"不仅自己这么做，还鼓励同学小霞这么做。在那个纯真年代，两个人朦胧的好感被人生的偶然性打破，但是留下了共同的记忆，那是暗夜行路中的彼此照拂。其中的一个细节特别意味深长，两个人在分别前，小霞送了"我"一盒《小路——苏联歌曲精选》，而那一天也正是苏联解体的时刻。偏僻中国乡村少年的人生与世界历史的重要时刻几乎无缝对接。但是身在历史中的人并不了然历史的行迹，也如同在暗夜中的行走，就如同《小路》那首歌所唱："一条小路曲曲弯弯细又长，一直通往迷雾的远方……"这个细节看似极为突兀，但是在作者营造的近乎自然主义的叙述当中丝毫看不出刻意，他在这里激活的是红色革命的遗产。

许多年之后，小霞在英国成了一个女性主义者，一个马克思主义者，两个人相逢一笑，说起往事，如果当年小霞不转学，两个人可能成为革命伴侣，但是如今也不错，是革命战友。

---

① 李云雷：《暗夜行路》，《当代》，2016 年第 6 期。

小说以一个开玩笑式的对话结尾：因为少时"我"不善言辞，也不会唱歌，所以小霞问到"我"是否还怕走夜路的时候，"我"回答虽然害怕，却学会了一首新歌："抬头望见北斗星，心中想念毛泽东，想念毛泽东，迷路时想你有方向，黑夜里想你照路程。"这显然不是一首新歌，"我"之所以唱起这首歌，无疑是出于卒章显志的需要："我们好像又回到了那个小县城，回到了历史终结之前。在我们的歌声中，车子穿过了狄更斯的伦敦，穿过了愤怒的青年的伦敦，在车子开到伦敦桥之前，我一直在想，如果我们沿着这条路一直走下去，会不会有一个更好的未来。"这个貌似随意的小说大巧若拙，始终围绕着暗夜行路的主题，也即个体在历史中的道路选择问题展开。主题明确的小说往往不讨巧，很容易显示出匠气，但李云雷的巧妙之处就在于他总是从"我"入手，从体贴入微的共通性体验和情感切入点题，这是无声无息的召唤和潜移默化的说服。

"暗夜行路"的意象极其鲜明地刻画出历史混乱时代作为历史主体的人的追求与迷惘。土地流转一直是关乎中国政治体制和经济转轨的核心性命题，但是历史的曲折和现实的复杂，让所有人都无法清楚地进行断言，这个迷惘的现状和情绪突出体现在《三亩地》[①]中。同学二力的爷爷曾经是被批斗的地主，土改的时候别的地都分了，但是留下了他家的坟茔地"三亩地"；合作化时候将"三亩地"入了社，家庭承包联产责任制时代那块地建了学校，但栽的枣树都归二力家。二力如今成了工厂老板发了财，花钱从村里买回地盖了"我们村独一无二的一

---

① 李云雷：《三亩地》，《当代》，2016 年第 6 期。

座三层小楼",并且围上了电网。而合作化时代曾经的权力主宰的老支书衍奎大爷如今成了二力家的门房。这块地的变迁及与之伴随的人事嬗变,可以说是20世纪历次革命、运动、改革的具体而微的见证,而人物关系的沉浮不定,也正是激烈变革的时代景观的微缩景象。小说还预示了新一轮土地流转的可能性:二力准备投资搞有机农业,这样一来,不仅本村,周围的几个村都将成为他的产业的组成部分。"我站在树下,看着黑暗中的三亩地,想着这块土地上的百年沧桑,不仅悲喜交集,那些熟悉和不熟悉的人影,在我眼前一一闪现,我看到了他们,看到了风雨飘摇中的命运浮沉,看到了无限遥远的过去和未来,也看到了正从我身上走过的历史的脚步。这时雪下得越来越大,慢慢沾湿了我的衣裳,夜色中的世界越来越白了,我一时竟不知该往何处去。""不知该往何处去"可能是当下任何一个有现实关怀的知识分子都面临的困境,社会结构的转型重组让既有的理想蓝图归为幻灭,充斥在整个环境中的是个人欲望、金钱崇拜、权力诉求,唯独缺失了集体、互助、团结和奉献,那些革命的遗产流散在岁月辗转之中,身处资本倾轧笼罩的潮流里,困惑与迷惘并存。

我们可以看到,在二力的所言所行和"我"所思所虑之中,历史并没有终结,它只不过表现为另外一种方式。资本以及随之衍生出来的权力日渐主宰着从城市到乡村的日常,带来的是弱肉强食的丛林法则成为通行语法。如何突破这种统摄性的话语,在李云雷看来也许必须重新召唤出民众的觉醒。《再见,牛魔王》① 就是一个超现实的意图明确的写作。曾经的反叛者牛魔王意识到"现在最关键的不是大闹天宫，甚至也不是把天堂——人间——地狱这个构造简单地颠倒过来，从他们压迫我们变成我们压迫他们，而是重建一个怎样的天堂，重建一种怎样的神、人与魔的关系？"牛魔王看到动物园中被奴役的动物，心中想道："在他们的心中还有山林、草原和海洋，他们想在山林中呼啸，在草原上奔跑，在海洋中自由自在地遨游，这是他们不能泯灭的梦想。是的，我所要做的就是唤起他们的意识，改变他们的命运。"在虚实之间，牛魔王成为一个革命者的当代化身，他明确意识到必须重建关系性结构。至于重建的动力和召唤的资源，李云雷在《富贵不能淫》② 中给出了一个想象中的尝试性答案。小说将现实中的"舅舅"、梦中的白胡子老头以及历史中的孟子关联起来，其实是把民间德性与传统文化中的精髓嫁接在一起，作为重新出发的基点。虽然"一条路越走越远，也越走越窄，我们不可能再做选择"，但是有着源自传统中国的精神底气在，足以支撑未来的寻路之旅。这里似乎显示出了一个"小知识分子"的局限，即他又回到了最为熟悉与亲近的那种底层情感与价值共同体。这种共同体的复兴固然提供了一种可资发掘和复活的资源，可以作为背后的依托，却并不足以指导来路。

但无论如何，李云雷已经迈出了很重要的一步，那就是在社会主义革命遗产之外，重新启动的民间与古典文化的精粹。在中国当下的政治与社会实践之中，社会主义革命遗产日益被

---

① 李云雷：《再见，牛魔王》，《青年文学》，2016 年第 4 期。
② 李云雷：《富贵不能淫》，《南方文学》，2017 年第 2 期。

符号化和抽象化，很大程度上成为一种语言外壳式的存在，而不再具备实际的驱动力和感召力，而现实中运行的可能反倒是晚近西方资本市场经济体系中的新自由主义话语。如果要弥合这种精神分裂式的存在，中国传统文化中的思想精髓可能确实是一条可资取径之途。这就是有学者所谓的"通三统"，即将中国古典注重人情与乡情的传统、社会主义追求平等与正义传统与改革开放以来追求自由与权利传统的结合，开创出一条中国特色的道路。①李云雷在这个层面上说出了自己的"中国故事"，并试图为这个故事谋求一个更为开阔的未来。

李云雷的小说创作才刚刚开始，诗歌创作也刚刚起步。他曾经用一段话表明自己对文学的态度："我写下的所有文字，只是为了自救，并不想不朽／我只想写下终将被背叛的遗嘱。"作为民众的一员，自救实际上也即是救人；而不追求不朽，正是现实感的体现，即追求应对当下问题有所作为之作。这些作品是有着深切历史感的产物，他意识到作为"历史中间物"的存在所能在文学上起到的作用，也对未来充满了信心。鲁迅也愿自己的文章"速朽"，也是潜在对于未来的信念，而致力于充满现实感的写作作为导乎先路的先锋。就像他曾经说过的："后起的生命，总比以前的更有意义，更近完全，因此也更有价值，更可宝贵：前者的生命，应该牺牲于他。"②期待李云雷在嗣后能有更多的作品诞生，引发更多的思考与共鸣。对于当下的文学秩序与生态而言，他的这些作品的意义我想用一首鲍勃·迪伦

---

① 甘阳：《通三统》，北京：三联书店，2007 年，第 3－49 页。
② 鲁迅：《我们现在怎样做父亲》，见《鲁迅全集：编年版·第 1 卷》，北京：人民文学出版社，2013 年，第 739 页。

的诗来做结：

> 我看到一万名空谈者舌头断裂
> 我看到枪支和利剑在孩童的手里
> 一场暴雨，暴雨，暴雨，暴雨
> 一场暴雨将至 ①

第四节 博物志写作与文学的自由

2010 年开始，新世界出版社陆续出版了"小说前沿文库"系列作品二十多种，这是个泥沙俱下的集结，呈现了包括"先锋、实验、异端、集成、网络新写作"式的各类作品。按照媒体的报道，是继长江文艺出版社"跨世纪文丛"之后汉语先锋和实验小说的集体亮相。这套书创作者笔者姑且称为"前沿者"，他们的主体身份、知识结构和美学趣味已经发生了巨大的改变，他们的文本也与前辈所走过的路表现出了巨大差异，已经无法用先前的批评术语去揽括。"我清清楚楚地看到这一代人已经起来。我明明白白地说，我要指给你们看。"这种仿译经体的宣言出现在每本书的扉页，表达了"中国小说的头脑风暴"的期许，也显示了策划者更大的野心在于对现有文学价值观和小说观念的突破欲望。本节选取"小说前沿文库"中的一种——霍香结的《地方性知识》——以探讨跨文体写作与文学的形式创新问题。

---

① ［美］鲍勃·迪伦：《鲍勃·迪伦诗歌集：1961—2012，暴雨将至》，奚密、陈黎、张芬龄译，桂林：广西师范大学出版社，2017 年，第 165 页。

蜻蜓是地球上眼睛最多的动物，平均每只有超过 2 万只复眼。它的幼虫叫水虿，在水里成长，经过一年甚至更长时间的黑暗生活，绝大部分夭折在泥沙水草间，只有一小部分有可能羽化着翅，跃出水面，看见长河大地、山高路远。那只侥幸在生存竞争中胜出的蜻蜓，它那 2 万只复眼中看到的世界无疑不是它那些水底兄弟们所能够想象的，但是它也回不去了，无法将汪洋恣肆的大千世界一一讲述给它们听。霍香结就是那只蜻蜓，只不过他却可以在《地方性知识》中讲述他所看到的不同的世界给那些没有见过的人。

《地方性知识》称作"小说"可能是一种策略，因为这样的写作无法在现代以来的文学文类系统中找到一个妥帖而无争议的位置——它更像是一本地方志。作者自称这是一种人类学小说的"微观地域性写作"[1]，讲述一个叫作汤错（也叫铜座）的小村落的方方面面——文本包括七个章节：疆域、语言（意义的织体）、风俗研究（乡村剧场和理解的本质）、虞衡志（村庄事物的复杂性与简单性）、列传（族谱上的河）和艺文志一（小说资料初编）、艺文志二（铜座之歌——根据汤错指路经而创作的一首长诗）。采取的是类似于现代人类学的民族志方法，却又以传统地方志的形式呈现出来，并且煞有介事地宣称书中的材料来自作者自己的田野考察，以及"我的爷爷李维"、17 世纪的传教士费铭德、"我的同学兼合作者谢秉勋"提供的第一手材料。

作为有着明确观念的写作，霍香结在后记中说："认识贫困这个说法可以用在现有小说，诗歌写作的大多数，也可以说，

---

[1] 霍香结：《地方性知识》，北京：新世界出版社，2010 年，第 481 页。本文所引作者原文均出自此一版本，不再一一标注，谨此说明。

现阶段的写作早已进入认识论反思的阶段"，因而"小说和学术一样，开始走向实证性，这意味着小说的根本精神在发生改变，小说写作者必须有足够的精力和定力去学习新的东西，做田野考察。"虚构和幻想这些小说的常规手法被认为是文学的初级阶段，而他是将文学作为一种知识系统进行精细书写，这种精细书写涉及三个层深递进的方面：语言学、人类学式的深描以及地方性知识的思维能力——这几个方面在他的写作试验中是紧密结合在一起的。因而这种写作与微观史学、年鉴学派、阐释人类学的方法相似，文本内外都渗透了布罗代尔（Fernand Braudel，1902—1985）、吉尔兹（Clifford Geertz，1926—2006）、金兹堡（Carlo Ginzburg，1939—　）、贾雷德·戴蒙德（Jared Diamond，1937—　）的痕迹，甚至连名字都与吉尔兹的一本论文集如出一辙，而它呈现出来的结果也与征引的这些文本构成了家族相似（familien ahnlichkeiten）："这些现象中没有一种共同的东西，能够使我把同一个词用于全体，——但这些现象以许多不同的方式彼此关联。"[①]

　　与上述不同学科研究的实在对象不同，汤错地方却是个虚拟空间。尽管根据文本的方位描写和方言特征，它可能位于桂北某个地方，但时不时从准实证性的描写中跳脱出来的作者解释又让它回归到了虚构的层面。在现实与虚构之间来回穿梭，让读者对于汤错有种迷失于迷思的感觉，这是一个幻象世界，也是一种真实空间："真实不是现实，而是在场感。"作者惟妙惟肖的模拟能力，让文本具有了学术著作那种蛊惑人心的说服

---

① ［奥地利］维特根斯坦：《哲学研究》，李步楼译，北京：商务印书馆，2000年，第46页。

力，从而形成了对于学术（带有强烈的理性的科学主义色彩）和文学（一般形成的现代文学正典中总是充满想象与虚构）的双重刷新。一方面它接续的是人类学学科中时兴的"写文化"的探索，那种对于客观观察的怀疑和主体参与的必然性的认可，进而锻造出一个颇具特色的民族志个案，却又没有形成具有典范意义的范式或者发现通行的规律与法则，也就是说它的不可重复性使之与人类学作品区别开来。①另一方面，从文学的角度而言，它所呈现出来的"虚构是在作者无力逾越写作的难度与硬核部分时不得已采取的手段。所以虚构具有极其低俗的成分"，因而文本本身仅仅构成叙述，而不具有典型意义上的小说情节与性格，又与中国传统文类中的传奇、说部以及西方的novel 或者 fiction 的叙事脉络难以契合。

　　一切创新的文本总是特例，无常规批评程式可以依恃，对这样一个作品进行评价是艰难的，因为对于一个反线性的叙事，你永远无法一言以蔽之，或者归纳总结出某条清晰明了的线索。作者在以最保守的方式激进，这种激进并不从属于对旧有传统革故鼎新式"创新"的进化论式话语，而是在表述中有着最为守旧的地方志形式。但是，即便是有着客观记述面孔的地方志也依然是在讲故事，齐格蒙特·鲍曼（Zygmunt Bauman，1925— ）比喻社会学研究为讲故事：它就像手电筒的光，总是只能照到一部分内容，而没有被光照耀的部分则沉寂在黑暗

---

① 这正是霍香结的《地方性知识》与吉尔兹的《地方性知识》的不同之处，后者作为人类学名作，是要通过异文化的比较视野得出带有普遍性的理论范式。参见［美］吉尔兹：《地方性知识：阐释人类学论文集》，王海龙、张家瑄译，北京：中央编译出版社，2000 年。

中。[①]霍香结似乎要给故事一个全新的讲法，要在纵横立体的叙事中构建出一个无影灯的环境。他的方法就是共时性叙事："在线性时间里才存在情节周期的问题。所有这类小说，都应叫做古典小说。在共时性的时间里，时空是混沌合一的，所有事物互现。在线性时间，我们标明的小说秩序是情节周期性显明的符号，有一个潜在的前进的概念。后者是没有这种东西的，后者的秩序要繁复得多，它的秩序的存在只是标明一个可能的方向。线性时间下的情节周期可以看作一个分子的运动，而共时性下的主体结构是一堆分子在运动。一本书就是一个事件。"我们会看到，这堆"分子"尽管在方志式的整饬结构下，依然做着无规则的布朗运动。

比如，"中国村庄史"的章节中操弄的是 20 世纪 80 年代先锋小说试验的手法，让"我"、陌生人带来的手稿、我给陌生人编的故事、"历史"的记载，几条不同线索的情节交互作用，构成细密的共时系统。但这不过是小试牛刀。对于这样一个事件性文本，我想到的是卡尔维诺（Italo Calvino，1923—1985）对古罗马百科全书式的作家老普林尼（Gaius Plinius Secundus，23—79）的评价："我们可以区分两种普林尼，一个是诗人兼哲学家，他意识到宇宙，支持知识及神秘事物，另外一个则是神经质的资料搜集者，强迫性的事实编纂者，他唯一关心的事，似乎是不要浪费他那庞大索引卡中的任何笔记。无论如何，一旦我们接受普林尼具有这两面之后，我们便必须承认普林尼只是一位作家，如同他想要描述的世界只是一个世界罢了，尽管

---

① ［英］齐格蒙特·鲍曼：《废弃的生命》，谷蕾、胡欣译，南京：江苏人民出版社，2006 年，第 10 页。

它包含了非常多样的形式。为了达到他的目标，他不怕去尝试采纳世上无数的存在形式，而无数关于这些形式的报告又让这些形式增加，因为形式与报告都有权成为自然史的一部分，并且接受这个人的检验，他在这些形式与报告中寻找他确信包含在其中的高等理性符号。"① 是的，霍香结接续了中西博物学的伟大传统，走在从《诗经》、张华《博物志》，到格斯纳（Conrad von Gesner，1516—1565）、约翰·雷（John Ray，1627—1705）、吉尔伯特·怀特（Gilbert White，1720—1793）、林奈（Carl Linnaeus，1707—1778）、布封（Georges Louis Leclerc de Buffon，1707—1788）一路而来的道路上 ②。

这类博物志传统塑造的是地方性的默会知识，通过口头、模仿和演示来传播，相较于理论而言更注重经验，通过重复得以代代相传，并且始终处于不断变化中，是"活的传统"。③ 然而，尽管《地方性知识》带有早期博物学家普遍存在的抒情主义与哲学混合的风格，但是霍香结显然并非要像老普林尼那样"用明智清晰的态度传达最复杂论点的能力，并从中汲取和谐与美感"④，他毋宁是没有观点的，他所做的只是表述经验，一种外在于主流话语的地方经验。这种经验经由体验化为感受，作用于读者的世界观。所以，风格对于霍香结的写作目标而言，

---

① ［意］依塔诺·卡尔维诺：《为什么读经典》，黄灿然、李桂蜜译，南京：译林出版社，2006年，第41页。

② 刘华杰：《博物人生》，北京：北京大学出版社，2012年，第116－171页。

③ 刘华杰：《博物学与地方性知识》，见江晓原、刘兵主编：《科学的越位》，上海：华东师范大学出版社，2010年，第33－61页。

④ ［意］依塔诺·卡尔维诺：《为什么读经典》，黄灿然、李桂蜜译，南京：译林出版社，2006年，第42页。

并不重要，就像博尔赫斯（Jorge Luis Borges，1899—1986）批评"读者的迷信的伦理观"时所说："我们文学的贫乏状况缺乏吸引力，这就产生了一种对风格的迷恋，一种仅注意局部的不认真阅读的方式"，在他看来"经验的直接传递"才是根本。[①] 在霍香结那里形成的文字风格只是一种写作无意识，更重要的是表达出地方性经验。

这种地方性经验只是呈示与展演，不做价值判断，却有着价值自觉，及对"物"的强调。作者在全书的开篇"凡例"中就开门见山强调"物"及"物性"才是叙述的主体，因而要泯灭掉人和人性的影响，后者更多是文艺复兴和启蒙运动之后的观念负担。埃利亚斯·卡内提（Elias Canetti，1905—1994）将人组成的群体比如士兵、僧侣、乐队等称为群众结晶，而把物构成的群体称为群众象征——他们在人的感觉上是群众的集体单位，比如谷物、森林、雨、风沙、海洋以及火等。[②] 而霍香结说："我们作了重新命名，我们恰恰是以物作为主人公出现的，所以把河流、山脉、植物、季候等称之为汤错的结晶群众"，"意味着我们会放弃人类，它们以集团心理隐蔽地流淌着，在物性之中。表现为语言、文字、图腾、禁忌、习俗等，这种存在比肉身更为持久和具有连续性"。这是眼光和视角的变化，透露出众生平等与有情的关怀，然而并没有因此走向"以物观物"的偏狭一面，同样包含了"以物观我"，在接下来的叙述中，还可以看到

---

① ［阿根廷］豪·路·博尔赫斯：《博尔赫斯全集：散文卷上册》，王永年、徐鹤林等译，杭州：浙江文艺出版社，2006年，第125、128页。

② ［德］卡内提：《群众与权力》，冯文光、刘敏、张毅译，北京：中央编译出版社，2002年，第46-60页。

"以我观我"时不时作为补充视角掺杂进来。

我们知道，随着人的主体性在近代的树立，物随之伦理化，成为人类中心的背景和可以开采、发掘、使用的工具和资源，它是现代性的结果。在这种启蒙以来的特定语境中，"物"的价值被规范与统一了。而汤错这样的地方，人的观念中根本就没有区分过彼与此。对待人与物，也没有一个明确的界限。"结晶群众"内涵的改写与逆转，显示了主体从物向人的叙述重心的转化，是一种认识论转型。这也有利于处理这种因袭已久的无意识，即人类学写作往往会无意间施加权力与书写对象之上，无论是族内人还是局外人。重新在文本中恢复"物"的位置，是知识论、世界观、本体论的再度叩问，从这个意义上来说，《地方性知识》不仅是一个事件文本，也构成了文本事件。

任何一种地方性知识总是宇宙知识，即它的居有者所认知的宇宙。面向事物本身，其实也就是面向人，只是人作为自然与事物平等的一个组成部分生活在汤错这个地方。这个地方既是地理意义上的空间，也是心理意义上的，在霍香结的叙述中，它同时也是想象和精神层面的，他将其命名为"道性空间"。"道性"这个带有古典意味的词语，表征了更为长时段也更为深邃的人与物之间的联结关系。比如，作者写到随子进城的刘王氏不久就返回了汤错，因为城市生活与季节轮回的脱节在她的心里产生了无法估计的恐慌与不适。"这是一种有别于一般性的我们常说的土地伦理，一种因长久劳作形成的与土地的心灵感应。"她那一代人浸润在祖祖辈辈留下的种田手艺中，生逢技术与道德急剧变迁的现实处境，但并没有意识到诸如土地所有权等问题，而是她那颗素朴的心灵与土地之间形成了相通的同情共感。环境史学家唐纳德·沃斯特（Donald Worster）认为，就英美国家而言，生态学思想自 18 世纪以来，就一直贯穿着两种对立的自然观：一种是阿卡狄亚式的（Arcadia），一种是帝国式的；前者以生命为中心，后者以人类为中心。[①] 值得注意的是，霍香结既摒弃帝国式的工具理性，也没有阿卡狄亚式的将自然理想化，而是采用了地方式的思维方式呈现出地方的经验。"经验不可以强加，也不能逾越。生命要自己去过。体验无法替代。我不能替代你，你不能替代他，她，它。所谓理解是理解'理'，而不是人。"这种深刻的自省，带有强烈的后设叙事色彩。事实上，很多时候，文本中记载的掌故、人事、风物，大多数都类似于福柯（Michel Foucault，1926—1984）记述的"愚人船"[②]，亦真亦假，虚实难辨。他通过这种叙事的诡计，用伪/准学术的面貌让读者对知识的真伪不由自主地产生反思式的疑问，这个从既有认识论中解放的过程，也是真理性去蔽的过程，世界于是向无限的可能性展开。比如，如果我们将圆形的地球想象成一个火柴盒式的六面体，那么会出现什么样的认识变化呢？

霍香结对自己的思维站位有着清醒的自觉，他清楚地知道汤错地方展示了世界的一个门洞——他可以用它做参考，但无疑他看待它的眼光和当地农民不可能一样，"我的经验不可以取代当地人的经验。我只能比较，而不能让已有经验浸入。地方性经

---

① ［美］唐纳德·沃斯特：《自然的经济体系：生态思想史》，侯文蕙译，北京：商务印书馆，1999 年，第 22 页。

② ［法］福柯：《疯癫与文明：理性时代的疯癫史》，刘北成、杨远婴译，北京：三联书店，2003 年，第 5－10 页。

验和写作伦理之间存在的扞格构成的不成熟和矛盾，或许正是写作本身的不满足。"无论如何贴近、同情、理解、深描，他也无法回到完全以当地人的思维来想问题。"他们表达的是经验的局部。但是我之经验又不能补充他们尚未表述出来的那一部分。能找到对象的就去考察对象本身——这和他们表达出来是有区别的。我看是我看。而他们的表达才是主要的，只有他们的表达才能构成地方性经验。在写作者中我的退场指的是地方性经验取代固有经验，但这仍然不可能是完全的。"他唯一能做的是在不同视角和思维的隙缝中找到共鸣，寻找那个交集部分。

在这之中起到关键作用的就是语言，这也是任何一种书写所无法回避的根本性问题。即便是那些土得掉渣的语言，也可能就是"经过游牧、迁徙，沉积而成的文明自身……十里不同音——不是说已经变成别种语言了，而是像岩相一样，沉积的薄厚不同。"语言的变化如何产生的呢？在作者看来，它们之间你中有我、我中有你的催生与促化，就像潮水和蚕的进食——"潮水尽管会退，却会浸湿它步过的每一分土地"：

> 一旦有了可配种的种子，那么猪公也就被消灭了。猪婆的命运最后也还是被阉割。文化阉割和杂交的情形如出一辙。本书中，写到了很多消失和即将消失的文化形态，比如堂锣，道场，去怜惜、哀叹这种消失并不是我要做的工作，一种文化的消失根本不值得去哀叹，这不是一个人的事情，也不是更多人的事情。再者，这种哀叹会演变为低俗的民族志和方志写作，甚至是报纸杂志和一些门户网站策划的专题宣扬

的那种肤浅的伪文化命题。我感兴趣的是这种阉割渗透的方式，也就是说，一种方法论。我把它们拎出来只是为了更好地观察这种阉割。堂锣的存在是其在变化中——也就是说在持续接受阉割中才保留到现在，如果它过早地拒绝了任何势力的阉割，它会消失得更早。假使是那样，我们连其气味都闻不到了。"赞美"一种边缘文化的生命力，就是看其阉割和中和的过程。方言和其周边语言，尤其是官方语言也存在对抗和相互阉割。方言被阉割得更厉害一些，但是方言或者说任何事物都有本能的抵抗和生发能力。它也在煞有介事地阉割其他事物，把自己变得更加强壮。而它只不过是一只猪婆。官方语言是一只更大的猪婆。为什么我们把植物的扩散和起源定义为人为培植？惟有这种"用"才是它存在的理由。但是更高的法则是什么？这个问题是没有答案的。每一种文化都可以给出一种答案。那样就算是蕴涵了丰富性，但是也使这个答案笼罩下的细节失去了魅力，将事情简单化了。

　　一种语言找不到一个可以对话的人的时候，事实上，它已经死了。尽管它有过文字，它也只能长眠不醒永垂不朽了。在这片辽阔的土地上丧失一种方言意味着什么？比如：我们的皇帝有三千个妃子，死掉了一个，皇帝可能不会知道曾有过这么回事。这个皇帝就是汉语。但互联网却是语言复活的最好土壤。

从上面的文字中，可以看到霍香结绝对不是一个方言保守主义者，或者刻意将某种特殊性与差异性提升到它不该有的位置。他采纳经变从权的态度，而又充满乐观。语言的命运是自然之事，"翻泽实际上也是传染进而是感染的一种方式。语言和语言之间始终是存在冲突的，存在疤的。只是我们将这种冲突降低到了被认可的程度……强势语言得以迅速传播并侵占吞并弱势语言实则是它的感染源无比强大。弱势语言群体的身亡皆因毒气攻心所致。而我们要找到一种纯然没有攻击性的语言，只有在那些已经死去的语言中才能觅得踪影。所以，只要是还活着的语言就都具有攻击性。否则它是不会存活下来的。它的攻击性的强大程度看它的受众和区域便晓。"在关于汤错方言的讨论中，我们可以看到音、言、文、字之间灵活的辩证法。"词语不但有自己的生命线，还有很厚的积习，积习滋长的文化背景。中国方言地图上呈现的不同的色块，这些颜色就是由语言氤氲过的土地和族群心理铺开的。它们都有着不同的心理底色。……我们姑且把词语的……有效疾速扩散叫做语言的滤纸效应。滤纸效应首先是指在同种语言当中，其次是在相同的文化、心理底色上……不同的族群也立即产生了不同的滤纸效应。它们都有对应的词域。"每个文字以及它们在时间与空间中的流转而成的义积，已经构成了一个坚固的宇宙体系，一个自成一体的地方小世界。他进一步将语言擦拭掉它负载的历史、社会与文化的重负，还原到它的物的本来面目："文字是声音的剩余部分，而声音才是语言真正的形上部分，是大地，天空，是物自身。因为它是气、混沌的同义词。"

语言形式的窠臼、现代汉语翻译体风格等往往会遮蔽许多东西。比如汤错皇历中记录的地方宗教文本《地母经》，去除那些打油诗式的语气及格律的熟滥窠臼，它就呈现出类似印度的奥义书、《薄伽丘梵歌》式的面目，如果将其转译成《圣经》体的那种绝对语气，则原先那个油滑低端的民间文本就成了一首惊世骇俗的现代史诗。语言试验不仅限于人声语言和书面文本，霍香结还有个堪称精妙的发现，即物质语言的方式与人的声音的话语方式的区别，比如对于水声的分析：

> 水过石头之后每次形成的浪高和水花都不一样，甚至落下去的位置有时候偏左，有时候居中。那声音不是哗哗之声，这个形容水流常用的形声词在现实的溪水面前断然失效，只要仔细听，你会发现这样来形容水声似乎永远都是不恰当的，简单又粗暴的。这样来形容水声是侮辱性质的。也透出语言对事物模仿能力上的无奈。

水是一条永远变化的弦，既然"语言是破碎的笼络，存在巨大的漏洞。我们不能用语言固定物，而是用语言疏通意识与物之间的幽径。"那么"我必须不断地遗忘并让记忆死去。必须忘掉一切，重临词语，和感受。遗忘我曾经学来的一切知识，回到感受，感性。忘掉那些概念知识，使感受重新伸张，直观到生命。"只有在这个意义上，"水声"才没有被化约，"水"才是有生命的。

语言的有力与无力于此可以显现，它就像天空中飞鸟的痕迹。霍香结以一种孩童式的天真初心进行说文解字，对于口头传统，则有一番实以虚之虚以实之的态度。他说到村中的一则

口头文学"齉天":

> 在一块空地上，一群人在那里看表演。有一天，来了一个伎人。他走到空地中间，往天上抛了一根绳子，他沿着绳子往上爬去。起初，大家还能看得到他，但是到后来，慢慢的就看不到了。留在下面看的人也感到了不安。接着，它们又看到了绳子掉下来。那个伎人却始终没有看到。绳子盘在那里，好大的一堆。往天上看去，蓝蓝的，什么也没有，大家都在等待那个人下来。

> "我一直在想：人到哪里去了？"

这个悬而未决的疑案是没有答案的，或者说它有着无数的答案："在一个没有文字只有话语（前文本）的村落，故事的另一端就是神话。他们的想象力则充当了梯子。"《地方性知识》全书结构在形式上的整饬与内部材料之间并无逻辑的堆叠，构成了内在的张力和几乎无穷大的阐释空间。它们全是作者意识流动、随心所欲的结果，可以让作者和读者的想象力都参加进来。比如作者写一个农民为了表示对高压电的不满，跑到田埂上对着变压器撒了一泡尿，想解解恨，谁知道立即被电死了。那泡尿的代价他永远也明白不了了。这个片断当然可以构成反抗隐喻的结构，因为这个不适应发展速度的农民连失败的原因都无法理解——这种不对称的权力关系自然而然地构成了隐喻本身。然而，它也仅仅是乡村经验中微不足道的一个部分。霍香结似乎欣赏这里一切的事物，并且始终如一地对现象的无穷多样性保持尊重，从而使整个文本获得了一种从容不迫、疾徐得当的信心。没有高潮起伏，没有道德性的结论，也没有象征性的表达，他始终在叙述中保持了情感的平度，漫不经心而又必然的和谐，就像汤错这个以不变应万变的村落本身。

这些地方性知识是星云似的存在，散落在山间溪头，断续并且充满随时的变化，它们彼此和谐相处，但又可以再做细致的切分。作者在"词"与"物"之间的稠密叙事、黏厚描写，不是为了呈现系统性的知识，而是一种累积。他的文本枝蔓丛生，却从来没有删减的企图，反倒在任何一个可能之处增添越来越多的细节和写作者的分析与解释，尽量擦拭掉可能模糊的存在。因而，我可以说《地方性知识》实现了它所要讲述的人与世界、自然，或者作者更愿意说的是与大地和土地之间的关系的企图。世界并不是一颗卡尔维诺说的朝鲜蓟①，而是一颗洋葱，层层叠叠，可以不断剥开，但是剥到最后你会发现并没有一个中心的核——中心仍然是一片一片的瓣，理论上来说，是无穷的瓣的拼加。世界的复杂性，生命的无因与颠沛，现实的数不清的纠合，这个认识论的戈迪尔斯（Gordius）之结并不是亚历山大大帝轻轻一剑可以斩断的。

从文体上来说，《地方性知识》呈现出来的莫比乌斯环式（Mobius）的拓扑变换，以及首尾相连、统一又循环的乌洛波洛斯蛇（Ouroboros）结构，则实践了对于既有"小说"文类的突破。我们从它的任何一章入手，都通向历史与审美的双重变革。它的创新让人联想起米洛拉德·帕维奇（Milorad Pavić，1929— ）、

---

① ［意］依塔诺·卡尔维诺：《为什么读经典》，黄灿然、李桂蜜译，南京：译林出版社，2006年，第229页。

马克·萨波塔（Marc Saporta，1923— ）、品钦（Thomas Pynchon，1937— ）这些名字，但又无法从现代主义或者后现代主义的套话中给它一个平滑的界定。这可能是个蜻蜓点水般的文学实验，充满了各种可能性，如果说文学的目的在于追求自由的书写，这无疑是一种尝试的途径。世界有多复杂，文本就可以有多复杂，思想有多自由，写作就可以有多自由。

第五节　极端写作与实验小说的限度

　　科幻文学无疑是 21 世纪前后重新兴起的一股潮流，大陆以王晋康、刘慈欣、韩松为代表的科幻新浪潮与时代及社会的转型暗自契合，我国台湾地区也同样有着从张系国而下的潜在一脉。科幻文学在中国自 20 世纪初诞生以来一度作为类型文学的门类，经历了数度中断，而终究在新时代跃为热点，俨然有凌驾主流之势。不过本节不打算从类型文学的角度入手，而选取颇有"软科幻"色彩的高翊峰作为对象，将他的写作视为实验性写作的一种表现样态，进而考察此类作品的意义与限度。

　　如同一篇推荐序言所说，高翊峰小说的出现，表征了一个新的文学"模糊世代"的展开。"台湾在进入 1980 年代以后，伴随着威权体制的式微，动员戡乱的总结，从前的许多批判典型逐渐远逝。整个文学生态出现前所未有的变化，各种思想上、心灵上的禁忌也慢慢遭到剔除。尤其在全球化浪潮冲击之下，各种艺术疆界都受到突破。"[1]在一个类似于"没有任何凭借的开

---

①陈芳明：《模糊世代的魔幻诗学》，见高翊峰：《乌鸦烧》推荐序，台北：宝瓶文化，2012 年，第 9 页。

放社会"中，高翊峰之前的台湾文学遗产包括向外的乡土文学和内倾的现代主义文学都已经渐次失效，或者至少被认为已经失效。高翊峰所面对的是后现代的杂糅式语境，尤其在我国台湾地区这样一个岛屿之上，其经验更加驳杂和混乱，他需要另起炉灶，创造自己的小说样态。到目前为止，尚没有谁能给予他的写作一个命名，因为这是一种尚在进行中的文学试验，有着魔幻式的语言创新外观，但终究还没有确立一种明确的美学范式。

作为台湾地区"70后"作家的代表之一，高翊峰的写作显示了晚近中国文学的一种取向，在大陆的"70后""80后"作家中也并不鲜见。这种取向接续的是现代艺术的遗脉，我们从他的小说中可以读到卡夫卡的荒诞观念和法国"新小说"的形式，然而他又并非采取个人主义式的反抗立场。有意味的是，高翊峰在谈起自己的写作时，同样也用了"模糊"这样的概括："我不断问，那个藏在文字里的自己，到底想要捕捉什么？一度，我深深相信，每当那个我想捕捉的事物愈清楚，不安与恐惧就愈庞大。所以，我只能把（欲捕捉的）范围缩小，再缩小，再再缩小一点，或许，就有可能发现一些早先一直蒙蔽我的晃动物体。"[1] 在写作的探索过程中，他找到的途径是聚焦于"一个点"，然后将那个"点"推到极致——无论它是某个肉体的感觉、瞬间的情绪，还是突然的感触、游离又变幻的体悟或念头。这使他的大多数作品如同长镜头的特写，以细致、绵密、缓慢又略带冷涩的语言，呈现一个淡化情节而突出细节尤其是主观

---

[1] 高翊峰：《我的模糊》，见《肉身蛾》自序，台北：宝瓶文化，2004年，第6页。

感受的"点"。这种对于"点"的强调，是一种极端化的尝试。

就笔者个人阅读感受而言，高翊峰的写作风格诡异，无论题材与语言，还是叙述速度与情节空间，都有一种准邪典（cult）气质。他的文本很难构成顺畅舒爽的阅读体验，而往往在人为放大的细节、细致入微的感觉、浓墨重彩的环境描写、有意延宕的进展节奏中让读者感到痛苦、沮丧和煎熬。这不由得让我将它与亚洲极端电影（Asia Extreme）联系到一起，事实上他的文字描摹和篇章结构中也不自觉地显现出影像叙事的潜在影响，比如闪回、淡出淡入、特写、蒙太奇和长镜头的方式。"极端电影"并非一个界定明确的学术术语，笔者曾经在一篇文章中笼统地将那些把某一技巧或题材内容推到极致，挑战观众感官承受力的电影称之为"极端电影"。即使如此，它的内涵到外延也还是很模糊，并且如果从世界电影史来看，"极端"的传统在前卫、先锋、试验电影中也并非特异出新的首创。它们的特点可以归纳为："模糊传统道德界限，混淆伦理是非善恶、痴迷于死亡和伤痛，具有虐待狂倾向，凸显身体与性倒错，主体意识和自主选择权被剥夺，物与人的界限不再分明。"[①]一般而言，亚洲极端电影的代表包括中国香港地区的陈果、彭氏兄弟（彭顺、彭发），日本的三池崇史（Takashi Miike）、中田秀夫（Hideo Nakata）、冢本晋也（Shinya Tsukamoto），韩国的朴赞郁（Park Chan-wook）、金基德（Kim Ki-duk）。当然，还有中国台湾地区的蔡明亮。高翊峰的作品同样包含了暴力、性自然主义、变态、污秽、虚无和绝望的叙述等诸多类似于"极端电影"的

---

① 刘大先：《新帝国时代的后殖民影像——金基德电影的文化策略》，《艺术广角》，2011年第3期。

元素，在笔者看来，姑且可以称之为"极端写作"。

极端写作的探索气质类似 20 世纪 80 年代后期大陆的先锋小说，但具有 21 世纪以来文体融合的特点，即将电影、音乐、建筑等艺术形式自觉不自觉地杂糅到叙事之中。《人形笼》可谓其中代表，小说仅仅叙述了一个"女体盛"（用少女裸露的身躯作盛器，盛装大寿司的宴席）店员在一次工作前后的心理和生理感受：刺身、生鱼片的摆放、仰躺在餐桌上目光所触及的天花板、客人有意无意的触碰所带来的体表刺激……物理世界极其狭小，感官世界又无限放大。这种经验与感受显然是从外部世界的退缩，但也并非进入心理幽深的层面，而是集中于生理表层。高翊峰在这里似乎不经意间接续了"新感觉派"的一些技法和理念，但可能走得更远。20 世纪 20 年代初期产生于日本的新感觉派带有现代主义的颓废与末世论情绪，主张主观是唯一的真实，以个人的"感觉生活"取代理性认识来表现自我，强调形式上的象征革命。[①] 到 20 世纪 30 年代初期施蛰存、刘呐鸥、穆时英、叶灵凤等人形成所谓中国的新感觉派时，主观叙述、视角频换、时空跳跃、感觉开放结构等获得了本土化的彰显。这种写作风潮一般被文学史家视为创作主体的遁逃——由于在现实社会中的无力转而走向内心世界的恣肆，有着其深刻的时代背景。高翊峰身处的"模糊世代"无疑也有着显而易见的后殖民主义与新帝国主义貌似背反却又同谋的大时代背景，在这种矛盾交错中，可能唯有极端化地处理才有可能显示出这个时代身处南方岛屿的人们的生存状态与情感精神特质。这让

---

① 叶渭渠：《前言》，见杨晓禹、耿仁秋编：《日本新感觉派作品选》，北京：作家出版社，1988 年，第 7–10 页。

高翊峰有别于现代主义脉络中的新感觉派，而延续了超现实主义的技法和思想，尽管从主观的创作态度而言，未必是全然自觉的。

从技法与呈现形态来看，高翊峰的极端写作首先体现在情节上的非叙事性和叙述速度上的缓慢。《肉身蛾》写的就是华叔、康哥、阿荣、见习警员小窦几个警察到一位家庭主妇自杀的现场拍照，笔墨集中于场景和阿荣的心理活动。在片断现场的展示中，事件的逻辑线索无迹可寻，横云断峰，无因无果，短暂而聚焦的场面中无限扩展的是人的内心。纸钱的灰烬飞舞，如同黑蛾："阿荣一个神浸在腾冒黑烟的阳台，朵朵块块，像在空气里掸扬黑砂粉尘，飘飞的黑烟都化成一只只奔奔振翅的飞蛾，忽然翱高又忽地坠落，还有一些沿着透明的玻璃门爬进半开的门洞，偷渡到微暗的客厅，轻飘飘隐了形色。"[1] 在对于物（尸体也成为一种物）的观察和思维发散中，华叔神秘莫测的裤词和尸体眼睛中似乎发出的微怒，与尸体大腿、内裤所散发出的诡异的色情气息，构成摇摇欲坠的紧张关系，而这一切冲击着人物的敏感神经。情节几乎淡化为无，在阿荣的感受中记忆碎片与现实印象交相呈现，却又没有捋出一条清晰可辨的线索。这种叙述似乎有着"新感觉"色彩，但它并没有导向于精神分析式的情感解剖或社会映照，而让一切都在莫名其妙的非理性中戛然而止。另外一个短篇小说《那短短可笑的十分钟》则很容易让人联想到施蛰存的《春阳》（1933），同样写的是市民妇女的心理活动，如果说施蛰存意在对比中产阶级女性在生

---

① 高翊峰：《肉身蛾》，台北：宝瓶文化，2004 年，第 13 页。

理欲望、权力与金钱之间的冲突与压抑，高翙峰更加凝练集中于具有抽象普遍性的人生况味：女人在跑步机上的十分钟，在对清洁女工、雍容贵妇的观察和想象中，仿佛经历了一生的时间，而也就是在这短短的十分钟里，也可以窥见女人自己的前生后世，可笑，可怜，复可悲悯。这种区别，可以见出一种在碎片化时代的写作取向：小叙事、微情节在情节和人物的心理内部发生爆裂，淡化明确历史与社会背景信息，而试图通过片段做出超越性的概括和提升，因而批判的意味少，而悲悯的意味浓。

悲悯是一种浩瀚的同情共感，被高翙峰有效而节制地控制在超然而冷静的叙事之中。在写狱警与死刑犯之间彼此理解的《班哥》，以及写发疯的女犯人的《洋娃娃天堂》中，叙事者不动声色，小说中人物只鳞片爪的行为举止透露出背后隐藏着的复杂而宽阔的世界。通过碎片式的书写，凸显出的是世上所有人的渺小可怜和共同的命运。《乌鸦烧》也是一个情节极简而情绪极重的小说。电子厂工程师忽然决定去摆摊卖小吃鲷鱼烧，也未必是厌倦了一成不变的机械生活——事实上小说中对写实的日常生活是放逐的——而仅仅是"做得久了，想改变一点什么"。这个决定有点类似于毛姆的《月亮与六便士》中伦敦证券经纪人思特里克兰德忽然离家出走去塔西堤岛隐居画画，然而工程师并非有什么高蹈的抱负要去施展，他只是一种无因的选择，这种无因非常重要，因为它打破了惯性思维中的因果律和功利考量，显示了高翙峰小说世界的思维特质：非理性。他笔下的人物总是在做莫名其妙的举动，然而也不给出解释，他将解释权留给读者，或者说强迫给读者。接下来我们看到，工程师对一只马路上被汽车轧死的乌鸦产生兴趣，描绘出它尸体的模样，然后决定重新铸造一套模具，用乌鸦烧替代鲷鱼烧，为此他还寻觅商店专门买了一套鸟人的衣服。这种反常的举动自然是生活在日常逻辑中的女同事和卖鸟人衣服的女店员所不理解的。他曾经抱有好感的女同事按照自己的思路去想象他，女店员也一样怀着一种猎奇心理接近他。因而，最后当他烤制出第一个红豆馅的乌鸦烧送给女店员吃后，收摊离开，留下了一句偈语"其实乌鸦这种鸟，一点都不喜欢吃红豆馅"[①]，然后飘然而去。在这里，高翊峰将现代主义和古典禅宗结合在了一起，这是一种"以心传心"式的小说，它反对阐释，而意在形成一种"坎普"（camp）化的风格。

苏珊·桑塔格集中地讨论过"坎普"风格，它被视为一种纯粹审美的感受力，以强有力的技巧和风格呈现出非同寻常的世界观："它是对夸张之物、对'非本来'的热爱，是对处于非本身状态的事物的热爱。"[②]"非本来"意味着从观念到形式的陌生化，高翊峰的"坎普"总是在艰涩的语言中夹杂色情、暴力、恐怖、惊悚等元素，这在桑塔格讨论的唯美主义那里也很常见，以诉诸情感/感官效果为目标。在这个具有震惊效果的叙事过程中，他那如梦如幻、如痴如醉、似真似假、亦实亦虚的思绪跃动和灵光乍现的念头则强行铺展开来。应该说，艰涩的语言从美学效果上来说具有陌生化功能，然而在高翊峰这里，可能并不存在陌生化，因为他营造的整个文本世界都是陌生的

---

① 高翊峰：《乌鸦烧》，台北：宝瓶文化，2012年，第200页。
② ［美］苏珊·桑塔格：《反对阐释》，程巍译，上海：上海译文出版社，2003年，第234页。

异质空间。来自不同阶层背景的男人、女人、怪人乃至死人，处于精神和肉体的困境之中，它们被置于幻想的异质空间，彼此遭遇、冲突或者和解。这一点差可比拟蔡明亮的电影，是一种异托邦（heterotopias）式的存在。

异托邦意味突出体现在高翊峰的两部长篇小说《幻舱》和《泡沫战争》之中。《幻舱》在 2017 年由上海文艺出版社出版简体中文版的时候，被冠之以科幻小说的面目——"将卡夫卡的《城堡》写成科幻！"但其实这个文本全然没有类型科幻小说的套路，毋宁说它是"安吉拉·卡特式的一种豪华风格的颓废、滑稽、轻灵、怪诞"（骆以军语），是一本试验意义上的幻寓之作。地下封闭空间中，始终在求索身份与现状的记者达利、似人非人的苍蝇、彬彬有礼的管家、诡异的魔术师、颠顸的高胖、本是干尸而慢慢复活的日春小姐……他们在密闭的城堡式暗室中无所事事又左冲右突，想要找到来路和去处。琐碎的细节、铺张的描写、特写式的场景，突出了情境性的"间离效果"，透露着现代主义的荒谬喜感，在琐碎无聊的重复中呈现恶趣味。高翊峰对人物侧重感官和身体的处理，比如日春小姐的尸体在几个男性的奸淫中逐渐恢复意识，则有着波兰戏剧大师葛罗托斯基（Jerzy Marian Grotowsky，1933—1999）环境剧场的印记，这种剧场可视为对身体机制的检验（test）机制，是身体本位，而非理智本位的。而整个小说，则充满了阿尔托（Antonin Artaud，1896—1948）残酷戏剧的感觉。阿尔托强调观众最初通过感官来思想，而反对首先着眼于理解力，"戏剧要恢复本来面目，也就是说，成为真正的幻觉手段，就必须向观众提供梦幻的真正沉淀物，使观众的犯罪倾向、色情顽念、野蛮习性、虚幻妄想、对生活及事物的空想，其至同类相食的残忍性都倾泻而出，不是在假想的、虚构的范畴，而是在内心范畴。"①《幻舱》融合了上述荒诞小说、环境剧场、残酷戏剧的基本元素，可以说是一场内心的历险，幻舱即心房，就像塔可夫斯基《索拉里斯》中那个密封的太空站。

因为心本身的游移不定、瞬息万变，梦幻与现实之间就关联甚至融合在一起："高胖的巨大身躯，以活塞式律动，推动日春小姐的骨盆，每一个生锈的关节，嘎啦嘎啦彼此咬合，运作齿轮，螺旋装置转盘，从肉身舞台中央，升起一堆立体数字……数字们东倒西歪滚动着，进行某种选择号码的赌注博弈。最后摇出的编列序号是——2.007.070.7。我一低头，发现自己正踩在相同编号的一块圆形人孔盖上，从下水道螺旋升起到路面的舞台。舞台周遭是我熟悉的首都市。这一天，所有街道都被火红的天空烧成红土泥浆。"②这里的意识流动直接从"写实"跳切到主观"幻觉"，恋尸癖的猥亵、肮脏、污秽被机械化地表现出来，诡异地失去了其淫猥的意味，反倒具有恐惑（uncanny）之感。直接写梦的段落，高翊峰完全让文字显示为朋克加哥特式的狂想：

"……光雾雾的演员妻子……那些白悠悠像鬼魂的小男孩们……那些被急流线条冲走的无数跳蚤或是某种昆虫，紧紧抓着汽车的后视广角镜，吸食着镜子里的某种昆虫体液……跳跃

---

① [法]安托南·阿尔托：《残酷戏剧——戏剧及其重影》，桂裕芳译，北京：中国戏剧出版社，1993年，第88页。
② 高翊峰：《幻舱》，台北：宝瓶文化，2011年，第77-78页。

快速的福神不倒翁，在坠落中的电梯箱子里跌倒，流出一玻璃
花缸可能只是食用色素的血……玻璃天空漂浮一瓶不知名的气
泡矿泉水，身体已经半透明的儿子，以门牙开瓶，冒出一句句
听不见的无编号问题……以吨量计算的年轻女人胸脯肋骨，挂
在疾驶的玻璃货柜车里，冻出一层白霜糖粉，生出油滑光亮的
蛆，孵化出无数的苍蝇，抢着飞出疯狂呐喊的骷髅头眼洞……
这些模糊坠落的，从高台的木板尖端跳水了。在弹跳板与水面
的几公尺之间，进行小规模翻转、并身、侧滚、弯夹的组合总
和。最后垂直纵身入池，激起微弱的水花墙，淋湿达利的喉咙，
他依旧感觉到喉咙深处的渴。"[1]

　　这些如同跳切的电影镜头般的恣肆意象与场景纷至沓来，
幽闭空间的突破冲击着读者的感受，到最后完全分不清梦与醒
之间的界限在哪里。如同现象学式的搁置观念，放逐陈见，呈
现直观感受，使得高翊峰将超现实主义发挥到极端，达利这个
主人公的名字就明示了这一点。
　　伊沃纳·杜布莱西斯（Yvonne Duplessis）曾经归纳过超现
实主义的技巧与方法，包括幽默、神奇性、梦幻、疯狂、超现
实主义的物体对象、绝妙的僵尸，等等，他写道："这些各种
各样的超现实主义技巧的目的，仅仅在于抛弃既得的文明成果，
显示出自在的、具有原始本性的人，从而使他能够恢复自己的
全部心理力量，并真正成为自由的人。在梦幻和疯狂的状态下，
由于所有的控制活动都松弛下来了，所以无意识就自发地表现

---

[1] 高翊峰：《幻舱》，台北：宝瓶文化，2011 年，第 94－95 页。

出来，而自动写作就可以使人记录下无意识的信息。"① 高翙峰的梦幻叙事很大程度就是一种排斥意识控制的自动写作。在如同发烧病人的呓语中，"幻舱"中的时间是停滞的，寓言了末日世界中时间的无效性，但空间同样成为一个压抑性和变化不定的场所。那个明亮整洁的地下空间，尽管在幻觉中也耀眼闪光，呈现给读者的感受却是阴冷、潮湿、晦暗的世界。但我用"寓言"其实不过是权宜的说法，因为超现实主义要寻求的不是象征，而是启示。我们会惊奇地发现，尽管如同病人呓语，但其实"幻舱"之中没有一个病人，或者说因为所有人都是病人，变态反倒成了常态了。

《泡沫战争》较之于《幻舱》则要更贴近写实一些。它将场景设置在一个山上的社区。因为干旱，而管道失修，自来水无法输送上山，儿童们于是抢夺了社区控制权，他们形成了一个类似君主制的微型政府，决定用儿童的方式来解决社区的问题。应该说这是一个小型的思想试验，就如同刘慈欣的科幻小说《超新星纪元》，但是对比于后者的宏大，《泡沫战争》则无论在格局还是在思想上都要微小许多，确实是一种类似儿童过家家的"泡沫战争"。我们似乎可以将儿童们煞有介事的行动，比如打野狗、偷自来水，理解为对于成人世界、环境污染、阶级差别的不满，但这只是一种无所用心的联想。笔者认为《泡沫战争》最有价值的恰在于"无意义"式的以"童心"来体验世界的绝假纯真感受。比如写高丁这个山上社区一直饮用污浊水源的孩子第一次在城里见到自来水，喝马桶水的记忆："那马桶

① [法]伊沃纳·杜布莱西斯：《超现实主义》，老高放译，北京：三联书店，1988年，第63页。

水尝起来，有一种新式电梯大楼外墙瓷砖的凉意。可以嗅到沙拉脱洗过的五爪苹果的香气。刚碰到嘴唇时，水的边缘有些硬度，不算刺，但有种它很想让人多喝几口并努力钻进口腔的企图。当马桶水翻过门牙，流经牙齿与牙齿之间的缝隙，会让一整片的牙龈变得软嫩，也敏感得稍微用手指一压，就会生出伸手去搔抓胯间隐痒的冲动。高丁试着让水体在舌床上转温开花，久久了，也没有凋落出任何城市人的特有屎尿口感。他没有第一时间吞咽，让渐渐变温的马桶水，卡在舌根和喉管的上头，呼噜噜持续加热。就在那一刻，高丁才尝到极为细淡的、带有甜味的化学药味。那是刚用牙膏刷完牙又偷偷吃了七七乳加巧克力的苦与甜。然后他才把这一口自动冲出来的马桶水，吞咽，滋润一整条不长的喉咙。"① 如果说《幻舱》将心理幻想推向极致，此处则将肉体感觉放大到极端，两者都试图冲破惯习，恢复思维和感官的原初敏锐。

　　这种极端化尝试的意图是积极的，从客观上来说接续的是20 世纪六七十年代的台湾现代主义文学脉络，如意在打破"反共文学"和"逃避文学"的白先勇、王文兴、七等生、丛甦、施叔青等人的现代派小说，以及倡导"世界性"和"纯粹性"的《创世纪》诗社洛夫、痖弦等人的超现实主义尝试。但是如果这么说，很可能陷入艾略特所谓的"意图谬误"之中，而每种特定时期的文学所应对的历史场景不同，真正的问题在于尝试的可能性和实际的效果之间是否能够达成一致。笔者曾经分析过极端电影的产生原因，从外部而言是西方尤其是美国强势文化

---

① 高翊峰：《泡沫战争》，台北：宝瓶文化，2014 年，第 104 页。

对其进行的命名和征用；就内部来说，一方面由于破碎的身份、文化紊乱、性迷失、语言的失败而带来的对于发达国家文化的崇拜，另一方面则反向激发了民族主义的身份认同，继而将文化民族主义发挥到几乎意淫的地步。两者交集就形成一种现代性的"怨羡"，是一种新时代的后殖民书写。那么，高翊峰这样的极端写作是否是台湾作为"亚细亚孤儿"①的镜像折射呢？极端电影以其特立独行的异端样貌获得一种分众式的市场承认，那么极端写作有没有获得"承认的政治"的认同？当试图故意摧毁习用的语言，以释放出能量的时候，折磨搅扰读者的感受，是否会激发出未来文学的诸多可能？当讽喻、象征、暗示、寓言的实际效用尚不明确的时候，启示的效果究竟如何，需要有待时间的检验。

1953 年，布勒东（André Breton）在总结超现实主义的时候，强调"要找回语言的秘密，而语言的各个元素不再漂浮在一片死海之上了。因此，重要的是让这些元素摆脱那种越来越实用的用法，这是使其摆脱束缚并恢复自身能力的惟一手段"，而"随着人在自己所设立的进化系统里越来越往下走，与其他生物相比，他判断意愿和痛苦的能力则越来越小，他只能以谦恭的姿态拿自己所掌握的那点知识去辨认四周的东西。为此，人所掌握的手段就是诗的直觉……只有它能向我们提供引线，将我们再次带到神秘的直觉之路，而神秘的直觉则是超感性现

---

① 1946 年，吴浊流以日文写作《亚细亚的孤儿》（中文有过个译名，如《孤帆》与《孤帆小影》），1983 年罗大佑创作了同名歌曲，1990 年朱延平根据柏杨的小说《异域》改编的同名电影主题歌采用了罗大佑的作品。"亚细亚的孤儿"成为中国台湾地区乃至其他流散华人及其文化的一个鲜明意象。

实的素养，是在'永恒的神秘之中看不见的隐形之物'。"① 今日的"隐形之物"与20世纪上半期的"隐形之物"有什么不同呢？我们无法回避资本主义向消费主义转型中意识形态变迁的问题而直接采用超现实主义式的手法，因为那其实切割了文学与社会之间的活性联系，让它们彼此互相仇视。其美学效果可能也就是如同南方朔所说"人其实只是在各自的板块上做着谜语及只有自己听得见的独白"②，"独白"实际上是拒绝了对话，而缺乏交流和沟通的写作究竟能够走多远，这实在需要重新思考。

回到中西方文学史的脉络中来，我们会发现，古典时代的文本有着内在的和谐，人与世界（自然／社会）并没有构成二元的对立，毋宁说它们是融为一体的。在那个卢卡奇所谓的"史诗时代"里，无论是被黑格尔所盛赞的"静穆的和谐"的古希腊史诗，还是体现了"民胞物与"的中国《诗经》，"构成世界轮廓的边界与构成万物的轮廓的边界在本质上别无二致……人作为实体性的唯一载体，在反思形式中的处境并不寂寞：他和其他人的关系，以及由此产生的形成物，完全为实体所充满，就像他自身更真实地为实体所充满一样"③。但是现代文学尤其是20世纪以来的现代主义小说，因为自启蒙运动、工业革命和航海殖民主义的推进，外部社会的"现代性"挤压，个人已经无

---

① ［法］布勒东：《超现实主义宣言》，袁俊生译，重庆：重庆大学出版社，2010年，第301、307页。

② 南方朔：《〈幻舱〉里的幽闭恐惧》，见高翊峰：《幻舱》推荐序，台北：宝瓶文化，2011年，第22页。

③ ［奥］格奥尔格·卢卡奇：《小说理论：试从历史哲学论伟大史诗的诸形式》，燕宏远、李怀涛译，北京：商务印书馆，2016年，第23页。

法达成与外部世界的和谐，进而从中获得精神的依托——个人与世界分裂了，为了保持自身的完整性，现代小说家转而回返自我的内部和精神，在文本中重建一个"小世界"，以作为反抗的基础。如同米兰·昆德拉所说："小说作为建立在人类事物的相对与模糊性基础上的这一世界的样板，它与专制的世界是不相容的。这一不相容性不仅是政治或道德的，而且也是本体论的。"① 文学艺术在现代的自律和独立性是为了获得自身在分化了的世界中的合法性依据，但是到了所谓的"模糊世代"，这种二元分离可能要面临新的挑战，高翊峰的实验文本显示的正是这种重构个人、物与世界之间统一性关系的尝试。与高翊峰大约同一时期，大陆的"小说前沿文库"中的系列作品，也体现了此种新一代作家的探索，它们包括"先锋、实验、异端、集成、网络新写作"。比如霍香结的《地方性知识》、徐淳刚的《树叶全集》摆脱人本主义的视角，而从物的角度进入；人与的《智慧国：双岸黄源如是说》、恶鸟的《马口铁注》、贾勤的《现代派文学辞典》致力于文体形式的发明；梦亦非《碧城书》、河西《平妖传·在妖怪家那边》、张绍民《村庄疾病史》则把寓言改为预言，从解释走向虚构。② 这一切试验，都源于对既有的文学书写形式的不满，试图创造出新的理解与书写形式，同时怀抱野心创造出自己的读者。

所有这些尝试，都指向一种新的赋形形式，即通过发明新的语言与表意形式来表述已经变化了的人和整体社会。诚如一

---

① ［捷克］米兰·昆德拉：《小说的艺术》，孟湄译，北京：三联书店，1995 年，第13 页。
② 刘大先：《实验小说的可能性》，《文艺报》，2015 年 4 月 13 日。

般观察者所普遍感受到的，日益碎片化的世界让人既定的感知世界的方式分崩离析，就小说写作而言，几乎没有任何一个写作者有勇气和自信能够在总体上把握这个世界，而往往只能采取片断和拼接的方式。在现代主义小说那里，卡夫卡尝试用象征与寓言，沃尔夫、福克纳让心理意识自由流动，普鲁斯特则通过内心的忆念来建构个体的完整性——作家们似乎只能退而求其次在文本以个体内在的完整来整合或规避外部的破碎与散乱。这一切到了当下已经失效，因为个体的完整性（主体性）也遭遇了破坏——在一种景观社会（spectacle）的氛围中，如同德波（Guy Debord）在其相关论著中开宗明义地引用费尔巴哈关于基督教的论述所说："对于影像胜过实物、副本胜过原本、表象胜过现实、外貌胜过本质的现在这个时代……只有幻想才是神圣的，而真理，却反而被认为是非神圣的。是的，在现代人看来，神圣性正随着真理之减少和幻想之增加而上升，从而，在他们看来，幻想之最高级也就是神圣性之最高级。"①在当代生产与消费融合、本质与现象消弭的社会语境中，生活本身展现为景观的庞大堆积，一切都转化为表象。从生活的方方面面分离出来的影像群汇聚成河流，使得生活的统一不再可能被重建，而只能呈现为一个纯粹静观、孤立的、自给自足的伪世界。"景观通过碾碎被世界的在场和不在场所困扰的自我，抹煞了自我和世界的界限；通过抑制由表象组织所坚持的、在谎言的真实出场笼罩之下的所有直接的经验事实，抹煞了真与假的界限。消极接受日常现实异化的个体，通过求助于虚幻的

---

① 费尔巴哈：《基督教的本质》1843 年第二版序言，荣震华译，北京：商务印书馆，1984 年，第 20 页。

魔术般的技术，被推向了反应这一命运的一种疯狂。对一种无法回答的沟通的虚假反应的本质是对商品的消费和接受。消费者所经历的难以抵御的模仿的需要，是一种由他的基本剥夺的全部方面决定了的真正幼稚的需要……'对于表象来说，变态的需要补偿了处于边缘的人的苦恼的感情。'"[①]德波所观察到的20世纪60年代的景观社会正是现代主义艺术各类试验尤其是超现实主义的高峰向所谓后现代主义转型时期，半个多世纪之后，如今的虚拟技术与网络媒体及其终端所营造的新的景观，已经日益渗透入每个人的日常生活之中，虚与实之间的界限已经难分彼此并且相互融合，不仅外部世界无法整全，内部精神的圆融也遭受了来自符号化拟像仿真文化的冲击。当内部与外部同时处于既在场又缺席，既实际又虚拟的处境时，文学必须对此做出回应，因而无论是现实主义、浪漫主义，或者超现实主义、现代主义等各种既有的表述形式都必须面对走出惯性的变革，发明凸新的赋形方式。我们在晚近几年霍香结的《灵的编年史》、黄孝阳的《众生·迷宫》以及李宏伟的《国王与抒情诗》中，也看到了与高翙峰相近的尝试。这些人在面临一个被新技术、媒体与意识形态"增强"的现实时，认识到未被清楚、明白、冷静、严整的科学理性所规划的神秘性，可能潜藏在非理性的意识与感受之中，也许其中包孕着另外一部分真理。

在高翙峰和其他实验小说中，赋形体现为新感受力的塑造，即打破文本阅读的审美常态，逼迫读者在艰难的甚至是备受折磨的阅读体验中产生震惊效应。关于新感受力，最初的讨

---

① ［法］居伊·德波：《景观社会》，王昭风译，南京：南京大学出版社，2006年，第101页。

论来自苏珊·桑塔格关于当代艺术的敏锐观察：艺术最初出现
于人类社会的时候是作为一种巫术—宗教活动，后来变成了描
绘和评论世俗现实的一种技艺，而如今，它则成了一种新的工
具，一种用来改造意识、形成新的感受力模式的工具。这种当
代艺术打破了科学与人文艺术、艺术与非艺术、形式与内容、
严肃与浅薄、高雅与低俗的二元划分，具备了融合的特质，它
强调冷静，拒绝多愁善感，提倡精确，具有探索问题的意识。
"新感受力要求艺术具有更少的'内容'，更加关注'形式'和
风格的快感，它不那么势利，不那么道学气——就其并不要求
艺术中的快感必须与教益联系在一起而言。"[①] 虽然在苏珊·桑
塔格那里，如今的文化走向了一种"非文学的文化"，文学尤其
小说是最不具备新感受力的典范特征，然而在经历了当代艺术
与科学的结合，尤其是晚近 20 年的媒介融合之后，文学也在谋
求因应当代生活的新的形式，高翊峰的写作就可以视作一种突
围的努力。

但是，如果将高翊峰和上述"小说前沿"与实验写作置于
艺术史发展的脉络、当下地缘政治场景与新媒体技术的现实之
中，就会发现这种写作也难以避免其自身的限度。这些实验性
作品作为对既有写作不满和谋求生机的创造，在内向型的意识
感受中，某种程度上让文化与历史被窄化成幽暗而邪僻的存在
暗影，而生活则充满了阴郁可疑的色彩，从而遮蔽了现实所可
能生发的无限可能、多样生命力和内在丰富性。首先，现代的

---

① ［美］苏珊·桑塔格：《反对阐释》，程巍译，上海：上海译文出版社，2003 年，
第 351 页。

超现实主义式的内倾，一旦走向极端，它的公众接受度岌岌可危。事实上，原本就身处碎片化的语境之中，此种写作可能主观意图反抗，反倒客观加深了压抑机制本身，将自身打造为一种新的颇具符号陌生性的景观式存在。其次，异见式的叛逆如果沉溺在心理与想象之中，不免会延续 20 世纪中叶以来左翼知识分子的失败宿命，文学革命式的冲动最终成为一种文学形式上的"茶杯中的风暴"。最后，新媒体与消费造成的景观社会和符号场景使得"真实"已经变成"超真实"，这个时候进一步往超现实主义的方向走，也许只是落入一种无形中的窠臼，而"超真实"的现状其实在高翊峰的作品中是搁置的。新感觉派、超现实主义这些现代主义写作方式，在"晚期现代性"和"流动的时代"中如何找到焕发生机的可能，"极端写作"怎样突破模式，进而连接文学的介入式行动功能，这也许是高翊峰和其他新型写作探索者所要解决的问题。尽管如此，高翊峰还是提供了一类鲜明的文体，这本身也是敦促进一步思索与创造的起始。

第五章　问题与未来

第一节　何谓当代小说的史诗性

"史诗性"是一个被过度使用的词语，尤其在涉及长篇小说的时候，似乎只要情节时间跨度够长、涉及的人物够多都无所用心地被称作"史诗"，其实不然。"史诗性"指向于总体性，也即它必须在关注个体命运的同时要有宏观视野，个人遭遇映射出的是时代命题与历史的变迁——人物形象不是"单个人所固有的抽象物"，而在其现实性上应该是"一切社会关系的总和"①。很多作品徒具史诗的表象，而没有史诗的实质，就在于它没有表现出对于宏大命题的思考，以及思考与形象塑造中的内在整一性；或者做出思考的样子，但是实际上重复了习见的街谈巷议或者大众媒体话语，而没有体现出作为文学创作应该体现的区别于诸如社会科学或者政治哲学的独特之处。

在对史诗做出过最为精细而完整论述的黑格尔那里，史诗原本产生于人与自然之间未曾全然割裂而人又获得部分自主自觉的"英雄时代"，它要叙述某个民族精神以及"全部世界观的

---

① 马克思：《关于费尔巴哈的提纲》，中共中央马克思恩格斯列宁斯大林著作翻译局编：《马克思恩格斯选集》第一卷，北京：人民出版社，1995年，第56页。

客观实际情况。史诗的整一性就要靠两方面，一方面所叙述的具体动作本身应该是完满自足的，另一方面动作进展过程中所涉及的广阔世界也要充分表现出来，使我们认识到。这两方面还要融贯一致，处于不可分割的整一体"①。现代性的祛魅与分化之后，人的生活呈现出复杂与碎片化的面貌，已经无法诞生主体圆融自足的史诗，在近代以来的"散文时代"中，田园牧歌不再，英雄史诗也难以为继，所以黑格尔认为小说是"近代市民阶级的史诗"。卢卡奇继承了黑格尔的说法指出，"对这个时代来说，生活的外延整体不再是显而易见的了，感性的生活内在性已经变成了难题，但这个时代仍有对总体的信念"，"史诗可从自身出发去塑造完整生活总体的形态，小说则试图以塑造的方式揭示并构建隐蔽的生活总体"②。

在这个意义上，梁晓声的《人世间》无愧于我们时代具有史诗性质的鸿篇巨制，它在时间上纵越 20 世纪 70 年代直至 21 世纪第一个 10 年丰富多变的历史，空间上横跨城市与乡村、东北到西南的广袤大地，生活面则涵盖城市平民、政府官员、山村乡民、基建民工、国企工人等诸多角色，情节波澜壮阔，细节密实而富于质感，继承了茅盾《子夜》以来的社会分析小说传统，并赋予了新的时代内容与观念。我们可以从小说中发现三条交织着的线索：客观历史实践的转折性事件与变革，以家族史为依托的主观虚构情节，在文本行进过程中始终伴随着的社会学分析与议论。这些斑驳并行、彼此互文的线索将社会重

---

① 黑格尔：《美学》第三卷下册，朱光潜译，北京：商务印书馆，1996 年，第 165 页。
② ［奥］格奥尔格·卢卡奇：《小说理论：试从历史哲学论伟大史诗的诸形式》，燕宏远、李怀涛译，北京：商务印书馆，2012 年，第 49、53 页。

大命题纳入个人经验之中，接受了现实主义的遗产并将之发扬光大，以周家三代人的人生经历折射出近半个世纪家国、制度、情感结构、道德伦理的嬗变，竭力营构出一种整一性：细若微尘的民众命运汇聚成大时代的真正动因。

在当代文学史上，《人世间》是继《平凡的世界》之后又一部真诚而饱蘸悲悯之心的作品，只不过路遥聚焦于农民的身份变迁，而梁晓声着眼于工人的命运转轨。它摒弃了"新历史小说"以来关于人性的猥琐、阴暗与邪恶，以及关于历史的暴力、恣睢和随机性，而显示出正大宽厚的气象，体现于作品中的人物都是常人和一般意义上的"好人"。那些好人，不以特立独行的性格构成某种典型，而充分显示出某种中国普通民众的共性——尽管平凡甚至卑微，但都不卑不亢、堂堂正正地行走在人世之间，他们经历了当代中国最为剧烈的变革，没有人能够置身事外，而无论外部世界如何颠沛不安，却总是踏踏实实地活着。从选材的角度而言，这种对于好人的书写，显示了主观的态度、道德关切与伦理立场；而就被书写的好人本身而言，他们的形象尽管详略有别，但每个个体都构成了一个自足完整的存在，那些片断遭遇背后都有未曾明言而可以感知的悲欢离合。这是当代史诗所呈现出来的成熟风貌。

周家三代人的个人生命史进程构成了小说纵向的线索，三部曲的推进严格按照历时顺序，交织成文本的变奏曲。幼子周秉昆是结构的中心，他的个人遭际形成了城市生活和工人命运演进的生理学隐喻。上部是敏感、向上而充满内在心理冲突的青年，带有浪漫主义的迷茫、激情、幻想与探索。周秉昆第一次见到后来的妻子郑娟时的段落令人印象深刻，郑娟的男友因为杀人被枪毙，而她此时已经怀有身孕，家徒四壁，老迈的母亲与失明的弟弟小明几无生存能力。秉昆以救助者的身份前来，震惊于郑娟的美貌又愤怒于被拒绝的屈辱，鄙视恳求他救助的郑母却又同情这一家人的遭遇……各种情绪交织在一起。当小明跪下请求他的帮助时，让他经历了精神的洗礼和升华："当别人对你下跪相求时，表面看来完全是别人的可怜，往深处想想，其实也未必不是别人对你的恩德，因为那会使你看清自己究竟是怎样的人。而看清自己总是比看清别人要难的。谁都希望看清别人，希望自己看清自己的人却不是太多。真实情况很可能是这样——自己内心的丑恶，也许比自己一向以为的别人内心的丑恶更甚"[①]。这是一个有着自省精神的好人的自我净化。

带着这种不断的自我成长，中部进入了焦虑、挣扎的中年，是新写实主义本色当行的困惑与奋进，它并非某种"分享艰难"的主旋律诉说，而是带着质朴的道德情操去直面生活随着时代转型所发生的变革，突出的是工人群体之间的天然友爱。那种友爱来自秉昆与朋友们在"光字片"平民区的成长背景、相似的经历与集体性劳动中结下的合作精神，当然，更多的源于弱小者抱团取暖的无奈和互助。梁晓声没有回避最后这一点，因为他意识到顶层某些规划改革的转型中，精神和理想的感召失去了其鼓舞人心的神圣魅力，而实利主义的冰冷现实则袒露出其凶险而无情的面孔——在批判现实的描写中，梁晓声重申了人道主义的价值，这使他真正地具有了批判性，而批判性是

[①] 梁晓声：《人世间》，北京：中国青年出版社，2018 年，本文涉及该书引文均出自此一版本，后文不再一一标注。

一切现实主义的根本。

下部则是直面现实的沉郁、思辨，而最终怨而不怒，走向豁达包容的晚年。事实上，从秉昆进入工厂开始，整个情节充满了不乏犀利的现实揭露和对于现有制度的观察与讨论。秉昆历经磨难，包括办刊、入狱、经商、失业，虽然惨淡经营，但即便他只能和下岗的朋友蹬三轮车，也依然活得本分、正直、宽容而不失希望。当他从外部社会退回到家庭、情爱和个体那卑微但坚实可靠的幸福之时，任何一个普通读者都无法以某种高蹈的言辞去指责他放弃了青少年时代的宏大诉求与思辨探索，因为他代表了中国最平凡、基数最广大、脚踏实地的民众生活，人们皆在其中。叙事愈到最后，人物最初所经历的那些充满冲突与悖论的欲望、情感、态度和抱负之间的撕扯愈加趋于淡化以至于无，而所有的目的都指向了一点：他们只想奋斗求生、守护家人，过上稳定平和的生活。这里揭示出一个最素朴的道理：社会不是目的，生命才是目的，或者说社会、文化、政治最终的旨归在于人的生命与生活。

三部曲文本内情绪的流动，使整个小说平铺直叙的叙事拥有了动态的节奏，气息绵长，态度端肃，有着罗曼·罗兰般的激越和老舍式的同情共感，它带有成长小说的表象，但却并没有性格上鲜明的变化，毋宁说是历史过程在人物身上的变形。

作为有着自觉知识分子追求的作家，梁晓声最初以知青题材写作闻名，而后转入更为直接的社会问题思考，1997年就曾经写过非虚构作品《中国社会各阶层分析》，将自身经历与社会观察融合起来，讨论了七类人物。他在该作开宗明义提出了一种认识论："发达而先进的生产力，决定着经济基础的雄厚盈实。雄厚盈实的经济基础，是以商业的空前繁荣为标志的。空前繁荣的商业是冲压机床。它反作用于生产力，是使生产力成为一柄梳齿排列紧密的梳子。甚至可以说，已不再是一柄梳子，而仿佛是一柄——篦子。繁荣昌盛的经济时代，对人类社会而言，乃是效果最理想的'洗发剂'。阶级这一缕胶和在一起的头发，遇此而自然松散开来。经生产力这一柄篦子反复梳理，板结消除，化粗为细。于是阶级被时代'梳'为阶层。于是原先较为共同的'阶级意识'，亦同时被时代'梳'为'阶层意识'。……在这样的时代，比以往任何时代，都更加明白有责任，有义务，有使命关怀和体恤一无所有的人们的存在。最重要的是，它有能力。"① 尽管这并不是严格意义上的学术著作，却有着一般社会科学著作所没有的亲历经验、独特感悟与始终充溢着的感情，因为他意识到"有责任、有义务、有使命关怀和体恤一无所有的人们的存在"，同时外部条件也使得他"有能力"去尝试和实践。

　　《人世间》延续了这种方法论和思考，其横向的线索就是社会阶层分析，它以周氏几兄妹的不同人生走向，及各自的爱情与友情、婚姻与观念，展现出立体的社会关系网络。人物形象其实具有象征性：大哥周秉义由品学兼优的知青成军工厂厂长，再到市委书记，代表的是官员阶层；二姐周蓉则始终保持了尘世中的诗性，曾为了爱情追随诗人下乡，返城后成为大学教员，她与后夫蔡晓光代表了知识分子阶层；而小弟周秉昆的朋友们国庆、德宝、赶超、春燕等人则是普通工人。这些形象

---

① 梁晓声：《中国社会各阶层分析》，北京：经济日报出版社，1997 年，第 2、4 页。

因此具有了寓言意味。梁晓声在这些不同人物那里试图呈现出复合的社会结构：中国似乎分化为表里两个社会，"一个是表层的、虚假的政治社会，一个是开始反思反省、向往回归常态的深层社会，酝酿着重大事变的发生"。这当然是叙述者在特定年代的判断，但其实即便走出了激进革命时代，到改革开放及更晚近的 21 世纪之后，这种隐微的差别依然存在，少年时代的秉昆资质平庸，无法与聪明能干的哥哥姐姐对话，他们与同学讨论文学与思想话题，都不屑于同他交流，到了中年之后人生发生分化，他依然无法进入哥哥姐姐的世界之中。这是常人与精英的差异，尽管一奶同胞，但因为后天的原因、阶层的分化，两者实际上在信息与话语上是不对称的。

在这种差别中，梁晓声始终站在了常人秉昆这一边。他几乎全景式地展现了大变革时代所可能涉及的社会层面，而一以贯之的则是人道主义的关怀，所关注的问题是民间中国与政治中国并行的复杂结构。小说第一部的时间涉及激进政治乌托邦试验时期，在大的环境中秉昆和他的朋友们那种普通青年并无能力像秉义、周蓉那样的精英，能够对时势有所判断；但也没有堕落到像"九虎十三鹰"那样，成为随时可能被严打的流氓；他们不甘沉沦，努力挣扎，但却没有任何能力改变一下人生状况，也没有外来的资源能够予以提携。"只能像父辈那样靠江湖义气争取别人的好感，以便在急需帮助时借助一下哥们儿。除了亲人或哥们儿，没谁关注他们，偶尔有人爱护一下他们，便足以被他们视为贵人、恩人。他们胆小，不敢招惹是非……但在认为有必要证明人格本色的时候，他们又都愿意显示自己是多么义气。他们认为好人格就是够义气。关于人格二字，他们普遍也就知道这么多，而那基本上来自民间的影响。他们是庸常之辈，但又确实已是千千万万人中的好青年。他们也确实都想做好青年，不想做坏小子。"当社会呈现出让这些普通人无法看得清楚的面貌时，他们本能地回复到长久以来积淀在民间的集体记忆和日常伦理之中："他们磕磕绊绊地学着做父母以及民间所认可的那种好人……为了他们的和他们一样是庸常之辈的父母、亲人和哥们儿，为了指望和他们成家生孩子的姑娘——她们倒是不太有他们那种人生观和价值观的困惑、迷惘，因为她们都想赶快终结女青年这一尴尬称谓，都想要迫不及待地赶快做好妻子、好母亲和好儿媳。这几乎是民间价值体系固守的最后阵地……她们可以遁入民间价值观的掩体里，去全心全意经营小小的安乐窝，那才是她们的喜乐之事。"

很多时候，我们容易简单地认为此等人生态度属于主体的未明状态，但对于没有太多选择的普通人而言，这并没有什么可耻的，事实上很多时候正是这样的常人才托起了社会运行的基座。小说中，很有意思的地方在于，作为官员和知识分子的周秉义和周蓉无论在智力、金钱、社会地位、象征资本上都比秉昆要强大，但这些"成功人士"似乎只是自己鲜亮，对亲人朋友的生活并没有什么实际的意义，恰恰是秉昆和郑娟这样的"庸常之辈"承担起赡养老人、抚养小孩的责任，让整个家庭没有分崩离析，度过最困难的时候。对父母子女尽责，对工作尽职，对朋友尽忠，对社会尽力，这样的人也许不会有灿烂的夺目光华、戏剧性的跌宕起伏、令人赞叹的丰功伟业，却实实在在地是中国的脊梁。有情有义，这是草根平民的厚道情义与精英人士的精明理性所不一样的地方，尽管其中也不免包含着功利的生存智慧，但根底里不脱人们基本的宽厚与善良。底层民众的患难相帮、体恤互助，是《人世间》贯穿始终的情节推动暗线，同时也浸润着作者本人对于中国故事的筋脉、中国精神的底质探索——在他看来，基层人民所构成的民间温情是上层意识形态的底气，两者之间互动交融，才建筑起时代稳步前行的根基。

正是在对人民与时代的思辨中，小说表现出陀思妥耶夫斯基式的内部对话特征：情节进程中叙述者常常采用"讲述"和议论的方式，让读者从似真性的沉浸体验中拔离出来。这一点很重要，因为以模仿为主导手法的现实主义写作在时代氛围、社会环境、情感方式等方面的营构上，容易造成一种代入感，从而令读者产生共情心理。但共情心理并不必然带来现实感，就如同以耸动缺乏反思的情绪为旨归的煽情剧、苦情戏，其实不过是释放与宣泄感伤与哀怜的渠道，而不会陶冶、净化与提升人们的理性认知与精神境界。插入叙述者议论与让人物自身加入对自身经历的认识与讨论之中所构成的复调，让不同的观点与视角得以呈现、交流乃至辩难，从而实现了对经验现实的超越，这才有可能实现具有反思功能的观念现实。这才是所谓源于生活而又高于生活的意义所在，从 20 世纪 90 年代强调日常生活的"新写实主义"小说到 21 世纪以来的大量现实题材作品，我们会发现往往有"平于生活"乃至"低于生活"的现象，《人世间》恢复了 19 世纪批判现实主义的伟大传统，可以说是小说企慕史诗的生动体现。

19 世纪批判现实主义小说蓬勃兴起的时候，也正是历史成为一门科学，而与文学发生对立的时候，两者对于"现实"的表述被认为是"真实世界"与虚构的"可能世界"之间的区别，小说所要表现的是作者所欲求和希望的应然世界。这里回响着亚里士多德关于"诗"与"史"的论辩："诗倾向于表现带有普遍性的事，而历史却倾向于记载具体事件"，"史诗不应像历史那样编排事件"①，因为后者那巨细无遗的偶然性事件叠加无助于认识的加深和德性的提升。海登·怀特在分析托尔斯泰《战争与和平》的时候，强调了这一点："历史造就了所有这一切，但并非出于任何道德或形而上学的目的。这是因为，'历史'不过就是人们为事件之实际所是赋予的名称，这些事件包括过去发生的事、现在正在发生的事和未来将要发生的事。既然这些事件没有表现出计划或目的，因而对它们的研究所形成的任何可能的知识都是一种纯然局部性的、或然的、具体的和有限的知识"，"历史不是让我们理解的，而是让我们经历的"。②"史"（历史叙述）往往或者编纂帝王将相的家谱，或者以明确的目的论形式结撰因果逻辑，但它们无论采取何种史观都只呈现了历史的某个侧面，历史本相可能并非如此，而"诗"（文学）的意义就在于呈现出民族精神、生命与情感历程，作为难以被科学化历史叙述所整合与表现的历史内容，它们也应该有自己的一席之地。

但小说作为现代史诗与古典时代的史诗不同的地方在于，它的主角不再是体现出"类"的特征的英雄，而是普通民众。

---

① ［古希腊］亚里士多德：《诗学》，陈中梅译注，北京：商务印书馆，1996年，第81、163页。

② ［美］海登·怀特：《反对历史现实主义——对〈战争与和平〉的一种阅读》，见张永清、马元龙主编：《后马克思主义读本·文学批评》，北京：人民出版社，2011年，第171、172页。

普通民众的生息繁衍、喜怒哀愁当然会受到时代、社会和政治具体规划的影响乃至左右，但并不完全服从，他们的生活本身有其无法被规约的芜杂与能动性，两者其实形成了互动，而正是互动本身构成了历史运行的复杂性与丰富性。《人世间》的故事在在表明："大多数人的生活绝非个人之力所能改变，也并不是个人愿望所能左右。不可不承认，国家、社会、时代的因素尤显重要。"那么，个人如何与世界共处？在小说的结尾，步入晚年的周秉昆读到姐姐周蓉写的小说——这部小说本身就是观念现实的产物，是对周家各人所经历人生的自叙传式反思——回首自己一门周姓人家的历史，不禁感慨万千："寻常百姓人家的好故事，往后会百代难得一见吗？"这个普通小老百姓、一个好人最终明白：世上的好事、美事多种多样，并且会不断发生，对于每个具体的人来说都不可能遍享，所以即使拥有微末的幸福，那也应该谢天谢地。现代小说的史诗性正在于它是普通人的史诗，而不再像古典史诗那样聚焦于王侯将相、英雄美人，它的主人公是平凡的个人，但这个个人关联着广阔的社会与时代，那些普通好人的人生给予读者以历史稳健前行的认知和世俗烟火中刹那光华的感动与激励。

在这里，我们看到中国百姓真正意义上的史诗性：人世间从来都充满龃龉与磨难，很少有一帆风顺，而无数周秉昆这样的常人，以自己的宽容、耐心、坚忍和体谅，守护着得来不易的幸福，既不逆来顺受，也不怨天尤人，哀而不伤，温柔敦厚，与时代同行，推动了历史的运转。我们读这样的作品，如同读自己邻居与亲友的故事，可亲可感，反观自己的渺小与卑微，也并不因此自暴自弃，因为那才是绝大部分人真实的人生，辛酸、艰苦而不乏些许的温馨与微茫而不可磨灭的信念。因为这平凡而伟大的同胞与我们共在，人世间虽然遍布无奈、龃龉和磨难，而终究是可亲的处所、栖息的家园，值得我们感恩、眷恋并为之奋斗。

第二节　后启蒙时代的精神成长问题

在《三城记》的后记中，张柠断言："现代小说从本质上来说，都是成长小说，或者是成长受阻的抵抗小说。它们都是在线性物理时间支配下的叙事，同时要为主人公寻找生活的出路，探讨人生的价值。"[1] 说起来"成长小说"自然要追溯到德国教育小说（修养小说）或者发展小说（Entwicklungsroman），从 17 世纪到 19 世纪末 300 年间几乎每个德国一流小说家都写过此类长篇小说，歌德的《威廉·麦斯特》（学习时代和漫游时代）无疑是其中代表。用冯至的归纳来说，这种小说不像英国和法国小说那样，描绘出一幅广大的社会图像，或是单纯的故事叙述，而更多表达一个人在内心的发展与外界的遭遇中所演化出来的历史，它探究的是"个人和社会的关系，外边的社会怎样阻碍了或助长了个人的发展。在社会里偶然与必然、命运与规律织成错综的网，个人在这里边有时把握住自己生活的计划，运转自如，有时却完全变成被动的，失却自主。经过无数不能避免的奋斗、反抗、诱惑、服从、迷途……最后回顾过去

---

① 张柠：《三城记》，北京：人民文学出版社，2018 年，第 463 页，后文引用此书只随文标注页码。

的生命，有的是完成了，有的却只是无数破裂的片断"①。也就是说，"成长小说"的底色是一种启蒙叙事，一般而言主人公在一系列经历之后总会获得一种提升，或者有个即便难称完满但至少释然的结局；同时很难说成长小说有什么明确的主旨，就如同艾克曼在回忆歌德多次谈到《威廉·麦斯特》时所说："这是一部最不易估计的作品，连我自己也很难说有一个打开秘奥的钥匙。人们在寻找他的中心点，这是难事，而且往往导致错误。我倒是认为把一种丰富多彩的生活展现在眼前，这本身就有些价值，用不着有什么明确说出的倾向，倾向毕竟是诉诸概念的。"②不过，歌德还是提示人们可以从该书结尾弗里德里希对威廉的话中寻到一些蛛丝马迹："我觉得你像基士的儿子扫罗，他外出寻找他父亲的驴，而得到一个王国。"对此，威廉的回答是："我不懂得一个王国的价值，我只知道，我已获得幸福，这幸福我并配不上，但在这个世界上，谁拿任何东西换这幸福，我也不愿意。"③在歌德那里，有着某种"高高在上的手"给可能会干蠢事、犯错误的普通人以道路的指引，从而使他（她）达至幸福的目标，那个"高高在上的手"显然是对抗宗教的人文主义和启蒙精神。

但是在张柠书写成长故事的时代，对于启蒙叙事的乐观已经不复存在，尤其是对于《三城记》主人公顾明笛这样的

---

① 冯至：《译本序》，《威廉·麦斯特的学习时代》，见《歌德文集·2》，冯至、姚可昆译，北京：人民文学出版社，1999年，第2页。

② ［德］爱克曼辑录：《歌德谈话录（1823—1832年）》，朱光潜译，北京：人民文学出版社，1982年，第62页。

③ ［德］歌德：《威廉·麦斯特的学习时代》，见《歌德文集·2》，冯至、姚可昆译，北京：人民文学出版社，1999年，第578-579页。

"80后"而言，已经很难存在某种令人信服的、能够提供绝对律令或者道路方向的理念。确切地说，张柠所处的是关于启蒙的"态度的一致性"断裂的时代，在经历了从左翼革命失败到冷战格局瓦解，从形形色色"后学"的流播到多元主义的兴起之后，所有稳固可靠的价值观和世界观都面临着前所未有的质疑，乌托邦想象失效之后，来自社会结构上端的设计缺乏凝聚性的精神力量而集中于经济与务实操作，这使得民众不得不投身于生活政治之中，在既有观念废墟中冉冉升起而弥散于一切之中的是消费主义和生活美学。应该意识到与20世纪90年代的"启蒙后（late）时代"不一样，这是后启蒙（post）时代。所谓"启蒙后时代"意味着无论是启蒙与反启蒙，其思维模式还带有启蒙的整合性预设，"各种主义以一种不容置疑的自信，以化约主义的独断，提出一个个自我满足的整全性解决方案"[1]；而后启蒙时代则是"一切坚固的东西都烟消云散了"，不会再有某种先验的价值作为导引，事实上这种思维模式已经被丢弃——这是一个存在主义式的时代，相信存在限于本质，认识论取代了本体论。

    精神性的话题在缺乏统摄性观念以及物质主义占主导的后启蒙时代洪流中如果不算格格不入，至少也是无人问津。然而，它又是无法回避的确切存在，就像杨德昌在电影《独立时代》的开头字幕中引用《论语·子路》中的一段话："既庶矣，又何加焉？曰：富之。曰：既富矣，又何加焉？曰：教之。"士人（知识分子）设想人们在物质生活与身体娱乐的满足之后自

---

[1] 许纪霖等著：《启蒙的自我瓦解：1990年代以来中国思想文化界重大论争研究》，长春：吉林出版集团有限责任公司，2007年，第18–19页。

然而然会转向更为高层面的心理与精神探索，甚至天真地想象自己可以施加教化之力。《独立时代》以台北为中心讨论当代复杂社会中人的精神困惑问题，随着中国经济繁荣和城市化程度的日益提高，它所提到的问题已经成为一个具有普遍意义的母题，也可以说是隐藏在《三城记》背后的终极追问，只是这个时候的知识分子无法拥有宣称"教之"的自信了。

　　如何在后启蒙时代书写精神的成长，是张柠所面对的难题，这注定了他笔下的叙述者是一个"苦恼的叙述者"，因为外部社会文化的稳定体系松弛甚至主导性观念也面临危机，而新的价值并没有形成，这同样给叙述世界带来了骚动不安①。所以这部小说的主人公顾明笛无论从肉体到精神自始至终都在左支右绌、上下求索，无法安稳地生活在某种环境中，与之同构的是叙事视角、节奏和密度无法形成一以贯之的秩序。小说在线性时间中展开，主体讲述的是顾明笛 2006—2011 年 5 年间的生命史。这 5 年正是中国综合国力增长，以奥运会召开为标志，逐渐崛起为世界第三大经济体的时期，与此同时也是各种思潮与话语彼此争论乃至相互攻讦的意识形态未定之局。个体身处此种语境，无论从肉体到精神都处于急剧变化之中，不可能构成一条统一的情节线，而不得不伴随着纷至沓来的事物与信息而相应做出反应。这种反应很多时候出自本能，在欲图建构主体的同时承受着有时堪称天人交战的痛苦和挣扎。所以张柠采取了通过城市空间拼贴的方式，让顾明笛在上海、北京、广州三城之间游走，经历市民生活、社会媒体、学院生涯和新

---

① 赵毅衡：《苦恼的叙述者——中国小说的叙述形式与中国文化》，北京：十月文艺出版社，1994 年，第 1 - 2 页。

兴创业的不同社会层面，与一般成长小说不同的是，张柠没有从顾明笛的"学习时代"开始，而是直接让他进入"漫游时代"。从这个意义上来说，此书也夹杂了"流浪汉小说"（picaresque novel）的特点。

可以注意到在不同空间之中，《三城记》的叙述腔调为适应环境所做的改变，随着顾明笛游走的不同空间、城市与生活，叙述者虽然保持了一贯的插话、议论和干涉，但叙述节奏和叙述声音略有不同。第一卷上海的生活被命名为"沙龙"，小说起始就用急速的叙事向前推进，以极大的信息量勾勒出顾家从祖父到当下所经历了的一系列大小历史，这构成了家族史式的宏大开篇，但是到第二节，很快就发生了收缩，转变成城市文艺青年的"茶杯中的风暴"：大学毕业分配到父亲曾经工作过的东山公园管理处上班的顾明笛百无聊赖，自修中文并且尝试写作，还与高中文科实验班的同学们组成了一个读书沙龙式的小圈子不定期聚会。这种小资式的生活并没有让这个受过高等教育、充满自我分析乐趣的人满意，因为沙龙中的朋友各有其言不及义、言行不一之处，让他有种无力与疏离感："顾明笛厌倦了那种几个人抱团取暖式的小沙龙，感觉不像年轻人的生活，倒是更有中年绅士气质，甚至濒临老年绅士边缘。"（第73页）与张薇祎偶发的性关系以及随之产生的柔情，只是让这个自我反思者更加确信"他确实没有做好心理准备，去过那种卿卿我我、儿女情长的小日子。他还怀抱着憧憬和希望，想要过一种目的不明的、随性的、混乱的、充满冒险精神的生活"（第74页）。这个部分是个人主义自我中心的叙事，涉及关于上海和北京的文化差异，来自叙述者的粗糙类型化陈述，而不是由人物设身处地的经验——外在的、间接的、文本的生活笼罩在肉身生活之上。

　　叙述者对北京的散文式描述，直到第二卷"世界"中顾明笛辞职奔赴北京后也没有根本改变，在他通过同学万嫣的介绍任职《时报》后两人一起逛街的情节中体现得最为明显：他对于北京依然是旁观者的议论和游客般的走马观花。走出"小世界"个人的悲欢，投身到"大世界"的万千事物之中，在追求自我完善的顾明笛身上主要体现为通过媒体所提供的广泛机会：去塞罕坝接触到少数民族的质朴，陪同事裴志武去他甘肃武威的家乡顺便调查触及地方企业污染环境问题，从新闻部到文化部体验到"红包新闻"的潜规则……这确实扩展了他的视野，但泥沙俱下涌来的信息和应接不暇的经验来不及反刍，顾明笛和他的充满理想主义情怀的同事们一样带有媒体人的通病，对于社会问题有很多"意见"，却难以构建出建设性的价值观：这一方面如同《时报》主编柳童批评的属于时代青年的"小资情调"通病，另一方面也是未经磨折的理想主义的偏执与幼稚。张柠借助小说人物之口不时对叙述进行干涉："社会实践比道德理想要复杂得多"（第220页），情节也顺理成章地导向顾明笛无法适应报社工作中的权宜性而受到处分并辞职。在这一卷中，叙述基本上采取的是自然主义风格，对社会的芜杂、龃龉和无奈进行如其本然的扫描。

　　到第三章"书斋"，顾明笛的考博及学术生涯是作为大学教授的张柠最为熟悉的部分，其叙述由自然主义转为暴露与反讽，很容易让人想到现代文学以来那些有关"学院大厦"的高校题材小说。学术观点的讨论、学院晋升政治、学阀体系和学术组织生态在顾明笛的亲身经历和教授的经验谈中呈现出黑幕小说的意味，加上对于情感问题的迷惘，这一切的精神分裂使得他几乎走上歇斯底里的边缘。高校和导师在这个时候也显露出作为现代性装置的压抑机制，他们合力将顾明笛送进了另一个压抑机制的典型处所——精神病院。进入学院，原本是顾明笛试图接受再教育的尝试，但是高校已经不再是传道授业解惑的处所，"象牙塔"没有像现代文学初期那样存在转向"十字街头"的可能，而成为一个"酱缸文化"细致而微的景观。顾明笛所纠结的重大事情"我能做什么？我爱什么人？"无法从中得到解决，毋宁说反倒加深了危机。直到此时，从上海到北京的学生同仁、媒体人、教授基本上属于同一个社会群体和阶层，他们共同构成了对顾明笛式的小知识分子从行为到观念的牢笼。只有在实践中才能打破这种小资产阶级式的局限接触到底层农民工，顾明笛给民工夜校上课预示了从咖啡馆到城中村的转型可能，但此种尝试同样带有虚妄性质，在现实的民工与资本家的冲突中，经不起任何实际暴力和利益的冲击。这促使顾明笛不得不从言说走向行动。

张柠在这里重申了五四知识分子"到民间去"的传统，而象征"民间"的无疑是区别于上海与北京的广州，顾明笛顺理成章地南下到前《时报》同事施越北在广州开创的新媒体公司。广州在城市类型学的意义上，被描述为"礼失求诸野"兼具世俗性和前沿性的存在。前两个城市日常中难以意识到的残忍与压抑给精神敏感的顾明笛所造成的戕伤，在这里通过工作实践找到了心理治疗，并且在互助与体恤中收获了劳雨燕情感的慰藉。追随情感的冲动，顾明笛赶到了河北新兴开发的安新县，从而开启了立足乡土、建设新农村的愿景，这无疑是理想化的设置，但这种理想主义也只是在萌芽之中，因为他同时也面临着是否要再次北上与同事发展新媒体事业的抉择。小说终结于这个未定之局，落脚的基点则是兄弟之情与朋友之谊。

从顾明笛在不同城市空间中漫游的情节来看，这是一场未曾终结也不可能终结的旅程，这个小说是一部无法给出结局的小说。成长小说所需要的"高高在上的手"并不是外部的指引，而置换为来自主人公内在的道德律令和自觉。小说中唯一一个可能充当外部指引的人物是"乌先生"，这位博古通今的隐士确实是理想人物，但跟他的名字一样，只是一个乌有的存在，并且在叙事中很快退隐，并没有在顾明笛每次面临"决断"时发挥重要作用——这个带有精神封闭性的个体与外部象征秩序之间互不兼容，被迫进行不由自主的选择。而读者也会注意到尽管有着曲折起伏的遭际，顾明笛也几乎没有真正意义上的成长，他在开除／辞职、迷惘／医疗、爱情／创业的几次阶段性人生节点上，与其说在肉体与精神上获得了改变，莫如说更多来自漫游中的一次次被拒斥，来自他那过于喧嚣的精神世界的内在发展。他的顽固心性自始至终也并没有太多改变。小说第四卷"民间"中有一个情节是施越北带着朋友们吃完饭去按摩、唱歌，顾明笛被歌厅中陪酒小姐的说辞所打动掏钱给她，劝她不要再从事这种陪酒卖笑的生涯，并且因此与施越北发生巨大的冲突。这个时候顾明笛已经三十多岁，在报社工作过、经历过许多事情，但依然显示出丝毫不懂社会人情世故的模样，他的"救风尘"式的举动不过是一种小知识分子一厢情愿的滥情与幼稚，而不是纯真与理想主义。

个人在身体发育或社会发展过程中的重要时刻，比如出生、青春期或死亡这样从生命或社会地位的一个阶段过渡到另一个阶段都会存在生命转折仪式（life-crisis rituals），顾明笛的五年北上南下、社会内外的生活始终处于漫长而延宕的青春期。用人类学的通过仪式理论来说，他的经历始终处于"阈限"阶段，也即过渡阶段。如同特纳简明扼要的概括："范·杰内普已经阐明，所有的通过仪式或'转换仪式'都有着标识性的三个阶段：分离（separation）阶段、边缘（margin）阶段［或叫阈限阶段，阈限（limen）这个词在拉丁文中有'门槛'的意思］以及聚合（aggregation）阶段。第一个阶段（分离阶段包含带有象征意义的行为，表现个人或群体从原有的处境——社会结构里先前所固定的位置，或整体的一种文化状态（称为"旧有形式"），或二者兼有——之中'分离出去'的行为。而在介乎二者之间的'阈限'时期里，仪式主体［被称作'通过者'（passenger）］的特征并不清晰；……在第三个阶段（重新聚合或重新并入的阶段），通过过程就圆满地完成了。仪式主体——无论是个人还是群体——重新获得了相对稳定的状态，并且还因此获得了（相对于其他人的）明确定义、'结构性'类型的权利和义务。"① 如果将顾明笛的成长视为一个通过仪式，他一次次地从旧有状态中分离出来，却又无法形成新的聚合，这使得他始终处于动荡不安的移动当中。完成通过仪式获得成长，意味着"不管我们生活在什么样的社会里，我们都彼此关联。我们自己的'重要时

---

① ［英］维克多·特纳：《仪式过程：结构与反结构》，黄剑波、柳博赟译，北京：中国人民大学出版社，2006年，第94－95页。

刻',也同样是他人的'重要时刻'"①,也即需要将个人与更广范围的他人结合起来,与新近接触的社会群体及其文化相协商并融合,而顾明笛所显示出来的则每次都是与新群体及其文化的疏离,从心理学上来说仍然处于将复杂事物简化的叛逆期。

事实上,顾明笛的经历体现出我们时代一个根本性症候:过于丰盛的经验和过于理性的个体难以与他人连接成真正意义上的命运共同体。这是一个"流动的现代性"场景,个体因为间接经验(教育和知识)的丰富而变得富于理性而缺乏肉身的激情,这使他更倾向于以犬儒主义和愤世嫉俗的态度来应对接踵而至、披拂而来的无数新奇陌生经验。他在纷繁复杂的身份变化中难以形成任何根深蒂固的忠诚认同,无论是作为小公务员、记者、学者,还是公司职员,他与所遇到的人所结成的小型共同体,比如读书沙龙小组、《时报》记者同事、博士同门、公司团队,也都是"短暂多变、'方向单一'(single-aspect)或'目标单一'(single-purpose)的。它们的生命区间是短狭的,然而又充满嘈杂和狂暴激烈"②。用鲍曼的话来说,这是匮乏"共同奋斗目标"(common cause)的"衣帽间式的""表演会式"的共同体,它们只是需要一个舞台,"一个公开展示的场面,来吸引在其他方面毫不相干的个体的潜伏着的相似兴趣,并因而当其他兴趣——这些不同的兴趣,在把他们分开,而不是把

---

① [英]维克多·特纳:《象征之林:恩登布人仪式散论》,赵玉燕、欧阳敏、徐洪峰译,北京:商务印书馆,2006年,第7页。

② [英]齐格蒙特·鲍曼:《流动的现代性》,欧阳景根译,上海:上海三联书店,2002年,第310页。

他们聚合起来——暂时地被压制起来或被搁置到一边时，能在一段时间里，把他们聚集在一起。公开表演的场面，作为衣帽间式共同体短暂存在的一个场合，并不会将个体的关注融汇成'团体兴趣'；这些个体的关注，也并不会通过被汇聚在一起，而获得一个新的属性，而且这一表演场面所造成的这种错觉和假象，也并不会比对表演的兴奋激动持续的事件要长久得多。"[①]顾明笛所遇到的所有人几乎都可以视为他的过客，他们短暂的相遇和共事，因为缺乏"共同奋斗目标"，而不过是一群个人的随机排列组合。尽管我们可以看到其中许多人似乎成为他可以寻求帮助和关键时刻依靠的朋友，但他们之间在观念与认知中并不相同，许多时候甚至会发生极端的冲突，维系着关系的不过是脆弱的情感（友情）。

同时，顾明笛在漫游过程所接触到的海量信息与经验，很轻易地被他以单一的态度与方式处理，这并不能显示出个体的主体性，而只是心灵封闭的表征。不能融入个体内部的经验只是无意义的盲动和刺激，这便是顾明笛所经历着的事实。小说中写到他与三个女人不同的性经历颇值得注意，显示经验与理性会使得个体愈加无视肉身感受与体验，而转移到纯粹观念性的领域。性这个原本被赋予解放与革命潜能，带有通过仪式意味的行为，在小说中被处理得轻描淡写，这可能正是顾明笛这样一代人对于性的实际态度。

他在小说中的第一次性行为（这并不是说他此前没有性经验）是与读书沙龙的同学张薇祎在一次聚会后因为回家晚偶然

①［英］齐格蒙特·鲍曼：《流动的现代性》，欧阳景根译，上海：上海三联书店，2002年，第310页，第311页。

发生的，事后两个人都没有觉得这是多么不平常的事情。小说没有直接描写，只是在张薇祎离开、顾明笛醒来时的回想中："昨天晚上整个过程，就像最温柔体贴、最高效的妈妈给孩子换纸尿布一样，准确、有力、快捷、舒适，没有任何耽搁和拖延"（第18页）。当他无须面对另一个肉体时，"回忆中的情景弥漫在他身边，无须任何回报：爱抚、羞涩、感谢、愧疚、甜言蜜语、海誓山盟"。第二次是在读博时候被离异的师姐何鸢诱惑，文字也极为精省："两人云行雨施，山藏海纳，这让顾明笛感慨万千，久久难以忘怀。"（第309页）肉体的快乐让他有短暂的迷恋，但是成年女人在激情过后很快就恢复理性，他在再次求欢无果后，也就放弃了。顾明笛对于这两个女人甚至都没有头脑中的爱情，更遑论心灵中的爱情，他只是将她们作为文化分析和精神解剖的对象。他的第三个女人是劳雨燕，小说当然也没有写他们的性爱，而是通过写劳雨燕意外怀孕两人去做人流（第450—451页），读者才知道他们没有确定爱情之前就开始同居。性和爱的分离，当然映射出"浪漫爱"在当代退隐的现实，但这并不是问题所在，问题在于主人公行事过程中对于情感的态度：个体在无法定型的认同和流动的身份中，所能寻求的似乎只是情感的救赎，而这最后的救赎因为内在激情的退却，也要放在观念的分析之中。这种沉浸于个人的观念里恰恰是缺乏行动力的体现，尽管在给农民工上课和立足乡土创业的构想中隐含着脚踏实地的实践意味，但旋即前者被证明无效，后者则遭到来自朋友们北上创业的诱惑。

　　所以，《三城记》并没有讲述一个完整的故事，而是呈现出"80后"一代的生存与生活状态，并进而对青春叙事进行盘点。

它通过主观设定的模式对生活进行萃取，客观上显示了后启蒙时代成长叙事和主体性建构的不可能。事实上，在以"80后"为主体的"青春文学"那里，成长的主题就已经被放逐了，沉浸在个人、内心、欲望和情感中的青年无法与外界进行互动，同时"青年"在主流文学中也被化约为城市青年。在"70后"的小镇叙事中，青年的范围才有所扩展，但很大程度上又陷入"失败者"的面相之中，外在社会成为伤害的来源和根源。在描写底层青年的当代故事中，比如《涂自强的个人悲伤》，个人的悲惨遭遇更像是来自命运诅咒的象征性寓言，那个倒霉的主人公性格固化、同样没有从经历中获得成长。那么，青年还有没有可能成长，如何成长？

回到《三城记》来看，我们会发现，这同样是一个青春叙事，因为它是排除中老年的。顾明笛基本上在与同龄人的共事、交往、冲突中行事，周围的父母、乌先生、导师朱志皓、劳雨燕的父母都是面目模糊的人，他与所有这些人都没有形成真正意义上的互动。一个事物的意义必须要参考它所无视和遮蔽的整个体系才能真正确立：青年的意义需要从被他们所放逐和鄙视的中老年才能得以全面理解，后者构成了整体性的压抑环境。没有互动的他人投射出的是顾明笛对他人的无动于衷，虽然在某些时候表现出对他人的关心（比如对陪酒女的同情和教诲），但那不过是他的自我抒情与表演。张柠几乎全方位地展示了一个时代青年所可能遭遇的各种命运以及他们在各种遭遇中所无法完成的自我建构。那么，是否我们时代的青年就只能如同"刺激—反应"一样随波逐流、随遇而安呢？这是后启蒙时代的一个关键性命题，顾明笛在经历了漫游阶段之后，如何实现自我？也即歌德在构想《威廉·麦斯特》时只写了学习时代、漫游时代，还有一个最终成熟的阶段——为师时代——没有完成。从文化史上来说，这隐喻了未竟的启蒙事业，同时也暗示了启蒙的内在缺陷：启蒙不可能靠知识者独自完成，也不会是纯然思辨与观念的事业，它必然要走向知识者与广阔的他者群体的联合，以及从理论到实践、从观念到行动的跃升。

乌先生在最初与顾明笛的讨论中就提到"行动哲学"，建议他走出"自我"，接触世俗事物，行动起来。顾明笛也正是在这个感召中辞职离开了上海，在北京、广州兜兜转转走了一圈之后，他的旅途尚未完成，还有待继续。也许，多年后他再次回到上海，能够坦然面对曾经感受的困惑与焦灼，才是漫游时代的结束，也才能体现出后启蒙时代对于启蒙的推进。

第三节　返归本心的意象叙事与哲思境界

杜甫《戏为六绝句》称"庾信文章老更成"，《咏怀古迹》又说其"暮年诗赋动江关"；孙过庭言："右军之书，末年多妙。当缘思虑通审，志气和平，不激不厉，而风规自远"[1]，文化史上这两个著名的典故，都表明经历世事的沉淀与技艺的磨炼，一个人到了晚年往往在艺术表现上出现圆融开阔的境界，或者自成方圆，或者气象更新。《牵风记》很容易让人产生类似联想，确切地说，徐怀中发表这部作品时正好 90 岁，这已经远超过庾信和王羲之的年纪，后二人的"暮年"也就是五六十岁，放到

---

[1] 见《书谱译注》，马国权注，上海：上海书店，1980 年，第 78 页。

现在也就是"中年"。因而，《牵风记》可以说不折不扣地属于"晚期风格"。

"晚期风格"在文化史上并不鲜见，但作为文艺批评话语进行自觉的理论讨论主要得益于萨义德，陈晓明将其挪用至当代文学批评中并改造为"晚郁风格"，用以描述与生命的终结状态相关的那种容纳矛盾、复杂却又体现自由本性的一种写作风格。因为晚年的生命体验很可能是突破性的，因为无所顾忌，甚至对现行的原则、规则都并不在意，"有一种自由放纵的态度。不再寻求规范，其创作有一种自由的秉性、任性的特征"，"有深刻内敛的主体态度，对人生与世界有深刻的认识。对生命的认识超出了既往的思想，一种传统与现代相交的哲思"[①]。这种带有普遍性的归纳也可以用于《牵风记》，但我倒并不认为这是徐怀中的"衰年变法"，而是"一以贯之"——如果回首他漫长一生各个阶段的代表性作品，1957年出版的《我们播种爱情》反映的是西藏农业技术推广，1980年反映对越自卫反击战的《西线轶事》则是从几个女电话兵入手，可以看到，尽管属于"军旅作家"，但他很少正面描写战争金戈铁马、气吞万里如虎的壮美崇高，而多是从侧面切入，风格倾向于淳朴、清丽与淡雅。他的晚期风格更多体现在化繁为简的诗化叙事，回归到对生命本心的尊重，用美的伦理超越世俗道德，以浪漫想象超越历史写实，这一切使他坦荡地展露出赤子之心，从而也获得了繁华落尽见真淳的自由。

---

① 陈晓明：《新世纪汉语文学的"晚郁时期"》，《文艺争鸣》，2012年第2期。

一

　　《牵风记》的背景设置在 1942 年抗日"大扫荡"到解放战争挺进大别山时期，但情节淡化，叙事简约，并没有构成首尾一贯的主线叙事，而是如同写意画一样，散点透视地集中于节点性场面与情境，场面与情境又围绕着三个人物一匹马展开，分别是首长齐竞、文化参谋汪可逾、警卫员及骑兵通信员曹水儿，以及久经战阵的军马"滩枣"。尽管在具体的情节中不乏戏剧性，但整体并非故事化的叙事，它没有形成某种连续性脉络，不同的节点情境之间的历时性和关联性并不显著，是通过松散的结构并置在一起的，而连缀在一起的不同情境模块主要是为了突出人物的形象、性格与喻指。

　　显然，这种叙事是散文化的，与我们习见的小说写法不同，尽管是基于真实的历史题材叙事，但它的章与章之间的情节推动力非常微弱，有时候甚至是断裂的，人物的遭遇会出现大段的空白和省略掉的细节，这使得整体的叙述显得比重不均匀。比如，齐竞与汪可逾第一次见面是在反扫荡前夕的隆隆炮声之中，彼时齐竞是独立第九团"一号"首长，汪可逾是十二岁的北平女学生，后者原本准备去延安，路遇独立第九团驻地的演出故障，即兴演奏一曲古琴。第二次见面就是汪可逾在太行第二中学毕业的四年后了，而此时独立第九团已经建制为旅，而外部语境则转入了解放战争。外部环境情势与人物内部情绪的转变细部，在小说中并没有交代，而需要读者凭借对于历史的前理解自行补充完型。汪可逾并不算短的中学生涯以及没有去大军区文工团而转入一线部队的心理动机也一笔带过，这对于习惯了以故事带入的小说读者而言无疑会产生接受上的不适。

模块拼贴与镶嵌使得情节无法顺畅地自动行进，有待于读者高度集中的注意力、联想与想象，但这也许并非散漫的疏忽，而是有意为之的举重若轻。因为徐怀中是特别有形式自觉的人，早在60多年前的《我们播种爱情》中就可见端倪，小说的开头写道："大约是初秋——西藏高原的四季确实不太分明——山岭上已经积了很厚很厚的雪。"然后，如同一个下拉和远推的镜头一样，由山岭到坡地，再到草原和草原上的人，勾勒出空间的层次感与人的处身位置。小说的"尾声"又重复了几乎完全一样的一段："大约是初秋——西藏高原的四季确实不太分明——山岭上已经积了很厚很厚的雪……然而，山下却是真正的秋天。"① 显然，这是为了构成与开头的呼应，从描写到结构都是精心设计的结果。《牵风记》的总体结构无疑也体现了这一点：开头是"演奏终了之后的序曲"，结果是"与序曲同步之尾声"，首尾照应。序曲和尾声的情节都是当下，是与正文内容拉开了距离的时间段，因而整个主体内容也可以视作当下对过去的回忆型建构。从这个角度看，就使得片断化、模块化的叙事得到了合理的解释，它模仿的是回忆流淌的过程与心理时空的跳跃闪切。这个结构可能不是最初的主动设计，在一封写给高平的信中徐怀中回溯了《牵风记》的写作过程：

---

① 徐怀中：《我们播种爱情》，北京：人民文学出版社，2005年，第1、298页。

要追溯到 1962 年，我请了创作假，动笔写作长篇小说《牵风记》，你审读过的打印稿，依旧延用了最初的这个书名。写到近 20 万字，由于种种原因不得不搁置了下来，直至文化大革命，十万火急，必须尽快把手稿付之一炬。小说是反映刘邓野战军挺进大别山的，红卫兵抄去怎么得了啊！

80 年代初，受到思想解放运动大潮的冲击，对文学创作认识上得到极大的启迪与觉醒。想到烧毁了《牵风记》手稿毫不足惜，我必须从零公里起步，再度开发自己。青年作者要的是弃旧图新，独辟蹊径。如我这样老朽一辈，则是要彻底摆脱头脑中有形无形的思想禁锢与自我局限，回到小说创作固有的自身规律上来。一条河断流了干涸了，只有溯源而上，回到三江源头，才能找到活命之水。事情竟会是这样的吗？写东西的人，又有谁不明了小说的艺术规律呢？事实如此，我的小纸船在"曲水迷宫"里绕来绕去，半个多世纪过去了，才找到了出口。[1]

也许正是命运多舛的创作过程，才形成了如今的形式——很难想象初稿时三十出头的作者会以回忆的方式追摹往事，在当时，它们还都是热气腾腾的素材。经过岁月潮水的沉淀，琐碎的枝蔓牵绊洗净铅华，淘漉殆尽，最终故事只剩下了那些无法再化约的硬核，而着力点在人物形象的意象化之中。

---

[1]《关于徐怀中长篇小说〈牵风记〉的通信》，《文艺报》，2018 年 12 月 7 日。

意象化是汲取中国传统美学方式，对"典型化"美学的补充与改写。"象"起源于《周易》仰观俯察的卦象："圣人有以见天下之赜，而拟诸其形容，象其物宜，是故谓之象"；而"意"是大千世界与幽暗内心的大道至理，有限的语言表达如何呈现无限的道理，就需要有着丰富内蕴的形象："子曰：书不尽言，言不尽意。然则圣人之意，其不可见乎？子曰：圣人立象以尽意。"①"立象"的目的是为了"尽意"。孔颖达解释说："'圣人有以见天下之赜'者，'赜'谓幽深难见，圣人有其神妙以能见天下深赜之至理也；而'拟诸形容'者，以此深赜之理，拟度诸物形容也……'象其物宜'者，圣人又法象物之所宜。"②拟象在于以物象形容幽深难见的自然事理。由此可见，《周易》中拟象、立象的目的是用卦象符号联系形而下的具体感性物象，指示形而上的抽象义理概念。这与文学形象尚有一定距离，钱锺书曾有分析："《易》之有象，取譬明理也……求道之能喻而理之能明，初不拘泥于某象，变其象也可；及道之既喻而理之既明，亦不恋着于象，舍象也可……词章之拟象比喻则异乎是。诗也者，有象之言，依象以成言，舍象忘言，是无诗矣，变象易言，是别为一诗甚且非诗矣。故《易》之拟象不即，指示意义之符也；《诗》之比喻不离，体示意义之迹也。不即者可以取代，不离者勿容更张。"③《易》之有象与词章之拟象迥然有别，也就是哲学范畴与美学范畴两种"象"各有所指。哲学范畴之

①《周易·系辞上传》，见黄寿祺、张善文译注：《周易译注》，上海：上海古籍出版社，2001年，第543、563页。
②王弼注、孔颖达疏：《周易正义》，《十三经注疏》整理委员会整理，北京：北京大学出版社，2000年，第323页。
③钱锺书：《管锥篇》第一册，北京：中华书局，1986年，第12页。

"象"仅是指示意义的符号，只是说明意义的工具，道理既明则可以得鱼忘筌、获兔弃蹄；美学范畴之"象"才是体示情意的意象，它与意义浑然一体，不可分离。

"意"是任何艺术文本都必然包含却又无法直接呈示出来的思想、感情、理想之类，形象就可以充当媒介，化意成象，超越具体物象的摹拟，强调主观的创造作用，描绘出思致隐奥，朦胧幽晦、玄思穷究的艺术形象。意象于是成为形象与情趣的契合，它是一个具有情感性、具象性、直觉性，而又生气贯注的、内容与形式未经割裂的"实体性的统一"（黑格尔语）。《牵风记》的特殊之处在于它所描写的人物，并不在性格塑造，或者通过人物来涵盖具体的历史与社会内容，而是让人物各自成为有着"味外之旨"的意象：留学知识分子出身的八路军指挥官齐竞是文化与权力的符号，少女汪可逾则是自然与美的象征，曹水儿是天然人性的活力与率真，军马则是来自远古的生命力本身。他们是作为大写的人格与兽行走在历史时空之中。凝练的意象化手法烘托营造出客观景物作为观情思的象征，从而形成意境。用宗白华先生的话来说，从直观感相的摹写，到活泼生命的传达，再到最高灵境的启示，意境是层深的创构，要创成这一点，"既须得屈原的缠绵悱恻，又须得庄子的超旷空灵。缠绵悱恻，才能一往情深，深入万物的核心，所谓'得其环中'。超旷空灵，才能如镜中花，水中月，羚羊挂角，无迹可寻，所谓'超以象外'"，目的在于"透过秩序的网幕，使鸿蒙之理闪闪发光"。[1]

---

[1] 宗白华：《美学与意境》，北京：人民出版社，1987年，第216、217页。

从审美意象与意境的发生学角度切入，才能理解《牵风记》之所以不同于常规小说，在于它是作者因心造境、虚实相生、炼金成液、弃滓存精的产物，迫使读者从现代小说的规范与惯习中走出来，进入经过提纯和留白的意象，进而直逼它返璞归真的主旨：美的天然、人性的自然与生命的本然。

二

1959 年，30 岁的徐怀中在《电影创作》上发表《无情的情人》，引起广泛反响，但很快遭到了批评。那些符合一般读者趣味的、关于女性身体之美的描写，被批判者认为是"色情的"，更有甚者，是"没有从无产阶级的'政治观念和阶级观念'去观察研究现实，从而去处理人物……作者在整个创作过程中是以资产阶级的世界观为指导、从资产阶级的立场看待现实和处理人物的，所以这个作品在政治上是有害的，而达到了赞美敌人，调和阶级矛盾的反动效果"①。了解徐怀中这段经历，可能会对他在接受记者采访时所说的话有更深的体会："历经沧桑风风雨雨，跨越世纪门槛，一路踉过来了。我不再瞻前顾后，最后关头，必须完全放开手脚作最后一击。"② 其实，《无情的情人》那种自然主义式的书写，在《西线轶事》中也有所表现，女电话兵爱美的天性、对蚂蟥和尸体的恐惧、行军路上小便的尴尬、月经期间的怕弄脏军裤的不便、越南女冲锋队员的顽

---

① 韩国祥、曾繁茂、付金亭、林银生、赵明政、张春宝、周中厚：《我们对〈无情的情人〉的看法》，《电影艺术》，1960 年第 6 期。

② 傅强：《战争文学的生命气象——对话第十届茅盾文学奖得主、著名军旅作家徐怀中》，《解放军报》，2019 年 8 月 21 日。

强……充分体现出徐怀中的一视同仁的细腻和体贴——他也不会为了某种观念而牺牲富于质感的真实。

但是，到了《牵风记》中，自然主义与写实主义转化成意象主义与写意主义，而以"美"撬动"军旅文学"中渐呈板结化之相的关于战争、历史进程以及历史中人的认识，开启了人性与生命的天然、自然与本然的回归。这显然不是所谓的"资产阶级人性论"那么简单粗暴，而是指向带有普遍与永恒性质的理念或者说信仰，也即在徐怀中看来，符合自然人性的对美的追求，属于生命本真的范畴，会战胜世俗功利、道德教条以及一切意识形态。

汪可逾携古琴出场，战地士兵与农民的粗糙与粗俗烘云托月地显示出她卓尔不凡的出尘之美。美是具有豁免权的，汪可逾的名字实际上就暗示了这一点，她的小名"纸团儿"是随意取的，却又恰如其分，如同白纸一样的生命遭受命运的蹂躏，成为纸团儿，最后在清水中复归于白纸，就如同经过仪式净化的人生获得了升华；"可逾"特别强调是"可不可以"的"可"，"逾越"的"逾"，"可以逾越"既是徐怀中沧桑过后，在晚年的感悟，也是他本人写作中"从心所欲不逾矩"的结果。汪可逾在军中一系列从心所欲的行为，看似逾越了习俗、偏见、纪律与等级，但这一切都并没有逾越美本身，美要超然于这一切之上。在大扫荡生死存亡的关头，战地演出避开了正面战场的血污、肮脏、残酷、暴虐，这种非常态时空出现汪可逾这样的纯粹人物才更能凸显出作为意象人物的意义。到了解放战争的挺进大别山背景中，她的扁平足、洁癖和礼貌都显得与峻急暴烈的外在环境格格不入，古琴和音乐其实是无用之物，但她偏偏一直带在身边。战争中的汪可逾与古琴，就如同历史急剧变革时期的纯美，尽管脆弱微小，但终究有其存身的一席之地。

古琴及音乐形成与汪可逾性格上的同构，也形成关于人生艺术化的隐喻。《礼记·乐记》曰："德者，性之端也；乐者，德之华也；金、石、丝、竹，乐之器也。诗，言其志也；歌，咏其声也；舞，动其容也。三者本于心，然后乐气从之。是故情深而文明，气盛而化神，和顺积中，而英华发外。唯乐不可以为伪。"①徐复观对此有详细的解释："乐的三基本要素（诗、歌、舞），是直接从心发出来，而无须客观外物的介入，所以便说它是'情深而文明'。'情深'，是指它乃直从人的生命根源处流出。'文明'，是指诗、歌、舞，从极深的生命根源，向生命逐渐与客观接触的层次流出时，皆各具有明确的节奏形式。乐器是配上这种人身自身上的明确的节奏形式而发生作用、意义的。经乐的发扬而使潜伏于生命深处的'情'，得以发扬出来，使生命得到充实，这即是所谓'气盛'。……随'情'之向内沉潜，'情'便与更根源之处的良心，于不知不觉之中，融合在一起。……于是此时的人生，是由音乐而艺术化了，同时也由音乐而道德化了。这种道德化，是直接由生命深处所透出的'艺术之情'，凑泊上良心而来，化得无形无迹，所以便可称之为'化神'。"②音乐是从本心中发出的生命勃动的节奏、韵律和气象，是一个人性情德性的由内而外的表现，因而没法作假，它自然而然地通达礼仪德性，所以礼乐经常并提："乐由中

---

① 孙希旦：《礼记集解》，北京：中华书局，1989年，第1006页。
② 徐复观：《中国艺术精神》，见李维武编：《徐复观文集》第四卷，武汉：湖北人民出版社，2009年，第23-24页。

出，礼自外作"，汪可逾的音乐和她的教养、礼貌以及对于仪式
的重视，在这个意义上是统一的，它们的统一也不仅仅是具体
形象性格的组成部分，实际上也是中国古典礼乐文化的一个象
喻：如果说从性情上，汪可逾颇有道家的"真人"气质；那么文
化上她则同时具有儒家的乐教意味，于她而言，艺术与人生须
臾不分，人生因而也就艺术化了。

　　与之形成对比的是首长齐竞，作为历史与意识形态的化
身，也禁不住被汪可逾所吸引，即便一开始就警告自己，但无
论从情感到理智都不受操控，因为他也是作为一个有着七情六
欲的人而存在，除了铁血环境中的冰冷理性和纪律规训之外，
也有着作为普通人的对于美的事物的爱好、对于知识和艺术的
修养。汪可逾以其全无机心的浑朴与天真，"使人对之，龌龊
销尽"，在军中虽然一开始颇为引人非议，但最终赢得了尊敬。
在人格上齐竞更多倾向于儒家士人，因为受到外在诸多牵绊而
无法做到至情至性，而充满着内在的情感与理性之间的天人交
战。尽管曾经是留学东京的大学生，也还存有大男子主义的封
建余毒，这证明了他还是一个常人。当汪可逾在大别山区参加
八里畈工作队与同伴被俘后，被交换回来，齐竞怀疑她像其他
女战友一样被奸污了，所以要求她做一个说明。这让汪可逾在
情感与道德上都遭受极大的侮辱，因而痛斥道："我从内心看
不起你！"[1]这也正是造成两人暧昧与含混的爱情决裂与永别的
原因，直到齐竞最后见到汪可逾的遗体依然耿耿于怀，因为这
证明了两个人心智与人格的差距，而齐竞直到人生末年才最终

---

[1] 徐怀中：《牵风记》，北京：人民文学出版社，2018年，第195页。文中引用此书
　　片断均出自此一版本，后文不再一一标注。

认识到这一点，进而精神和情操得到了洗礼。汪可逾的单纯本身具有一种能量，能让人见之忘俗，净化和陶冶龌龊而狭隘的灵魂。

但是汪可逾的生命与艺术却是脆弱的，还需要补充力的要素。曹水儿和战马可以说是生命原力和蛮力的体现。曹水儿起于蒿莱，没有受过什么教育，与汪可逾构成了文化上的两端，也正因此他葆有了源于天然本能的活力。他高大雄健、英勇干练，进入革命队伍之后依然保留那种不可遏止的内在激情。小说中用《国风》里反映先民质朴自然而又快意跳脱的诗歌类比于曹水儿的风流事，他在狼烟四起的缝隙之中"为自己勾画出一个个'野有蔓草'式的良辰美景"。叙述者并没有进行简单的道德评判，反倒指出了大时代变革所带来的情感与伦理变局的可能性："烽火遍地兵荒马乱，虽带来了无尽的祸患，却也打破了数千年来农耕传统带给庄稼人的封闭与孤寂。乡下妇女，难道就不向往走出烟熏火燎的灶屋间，去探索一下奇妙无穷的外部世界？难道就不编织一串又一串罗曼蒂克的美梦？"解放战争不仅是外部政治社会结构的解放，同时也是人的精神与道德意识的解放。在横云断峰式的点染中，曹水儿关于人性的唯美浪漫故事，如同天外飞来，当下拾得，只是它不同于19世纪发端于英国唯美主义那种追求文艺自足的精致与机智，也不同于后来流行于通俗文艺界的"血色浪漫"，而是赤子之心和自然之眼所见的生命本相。

王国维曾论李后主之词是"天真之词"，因为他"不失其赤子之心"，又论纳兰容若是"以自然之眼观物"，所以能"真切如此"①。其核心在纯真。赤子之心亦即李贽所谓"童心"："夫童心者，绝假纯真，最初一念之本心也。若失却童心，便失却真心；失却真心，便失却真人。人而非真，全不复有初矣。"②赤子童心没有被耳目闻见、读书识义所得的道理所障碍，因而表达与行动的都是源自天然本真，所以这样的人是真诚与真实的人。曹水儿这样的人正如同那军马一样，带有远古而来的野性。军马构成了曹水儿的镜像。当部队进军大别山后，要轻装简行，必须要处理一些马匹，那些去除了缰绳、笼头、辔鞍鞯镫的骁马，恢复了意气风发的派头，如同活在20世纪的古代野马群，"重新感受到了草原古马群来群往狂野无羁的那种热切振奋，感受到了不受任何羁绊而随意放飞自我的那种轻快欢愉"，即便被赶到堰塞湖地要执行枪决，在生命的最后一刻还要倾尽全力奔跑，哪怕力竭吐血，也要不留遗憾。曹水儿的短暂一生也像那些军马一样，畅快淋漓，坦坦荡荡，哪怕最后被陷害接受处决也不愿意五花大绑，尽管有缺点，也如同日月之食，人皆见之，并且并不因此而减少对他英武刚烈的景仰。

很长时间以来，恶的书写、庸琐的日常、沉重的苦难、阴暗人性的揭露、故作肃穆的重写历史、钩心斗角的现实，让纯美、童心、洁净和率真成了当下文学书写中稀有的品质。很多作家沉浸在偏狭与执拗的认知与想象之中，被权力、欲望、资本的牢笼困锁，可能已经忘记了文学原初的那种对于真、善、美的诉求，《牵风记》对于生命原初状态的渴慕，素朴清新的

① 王国维：《人间词话》，黄霖等导读，上海：上海古籍出版社，2000年，第4、13页。
② 李贽：《童心说》，见刘幼生整理：《焚书》，北京：社会科学文献出版社，2000年，第92页。

叙事在这样的语境中，保持了纯粹的品质，难能可贵地葆有了浪漫的诗心。可以说，这是一部主观之书，汪可逾作为理想的想象，而齐竞、曹水儿、军马毋宁说都折射了叙述者的认同，他们分别呈现出作为主体的徐怀中的对于整全人格不同侧面的认知。

三

晚年的齐竞已经是功成名就的老将军，在"中、高级将领们早着手在编织升级版的凯旋门之梦"的时候，却把自己封闭起来读书，在读书、思考及反思一生所为中得到了最后的感悟，解开了一生对于汪可逾的纠结，并一挥而就写成了悼念文章《银杏碑》。

> 人的一生，不外是沿着各自设计的一条直线向前延伸，步步为营，极力进取。而汪可逾却是刚刚起步，便已经踏上归途，直至返回零公里。从呱呱坠地，便如同一个揉皱的纸团儿，被丢进盛满清水的玻璃杯。她用去整整十九个冬春，才在清水浸泡中渐渐展平开来，直至回复为本来的一张白纸。
>
> 与她相识的人，无不希望以她为蓝本，重新来塑造自己。实则她一以贯之的人生姿态，在她本人纯属无意识，莫知其然而然。因此不可复制，别人永远学不会的。

这既是对汪可逾一生的总结，毋宁说也是徐怀中晚年的人生洞彻与自况。在经历 20 世纪最为颠簸动荡的岁月和人世沧桑剧变之后，他回到了个人生命存在的本色，并以此超越具体历史的局限性。生命存在的伦理是最大的道德，周作人曾著文写道："察明同类之狂妄和愚昧，与思索个人的老死病苦，一样是伟大的事业，积极的人可以当一种重大的工作，在消极的也不失为一种有趣的消遣。虚空尽由它虚空，知道它是虚空，而又偏去追迹，去察明，那么这是很有意义的，这实在可以当得起说是伟大的捕风。"① 于此，我们也许可以对"牵风"这个标题增进理解，它可能有"国风"的意思，但同时也不妨指向于"伟大的捕风"，是对最终必将走向虚空和死亡的人生的知其不可为而为之的追迹与察明。"晚期风格"的意思，在这里获得了最终的展开。

徐怀中的晚期写作较之于风格或理念上的变革，更多体现于叙述与抒情议论的彼此交织，和沉浸与回望的相互衬托。今昔两重视角的穿插让这种对人性、人生和历史的书写烙上了自觉的反思意味。除了齐竞之外，另外一个次要人物也可以说是双重叙述者的补充，那就是曹水儿的"妻子"曹大姐。这个太行山村的"妇救会"主任是"扩军模范"，火线与曹水儿结婚，并没有行夫妻之实就送郎上战场，然后一生在守望中度过，战后退伍的战友返乡带来关于曹水儿风流韵事的传闻，从来没有让她相信与动容，她的心中始终对自己的丈夫充满了信任与怀想。叙述者忍不住感叹："这一棵紫薇老树哟！主干虽已老朽虚空，'神经纤维'传感依然保持着高度的敏感性，人手指尖儿

---

① 周作人：《伟大的捕风》，见《看云集》，北京：十月文艺出版社，2011 年，第 49 页。

在树皮上轻轻挠几下痒痒，整个树冠便随之收到无法抵御的震撼，树叶花朵乃至枝条末梢，都会醉洋洋地瑟瑟战栗！"人近暮年依然保持了敏感的心灵和细腻的感受，这未尝不是作者本人的自况：在充满血污和暴力的战争中永远相信有美，在流言与世俗中永远坚信人性本身的真诚，也正因其不忘初心，才能最终得以超越于一时一地的蝇营狗苟，而达至超越性的境界。

这种超越是对有限时空和认识的超越。曹水儿保护汪可逾躲过敌军放火烧山和地毯式搜查后，从山洞中出来仰面朝天看到久违了的星星。因为阔别已久，所以在他眼中，天空的星相都有些陌生了。汪可逾告诉他星星的分布不可能有所变化，因为宇宙浩瀚，星星的光要走过无数光年才能抵达。曹水儿被光年所表征的几乎无垠的长度所震惊，福至心灵，忽然明白："我们这个世界上枪啊炮的，打来打去，比照……光年来看，磨磨叽叽的这点事情，算得了什么？"仰望星空实际上是从美的价值、生命的价值（真的价值）更进一层，进入了心灵的价值，启示了宇宙最深的意义。如果按照冯友兰的说法，曹水儿此前已经经过自然境界、功利境界（替首长服务）和道德境界（无私地保护汪可逾），此际已经向天地境界迈进："人的行为，不仅于社会有干系，而且与宇宙有干系。"[①]当然，他还不可能真正地"觉解"，真正的觉解者是汪可逾，在她临终前，以蛇行鹤步的指法弹奏无弦古琴，从《高山流水》到《幽兰》《酒狂》《秋夜读易》《平沙落雁》《渔樵问答》，"群山万仞，江河纵横，海天一色，薄雾流云，月落日出，乌啼蛙鸣。平平常常司空见惯，

---

① 冯友兰：《新原人》，见《冯友兰学术精华集》，北京：北京师范学院出版社，1988年，第227页。

石破天惊闻所未闻。出自古史典籍诸子百家，或纯属玄思异想天马行空。凡此悠悠不已物是人非，无不在呼应着七根琴弦的颤动荡漾，无不涵盖于乐曲旋律的起承转合与曲折跌宕之中"。这种《礼记·孔子闲居》中所谓的"无声之乐"响应天地，宋关中儒学大家吕大临谓之"和之至"，新儒学宗师马一浮解释"无声之乐"无声胜有声，即人的最高境界在日常中自然而然的表现，"其所存者纯是至诚恻怛，其感于物也莫非天理之流行……人心无私欲障蔽时，心体炯然，此理自然显现"[1]。曹水儿其实并不懂，但是他愿意接受汪可逾的说法：

> 古人写《琴赋》，开篇就讲，万物有盛衰，唯音声无变化。可不是吗，当你听到了一个声音，在你听觉里保留下来的，永远就是原先那样一种音质，无法增添或是减去一点什么，也永远不会消失。那么，我们的先人制作出的第一张古琴，弹奏出的第一个空弦音，毫无疑问，应该还存在着的。如果能给我一次机会，只要一次，领略一下旷世以来第一个原生的古琴单音，我死而无憾！很遗憾，现代人的听觉依然处于休眠期，哪听得到。我想，或许在一种什么情况下，我们的听觉有望被唤醒。

姑且不论汪可逾对于嵇康《琴赋》中的"以为物有盛衰，而此无变；滋味有厌，而此不倦"是否理解有误，读者尽可以

---

[1] 马一浮：《复性书院讲录》，济南：山东人民出版社，1998年，第172页。

将其理解为她自己的发明。按照黑格尔的分析，音乐是最符合内心生活的艺术，"如果我们一般可以把美的领域中的活动看作一种灵魂的解放，而摆脱一切压抑和限制的过程，因为艺术通过供观照的形象可以缓和最酷烈的悲剧命运，使它成为欣赏的对象，那么，把这种自由推向最高峰的就是音乐了"①。它表现的是单纯的抽象的主体性，反映出最内在的自我，从效果来说打动的是最深刻的主体内心生活。汪可逾这段话说明了徐怀中所要表达的回归初心即是超越的道理，这是一个回溯的发现，如同第一个原生的单音一样，追寻自然、生命最素朴的原初，是抵达超越性境界的途径。

在回归"最初一念之本心"这一点上，中西哲人有相似的见解。《斐德若篇》中苏格拉底说到的灵魂回忆与此有异曲同工之妙："从杂多的感觉出发，借思维反省，把它们统摄成为整一的道理。这种反省作用是一种回忆，回忆到灵魂随神周游，凭高俯视我们凡人所认为真实存在的东西，举头望见永恒本体境界那时候所见到的一切。……只有借妥善运用这种回忆，一个人才可以常探讨奥秘来使自己完善，才可以真正改成完善"②。回忆其实也即去蔽，破除外在日常世俗、功利干扰所形成的"休眠期"，听到生命的空弦之音，回归真我与本然的过程。熊十力以马祖道一启发百丈怀海的例子说明，"一般人所以迷失其本心者，只以习心用事，向外逐境。习与物化，障蔽本性，是

---

① 黑格尔：《美学》第三卷上册，朱光潜译，北京：商务印书馆，1981年，第337页。
② 柏拉图：《柏拉图文艺对话集》，朱光潜译，北京：人民文学出版社，1963年，第124－125页。

以积劫痴迷无由自悟"①。因而，根本的是要反求诸己，但这并不是想当然地走向个人主义或者唯心论，因为自己与他人的本心是共通的，可以发生共感，"从物我两方面而言，人能归于本心，则能合于群体，进而合于宇宙……归复本心也就自然实现了人与宇宙的共通"②。所以，在晚年，徐怀中也已经超越了自己在 20 世纪 80 年代形成那种关于"人性"的认识，而更进一步向哲理的层面推进了。

也只有在哲理的层面，才能说明为什么会出现汪可逾死后肉身不腐的超现实主义情节：她的遗体保持着站立的姿态，与一株从远古演化而来绵长不绝而又生机勃发的银杏树融为一体，鹰鹫虫蚁都不能靠近。这不仅仅是浪漫主义对美的留存，更是一种象征——汪可逾成为一种指向于"天地境界"的隐喻，"人虽只有七尺之躯，但可以'与天地参'；虽上寿不过百年，而可以'与天地比寿，与日月齐光'"③。汪可逾因而具有了宗教信仰般"永恒的女性"的意义，其形象可以与但丁《神曲》中的贝阿特丽切、歌德《浮士德》中的海伦相提并论。歌德在《浮士德》的结尾写道："永恒的女性，领我们飞升"④，意指普通人并不能凭借自身的力量，去接近真实的存在，达到伦理上的圆满境界，只有靠外来的力量，才能解脱感官的束缚和凡胎的累赘。这些力量可以叫作宽恕、恩宠和爱，它们在永恒的女性

① 熊十力：《新唯识论》，上海：上海书店出版社，2008 年，第 256 页。
② 朱良志：《中国艺术的生命精神》，合肥：安徽教育出版社，1998 年，第 319 页。
③ 冯友兰：《新原人》，《冯友兰学术精华集》，北京：北京师范学院出版社，1988 年，第 227 页。
④ [德] 歌德：《浮士德》，钱春绮译，上海：上海译文出版社，1990 年，第 737 页。歌德：《浮士德》，绿原译，北京：人民文学出版社，2003 年，第 531 页。

身上得到最纯洁、最完美的形式。永恒的女性在瞬息人生作为神的唯一象征，向人们宣示了永恒的爱与美，接引人们到不可言说的也不可想象的领域。

在当代文学写作中，《牵风记》这种饱蘸作家一生经验与思考总结性的诗化小说并不多见，尤其是对中西古典文化美学资源的重新发明，让历史与现实题材焕发出超验的色彩。《论语·宪问》言："古之学者为己，今之学者为人。"《荀子·劝学》将其发挥为："君子之学也，以美其身；小人之学也，以为禽犊。"作为徐怀中晚年的"最后一击"，《牵风记》是真正的"为己之作"，摒弃了各种外在的虚妄，而着力于个体的修为，囊括了他一生的对于战争与美、自然与人性、初心与超越的觉解，它溢出了小说的常规，将传统中国的意象与意境美学表现方式融入叙事之中，余味曲包，透彻玲珑，言有尽而意无穷，在糅合了礼乐观念、浪漫主义与超现实主义的叙述中，形成具有中国气象的人生艺术化的诗性叙事，超越了关于人性的生理与心理认知，也超越了具体的历史与意识形态，达到了关于人生感、历史感与宇宙感的抽象哲思境界。

第四节　写真实：非虚构的政治与伦理

"非虚构"这个词语本身建立在依附性之上，总是有个"虚构"如影随形地在那里等待着前面限定词的反拨，这使它注定成为一个权宜之计的过渡性概念。就像一系列以"后现代""解殖民""新马克思主义""去政治化"等20世纪中后期以来出现的概念一样，它将自己的合法性置诸对话性乃至对立性的关系之中，作为前缀的"非"兼具形容词和动词的含义。

当下"非虚构写作"的热潮，起于 2010 年《人民文学》的栏目策划，进而引发诸多文学期刊如《钟山》《十月》《中国作家》《天涯》《长城》《当代》等一系列相关纪实栏目的设置。时至今日它已经愈加成为一个大众传媒话语，偏离了最初的文学预设，我们在各种"书城"、网站和纸媒策划的书目中看到越来越多偏重于社科研究、流行读物、科普休闲类作品都被吸纳到这个门类中来。

如果非要梳理出"非虚构"的历史脉络与谱系，自然可以追溯到美国 20 世纪六七十年代兴起的非虚构小说、"新新闻主义"等写作类型，甚至更早的欧洲自然主义。就中国文学自身发展而言，也可以找到秉笔实录的史传传统、笔记夜谈的稗官遗韵，现代以来的新闻体小说，20 世纪五六十年代的报告文学，改革开放之初的纪实文学、先锋文学之后的"新写实主义"。但其实任何具体的自发非虚构写作，显然不可能预设某个目标，或者至少是无意识的，但既然某种不自觉的写作方式被文学期刊重新发现并且进行命名的刷新，试图冠之以新的内涵，就必然包含着复杂的文学内外部因素，牵涉到时代美学观念的变局。"非虚构写作"的提法产生以来，经过至少五六年的喧哗和争议，是时候进行理论的反思了，尽管无论从学理，还是从实践来说，这种依然在进行中的写作可能无法进行本质化处理，而讨论它的突破与束缚，正是为了进一步认清它的可能与限度。

发生学：意图与方法

迄今为止，常被引用的对于"非虚构"直接的说明是《人民文学》做出的："它肯定不等于一般所说的'报告文学'或'纪实文学'"，也不是"诺曼·梅勒、杜鲁门·卡波特所写的那种非虚构小说"，而那些"深入翔实、具有鲜明个人观点和情感的社会调查"大概都是"非虚构"。"希望非作家、普通人，拿起笔来，写你自己的生活自己的传记"，"以'吾土吾民'的情怀，以各种非虚构的体裁和方式，深度表现社会生活的各个领域和层面，表现中国人在此时代丰富多样的经验……要求作者对真实的忠诚，要求作品具有较高的文学品质……特别注重作者的'行动'和'在场'，鼓励对特定现象、事件的深入考察和体验"[①]。因为《人民文学》在主流文学界的影响力，这种含混、否定性的描述被更多后来者不假思索地接受了。

"非虚构写作"有意要区别于三种既成的写作模式：一是传统文学的纯粹"虚构"式写作，它被认为已经不适应日益纷繁变动的现实；二是以事件为中心的新闻式写作，它可能无法进入生活肌理的细部或者幽暗心灵的深处；三是传统的"报告文学"写作，它在"非虚构"倡导者看来也许充满了主流政治意识形态的宏大叙事色彩。"非虚构"的上述反抗性观念的核心在于要"写真实"。

从发生学来说，"非虚构"是试图用关于真实的想象性书写转化为真实的直接书写。我们可以从两方面观察到这种意图的来源：首先是现实感的焦灼。当现实世界的变迁已经让我们面对的是"真实世界的大荒漠"[②]，媒体与符号在消费主义意识

---

① 《人民文学》，2010年第2期。
② ［斯洛文尼亚］斯拉沃热·齐泽克：《欢迎来到实在界这个大荒漠》，季广茂译，南京：译林出版社，2012年。

形态中营构出一个向全球蔓延的景观社会。"超真实"的意象性存在已经挤压了切实可感的现实，现实变成了媒体呈现出来的"现实"。忽然有一天，作家发现自己无论如何竭力书写现实，都无法抵御各种更强势新媒体全方位的展示，这让他意识到他是低于"现实"的，那种启蒙主义式的热情不再，也没有勇气去进行某种现代主义式的抽象与玄思。文学如果要摆脱这种被衍生符号取代进而枯竭的危险，就需要重新破除迷障，回到基本的常识。一句话，这是一种主体性弥散之后的写作。其次，文学内部的革命。20世纪80年代以来日益成为主流写作方式的个人主义、形式主义"纯文学"已经让文学从公共领域自我放逐了，无法承担起在民族国家建构时期和思想解放初期的那种引领时代风气的功能，它日益"边缘化"，成为某个群体圈子的自我抚慰、自娱自乐。其后果不免引起话语权沦丧的忧思和文学偏狭化发展的不满。

"非虚构"在这个意义上，是一种重新发明文学的努力，它强调作家的实践与行动，"见证者""亲历者""记录者"的定位，是企图介入性地建立其生活与文学的关联，在重新认识世界与书写世界中，重拾文学在公众那里的尊严，让文学进入历史的动态进程之中。"真实"之所以被强调，无疑与外在生活方式的同质化、既有公共性表述的窳败、集体乌托邦和未来的理想主义的失落这些因素密切相关，它被寄托了认识世界并进而重新勾画文学蓝图的殷切期望。

强调从个人领域和审美领域返回到日常生活的普遍性，"非虚构"就必然包括反思性主体的自觉调查，将芜杂混乱的事物与人转译为言词，并用结构性的形式表述出来，在这个过程中需要书写者的洞察、移情与认同。现场感、亲历性、个人化书写、去主流政论化等，让"非虚构"具有了开放性的面貌，但这是一柄双刃剑，"虚构"与"非虚构"的二元划分，一方面让"非虚构"成了一个无所不包的泛滥式存在，新闻特写、调查报告、散文随笔、回忆录、学术著作都可以纳入进去，让它成为一个缺乏界限的空洞能指；另一方面，"非虚构"又自我设限，外延的无限与作家体验性时空的有限之间的张力无法解决，拒绝虚构则限定了写作者的发挥空间，使其自身目标成为一个难以完成的任务。

"真实性"的政治

世界如果是一块混沌的石头，写作则是在其中开凿出一个自己的形象。从这个意义上来说，虚构与非虚构并没有本质的不同。"写真实"要面对的一个核心问题在于：真实是否能够透明地、平滑无障碍地进入书写流程中——显然无论从何种角度来说，这都是不可能的。"非虚构"的盛行无疑关联着对于被延宕、隐藏、遮蔽或者简直就是被放逐的"真实性"的迷恋和索求。它是否能够重振我们关于文学再度进入公共性的重大议题，再造一种充满可能性的文学写作实践，需要时间来证明。然而，我们在当下的许多作品中惊奇地发现它走向了另一个极端，在甚嚣尘上的非虚构中，真实本身被架空了，它沦落为一种鸡零狗碎的事实记录，由于缺乏超越性的思考，貌似深刻的观察甚至仅仅增加了宣传推广的文案噱头。

从积极的意义来说，生活本身可能会带着叙事走到全然未曾想象的地方去，这就是未曾被形式逻辑规训了的现实本身的力量，"非虚构"的合法性基础就来源于此。"非虚构"让世界是毛茸茸的、粗粝的、无法被有限理性所僭越与掌控的。然而虚构的情节遵循着因果律，通常也包含着非理性，因为从较粗浅的层次看：服膺因果律的前提是"承认作品中的各个事件可以被抽象化地转换成逻辑关系"，这样的话，我们不会观赏或阅读到"不可靠的叙述"①——"不可靠"正是"非虚构"的逻辑所让人疑窦丛生的地方。

　　人们不禁要问，"非虚构"如何超越模仿或者反映论呢？"非虚构"极为倚重原始、直接材料，它不是关于事实的，而纯粹就是事实，作品中的事实自己阐述自己，在理想状态中，作者只是展示，而无须也不应该对主题、人物、场景等进行所谓分析。但这种"纯粹"是否存在？虚构写作从叙事上来说是内指涉，即便是限知叙事，写作主体也操持或者说主宰着一切；事实型写作比如历史与传记，则是外指涉，必须严格对应发生的外在事实；两者都是单向指涉的。而"非虚构写作"如果有意义，它的必然取向是双向指涉，既要忠实于事件、人物自身的发展变化，同时写作者也需要介入进去，成为一个充满知、情、意的参与性主体。此种叙事方式既包含创造性的想象元素，也涵盖经验式的实证内容。因而，最好的方式可能是拒绝单一的事实或虚构方式，建立起混合：既保持对艺术作品内部的美学控制，同时又经得起外部现实的验证。也就是说，"非虚构"在实践过程中，必然要取消本质主义式"真实性"。

　　这又会将问题带回到事实真实与心理真实、情感真实的古

---

① 张大春：《小说稗类》，桂林：广西师范大学出版社，2004 年，第 35 页。

老圈套当中。人为性与想象本身不存在虚假问题，霸王别姬、骊姬夜泣这些史书中的生动情节也是人为的结果，因为个体视角永远得到的只是"片面的真理"。先有世界的存在，叙述者只是描摹者、展示者、讲述者和注解者，叙述者不可避免地带有先验的、主观的认知模式进入书写之中。倡导与践行"非虚构"写作的人并非于此没有自知，之所以还是强调"非虚构"恰恰是包含了政治上的关怀——要让那些曾经被精英文学所遮蔽与淹没的另一种广泛社会意义上的"真实"而又多元的声音呈现出来，从而促成一种文学的民主化进程，"非虚构"不过是一种矫枉过正的手段。

伦理的尺度

"非虚构"写作的社会学色彩，体现在它取消了现实主义式的典型，也有意避免现代主义式的代言和自我膨胀，而是以关系性为基础，来呈现世界的复杂和难以抽象化。这必然会带来叙述的散点透视，而不是聚焦，这符合世界的本然面目。尽管在材料的拣选中不可避免地仍然会被经验所限制，被"先见"所牢笼，但这个过程中，书写者与被书写者获得了伦理上的平等。它们更多采用被遗忘与忽视的替代性视角（比如底层、边缘群体、地下社会），包括书写者、受采访者、被观察者、传闻中的人物在内的复调的声音出现，从而走向一种更加细微和现实主义深度的文本，从而指向一种大众化、人道主义乃至民粹主义。

这与整个社会与时代的表述方式转型是同辙的，直接电影、纪录片、电视真人秀、自媒体的广泛传播已经初步形成了大众的平等表述形态，即便从精英学术而言，人类学、民族志、田野作业的方式也日益渗透到各个相关学科之中。"非虚构"实际上也受益于上述的媒介与学术进展，它在叙事上的取消线性，个体经验中的时空合一，象征、隐喻等技法层面的衰微给整体叙述带来的不是反高潮，而是取消高潮，让事件与人的状态浮出驳杂的经验之海，这本身就是一种写作伦理的转型。

只是，在这种人文关怀的激情之中，需要警惕缺乏反讽和自我质疑的精神。因为"非虚构"书写者很容易产生一种不假思索的道德优越感，将自己界定为"真实"的掌握者，而将自己与主流不一致的位置关系简化成对立与反抗的虚幻错觉，过于强调抗争的力量和姿态，从而产生了颠覆主流、对抗权势的自我心理暗示。当然，其中实在的情形可能是多样的：有自觉替弱势群体伸张正义的冲动，也有有意借用边缘立场来获取文化资本的投机心理。无论是哪一种，先入为主的道德优越感都容易形成一种权力，使写作者自以为怀有历史正义的审判权，从而走向自己动机的反面，将生存经验和历史记忆窄化了。如果道义担当缺乏对于历史与现实的体贴入微的观察与体悟，那么痛苦与怜悯的态度中时不时绽现出的就是撒娇喊疼的做作，最终使得它成为一种姿态。[1]

当涉及被侮辱与被损害的人与事之时，写作者如果缺少一个清醒的自我意识、他者界定和总体认知，很容易沾染被书写者的姿态与情绪。这里很容易产生的情形是零敲碎打的记录和

---

[1] 刘大先：《时光的木乃伊：影像笔记》，合肥：安徽教育出版社，2012 年，第 132－135 页。

意识形态的迷乱，前者一叶障目不见泰山，片面注重负面、阴暗因素，从而使得"非虚构"的呈现成为一种单维度的想象；后者在"写真实"的偏狭执拗中，缺少普遍性的关怀，而使得其诉求和倾向暧昧模糊、丧失基本的价值共识，从而将自己逼上狭径。更主要的是，个体观察与纪实中，如何处理公共与私人之间的界限，避免让生活的受害者再一次在文字叙述中成为受害者，这可能是许多"非虚构"写作所忽略的问题。如果不能直接回馈给被书写者，那么至少需要做的是保护他们不在文字传播中因为隐私暴露而遭受二次伤害。就此而言，"非虚构"写作还是在黑暗中的摸索，有很长的路需要走。

第五节　新媒体环境与文学的未来

在写意化的非虚构电影《我的诗篇》公映前的 2017 年 1 月 10 号到 1 月 11 号，一个名为"我的诗篇：24 小时诗歌生存挑战"的活动，由跨界诗人秦晓宇和诸多媒体名人一起就"诗人能否生存？诗歌能否生存？"的问题进行了讨论。其中，尤以因"罗辑思维"而在新媒体界影响颇大的罗振宇的一些观点引发了极大争议。在罗振宇看来，诗歌就是任何表意工具的创造性使用，所以网络段子、广告文案都是当代的诗；诗歌应当获取商业利益，诗人如果无法从商业那里获得利益，那是诗人的无能……[1]尽管秦晓宇为诗歌（实际上也表征了广泛意义上的文学）做了一些辩护，但罗振宇的言辞无疑带有震惊效应，代表

---

[1]《罗振宇：诗人没有在商业那儿挣到钱，是诗人无能》，凤凰文化，2017 年 01 月 12 日，http://culture.ifeng.com/a/20170112/50564465_0.shtml.

了媒体"主流"的一种看法，嗣后徐敬亚、于坚、孙文波、陈东东、臧棣、徐沪生等一些诗人和批评家也在自媒体上各自做了批评性回应。姑且不论争论双方各自的立场与观点，这个事件本身让人回想起 1999 年关于诗歌的"盘峰论争"。[①] 但如果说"盘峰论争"上"民间立场"的于坚、伊沙等以基于"日常生活"和"中国经验"的口语写作，反对以西川、王家新为代表的"知识分子立场"的"技术化的"、与主流意识形态合流的普通话写作，还属于由于诗歌观念与技法上的分歧而导致，尚且限于文学界内部，此次由于"打工诗歌"的电影而在新媒体上造成的争鸣，无疑已经溢出了文学圈，而成为一种社会文化事件，其中推波助澜的显然是媒体的广泛传播和意识到的文学认识论的转变。其后果是放大了争鸣各方有关文学的巨大观念差别和断裂性认知，来自文学的对于自身在新媒体时代的焦虑昭彰显著。

　　危机感主要来自"数字化生存"的语境，按照尼葛洛庞帝（Nicholas Negroponte）的说法，工业时代是原子时代，带来了机器化大生产观念；信息时代的大众传媒辐射面既大，迎合面又小；而后信息时代则是一个真正的个人化时代，它将消除地理的限制，实行非同步的交流方式，进入"随选信息"（on-demand information）的生活。[②] 这种 20 年前预言的数字生存环境已经成为当下可见可触可感的现实，如同一切变革一样，在带来

---

① 刘大先：《20 世纪 90 年代的诗歌事件》，见刘大先：《未眠书》，合肥：安徽教育出版社，2014 年，第 96 - 108 页。
② ［美］尼葛洛庞帝：《数字化生存》，胡泳、范海燕译，海口：海南出版社，1997年，第 191 - 199 页。

便捷与希望的同时也会触发某些既有事物存亡绝续的忧患——危机感来自实际的危机。20世纪90年代中期网络技术进入中国并在世纪之交开始普及，冲击了现代以来形成的颇具精英意味的文学观念。网络的数字化技术意味着媒介文本内容可以和物质载体相分离，大量的文本数据可以压缩到很小的存储空间，并且与模拟格式相比可以更容易、极快的速度、非线性的方式进行信息处理。传播与更新速度快、量大、成本低、内容丰富、贴近日常、全球传播、检索便捷……这一系列的特点带来了新媒体环境的信息海量性与共享性，从而使得文学的从业人员门槛降低。这是一种精英下移的文学民主化，在特定的方式中解放了文学的生产、传播与消费。

新兴的"网络文学"虽然一直有着关于它的界定的诸多争议，但经过数年的发展，已经成为21世纪中国文学生态中不容忽视的一个板块。如同一位观察者所说："新世纪文学在新的变异中逐步形成新的格局，即以文学期刊为主导的传统型文学、以商业出版为依托的市场化文学（或大众文学）、以网络媒介为平台的新媒体文学（或网络文学）'三足鼎立'。"① 这种描述还是以既定的文学话语进行的现象扫描，其实新媒体已经远超一种载体或媒介，而让自己也成为信息的一种形态，并发展出自己的美学风格和接受方式，乃至成为一种生活方式。关于新媒体文学，最晚近的例子是宁夏的回族农村妇女马慧娟，她在劳作间隙用手机在 qq 空间码字，进而成了小有名气的农民作家，除了在网上，陆续还有十几篇文章发表在《黄河文学》和《朔

① 白烨：《新世纪文学的新风貌与新走向——走进新世纪的考场》，《文艺争鸣》2010 年 11 期。

方》等传统纸质刊物。[①]2014年10月余秀华的诗歌《穿过大半个中国去睡你》经过《诗刊》的微信公号发布后，很快掀起了一股热潮，"穿过大半个中国……"成为广布人口的流行句式，进而她的诗集出版，自己也改变了原先的生活轨迹。2015年则被称为IP元年，一系列在文学网站上诞生的作品，开始向电影、网络剧、电视剧、游戏、玩具等衍生品行业拓展。2016年3月25日发布的第十届作家榜子榜单"网络作家榜"上，冠军唐家三少的年度版税就达1.1亿元，天蚕土豆、辰东等排名在后的也达到三四千万。[②]这些网络作家的名字对于从事文学批评和研究的大多数人而言是陌生的，而他们所创造的产值则让那些久负盛名的"严肃文学"作家难以望其项背。如果说马慧娟、余秀华尚且需要最终以纸质出版物或进入体制化文学组织中获得"认证"，大量网络作家则向更为多样的文化产品形式进军了，反过来是官方文学机构需要主动采取"招安"式的收编将其中代表性的成员纳入既定的文学系统如作协或文联之中。

进入作协或文联体制，对于新媒体文学作家而言不过是踵事增华、锦上添花，因为这种文学生产已经波及更为多元的呈现形态（电子书籍、电子杂志、Mook、漫画、电影、手游等），文字形态只是其中的一种，而其生产与再生产过程中体现出来的交互性也日益改写着近世以来我们关于文学的认知。在那种认知中，文学的方式是文字书写，技术支撑是印刷业，这是特

---

① 马俊、艾福梅：《农妇马慧娟：用"拇指文学"记录移民百态》，《村委主任》，2016年第17期。

② 《2016年网络作家排行榜出炉：唐家三少1.1亿版税收入登顶》，http://www.zt5.com/xinwen/guonei/21846.html。

定历史语境中的产物。如果以传播方式划分，文学自身也经历了人际传播的口头文学和大众传播的书面文学。文字较之于声音、视觉较之于听觉，有着文本上稳固、接受中反思、空间上广阔、时间上恒久的特征。[①]文学真正意义上的大众传播与本尼迪克特·安德森所谓的"印刷资本主义"密切相关，"资本主义、印刷科技与人类语言宿命的多样性这三者的重合，使得一个新形式的想象共同体成为可能"[②]，因为在民族主义和民族国家情感与精神塑造中的作用，文学在现代的地位陡然提升。中国现行的文学体制也是内在于宏观的民族国家现代性规划之中，从最初仿效苏联的建制，到此后明确的社会主义文学构建，仍然属于书面文学文化的脉络之中。

但是新媒体和全球化改变了这一景观，安德森谈的媒体更多是报纸，新媒体语境的全球化中，因为交互网络技术和信息终端的发展，"所发生的事情的范围又扩大了，人们被想象成为世界的公民"[③]。虽然按照大部分学者的看法，"目前（当然也在不久的将来）民族和国家的领域，即使不再居于决定性地位，也将始终保持着中心地位"[④]，但虚拟世界的共同体反作用于现

---

① 关于口头文学与书写文学的断裂与联系，沃尔特·翁、尼尔·波兹曼等都有精彩论述，参见沃尔特·翁：《口语文化与书面文化：语词的技术化》，何道宽译，北京：北京大学出版社，2008年。尼尔·波兹曼：《娱乐至死》，章艳译，桂林：广西师范大学出版社，2011年。Ruth H. Finnegan, *Literacy and Orality*, Blackwell Publishers, 2013.

② ［美］本尼迪克特·安德森：《想象的共同体：民族主义的起源与散布》，吴叡人译，上海：上海人民出版社，2003年，第54页。

③ ［英］特希·蓝塔能：《媒介与全球化》，章宏译，北京：中国传媒大学出版社，2016年，第42页。

④ ［英］史蒂文森（N. Stevenson）：《媒介的转型：全球化、道德和伦理》，顾宜凡等译，北京：北京大学出版社，2006年，第120页。

实并且日益改变着人们的日常生活，就如同鲍德里亚所说的拟像（Simulacra）的"超真实"正在日益置换真实[①]。即便我们搁置更为宏观的议题，回到由新媒体尤其是网络文学所带来的一系列关于写作、传播与阅读的流程中，也可以清晰地看到这种变化的深刻和广远。

　　新媒体技术首先带来的是速度与体验的即时性。审查和编辑机制的松散，让写作变得容易而轻率，理论上，写作成为懂得基本技术和识字者人人可为的行动。书面文本的阅读行为，也转化为计算机、手机、平板电脑终端的浏览行为。浏览与阅读的区别在于，巨量信息和不断涌现的链接让字符的视觉接触迅疾而顺滑，思考与反刍时间缩短，"轻阅读"出现——它不再伴随着潜在的内在理性声音，而更多是由目光扫视形成的即时反应。沉潜深思被娱乐快感取代，生理上的潜移默化让写作与接受两者都变得碎片化。其次，写作与阅读双方的交互性。它体现为用户注册、传播沟通、文本解释的多重互动。这直接导致"用户产生内容"兴起，随之改变的是传统意义上受众地位的变化。受众不再是印刷时代那些接受写定文本的被动者，而是充满个性、目的与选择主动性的消费者：他们通过迅疾的意见反馈，在一定程度上能改变正在进行中的文本的走向；社群化了的粉丝会形成广场效应，而写作者在金钱的内驱力和内容更新的鞭笞下，像个无法停转的机器齿轮一样不停运转。这是一种詹金斯（Henry Jenkins）所说的"参与性文化"，某种程度

---

① Jean Baudrillard, *Simulacra and Simulation*, trans. by Sheila Faria Glaser, University of Michigan Press, 1995.

上可以弥补资本所造成的文化产权私有化带来的损害。[①] 再者，由于在上述共享媒体的交互逻辑中用户被赋权，共享经济正在媒体融合中成为影响到文学的经济形态，不仅生产者主动建构附属市场（比如网络小说、舞台剧、电影、玩具手办），召唤接受者持续性的参与和投入。消费者也会积极参与生产之中进行自我表达和创造，在很大程度自己也成为生产者，即生产消费者（Prosumers）。"新媒体和通信技术已深刻改变了消费者与文化产品之间的互动方式，改变了消费者作用于文化产品的方式"[②]，受众不仅仅是意义生产者，通过戏仿、恶搞、挪用、盗猎、转化、同人志等方式，也加入再生产文化的过程中。比如利用原有漫画、动画、小说、影视作品中的人物角色、故事情节或背景设定等元素进行的二次创作，如江南借用金庸小说人物与情节创作的《此间的少年》，还有像新垣平戏仿学术文体文风的《剑桥倚天屠龙史》那类无法用既有文类划分的作品。它们表征的已经不仅是亚文化问题，而是在新媒体环境中，整体性文化生态的变化——一部分文学写作的资源由既定文本与虚构的世界观构成，它来自符号世界与隐喻界，而并不一定是现实世界或象征界。

在这种语境中，新媒体时代的文学其实并非"三分天下"，而是日益分化为两大部类。一类是产生于网络语境中的文学，笔者称为"数据文学"，它以点击和流量为旨归，背后是对于利

①［美］亨利·詹金斯：《昆汀·塔伦蒂诺的星球大战——数码电影、媒介融合和参与性文化》，见陶东风主编：《粉丝文化读本》，北京：北京大学出版社，2009年，第100—113页。

②［加拿大］托马斯·拉马尔（Thomas Lamarre）：《御宅族文化经济——论资本主义与粉丝媒体》，《今天·新媒体专辑》，2010年春季号，第14页。

益的追求，传统文学的教化、认知、审美、娱乐等功能并不必然被排斥，但所有的一切都服务于走流量的目的。另一类则是在现代文学观念和系统中按照惯性运作的"书写文学"（至于工具或载体采用计算机、手机、网络并不重要），它根植于更为久远的文学传统，指向于复杂精神、幽微情感、细腻情绪、缜密观察、深度思考。在没有发明出更好的词语之前，借用旧媒体时代的文学术语，可以说这两类文学就是类型化与反类型化的文学。在公众为"大数据时代"的到来欢欣鼓舞的时候，其实也应该意识到大数据给文学带来的化约。根据分析家的说法，大数据时代分析信息时发生了三大转变：一是可供分析的数据更多，甚至可以处理与某个特别现象相关的所有数据，而不再依赖随机采样——那是信息匮乏时代和流通受限的模拟数据时代产物，二是追求精确度已变得不可行和没必要，只要掌握大体发展方向即可，三是无须寻求事物之间的因果关系，而应寻找相关关系。大数据告诉我们"是什么"，而不是"为什么"，"在大数据时代，我们不必知道现象背后的原因，我们只要让数据自己发声"。[①] 但其实我们知道数据"自己"是不会发声的，它一定是在某种权力体系中发声。大数据这种不再追问、不再主动构建和演绎逻辑关联，而停留在现象关系的总结和归纳的思维模式，对于叙述而言是致命的——它不再叙述，而是展示，这必然使得深度模式和想象力瓦解，从而让杂多的信息洪流冲垮了文学的复杂性和丰富性。当我们想象全媒体的语境，"未来

---

① ［英］迈尔－舍恩伯格（Viktor Mayer-Schönberger）、库克耶（Kenneth Cukier）：《大数据时代——生活、工作与思维的大变革》，盛杨燕、周涛译，杭州：浙江人民出版社，2013年，第19页。

的 IoE（万物互联）时代，一切皆成媒体，信息将在所有联网、在线状态中的所有物体上呈现、流动，人和信息的链接将无处不在，无时无刻"①，书写文学便很难有生存空间，它必须反大数据思维，反对均质化、简约化和美学平均主义。

这看上去是绝望的反抗，但问题倒没有那么严重。因为书写文学以其经验的独特性无法被数据文学所取代，这是其作为创造性精神生产的题中应有之义。文学与社会科学、自然科学的差异之处就体现在这里，它不追求通行的知识——事实上，在信息爆炸和便捷获取时代，知识已经贬值——而是追求智慧、洞察和启示，也就是想象力、思考力和超越性。它通过个性化的书写，导向心灵的自由，这在技术复制时代反而成为一种稀缺资源。即便从媒体发展自身而言，一种新兴媒体的出现并不会让老的媒体死亡，而是会让旧媒体成为自己的内容之一。在麦克卢汉乐观而有建设性的设想中，"任何媒介（即人的任何延伸）对个人和社会的任何影响，都是由于新的尺度产生的；我们的任何一种延伸（或曰任何一种新的技术），都要在我们的事务中引进一种新的尺度。"②对于文学而言，则要在新的认知框架中界定文学的界限与批评的标准，发展出新媒体环境中的新感受力、新体验和新启迪才是文学的未来之道。

毋庸讳言，绝大部分当下的书写文学在面对现实的时候反应是迟滞的。如同我们在许多声称"现实主义"的作品中所看到

---

① 仇勇：《新媒体革命：在线时代的媒体、公关与传播》，北京：电子工业出版社，2016 年，第 XV 页。

② ［加拿大］马歇尔·麦克卢汉：《理解媒介：论人的延伸》，何道宽译，北京：商务印书馆，2000 年，第 33 页。

的，绝大部分被书写的"现实"实际上来自已经被媒体符号化了的关于现实的信息，作家们从报纸、电视、道听途说、支离破碎的现实编码中获取的不过是二手现实，然后根据这个二手现实进行书写。而二手现实即便是以大数据为基础的，也一方面摆脱不了狭隘化的宿命——通过大数据，人工智能式机器和兴趣社交圈将形成个人化的资讯过滤器，注意力集中在原本期待视野的阅读偏好之中，因而造成认知世界与真实世界的隔离，形成信息区隔，导致人们越来越活在小圈子中，"老是撞见自己"，公共事务、公共议题的探讨与个人的交际不可避免地减少。[①] 另一方面，二手现实经过新媒体渠道的疯狂传播，往往形成"后事实"（Post-fact）氛围，即流言蜚语、谣传跟风盛行，事实变得不再重要，对于事实的解释才是信息流的主潮[②]。余华的《第七天》被讥笑为热点新闻的集锦，以及一些"非虚构"写作对于部分真实的偏执，正显示出新媒体时代写作的症候所在——文学在数据通道的窄化与过滤机制中，失去了总体上把握时代的能力，同时也缺乏从媒体信息中超拔出来的动机，最终使自己变成了模拟信息的拟像。文学要做的是以个体性的体验突破大数据的"真实"和"超真实"沉浸体验，直接面对切身的经验。

　　沉浸体验是新媒体媒介融合中的普遍体验。所谓媒介融合概念就是将原先属于不同类型的媒介结合在一起，各种媒介呈现出多功能一体化的发展趋势，文字、声音、图像、视频、互

---

① ［美］伊莱·帕理泽（Eli Pariser）：《搜索引擎没告诉你的事》，宋瑛堂译，台北：左岸文化事业有限公司，2012年。

② Peter Pomerantsev, "Why We're Post-fact", https://granta.com/why-were-post-fact/ .

动数码流从媒介物质、媒介意涵、媒介制度等多方面、多维度展开。[①] 就媒介融合里的文学而言，在内容的集约化生产方面，不仅表现在传媒组织的合作，还表现为内容生产的全民写作；而形式上的超文本和虚拟性所带来的变革则更为深刻，这在目前国内有关新媒体文学的研究中除了黄鸣奋等少数人有所论述[②]，尚缺乏理论上的提升。所谓超文本，涵盖数字图书馆、搜索引擎和杂糅在一起的音、影、图、文立体文本，用超链接的方式，将各种不同空间的信息组织在一起，因为每个文本都是可以通向其他文本的通道，因而让文本无限地敞开。虚拟性随着网络化的立体文本而来，比特空间中时空、环境、现实状况、身份等都可以与现实社会中不同，而在视频直播、弹幕电影、体感游戏、便携式、佩戴式媒介（如 kindle、Google 眼镜）中，虚拟性不断进入人们的生活，进而虚实莫辨、虚实相生。媒介的融合带来了文化的融合，不仅有大小传统的雅俗文化，还有米德（Margaret Mead）所谓的前喻文化、并喻文化、后喻文化[③]，更有人文与科技、现实与虚拟之间的融合。这样的变局之中，许多新媒体文学研究者囿于思维障碍，或者直接走向"文化研究"，或者采用纸质印刷时代文学的"经典化"那种陈旧的方法论，而后者几乎是无效的。

[①] ［丹］克劳斯·布鲁恩·延森（Klaus Bruhn Jensen）：《媒介融合：网络传播、大众传播和人际传播的三重维度》，刘君译，上海：复旦大学出版社，2012 年，第 65－125 页。

[②] 黄鸣奋：《超文本诗学》，厦门：厦门大学出版社，2002 年。黄鸣奋：《新媒体与西方数码艺术理论》，上海：学林出版社，2009 年。

[③] ［美］玛格丽特·米德：《文化与承诺：一项有关代沟问题的研究》，周晓虹、周怡译，石家庄：河北人民出版社，1987 年，第 27 页。

时至今日，无论是谁都已经无法回避新媒体所带来的社会全方位的影响，这种影响之深远广泛已远远超过信息渠道、数据载体、传播手段的范畴，而涉及生活方式、情感结构、文化观念等原属于上层建筑的领域。无论共享媒体还是智能媒体，它们都在传播的生产、消费方面对传统媒体传播进行了颠覆式创新和改造，围绕这种融合媒介会形成一个全新的生态系统，"最终呈现出的将是颠覆性的、全新的生产力与生存关系"[①]。文学只不过是处于这个整体性转型中的一个部分。笔者曾经论述过新媒体带来的三方面变化[②]：（1）主体在与媒介之间的互动中自身发生了改变，因为在"科技以人为本"的口号下，日益趋向于完美的友好界面抹去/遮掩了现实与虚拟的界线，启蒙时代以来的人本主义主体性无法解释隐形社群中的个体。从"庄周梦蝶"到"缸中之脑"的隐喻，都指明了一种作为信息的生命，直觉、意识、认知、判断、情感、理性等都是以一种信息的方式存在。媒介本身也是一种信息，在信息的交错中，身体、生命和人性也发生了变化，进入一种所谓"后人类"的状态[③]。（2）传统意义上文学生态环境和发生方式变化，真实与虚拟之间界限的内爆导致二者都需要重新定义。想象界和现实界原先的并立关系，在拟像中都被融入，变成了一种超现实。

① 胡正荣：《媒体融合走向哪里？共媒时代与智媒时代》，腾讯传媒研究院：《众媒时代》，北京：中信出版社，2016年，第X页。

② 刘大先：《文学的共和》，北京：北京大学出版社，2014年，第84—85页。

③ 正如海尔斯所说："千百年来技术与人类共同进化，并以无数种深刻有细微的方式塑造了人性"。N. K.Hayles, "Computing the Human", Theory, Culture & Society 22（1）：131—151.转引自盖恩（N. Gane）、比尔（D. Beer）：《新媒介：关键概念》，刘君、周竟男译，上海：复旦大学出版社，2005年，第112页。

（3）主体与语境的更新，带来作为文学诉求的情感发生与表达也发生了裂变。新媒介通过改变文学所赖以存在的外部条件而间接地改变文学，直接就重新组织了文学的诸种审美要素。在看不见的虚拟社区中，空间是比特（Byte）的无限黑洞，时间则发生加速度，物理时空失去其有效性，詹姆逊所谓的后文字（postliteracy）时代已然来临——人们已经进入到阅读和书写以后的全新境界，之前的民族国家话语、美学范畴也只在一定范围内适用。语言/理性的主体的书写文学表达方式让位于新的信息流动模式，它与古典、神圣、精神、心灵、族群记忆的关系都需要重新书写。推而言之，新媒体环境中的文学肯定超越了"互联网＋"的叠加与互补思维，导向开放、共享与智能。面对这样的情境，我们必须重新界定文学或文学生活、文学生态、文学机制。

如前所论，信息过载和沉浸体验对文学的创作、传播和接受而言，有三方面值得探讨的可能性：一是精神涣散造成的信息麻木和无动于衷，这似乎有悖于沉浸体验，但沉浸其实是一种单向度的偏执，即集中于某类信息，而文学如果想在乱花渐欲迷人眼的信息泥石流中立足，则要重新回到思想的专注力上，即桑内特（Richard Sennett）寄希望的能够抵消新资本主义文化副作用的"匠人精神"——"所谓专注，不仅意味着痴迷的、精益求精的匠人一心想把事情做好，而且还意味着他或她认为自己所做的事情有一些客观的价值。……唯有无私的专注才能改善人们的感受"①；二是智能媒体固然有其便捷的一面，

---

① ［美］理查特·桑内特：《新资本主义的文化》，李继宏译，上海：上海译文出版社，2010年，第154－155页。

也附带了负面的因素：信息会在其中经过选择和窄化。在如此视野之中，文学需要致力于打开这种被强势媒介垄断及建构的新集权空间，通过叙事建立不同事物和领域之间的联系；三是当大众不再是被动的受众时，文学的再度精英化或高度精英化也许是反拨娱乐性和平面性的路径。

因而，笔者可以想象的文学未来转型，可能就在于文学的死亡与文学性的弥散，即"文学"的变形，现存意义上的文学形态会发生泛化与收缩。"泛化"是碎片化思维与关于文学的既有共识断裂的结果，文学性扩展到多媒体形式中，现有的文学观念会在这种泛化中成为一种博物馆概念，就像人类历史上不同时期对于文学的不同界定一样；"收缩"则是文学的群落化，即突出其在书写维度上的超越性、思想性和启示性突破，它可能会在题材上发生向此前的一些边缘文类的倾斜，比如科幻；也可能会体裁上出现文类融合，出现越来越多的"跨文体"写作，目前已经出现了相关的现象，这也属于分众传播的范畴。然而，归根结底，文学的收缩植根于人类的自由意志显现，体现了人之为人在技术变革时代难以被技术化的潜意识、非理性、暧昧、玄妙的部分。当然，对于未来的预测可能总是差之毫厘谬以千里，不过作为理想类型的逻辑推断是成立的。

我们时代批评的专业素养与标准

　　每个人都是批评家。咿呀学语的儿童会通过摔打和哭闹表达对玩具的不满，出租汽车司机在乘客那里展示他对时局的政治见解，邻居老阿妈则在张家长李家短中曲折地贯彻她的道德观……这是根植于人性本能的自然状态。但是，对于一个专业文学研究者而言，批评意味着什么，他如何区别于一个普通批评者的本能性意见，而具备一个批评者令人信赖的自觉职业素养呢？

　　我曾经数年承担年度文学综述的工作，做过类似工作的人都知道，这是个苦差事。为了对全年的创作状态有一个总体性的把握，作者必须进行大量的阅读，完全不可能仅凭自己的喜好有选择地进行挑选。所以在2016年6月19日苏州大学"文学批评与当代文化建设"的会议上，我半开玩笑地说，自己就像一个蜣螂，在各种泥沙俱下的作品中勉力掘进，试图清理出具有标志性的一个个文本，梳理出写作生态的基本样貌，并且尽可能地给予恰如其分的评价。这虽然表面上是个玩笑，其实内底里并非是哗众取宠故作惊人之语。蜣螂以动物粪便为食，有"自然界清道夫"的称号，而批评家穿行于作品丛林之中，并不总能含英咀华，更多的时候也都是类似蜣螂的状态，努力在杂草丛生、良莠不齐中清理出一条可供其他专业与非专业读者辨认的道路和标记。

因而，我对有些批评家信口开河地说自己只读只评论"好的作品"难免有些心生疑窦。这个"好"的标准从哪里来呢？每个特定社会环境、特定教育与出身背景中批评者都会受制于他那个时代的"认知范型"。这种"认知范型"隐蔽地形成了他具体的美学趣味、审美偏好和批判底色，他身处其中而不自觉，往往会偏执地接受某一类文本而排斥另外一类，认为后者是蹩脚的、不好的。如果仅仅按照自己的个人喜好进行评判，那评判这个工作也未免太轻松了，所得到的看法和结论也未免过于主观，可以作为鉴赏谈，而不是客观化的知识。专业的批评要给一个时代的文学风貌描绘出一幅地形图，点出路径走向和标志性的坐标点所在，它应该超越于时代一般"认知范型"之上，既读自己喜好的、欣赏的文本，也读与自己趣味偏离甚至完全背反的作品，在通盘考虑的基础上勾勒出一个时代基本的文学生态，然后再给出一个结论，这样的结论才是具有学理意义的。

作者以一致之思，读者各以其情而自得，任何一个人都会对一个文本对象产生自己的看法。但是这样的读后感是从感性中生出的"看法"，就像前面所说的各种自然状态的"批评"，仅仅体现了个人的趣味和偏好。而真正的专业批评应该是一种具有生产性质的"知识"，即"看法"必须超越个体的偏见和品位，具有可以为他人所接受的普遍性，与原对象相互发明，具有对话的性质，否则它就只是附着于原对象的言辞的叠加。这要求批评者在自己的感性直观中融入理性剖析，从自然人成长为社会人、知识人、审美的人、政治的人。他必须在一个纵向历史的脉络和横向平行的比较中建构自己的标准，从而铆定对象的位置。要达到这一点，持之以恒而又永不懈怠的学习和砥砺是必不可少的，批评者需要永远保有一颗对于事物敏感与好奇的心灵，充实自己的武库，只有建基于此，才能对文本的独特、创新和美学有着清楚的见识。操千曲而后晓声，观千剑而后识器，这是批评的知识性和认识论。

随便拿到一个作品就洋洋洒洒地发议论，而没有纵向的文学史脉络的把握与横向与其他空间中同时代作品的比较，其上者可以别有会心、巧作发明，比如金圣叹评点《水浒传》、《西厢记》、《左传》等书及杜甫诸家唐诗，或者元好问的《论诗三十首》也可以自成一格、帮助普通读者理解和发挥。但那些言简意赅的注解、突发奇想的断言并不能自己形成某个自成一格的体系性知识，至其极致也只是怡情遣兴《增广贤文》般的东西。当然，这与美学追求并不矛盾，形成了自身美学目标与追求，诗文评如钟嵘的《诗品》、司空图的《二十四诗品》或严羽的《沧浪诗话》以意象解诗，无论从文句到修辞本身就是一个艺术品。

诗文的月旦品评中大量含混暧昧的诗性语言，提示了任何文本总是包含暧昧、模糊的部分，这是文艺作品区别于哲学或者社会科学的特性，它有着纯粹理性所无法抵达的幽暗空间，你无法像准确切割机床一样去对待一个文学艺术作品，因而情感与态度始终如影随形。但是修辞所不能掩盖的是价值诉求，只是在时下的批评风气中，立场隐约成了禁忌，人们羞于表达自己的态度，因为那可能带来意图先行，进而会影响到判断的准确和客观。但是，阶级、教育、个人性格、一个社会的"时代精神"与流行话语都会构成理解中的"先见"，没有立场的批评也是一种立场，那种犹抱琵琶半遮面的姿态很有可能只是人情往还与犬儒式的骑墙，反倒容易混淆了是非。在"美"之外，文本应该有其"善"与"真"的维度，即我们应该重申一种有道德的批评，而不是随波逐流；追求有目的批评，而不是无原则的和稀泥。绝假纯真，不忘初心，这是批评的方向感和伦理学。

"诗言志""文以载道"是中国古代文论的传统，刘勰的集大成之作《文心雕龙》也是从原道、征圣、宗经开始，提出"辞约而旨丰，事近而喻远""隐之为体义主文外""文外之重旨"，那些言外之意、味外之旨才是根本，道与文、情与采、真与奇、华与实、情与志、风与骨、隐与秀虽然是辩证关系，其实还有个本与末的关系。只是，以美学取代政治和伦理是目前批评的一种流行态度，常被人举出的例子是夏志清《中国现代小说史》对张爱玲、沈从文、钱锺书的重估之功，认为那是对"鲁郭茅巴老曹"这一中国现代文学史系统结构的反拨、调谐乃至颠覆性的创新，而对"感时忧国"较之于趣味与美学似乎要低一筹，妨害了文学的自主性。但夏志清的批评其实也不过是一种特定语境中"去政治化"的政治，强调的是自由主义和个人主义的观念而已，从逻辑上来说这种批评并不比他反对的对象更高明，"何伤乎？亦各言其志也"。夏志清的成功恰在于他丝毫不隐晦自己的立场，将自己的道德观一以贯之。

当然，有了知识、道德还不够，因为批评如果要落到实处，还需要有勇气与意志将其实现。批评的功能显然不仅仅在于提供解析娱乐，它还要有甄别与提升，在阐释的同时也要创造。批评者必得有着信念与激情，力避鲁莽无知、是非淆乱和坚僻妄诞，而在批评中建立一个尺度和乌托邦。批评的本体就潜藏在其中，它在鉴赏之外，关注文本之外广阔的时空，提供一种想象更美好未来的图景。它一定是具有实践意义的，没有这种导向性质，则批评就沦为一种依附性的存在。这是批评的现实感与实践性。这三方面的素养其实就是在前人所谓的感性与理性的综合、知情意统一、才胆识力的融贯，更加上一重实际操作的维度。唯有如此，我们才有可能把批评与个体的生命体验、生活感悟、知识激情结合起来，成为一个专业的批评者。

专业的批评者必得建立自己的标准。文艺批评在我们时代面临的困窘有目共睹，主要体现为它很大程度上局限在文艺领域内部，而很难再发挥曾经有过的公共文化的功能，随着日益精细化和批评观念的内缩，文艺批评已经由最初的不得已回避到如今无力对社会重大问题发言，进而导致它的脱离公众，影响力减弱，很难生产出能辐射到哲学、人文社会学科其他领域的原创思想和文本。与此形成对照的是，它很大一部分被市场所收编，扮演了推销员的角色，丧失了其文化创造的主体性。当然，这其中有文学自己在历史中所扮演角色变化的缘故，文学再也不可能像书写印刷占据文化传播主导性的社会中发挥那样重要的作用了。在那种文化中，文学事实上与启蒙运动对政教合一的前现代文化的冲击、人的主体性和人道主义观念的建立与普及、现代民族国家的确立等密切联系在一起。文学的这些普泛性功能在大众传播尤其是电影电视以及电子网络文化的新技术文化语境中，变得不再可能，它愈加成为一个分众化文化中的一种，即它的生产、传播和消费都日趋成为某个特定群体的产物。

因而，在这样的语境中，个人主义化的文学批评话语成为时尚也是情理之中的事情，因为他们对文学不再抱有很高的期望，文学观念"向内转"为个体完善的一种途径。尽管如此，我们对文学却依然不应该丧失信心。因为在当下资本和权力几乎主导一切的环境中，任何其他门类的艺术话语几乎都难逃它们的共同主宰，文学因为其极强的个人化特征：它主要由个体行为促成，用语言进行形象表述，较少受到外界技术、资金和渠道的限制——当然商品化的"网络文学"是另外一回事，那基本上是一种娱乐产品——因而反倒成为我们时代最有可能自由表达的一种艺术样式。这种自由表现在它较之日益分科化和技术化的其他艺术，具有能够全面、整体地表述历史与现实的更多可能性，它可以既感性又理性，既塑造鲜活的形象又言说深邃的思想，同时还具有想象未来的乌托邦维度。

面对这种情形，文学批评依然大有可为，而要重新界定文学批评的现实功能，首当其冲的是要树立批评的文化建构与引导功能。就具体到个人而言，每个批评者自然有着自己的标准。我这里想谈一下当下主流话语重建的"历史的、人民的、艺术的、美学的"四标准，这是对1942年毛泽东《在延安文艺座谈会上的讲话》所形成的主流批评话语的一种延伸和发展。我不会像那些愤世嫉俗的批评者那样认为这是一种官样文章，而认为它们是针对当下文艺中存在的历史虚无主义、人民性淡化、市场与消费主义取向、审美趣味庸俗粗鄙化等现实问题的回应。那么这四点之间的内在关联是什么呢？

　　"四标准"的首要问题就是要重新确立文艺"为什么人"的价值观，我们今天讲的批评很显然应该树立一种以人民为中心的批评导向。"人民"是个社会主义政治性的集体概念，很容易被误解为压抑个性、图解政治的工具，显然它与资本主义的"公民"概念需要做一定的区分。"人民"作为历史的"剧中人"和"剧作者"合一的实践性主体，既有共同的一面，也是具体的个人，而不仅仅是某个法理性的抽象存在"公民"。作为共同主体，"人民"显示了某种历史目标的主体担当；而作为个人，"人民"则是有着具体喜怒哀乐的经验者与体验者。这个意义上来说，它既是超越于个人主义层面的理想类型，也是接地气的现实关怀。当下的批评在为人民服务时，应该更多超越于个人主义的层面，而重申建构一种共同认同、有着未来愿景的"人民理想"。另一方面，"人民"也区别于"大众"，如果说"群众"带有普罗化、民间化的色彩，"大众"则是市场社会中与资本和消费密不可分的概念，后者更多体现了作为受众的被动性、匿名性和易被操控的盲目的一面。晚近的文化研究、媒介研究比如斯图亚特·霍尔的"编码—解码"说提到的大众的主动性，其实正是"人民性"所要强调的能动性，即"人民"自身所蕴含的民间关怀、审美趣味与历史认识。批评正是在结合这一点上，显示出既精英又平民相结合的特点。

　　确定了批评的立场之后，道路和方向应该怎么走呢？所谓历史的和审美的相结合，也就是如何处理好情感与价值、审美与历史之间的张力，将"可爱的"与"可信的"融合于一体。我想应该做的是审美的历史化和历史化当中的现实感。审美的历史化，是批评要在广泛的知识积累基础上，对历史与现实有着整体性的认知，进而谋求具有未来维度的世界观塑造。批评不是无源之水无本之木，只有在认识的历史化之后，对古今中外的文艺发展和理论观念充分广收博取之后取精用弘，才能给予某个作品以明确的定位和衡定尺度，它是一个知识累积与创造的过程。但是历史化并不是沉溺到历史本质主义之中，历史本质主义往往斤斤计较于细节真实而丧失了诗性真实和逻辑真实。所谓"诗比历史更真实"是指文学中的历史有创新和超越的一面。因而历史化中的现实感尤为重要，既不厚古薄今也不厚今薄古，而是像鲁迅所说过的"拿来主义"，洋为中用、古为今用，让批评有着现实的广阔伦理关切，而不仅仅是某个小圈子阳春白雪、拒绝更广范围交流的产物，它的目的是推动、促进、提升文艺作品的创作，进而将自身也打造成具有独立艺术品质的作品。这是将"真"与"美"相统一。

批评的艺术性显示了它的独立性，而不再是依附于某个文本与现象的附属物。在"真"与"美"之外，它还有"善"的一面，即康德意义上的道德伦理的目标。它的历史性、审美性和艺术性之外，还应该有其能动性、实践性和生活性的一面。它不是停留在纸面或者新媒体之上的文字符号流，还要反作用于现实，推进现实中文艺技术的变革。为人民服务的现实关怀必定要落在实际文本的鉴别、传播、针砭的行为之中，并且要通过潜移默化的方式渗透到人们的日常观念和生活之中，才能发挥其作用，其目的是为了想象与建构一个更好的未来。

为人民服务，真善美结合，看似简单明了，但在当下的批评实践中，却并不是一个轻易可以达到的标准。2016 年 7 月 3 日到 8 日，我在甘肃参加"2016 中国当代诗歌论坛"，期间诗人张执浩聊到一个观点，我觉得很有意思，可以分享一下。他说到音乐和诗歌首先是技术，思想云云倒在其次。诗歌写到牛粪或者石头，它们有什么思想呢？思想还不是通过人的语言修辞所表达出来的？我的理解是，在张执浩看来，人们本质上与牛粪、石头一样都是自然中的一员，之所以诞妄地声称思想，其实是一种人类中心主义在作怪。那些口口声声表达思想的人其实可能在技术上就没有过关。人性从孔子、柏拉图时代到现在并没有发生质的变化，我们所说的"思想"在很大程度上其实并没有超越轴心时代那些大师们，而我们区别于他们的地方恰在于我们在语言、修辞、表述的技术上发生了变化。这种说法虽然有一些问题，但其实也可以借鉴到批评写作上。批评首先要解决技术的问题，而不是成为似是而非的各种形形色色的"理论"和"思想"的演练场。要回到批评最素朴的层面，一个理想中的批评文本，首先应该是明晰的，有自己的立场与观点并且能够将它们清通流畅地传递出来，能够形成让人愉悦的审美感受。其次，它应该富于真理性的启发意义，不仅仅是附着于作品或者现象的文本，而是个独立思想的成果，即便脱离开它的论述对象也具备足够的参考价值。再者，它还应该具有伦理上的诚实，以其自身的诚恳给人以道德上的教益，是善的流布，而不是恶劣趣味和品德败坏者的辩护人。

对于批评家本人来说，用现在比较流行的说法就是所谓他需要有种"匠人精神"。这包含的素质是多方面的，诸如敏感的观察力、不屈不挠的博学、理性清明的洞察、平等公正的善良、同情弱者与抗争不义的勇气、将自己的美学目的与判断付诸实践的能力。要有一颗感恩的心，感谢那些曾经默默奉献的人，感谢那些指责的话语，因为他们提供了温情与改进的动力。最重要的是，还要有内在的激情，这种激情使得他不再停留于技术活的层面，而是把批评作为一种体验生命的方式。

参考文献

（排名不分先后）

一、文学期刊与新媒体写作

《人民文学》（北京）、《收获》（上海）、《十月》（北京）、《花城》（广州）、《当代》（北京）、《山花》（贵阳）、《钟山》（南京）、《天涯》（海口）、《长城》（石家庄）、《西部》（乌鲁木齐）、《大家》（昆明）、《清明》（合肥）、《北京文学》（北京）、《上海文学》（上海）、《作家》（长春）、《作品》（广州）、《草原》（呼和浩特）、《朔方》（银川）、《小说界》（上海）、《滇池》（昆明）、《山东文学》（济南）、《山西文学》（太原）、《福建文学》（福州）、《西藏文学》（拉萨）、《青年文学》（北京）、《青年作家》（成都）、《西湖》（杭州）、《红豆》（南宁）、《青海湖》（西宁）、《鸭绿江》（沈阳）、《骏马》（呼伦贝尔）、《格桑花》（合作）、《边疆文学》（昆明）、《民族文学》（北京）、《民族文汇》（乌鲁木齐）、起点中文网、纵横中文网、晋江文学城、17K小说网、"故事硬核"微信公众号、"谷雨实验室"微信公众号、"真实故事计划"微信公众号、"人间 the Livings"微信公众号、"在人间 living"微信公众号。

二、论著与文集

［ 1 ］Albert O. Hirschman: The Passions and the Interests: Political Arguments for Capitalism before Its Triumph, Princeton University Press, 2013

［ 2 ］Avishai Margalit: The ethics of memory. Harvard university press, 2002.

［ 3 ］Jean Baudrillard: Simulacra and Simulation, trans. by Sheila Faria Glaser, University of Michigan Press, 1995.

［ 4 ］Marshall McLuhan, Quentin Fiore: War and Peace in the Global Village, McGraw-Hill, 1968.

［ 5 ］Ruth H. Finnegan: Literacy and Orality, Blackwell, 2013.

［ 6 ］［美］阿尔君·阿帕杜莱:《消散的现代性:全球化的文化维度》,刘冉译,上海:上海三联书店,2012。

［ 7 ］［德］爱克曼辑录:《歌德谈话录(1823–1832年)》,朱光潜译,北京:人民文学出版社,1982年。

［ 8 ］［美］本尼迪克特·安德森:《想象的共同体:民族主义的起源与散布》,吴叡人译,上海:上海人民出版社,2003年。

［ 9 ］［英］安东尼·吉登斯:《亲密关系的变革:现代社会中的性、爱和爱欲》,陈永国、汪民安等译,北京:社会科学文献出版社,2001年。

［10］［法］安托南·阿尔托:《残酷戏剧——戏剧及其重影》,北京:中国戏剧出版社,1993年。

［11］［古希腊］柏拉图：《柏拉图文艺对话集》，朱光潜译，北京：人民文学出版社，1963年。

［12］［英］齐格蒙特·鲍曼：《废弃的生命》，南京：江苏人民出版社，2006年。

［13］［英］齐格蒙特·鲍曼：《流动的现代性》，欧阳景根译，上海：上海三联书店，2002年。

［14］［德］瓦尔特·本雅明：《发达资本主义时代的抒情诗人：论波德莱尔》，张旭东、魏文生译，北京：三联书店，1989年。

［15］［英］卡尔·波兰尼：《大转型：我们时代的政治和经济起源》，冯钢、刘阳译，杭州：浙江人民出版社，2007年。

［16］［英］以赛亚·伯林：《现实感：观念及其历史研究》，潘荣荣、林茂译，南京：译林出版社，2004年。

［17］［法］安德烈·布勒东：《超现实主义宣言》，袁俊生译，重庆：重庆大学出版社，2010年。

［18］［美］布鲁斯·罗宾斯：《全球化中的知识左派》，北京：中国社会科学出版社，2000年。

［19］［加拿大］查尔斯·泰勒：《世俗时代》，张容南等译，徐志跃、张容南审校，上海：上海三联书店，2016年。

［20］［印度］帕尔塔·查特吉：《民族主义思想与殖民地世界：一种衍生的话语》，范慕尤、杨曦译，南京：译林出版社，2007年。

［21］陈继会等《中国乡土小说史》，合肥：安徽教育出版社，1999年。

［22］陈世骧：《陈世骧文存》，沈阳：辽宁教育出版社，

1998 年。

［23］陈子善编《叶公超批评文集》，珠海：珠海出版社，1998 年。

［24］成伯清：《情感、叙事与修辞：社会理论的探索》，北京：中国社会科学出版社，2012 年。

［25］仇勇：《新媒体革命：在线时代的媒体、公关与传播》，北京：电子工业出版社，2016 年。

［26］［日］厨川白村：《苦闷的象征》，鲁迅译，南京：江苏文艺出版社，2008 年。

［27］单正平：《晚清民族主义与文学转型》，北京：人民出版社，2006 年。

［28］［法］居伊·德波：《景观社会》，王昭风译，南京：南京大学出版社，2006 年。

［29］［荷］杜威·德拉埃斯马：《记忆的风景》，张朝霞译，北京：北京联合出版公司，2014 年。

［30］丁帆：《中国乡土小说史》，南京：江苏文艺出版社，1992 年。

［31］董仲舒：《董仲舒集》，袁长江等校注，北京：学苑出版社，2003 年。

［32］杜国景：《合作化小说中的乡村故事与国家历史》，北京：中国社会科学出版社，2011 年。

［33］［德］恩格斯：《路德维希·费尔巴哈和德国古典哲学的终结》，中共中央马克思恩格斯列宁斯大林著作编译局译，北京：人民出版社，1997 年。

［34］范培松：《中国散文批评史》，南京：江苏教育出版社，

2000 年。

[35]范希衡：《〈赵氏孤儿〉与〈中国孤儿〉》，上海：上海古籍出版社，2010 年。

[36][德]费尔巴哈：《基督教的本质》，荣震华译，北京：商务印书馆，1984 年。

[37]费孝通：《费孝通学术精华录》，北京：北京师范学院出版社，1988 年。

[38]费正清：《伟大的中国革命》，刘尊棋译，北京：世界知识出版社，2003 年。

[39]冯友兰：《冯友兰学术精华集》，北京：北京师范学院出版社，1988 年。

[40][法]福柯：《疯癫与文明：理性时代的疯癫史》，刘北成、杨远婴译，北京：三联书店，2003 年。

[41]傅斯年：《历史语言研究所工作之旨趣》，天津：天津人民出版社，1996 年。

[42][英]尼古拉斯·盖恩、戴维·比尔：《新媒介：关键概念》，刘君、周竞男译，上海：复旦大学出版社，2005 年。

[43]甘阳：《通三统》，北京：三联书店，2007 年。

[44]高瑞泉：《中国现代精神传统：中国的现代性观念谱系》，上海：上海古籍出版社，2005 年。

[45]高友工：《美典：中国文学研究论集》，北京：三联书店，2008 年。

[46][德]歌德：《浮士德》，绿原译，北京，人民文学出版社，2003 年。

［47］［德］歌德：《浮士德》，钱春绮译，上海：上海译文出版社，1990 年。

［48］［德］歌德：《威廉·麦斯特的学习时代》，冯至、姚可昆译，《歌德文集·2》，北京：人民文学出版社，1999 年。

［49］［日］沟口雄三：《中国的公与私·公私》，北京：三联书店，2011 年。

［50］顾颉刚编：《古史辨》，上海：上海古籍出版社，1982 年。

［51］郭绍虞、王文生主编：《中国历代文论选》，上海：上海古籍出版社，2001 年。

［52］［德］哈贝马斯：《后民族结构》，曹卫东译，上海：上海人民出版社，2002 年。

［53］［美］麦克尔·哈特、［意］安东尼奥·奈格里：《帝国——全球化的政治秩序》，杨建国、范一亭译，南京：江苏人民出版社，2003 年。

［54］［德］海德格尔：《存在与时间》，陈嘉映、王庆节合译，熊伟校，陈嘉映修订，北京：三联书店，1999 年。

［55］［德］汉斯－格奥尔格·加达默尔：《真理与方法》，洪汉鼎译，上海：上海译文出版社，1992 年。

［56］［阿根廷］豪·路·博尔赫斯：《博尔赫斯全集·散文卷》，王永年、徐鹤林等译，杭州：浙江文艺出版社，2006 年。

［57］［阿根廷］豪·路·博尔赫斯：《博尔赫斯全集·小说卷》，王永年、陈泉译，杭州：浙江文艺出版社，2006 年。

［58］何怀宏：《伦理学是什么》，北京：北京大学出版社，2002 年。

［59］［美］何伟亚：《英国的课业：19 世纪中国的帝国主义教

程》，刘天路、邓红风译，北京：社会科学文献出版社，2007年。

[60][美]阿尔伯特·赫希曼：《欲望与利益：资本主义走向胜利前的政治争论》，李新华、朱进东译，上海：上海文艺出版社，2003年。

[61][德]黑格尔：《美学》，朱光潜译，北京：商务印书馆，1981年。

[62][美]亨廷顿：《我们是谁：美国国家特性面临的挑战》，程克雄译，北京：新华出版社，2005年。

[63]洪子诚：《问题与方法：中国当代文学史研究讲稿》，北京：三联书店，2002年。

[64]洪子诚：《中国当代文学史》，北京：北京大学出版社，1999年。

[65]胡亚敏：《叙事学》，武汉：华中师范大学出版社，2004年。

[66]黄玲：《跨越中的边界：中越跨境民族文学比较研究》，北京：人民出版社，2016年。

[67]黄鸣奋：《超文本诗学》，厦门：厦门大学出版社，2002年。

[68]黄鸣奋：《新媒体与西方数码艺术理论》，上海：学林出版社，2009年。

[69]黄寿祺、张善文译注：《周易译注》，上海：上海古籍出版社，2001年。

[70][美]克利福德·吉尔兹：《地方性知识：阐释人类学论文集》，王海龙、张家瑄译，北京：中央编译出版社，2000年。

［71］江晓原、刘兵主编：《科学的越位》，上海：华东师范大学
出版社，2010年。

［72］蒋原伦编选：《中国当代先锋艺术家随笔集》，北京：中国
社会科学出版社，1998年。

［73］［意］伊塔诺·卡尔维诺：《为什么读经典》，黄灿然、李
桂蜜译，南京：译林出版社，2006年。

［74］［意］伊塔诺·卡尔维诺：《未来千年文学备忘录》，沈阳：
辽宁教育出版社，1997年。

［75］［德］埃利亚斯·卡内提：《群众与权力》，冯文光、刘敏、
张毅译，北京：中央编译出版社，2002年。

［76］康有为：《康有为全集》，姜义华、张荣华编校，北京：中
国人民大学出版社，2007年。

［77］［美］柯文：《在中国发现历史：中国中心观在美国的兴
起》，林同奇译，北京：中华书局，2002年。

［78］［丹］克尔凯郭尔：《论反讽概念》，汤晨溪，北京：中国
社会科学出版社，2005年。

［79］［丹］克劳斯·布鲁恩·延森：《媒介融合：网络传播、大
众传播和人际传播的三重维度》，刘君译，上海：复旦大
学出版社，2012年。

［80］［美］孔飞力：《中国现代国家的起源》，陈兼、陈之宏译，
北京：三联书店，2013年。

［81］［美］孔飞力：《中华帝国晚期的叛乱及其敌人》，谢亮生
等译，北京：中国社会科学出版社，1990年。

［82］［法］朗西埃：《文学的政治》，南京：南京大学出版社，
2014。

［83］李海燕：《心灵革命》，北京：北京大学出版社，2018年。

［84］李敬泽：《为文学申辩》，北京：作家出版社，2009年。

［85］李陀：《雪崩何处》，北京：中信出版社，2015年。

［86］李晓峰、刘大先：《中华多民族文学史观及相关问题研究》，北京：中国社会科学出版社，2012年。

［87］李云雷：《当代中国文学的前沿问题》，济南：山东文艺出版社，2017年。

［88］李云雷：《重申"新文学"的理想》，北京：北京大学出版社，2013年。

［89］李振声编：《梁宗岱批评文集》，珠海：珠海出版社，1998年。

［90］李贽著、刘幼生整理：《焚书》，北京：社会科学文献出版社，2000年。

［91］［美］理查德·桑内特：《肉体与石头：西方文明中的身体与城市》，黄煜文译，上海：世纪出版集团，2006年。

［92］［美］理查德·利罕：《文学中的城市：知识与文化的历史》，吴子枫译，上海：上海人民出版社，2009年。

［93］联共（布）中央特设委员会编《联共（布）党史简明教程》，中共中央马克思恩格斯列宁斯大林著作编译局译，北京：人民出版社，1975年。

［94］梁启超：《梁启超全集》，北京：北京出版社，1999年。

［95］梁庭望：《中国诗歌通史·少数民族卷》，北京：人民文学出版社，2012年。

［96］梁晓声：《中国社会各阶层分析》，北京：经济日报出版社，1997年。

［97］［美］约瑟夫・列文森：《儒教中国及其现代命运》，郑大华、任菁译，北京：中国社会科学出版社，2000年。

［98］林满红：《银线：十九世纪的世界与中国》，林满红、詹庆华等合译，台北市：台大出版中心，2011年。

［99］刘大櫆、吴德旋、林纾著：《论文偶记 初月楼古文绪论 春觉斋论文》，北京：人民文学出版社，1959年。

［100］刘大先：《时光的木乃伊：影像笔记》，合肥：安徽教育出版社，2012年。

［101］刘大先：《未眠书》，合肥：安徽教育出版社，2014年。

［102］刘大先：《文学的共和》，北京：北京大学出版社，2014年。

［103］刘大先：《无情世界的感情：电影记忆》，合肥：安徽教育出版社，2013年。

［104］刘锋杰：《中国现代六大批评家》，北京：北京大学出版社，2005年。

［105］刘华杰：《博物人生》，北京：北京大学出版社，2012年。

［106］［匈］格奥尔格・卢卡奇：《小说理论：试从历史哲学论伟大史诗的诸形式》，燕宏远、李怀涛译，北京：商务印书馆，2016年。

［107］鲁迅：《鲁迅全集・编年版》，北京：人民文学出版社，2013年。

［108］逯耀东：《从平城到洛阳：拓跋魏文化转变的历程》，北京：中华书局，2006年。

［109］路文彬：《视觉文化与中国文学的现代性失聪》，合肥：安徽教育出版社，2008年。

［110］罗志田：《权势转移：近代中国的思想、社会与学术》，武汉：湖北人民出版社，1999年。

［111］马克思、恩格斯：《马克思恩格斯论文学与艺术（一）》，陆梅林辑注，北京：人民文学出版社，1983年。

［112］马克思、恩格斯：《马克思恩格斯全集》第20卷，北京：人民出版社，1971年。

［113］马克思：《1844年经济学哲学手稿》，刘丕坤译，北京：人民出版社，1979年。

［114］马克思：《关于费尔巴哈的提纲》，中共中央马克思恩格斯列宁斯大林著作翻译局编《马克思恩格斯选集》第一卷，北京：人民出版社，1995年。

［115］马克思：《资本论》（第1卷），北京：人民出版社，2004年。

［116］马一浮：《复性书院讲录》，济南：山东人民出版社，1998年。

［117］［美］玛格丽特·米德：《文化与承诺：一项有关代沟问题的研究》，周晓虹、周怡译，石家庄：河北人民出版社，1987年。

［118］［英］迈尔·舍恩伯格、库克耶：《大数据时代——生活、工作与思维的大变革》，盛杨燕、周涛译，杭州：浙江人民出版社，2013年。

［119］［加拿大］马歇尔·麦克卢汉：《理解媒介：论人的延伸》，何道宽译，北京：商务印书馆，2000年。

［120］孟繁华、程光炜：《中国当代文学发展史》，北京：人民文学出版社，2004年。

［121］［捷克］米兰·昆德拉：《小说的艺术》，孟湄译，北京：三联书店，1995 年。

［122］南帆：《后革命的转移》，北京：北京大学出版社，2005 年。

［123］［德］尼采：《历史的用途与滥用》，陈涛、周辉荣译，上海：上海人民出版社，2000 年。

［124］［德］尼采：《人性的，太人性的：一本献给自由精灵的书》，杨恒达译，北京：中国人民大学出版社，2005 年。

［125］［美］尼尔·波兹曼：《娱乐至死》，章艳译，桂林：广西师范大学出版社，2011 年。

［126］［美］尼葛洛庞帝：《数字化生存》，胡泳、范海燕译，海口：海南出版社，1997 年。

［127］欧阳哲生编《胡适文集》，北京：北京大学出版社，1998 年。

［128］［法］帕斯卡尔·布吕克内：《爱的悖论》，董子云、朱珣译，上海：华东师范大学出版社，2018 年。

［129］［英］潘卡吉·米什拉：《从帝国废墟中崛起》，黄中宪译，台北：联经，2013 年。

［130］钱穆：《民族与文化》，北京：九州出版社，2011 年。

［131］钱锺书：《管锥编：补订重排本》，北京：三联书店，2001 年。

［132］秦晖：《共同的底线》，南京：江苏文艺出版社，2013 年。

［133］赛妮亚编：《乡村哲学的神话》，乌鲁木齐：新疆人民出版社，2002 年。

［134］［美］理查特·桑内特：《新资本主义的文化》，李继宏

译，上海：上海译文出版社，2010年。

［135］［美］苏珊·桑塔格：《反对阐释》，程巍译，上海：上海
译文出版社，2003年。

［136］［英］西蒙·沙玛：《风景与记忆》，胡淑陈、冯樨译，南
京：译林出版社，2013年。

［137］上海师范学院中文系文艺理论教研室编：《文学理论争鸣
辑要》，上海文艺出版社，1983年。

［138］沈从文：《抽象的抒情》，长沙：岳麓书社，2002年。

［139］［日］石川祯浩：《中国近代历史的表与里》，袁广泉译，
北京：北京大学出版社，2015年。

［140］［英］史蒂文森：《媒介的转型：全球化、道德和伦理》，
顾宜凡等译，北京：北京大学出版社，2006年。

［141］［英］安东尼·D.史密斯：《全球化时代的民族与民族主义》，
龚维斌、良警宇译，北京：中央编译出版社，2002年。

［142］［斯洛文尼亚］斯拉沃热·齐泽克：《欢迎来到实在界这
个大荒漠》，季广茂译，南京：译林出版社，2012年。

［143］孙歌：《主体弥散的空间：亚洲论述之两难》，南昌：江
西教育出版社，2002年。

［144］孙过庭著：《书谱译注》，马国权注，上海：上海书店，
1980年。

［145］孙希旦：《礼记集解》，北京：中华书局，1989年。

［146］［美］唐纳德·沃斯特：《自然的经济体系：生态思想
史》，侯文蕙译，北京：商务印书馆，1999年。

［147］陶东风主编：《粉丝文化读本》，北京：北京大学出版社，
2009年。

［148］［英］维克多·特纳：《象征之林：恩登布人仪式散
论》，赵玉燕、欧阳敏、徐洪峰译，北京：商务印书馆，
2006年。

［149］［英］维克多·特纳：《仪式过程：结构与反结构》，黄剑
波、柳博赟译，北京：中国人民大学出版社，2006年。

［150］［英］特希·蓝塔能：《媒介与全球化》，章宏译，北京：
中国传媒大学出版社，2016年。

［151］腾讯传媒研究院：《众媒时代》，北京：中信出版社，
2016年。

［152］［美］托马斯·弗里德曼：《世界是平的》，长沙：湖南科
学技术出版社，2006年。

［153］汪晖：《亚洲视野：中国历史的叙述》，香港：Oxford
University Press，2010年。

［154］王弼注、孔颖达疏：《周易正义》，《十三经注疏》整理
委员会整理，北京：北京大学出版社，2000年。

［155］王彬彬编：《高晓声研究资料》，北京：人民文学出版社，
2016年。

［156］王充著：《论衡校释》，黄晖校释，北京：中华书局，
1990年。

［157］王德威：《抒情传统与中国现代性：在北大的八堂课》，
北京：三联书店，2010年。

［158］王夫之：《读通鉴论》，长沙：岳麓书社，1996年。

［159］王夫之：《四书训义》，长沙：岳麓书社，1996年。

［160］王国维：《人间词话》，黄霖等导读，上海：上海古籍
出版社，2000年。

［161］王明珂：《华夏边缘：历史记忆与族群认同》，台北：允晨文化，1997 年。

［162］王文锦译解《礼记译解》，北京：中华书局，2001 年。

［163］［英］雷蒙·威廉斯：《乡村与城市》，北京：商务印书馆，2013 年。

［164］［德］马克斯·韦伯：《新教伦理与资本主义精神》，康乐、简惠美译，桂林：广西师范大学出版社，2007 年。

［165］［苏］维·什克诺夫斯基：《散文理论》，刘宗次译，南昌：百花洲文艺出版社，1997 年。

［166］［奥］维特根斯坦：《哲学研究》，李步楼译，北京：商务印书馆，2000 年。

［167］温铁军等著《八次危机》，北京：东方出版社，2012 年。

［168］温铁军等著《解读苏南》，苏州：苏州大学出版社，2011 年。

［169］［德］沃尔夫冈·韦尔施：《重构美学》，陆扬等译，上海：上海译文出版社，2002 年。

［170］［美］沃尔特·翁：《口语文化与书面文化：语词的技术化》，何道宽译，北京：北京大学出版社，2008 年。

［171］熊十力：《新唯识论》，上海：上海书店出版社，2008 年。

［172］徐贲：《人以什么理由来记忆》，长春：吉林出版集团有限责任公司，2008 年。

［173］徐复观：《中国艺术精神》，见李维武编：《徐复观文集》第四卷，武汉：湖北人民出版社，2009 年。

［174］许纪霖等：《启蒙的自我瓦解：1990 年代以来中国思想文化界重大论争研究》，长春：吉林出版集团有限责任公司，

2007 年。

［175］［英］亚当·斯密：《国民财富的性质和原因的研究》，郭大力、王亚男译，北京：商务印书馆，1983 年。

［176］［古希腊］亚里士多德：《诗学》，陈中梅译注，北京：商务印书馆，1996 年。

［177］阎云翔：《中国社会的个体化》，陆洋等译，上海：上海译文出版社，2016 年。

［178］杨联芬：《浪漫的中国：性别视角下激进主义思潮与文学：1890—1940》，北京：人民文学出版社，2016 年。

［179］杨扬编：《周作人批评文集》，珠海：珠海出版社，1998 年。

［180］叶君：《乡土·农村·家园·荒野》，北京：中国社会科学出版社，2007 年。

［181］叶燮等：《原诗 一瓢诗话 说诗晬语》，霍松林等注解，北京：人民文学出版社，1979 年。

［182］［美］伊莱·帕理泽：《搜索引擎没告诉你的事》，宋瑛堂译，台北：左岸文化事业有限公司，2012 年。

［183］［法］伊沃纳·杜布莱西斯：《超现实主义》，老高放译，北京：三联书店，1988 年。

［184］［美］宇文所安：《追忆：中国古典文学中的往事再现》，郑学勤译，北京：三联书店，2014 年。

［185］张春红：《"摆渡"人的"船艄梦"：现代性视域中的高晓声小说研究》，华中科技大学出版社 2014 年。

［186］张大春：《小说稗类》，桂林：广西师范大学出版社，2004 年。

［187］张英进：《中国现代文学与电影中的城市：空间、时间与性别构形》，南京：江苏人民出版社，2007 年。

［188］张永清、马元龙主编《后马克思主义读本·文学批评》，北京：人民出版社，2011 年。

［189］章学诚：《文史通义》，北京：中国戏剧出版社，1999 年。

［190］章永乐：《万国竞争：康有为与维也纳体系的衰变》，北京：商务印书馆，2017 年。

［191］赵毅衡：《苦恼的叙述者——中国小说的叙述形式与中国文化》，北京：十月文艺出版社，1994 年。

［192］周宁：《天朝遥远：西方的中国形象研究》，北京：北京大学出版社，2006 年。

［193］周作人：《看云集》，北京：十月文艺出版社，2011 年。

［194］朱光潜：《朱光潜全集》，合肥：安徽教育出版社，1990 年。

［195］朱良志：《中国艺术的生命精神》，合肥：安徽教育出版社，1998 年。

［196］朱熹撰：《四书集注全译》，李申译注，成都：巴蜀书社，2001 年。

［197］宗白华：《美学与意境》，北京：人民出版社，1987 年。

后　记

　　此书稿于 2021 年 10 月 11 日交付给中国言实出版社的王昕朋先生，不久我即赴四川省绵阳市北川羌族自治县挂职。12 月12 日，我回北京参加中国作家协会第十次、中国文学艺术界联合会第十一次全国代表大会期间，王先生正好也在。他将校样带在身边，让我再看一遍，我想趁此机会交代一下本书缘起。

　　"贞下起元"一语，来自《易经》，喻旧势将去、新缘即起，循环往复、周流不息。冯友兰在抗战期间作"贞元六书"，便取冬春之交、沉寂蛰伏事物蠢蠢萌动之意，倒未必尽随近世以来进化论的主旨，而更符合时序轮转、辞旧迎新的自然生息之理。当此文化融合的"新时代"，文学的盈虚消长同样如此，我用此语作为书名，意在讨论一个基本问题：何为"当代文学"，它的表现形态、内在理路、情感关切、未来潜能在哪里？

　　在一般文学史表述中，"当代文学"被界定为 1949 年以后的文学书写，然而这个"当代"是内在于"现代"的，很大程度上它是"未完成的现代性"的有机组成；或者至少"现代"以来所形成的一系列议题和理念，并没有因为政体的翻天覆地而迅速转变——在文化的惯性中，很多时候文学总是"新""旧"杂陈，并且一旦将"新旧"之别进行进化论式的理解，那么任何"新"必然摆脱不了过时的命运。"当代"在这个意义上就自然具有了不同的维度：它可以是物理意义上的均质时间切割；也是在特定历史观中的断代划分，具有明确的政治性；但它更主要的是一种态度与情感，一种人与时代之间正在进行时的意向性场域。

基于对"当代"的多维解释，"文学"同样需要面对全新语境中的全新认知。我们进入了一个"文艺融合"的时代，"文学"的边界是否还在，它如何确立自己的合法性，它进行文化生产的可能性在哪里？这些都将成为值得探讨的问题。关于"当代文学"的不同观念因此也就产生了不同的话语分歧，但我无法对鲜活的文本、现象与人物进行总结式的陈词，因而更多是描述层面对其进行勾勒与评述，试图践行一种我曾与《光明日报》的饶翔谈到的"有学术的批评"。

因此，本书首先从整体性的视野探析理解"当代"的维度，切入近代启蒙和现代性问题的起源，辨析"中国故事""中华文学"形成的历史脉络和概念边际，论述自"新文学"至今文学、艺术与思想的多重曲折发展，再度确立文学与中国、社会与人民之间的关联；进而从历史、地理、人文传统和美学传承的综合视角，确立"中国"及"中国文学"的主体性，导出当代文学批评与研究的文化自觉。在理论与方法建构之后，进入对当代文学的观念与情感表达方式的个案之中，涉及由小说、散文、非虚构与网络文学等文类所生发出来的记忆与见证、城市化与感觉方式、现实与抒情、真实与虚构、修辞与伦理、公与私的辩证、博物志与科幻探索、后启蒙与精神成长、意象叙事与新媒体写作等具体问题——这些问题呈现出杂花生树的风貌，贯穿始终的则是中国当代文学的现实感意识。

　　这不是一本文学史研究，毋宁说是一幅现场的写意素描，注重的不是精致与规范，而是在场与介入。很多时候在某种特定理念下的修葺工整反而会斫伤芜杂多样的现实，我更愿意保留当下此在的毛边与活力。感谢出版者，期待同人的批评指正。

刘大先

2021 年 12 月 16 日于首都宾馆